宁夏社会科学院文库

文化自觉与西部现代性

牛学智　著

Cultural Consciousness and Modernity in Western China

社会科学文献出版社
SOCIAL SCIENCES ACADEMIC PRESS (CHINA)

总序

宁夏社会科学院是宁夏回族自治区唯一的综合性哲学社会科学研究机构。长期以来，我们始终把“建设成马克思主义的坚强阵地、建设成自治区党委政府重要的思想库和智囊团、建设成宁夏哲学社会科学研究的最高殿堂”作为时代担当和发展方向。长期以来，特别是党的十八大以来，在自治区党委政府的正确领导下，宁夏社会科学院坚持以习近平新时代中国特色社会主义思想武装头脑，坚持马克思主义在意识形态领域的指导地位，坚持以人民为中心的研究导向，增强“四个意识”、坚定“四个自信”、做到“两个维护”，以“培根铸魂”为己任，以新型智库建设为着力点，正本清源、守正创新，不断推动各项事业迈上新台阶。

2016 年 5 月 17 日习近平总书记在哲学社会科学工作座谈会上强调，当代中国正经历着我国历史上最为广泛而深刻的社会变革，也正在进行着人类历史上最为宏大而独特的实践创新。这种前无古人的伟大实践，必将给理论创造、学术繁荣提供强大动力和广阔空间。作为哲学社会科学工作者，我们积极担负起加快构建中国特色哲学社会科学学科体系、学术体系、话语体系的崇高使命，按照“中国特色哲学社会科学要体现继承性、民族性，体现原创性、时代性，体现系统性、专业性”的要求，不断加强学科建设和理论研究工作，通过国家社科基金项目的立项、结项和博士学位论文的修改完善，产出了一批反映哲学社会科学发展前沿的研究成果。同时，以重大现实问题研究为主要抓手，建设具有地方特色的新型智库，推出了一批具有建设性的智库成果，为党委政府决策提供了有价值的参考，科研工作呈现良好的发展势头和前景。

加快成果转化，是包含多种资源转化在内的一种综合性转化。2019年，宁夏社会科学院围绕中央和自治区党委政府重大决策部署，按照“突出优势、拓展领域、补齐短板、完善体系”的原则，与社会科学文献出版社达成合作协议，分批次从已经结项的国家社科基金项目、自治区社科基金项目和获得博士学位的毕业论文中挑选符合要求的成果，编纂出版“宁夏社会科学院文库”。

优秀人才辈出、优秀成果涌现是哲学社会科学繁荣发展的重要标志。“宁夏社会科学院文库”，从作者团队看，多数是中青年科研人员；从学科内容看，有的是宁夏社会科学院的优势学科，有的是跨学科或交叉学科。无论是传统领域的研究，还是跨学科领域研究，其成果都具有一定的代表性和较高学术水平，集中展示了哲学社会科学事业为时代画像、为时代立传、为时代明德的家国情怀和人文精神，体现出当代宁夏哲学社会科学工作者“为天地立心，为生民立命，为往圣继绝学，为万世开太平”的远大志向和优良传统。

“宁夏社会科学院文库”是宁夏社会科学院新型智库建设的一个窗口，是宁夏社会科学院进一步加强课题成果管理和学术成果出版规范化、制度化的一项重要举措。我们坚持以习近平新时代中国特色社会主义思想为指引，坚持尊重劳动、尊重知识、尊重人才、尊重创造，把人才队伍建设作为基础性建设，实施学科建设规划，着力培养一批年富力强、锐意进取的中青年学术骨干，集聚一批理论功底扎实、勇于开拓创新的学科带头人，造就一支立场坚定、功底扎实、学风优良的哲学社会科学人才队伍，推动形成崇尚精品、严谨治学、注重诚信的优良学风，营造风清气正、互学互鉴、积极向上的学术生态，要求科研人员在具备专业知识素养的同时，将自己的专业特长与国家社会的发展结合起来，以一己之长为社会的发展贡献一己之力，立志做大学问、做真学问，多出经得起实践、人民、历史检验的优秀成果。我们希望以此更好地服务于党和国家科学决策，服务于宁夏高质量发展。

路漫漫其修远兮，吾将上下而求索。宁夏社会科学院将以建设特色鲜明的新型智库为目标，坚持实施科研立院、人才强院、开放办院、管理兴院、文明建院五大战略，努力建设学科布局合理、功能定位突出、特色优势鲜明，在全国有影响、在西部争一流、在宁夏有大作为的社科研究机构。同时，努力建设成为研究和宣传马克思主义理论的坚强阵地，成为研究自治区经济社会发展重大理论和现实问题的重要力量，成为研究中华优秀传统文化、革命文化、社会主义先进文化的重要基地，成为开展对外学术文化交流的重要平台，成为自治区党委政府信得过、用得上的决策咨询的新型智库，为建设经济繁荣民族团结环境优美人民富裕的美丽新宁夏提供精神动力与智力支撑。

宁夏社会科学院

2020 年 12 月

前　言

这本书本是2018年结项的全国哲学社会科学基金哲学类一般项目，为着概括课题研究关键词，立项时题目全称叫“文化自觉视野下西部村落化人文现状与现代性研究”（项目编号：13BZX016）。现在结集出版，为突出主题，更名为《文化自觉与西部现代性》。更名只是为了更加简洁明了，书中研究对象、研究方法以及重要观点并未变化，仍然是立项时的基本框架。这既是对立项、结项评委专家评审结论的认同，也是作者对该选题学术性、价值判断的一致性的认同。

中国西部人文现状研究，可从多角度切入，得出多种不同的结论。正因为如此，本书有三个重要限定，即“文化自觉”、“西部村落化人文现状”和“现代性”。“文化自觉”是理论意识，“现代性”是价值判断，而“西部村落化人文现状”则有别于通常所谓的“城中村”或“城市农村化”，是对目前新型城镇化阶段西部普遍人文现状的描述。

如果用关键词来描述中国西部人文研究历程，那么，从20世纪80年代学界开始使用“西部形象”和“西部话语”算起，截至目前，分别是“反思”、“寻根”和“回归”几个阶段。“反思”是指对西部现实的批判和审视，在“思想解放”的大环境下，有对西部社会治理问题进行反思的，也有对长期以来所形成的西部封建宗法文化进行揭露的，西部酷烈自然环境与僵化文化状况，才被提到了学术的层面。尽管如此，因为西部经济社会整体发展水平相对偏低，“反思”阶段的人文研究，实际上仅仅处在揭示苦难和道德倾诉的层面，还缺乏基本的现代理性支撑，从而很容易滑落为“西部中心主义”。“寻根”是指对文化西部的铭写和记忆。这一类研究是从20世纪90年代开始，随着市场化的不断深入而兴起的一股强劲人文思潮。大的思想背景有1992年开始的“人文精神”大讨论，小环境可以说是西部历史文化自身的吸引力所致。1980年代中期，一些知青作家如韩少功、郑义等纷纷著文提倡“文化寻根”，进而在全国形成规模浩大的文学寻根热。但西部的寻根文化实践似乎比全国要稍迟一些，一直到20世纪八九十年代一系列“西部电影”和文学创作，带动刮来“西部风”。毋庸置疑，这个阶段的西部人文研究，多数属于阐释、图解、注解西部文化，而少有反思型气质，“西部形象”“西部话语”的符号再生产，也正是在这个阶段发生的。有了前两个阶段，“回归”便是21世纪以来的一种人文诉求。从中国内生原因来说，是经济主义发展观导致价值失衡，直接催生了文化传统主义，回归到西部传统社会伦理秩序是其主旨，并以此来矫正快速城镇化所造成的普遍性价值错位；就国际文化思潮而言，对接的可能是西方社会的“现代性危机”。用文化自觉来衡量，显而易见，“回归”阶段的这两种西部人文研究都不是真正的现代性研究。

为了打通西部电影、西部文学研究、西部新型城镇文化、西部农村文化和西部新生代农民（农民工）之间各说各话的人为壁垒，也为了在同一平台理解社会现代性、审美现代性和制度现代性，本书在现代性价值尺度下，分析了以上各领域发展过程中存在的严重问题与不足，探讨了西部构建现代文化的社会机制和建立健全各种社会保障体系的路径。通过研究，本书试图揭示中国西部社会在新型城镇化建设过程中，充分发挥自身资源优势，借鉴成熟现代性经验，推进人的现代化迈上一个更高台阶的社会建设机制，把成熟现代文化贯穿到西部社会各个领域并生成适合自身的价值体系，以达到提升西部人文研究面向自觉现代性之创新目的。

本成果是国家哲学社会科学基金项目“文化自觉视野下西部村落化人文现状与现代性研究”（项目编号：13BZX016）的最终成果。在研究过程中参考了西部人文研究同行专家的相关成果，在此表示衷心的感谢！由于本书研究者水平有限，成果中疏漏和错误之处在所难免，望惠予指正。

2016 年 10 月完稿

2017 年 8 月第一次修改

2018 年 10 月第二次修改

2019 年 9 月第三次修改

目　录

绪 论

一 选题缘起

本书主要关注的是当前西部人文现实问题，因此属于基础理论研究而非现实应用对策研究范畴。“西部人文现状”作为一种精神文化现象，可能来源于西部社会现实，也是一种理论话语构建，但毕竟两者有所区别。首先，它是一种经过文人叙述、论述并形成西部叙述风格与西部话语特点的状态；其次，西部叙述风格与西部话语特点一旦形成，并且成为一种地方叙事意识形态，一定程度上它也会被用来观照西部社会现实，这是西部人文话语与西部经济社会发展决策规划发生联系的地方。当然，这个联系就其内部机制来说也许始终是不对称的，甚至是错位的，这也正是本选题力求从整体上超越具体的现实应用对策研究，更加宏观地把握、理解、分析“西部形象”“西部话语”形成的历史的、现实的和人文诉求的原因之原因。因此，最后能否得出一个马上对西部社会现实、经济现实产生作用的对策建议，并不是本选题研究的主要目的，本研究主要目的是在新型城镇化建设的基本语境中，建构与西部新型城镇化建设相适应的文化现代性价值观念体系，从而从理论理念上推进西部现代社会、西部现代文化、西部现代个体意识的完善。所以，“当前”的时间约束是很明确的，即指 20 世纪 80 年代初至今。在这个社会文化场域，“西部”成为“西部话语”、成为“西部形象”的原因非常复杂，有政治经济的因素、有地理环境的因素，也有西部人们日常生产和生活方式的因素，但最终是文化的。这一方面因为文化的宣传功能使然，所谓西部话语和西部形象被慢慢建构起来了；更重要的还在于文化本身的“惰性”，一种文化一旦生成，便成为人们生命“深层结构”[①] 中的重要组成部分，其消极面也就不会被轻易抹掉，“积重难返”描述的就是文化的这种属性和特征。无论“西部话语”和“西部形象”包含了多少理想主义浪漫成分，也无论倾注了多少人道主义忧患情怀，在现实主义或实证分析的角度来考察，西部神话及其研究、西部历史及其研究、西部电影及其理论、西部文学及其研究价值模式，包括西部作为特殊的群体形象等，其中自然免不了“先赋角色”和“自致角色”的嫌疑。如何滤出当前中国西部人文论述中浮泛的成分，如何建构有利于中国西部新型城镇化建设的西部文化现代性价值理念，便成为本选题的重点。下文简要谈谈本选题的缘起。

（一）文化传统主义不适应西部新型城镇化建设

文化传统主义论的观点颇接近美国汉学家艾恺（Guy S. Alitto）在其著作《世界范围内的反现代化思潮——论文化守成主义》中提出的“文化守成主义论”，但也有根本区别。艾恺的文化守成主义论，指的是与民国初期思想史上集结在《新青年》杂志周围的传统知识分子相对立的一种思想观念，他们以《学衡》杂志的撰稿人如梅光迪及梁启超（其晚年）、梁漱溟、辜鸿铭、林纾等人为代表，主张复苏传统文化的一些方面，同时坚信中国文化不但和西方文化相当，甚至比西方文化更优越。这个中国文化优越论，其实是建立在现代化过程及其结局是对人类诸般价值的残害这样一个认知之上的，所以，文化守成主义实际上就是“反现代化”，他们

① “文化的深层结构”这一概念在学术中被明确提出并进行透彻论述，始于台湾学者孙隆基的《中国文化的深层结构》一书，它把中国上下三千年当作一个“长时段”，用结构观念——针对特定范围的一种共时性设定，来研究中国历史和这种历史延续所生成的文化特征。此处的意思，即指中国西部糟粕与精华共存的传统文化形态，对外而言，它塑造了异质形象，对内而言，它实际上又成为人们故步自封、自恋标榜的某种文化中心主义。孙隆基：《中国文化的深层结构》，中信出版社，2015。

对未来世界文化的预言，会是一种中西文化的结合体①。当前中国西部人文论述的文化传统主义者，在坚守并弘扬西部本土传统文化上，显然比民国初期文化守成主义论者走得更远。

一方面前者把发展主义、科技主义乃至经济主义价值导向进行文化化处理，这就导致本来的社会学问题、社会机制错位问题，被简化成了底层社会人们的人心问题和日常生活方式的主动选择问题。有了这样的一个转化，语境性社会现实内容实际上变成了抽象的人性论，紧接着诸如信仰缺失、道德失范、自我迷失一类“虚无”的“形而上”问题便取代了具体而微的文化实体追问，因制度现代化、器物现代化、物质现代化、社会现代化不充分引致的人的现代性程度偏低的普遍现象，似乎反而是“现代性危机”“过剩的现代性”造成的。于是，学者得出结论：西部应该提早吸取中东部的经验教训，有必要“反思现代性”，进而“反现代化”成为其题中应有之义。虽同是“反现代化”，但文化传统主义论者有别于民国初期文化守成主义论思想家的地方在于，当前西部文化传统主义论者的眼界更低、视野更小。他们连中西转化这样的愿景都不需要，直接把古典文献学、历史神话学中的西部秩序照搬过来，赋予其一种文化自觉意识的中国本土经验。这似乎意味着经济的相对落后反而成全了西部。至于现实的西部能否回到起承转合非常周全的古代西部，能否回到意义饱满的文献学或神话学西部，以及西部大众能否回到秩序井然的宗法制传统文化中去，都仿佛并非今天人文论述的重点。不消说，这一类建立在当代中国东西部对比基础上的极端化西部文化传统主义者，其实是一种盲目的理想主义者，有把现实问题艺术化的嫌疑，无法观照新型城镇化过程中异常复杂的西部社会，也就基本滞后于时代要求了。诚然，作为一种学术动向，当前西部人文论述中的这种“反现代化”倾向，一定程度上可以看作对全球“新

---

① 〔美〕艾恺：《世界范围内的反现代化思潮——论文化守成主义》，贵州人民出版社，1991，第5页。

时代运动”的回应。叶舒宪在其著作《现代性危机与文化寻根》[①]中就专辟一章探讨了这一问题（本书第一章有详细批判性论述，在此不赘述）。尽管如此，从“新时代运动”到英国社会学家安东尼·吉登斯《现代性的后果》[②]，再到《现代性危机与文化寻根》，“现代性危机”的确成为目前一股强劲的思潮，不能说立意在对比层面的中国西部“反现代化”没有受到此种学术思潮影响，然而究其实质而言，把西方发达社会的现代性与中国西部根本不充分的现代性——而且，这个不充分多半是现代社会机制不健全所致——进行盲目类比，这本身就已经失去学术的现实依据。

另一方面，西部内部的文化传统主义研究，多分属于文学、影视和民俗等领域，把认同“特色化”西部当作终极追求，反过来也就蛊惑了中国传统文化中的权谋文化观念、宗法宗族等级文化和封建迷信文化。所谓“天人合一”“人畜共处”“物我两忘”等主客互渗律，逞一时之盛。然而，究其实质，这种思维其实并没有剥离人作为主体的主体性与物作为客体的客体性之间的关系，也就是说，这种研究的原理仍然未脱离法国人类学家列维-布留尔或英国哲学家泰勒提出的“原始思维”[③]与“原始文化”[④]的框架。从这一角度看，德国哲学家于尔根·哈贝马斯把新保守主义或审美无政府主义打着告别现代性的旗号，试图再次反抗现代性的行为，说成是在掩盖其与披着后启蒙外衣的反启蒙的悠久传统之间的同谋关系[⑤]，不是没有道理。因为西部内部的文化传统主义研究，不管过程多么多样，其终极不外乎说，在中国相对传统的地方——特指传统文化保留比较完整的地方，早已产生了现代性，无须借重西方现代性文化。既然有自身现代性文化，那么，参照物质的现代化、制度的现代化和社会的现代化等西方发达社会的产物，就很没有必要。显而易见，这个逻辑只能把西部

① 叶舒宪：《现代性危机与文化寻根》，山东教育出版社，2009。

② 〔英〕安东尼·吉登斯：《现代性的后果》，田禾译，译林出版社，2011。

③ 〔法〕列维-布留尔：《原始思维》，丁由译，商务印书馆，2014。

④ 〔英〕泰勒：《原始文化》，蔡江浓译，浙江人民出版社，1988。

⑤ 〔德〕于尔根·哈贝马斯：《现代性的哲学话语》，曹卫东译，译林出版社，2011，第5页。

文化引向重新封建化的歧途。在意义缺失的现代社会，适时表彰人的“神性”和对象世界的“人性”，也许始终必要，但当我们面对显而易见缺席的现代文化或不完善的现代文化之时，类似人文观照视野，肯定无助于文化城镇化建设，更遑论提升人的现代化程度了。

（二）贴着“西部”标签的话语、形象与“文化自觉”有一定距离

诚如本书第一章《西部话语发现：西部人文话语生成及其语境》和第二章《西部符号生成：西部形象与人文话语再生产》所论述的，西部话语和西部形象被凸显出来，的确不单是人文领域的事，它有着更复杂的社会原因，包括1998年中央提出的“西部大开发”和2008年的“第二轮西部大开发”主导政治、经济话语导向等，对西部符号化过程都起到了推波助澜的作用。问题在于，当符号化西部一旦被建构，它的外延和内涵就含有某种被规定的和主题先行的意味。就像一个大的逻辑框架，其间虽不乏异质声音，然而，整体而言似乎又必然是人们所认同的那个西部。而那个被认同的西部，便是经由20世纪80年代初期“西部电影”或更早时期“新边塞诗”所传达的信息——苦难、荒寒、酷烈、贫穷等转化而为另一组词语——神秘、隐忍、神性、安详、虔诚等来勾勒和重构。再加上前文提到的“现代性危机”“过剩的现代性”之类学术思潮的蛊惑，西部话语和西部形象遂成为文化自觉意识的呈现，反思性视野于是消失了，代之而起的是大同小异的文化自信。至少在绝大多数西部人文研究者看来，如此文化自觉视域下的文化西部，庶几可以与西方现代性经验抗衡，或者索性就是古已有之的中国本土化“文化自觉”意识的表达，其生产的知识、观念、价值，也就具有了自明性。

自明性的知识、观念、价值是否就是真正意义的“文化自觉”呢？这就涉及“文化自觉”这个概念的由来及其内涵了。通读《全球化与文化自觉——费孝通晚年文选》一书可知，1997年费老在北京大学举办的第二届社会学人类学高级研讨班上首次提出了“文化自觉”这一术语。在《关于“文化自觉”的一些自白》一文中，费老特别强调了他提出这一概念的背景——他多次深入少数民族地区实地调研，而不是从理论概念层面

的中西对比或所谓本土文化危机中抽象出来的。他说："特别是跨入信息社会后，文化变得那么快，他们就发生了自身如何保存下去的问题。我认为他们只有从文化转型上求生路，要善于发挥原有文化的特长，求得民族的生存与发展。可以说文化转型是当前人类共同的问题。"① 这一段解释之后，他接着又说，"其意义在于生活在一定文化中的人对其文化有'自知之明'，明白它的来历、形成的过程、所具有的特色和它的发展的趋向，自知之明是为了加强对文化转型的自主能力，取得决定适应新环境、新时代文化选择的自主地位"②。显而易见，在费老那里，"文化自觉"的核心在于对自己文化的自知之明，而自知之明，不是为了自大自恋自我炫耀，而是为了加强文化转型的自主能力和取得决定适应新环境、新时代文化选择的自主地位。这样的一个定义，无论从外延上还是从内涵上，显然都符合他对少数民族文化濒临消失和急需转型的判断。只不过，为了主动求得生存，他特意强调转型必须同时具备"自主能力"和"自主地位"两个条件。如果不了解这一点，而盲目把费老的终极结论——"各美其美，美人之美，美美与共，天下大同"③ 拿过来解释"文化自觉"这个重在过程的描述性概念，恐怕只能得出"多元化""和而不同"一类的泛泛而论并草率终止思想的深入探讨。

由此可见，当西部话语和西部形象，成为某种"特色化"学术惯性而

---

① 费孝通：《全球化与文化自觉——费孝通晚年文选》，方李莉编，外语教学与研究出版社，2013，第50页。

② 费孝通：《全球化与文化自觉——费孝通晚年文选》，方李莉编，外语教学与研究出版社，2013，第50页。

③ 费孝通明确解释说，在"文化自觉"之后，他进一步提出这几句话，表达的是他对未来的理想，是一个假设性表述。"如果人们真的做到'美美与共'，也就是在欣赏本民族文明的同时，也能欣赏、尊重其他民族的文明，那么，地球上不同文化、不同民族、不同国家之间就达到了一种和谐，就会出现持久而稳定的'和而不同'。"随着人口流动越来越频繁，再加上近年来自媒体文化的迅猛升级，不同文化之间的较量之所以愈加激烈，就是因为"转型"存在被动性与主动性。掌握了自主性并且占据自主地位，弱势文化恐怕才能赢得转型生机，从而化腐朽为神奇，否则，只能面临淘汰或被迫取代，消亡的厄运迟早都会到来，这已经被无数文化现实所证实。以上引言见费孝通《全球化与文化自觉——费孝通晚年文选》，方李莉编，外语教学与研究出版社，2013，第32页。

顺势滑行时，除了短期内也许能对文化产业起到一点保驾护航作用外，如果不加理性审视，是不足以称其为真正意义的“文化自觉”的。至于用什么尺度来审视，以及如何来审视，这就涉及文化现代性概念的提出了。

（三）“现代性”或“文化现代性”的由来及其时代要求

本书题目虽然使用了“现代性”，但因为正文主要研究的是西部电影、西部文学、西部农村社会文化、西部现代社会机制和西部新型城镇化、西部新生代农民工等众多相互独立又交叉重叠的议题，所以这里的“现代性”实际上指的就是“文化现代性”，即人的现代化问题，是与新型城镇化即文化城镇化（参见本文第五章的详细论述）相匹配的一个概念。细致阐述“文化现代性”的概念由来，可能会牵扯到本文的国内外研究现状述评，这是下一节的任务。这里只约略谈谈本选题缘起为什么是“文化现代性”的问题。

“现代性”是针对欧洲中世纪的一个时间概念，是以文艺复兴和宗教改革为标志，这是走出中世纪的开始。正是在这个阶段，人开始了自我发现，教会遭到了质疑，社会的宗教色彩开始淡化，个人主义的种子开始发芽，世俗生活逐步获得了肯定。在这个意义上，现代性的过程，用韦伯的话说就是除魔化的过程，也是一个理性化的过程。现代社会的除魔化实践，逐渐在政治、经济、文化观念以及整个社会层面上表现出了它不同于中世纪的独特的现代特征。

哲学和社会学一般认为现代社会的特征构成了现代性的主要内容。这些内容通常包括政治现代性、经济现代性、哲学现代性和审美现代性几种。政治现代性是在现代国家概念建立起来以后的内容，这个现代国家的核心是，个人是最高的价值，个人及其权利是社会的法律、政治和经济的根基，这是从自由主义政制的角度谈论的现代性。经济现代性，简而言之，是指中世纪自给自足的封闭的庄园经济被打破，农业社会的稳定性逐渐瓦解，以工业经济为主导的现代大都市在形成，“看不见的手”（亚当·斯密）从理论上让市场至上的经济观念合法化的过程。哲学现代性，则特别强调理性主体的作用。理性主体即自然身体的对立面，也是自然世界的对立面。这种观念到了18世纪启蒙思想家那里，理性既是神学的对立面，也是自然的对立面，“一切事物和观念都必须受到理性的审判”[①]。至于审美现代性，在哲学领域其实指物质现代性之外的另一种气质和禀赋的现代性，重点是人们对现代社会的情感体验，以及经由这种体验所表达出来的态度，把各种各样前所未有的想象和经验以叙事的方式或抒情的方式进行历史叙事，产生了现代主义文化。既然是一种经验和态度，势必存在认同与批判、反诘，保守主义和后现代主义便是对现代性的攻击。于是这些林林总总的冲突引发了“现代性的危机”。诸种冲突包括自由主义政治经济现代性与社会主义政治经济现代性、现代社会与古代社会、现代文化与现代社会、现代技术与现代经验、现代欧洲与非现代欧洲地区等。“于是，一种反现代性的欲望如同现代性欲望一样，固执地在现代性的历史中浮现。今天，各种各样的后现代主义是反现代性的最新的、最暴躁和最激进的表达”[②]。

综上所述，虽然现代社会、现代文化以及现代社会价值机制，早已成为人们日常生活所预期的秩序部分，但作为大众文化之主要价值构件的审美现代性，仍然与人们的日常生活方式处在二元对抗的层面。没有内在于日常生活世界的经验和想象，自然不会那么直接地介入日常生活秩序并促使其发生转型，这便是本选题改造现代性并引入文化现代性价值尺度的基本前提。

目前所见，文化现代性概念还只是出现在极少数影视视觉文化研究[③]、

① 汪民安：《现代性（Modernity）》，见汪民安主编《文化研究关键词》，江苏人民出版社，2011，第383页。

② 汪民安：《现代性（Modernity）》，见汪民安主编《文化研究关键词》，江苏人民出版社，2011，第385页。

③ 比如英国文化学者吉尔·布兰斯顿（Gill Branston）所著的《电影与文化的现代性》（闻钧、韩金鹏译，北京大学出版社，2012）和中国学者吴靖的《文化现代性的视觉表达：观看、凝视与对视》（北京大学出版社，2012）一类著作，就正面关注新的大众文化形态与人的现代化之间的积极互动关系，影视视觉娱乐文化的社会启蒙功能被摆在了重要位置。

文化产业研究[1]等论述中，而绝少被普遍用于西部人文论述场域。一方面说明，论述者认识到了影视视觉叙事的确具有更普遍的社会启蒙价值功能；另一方面也表明，理论话语及其价值观念某种程度上还自外于当前的基本社会语境，因而有一定程度的自说自话嫌疑，也就不大可能介入当今西部社会现实和文化运行的深层结构。

（四）“‘村落化’人文现状”是一种形象化的描述

“村落化”人文现状，在本书中处在“分析问题”的环节。既然是分析问题，不同章节中就都会出现。现在要简要解释的是，就普遍性而言，为什么西部的人文现状是“村落化”的，以及何以是“村落化”的问题。

王明珂在《反思史学与史学反思：文本与表征分析》一书中，有些观点值得一提。他说，在当代国族主义下，传统文化或本土文化又有其特殊意义。近代西方殖民帝国主义国家挟其进步之科技，挟其社会达尔文主义下国族领域拓殖主张，进入亚非等地竞夺工商业资源。在此刺激下，亚非等地国家知识精英之本土国族主义者常有二元吁求——求团结（以凝聚国族）、求进步（以图存于全球国族竞争之中）。在这样的国族主义潮流中，“传统文化”扮演着十分重要的角色，但也因此产生相互矛盾的二元性质。“一方面，它代表一民族（国族）共同的‘过去’，可借以团结国族同胞；另一方面，传统文化代表落伍、守旧，而与国族

① 比如澳大利亚麦考瑞大学经济学者戴维·思罗斯比（David Throsby）的《经济学与文化》（王志标、张峥嵘译，中国人民大学出版社，2011）、英国文化学者阿兰·斯威伍德（Alan Swingewood）的《文化理论与现代性问题》（黄世权、桂琳译，中国人民大学出版社，2013）和英国文化产业研究学者大卫·赫斯蒙德夫（David Hesmondhalph）的《文化产业》（张菲娜译，中国人民大学出版社，2011）等著作，他们的文化产业、大众文化和现代性总是“三位一体”的，是一个整体存在。文化的现代性价值一直居于统领的地位，因此，文化产业、经济增长、现代社会机制建立和人们的物质现代性，也就处在相互制约和相互推动的状态，人的观念状态和人的现代性程度，便一直牵动着文化产业、大众文化和精英文化的神经，不会因偏废现代性而成为经济主义图谋，也不会因空喊现代性而置经济增长于不顾。它们始终视人为现代化的目的，而不是手段，这与相关中国学术思维是不同的。

之‘进步’冀求相抵触。因此一个普遍现象便是，国族中的男性、知识分子、主要族群、都市居民等社会核心人群虽自豪于‘我们的传统文化’，但他们不实践‘传统文化’，而是鼓励国族中的边缘人群，如女性、乡民、原住民、少数民族等等，来背负与展演‘传统文化’”①。王明珂对此“典型文化”二元性质的分析结论，同时也普遍适用于印度、日本等国家。比如他曾征引印度学者 Partha Chartterjee 的文章，指出国族主义（Nationalism）的此二元特质。在近代国族主义下，印度与日本之社会上层皆常见穿着欧式西服的男性伴着穿传统服饰的女性，这样的社会鲜明表征了此一现象。他指出，在国族主义下，人们以物质、进步、西方、男性来代表“世界”，以精神、传统、本土与女性为符号来代表“家”。因此在国族主义新父权下，印度中产阶级女性被社会鼓励穿着特定服饰以保持印度传统，代表本土精神与民族主体性②。在中国也是如此，王明珂说，大陆少数民族文化之建构与展示（如中央电视台之春节晚会中常见的少数民族歌舞文化），以及台湾“南岛民族”文化建构与展示（如常通过媒体传播的台湾原住民丰年祭之祭典与歌舞文化），都是同样的社会表征。因此，在各种、各层次社会核心与边缘关系中，国族“边缘身体”实际成为文化展示的工具。借助王明珂的观点，本研究所谓的西部村落化人文现状，实际描述的就是西部普遍的人文意识层面，包括影像叙事、文学创作及其理论研究、精神文化规划、旅游及相关大众文化建构等领域，如此二元性质慢慢形成主体认知上相当模糊的“自致角色”现象，“村落化”反而成为值得追求的目标。非但如此，“村落化”还进一步成为知识精英用以抵制现代性城市病的集体无意识理论构想。这时候，西部社会制约人的现代化的种种外部原

① 王明珂：《反思史学与史学反思：文本与表征分析》，上海人民出版社，2016，第 42～43 页。

② 见 Partha Chartterjee，the Nation and Its Fragments：Colonial Postcolonial Histories（Princeton：Princeton University Press，1993），第 120～130。转引自王明珂《反思史学与史学反思：文本与表征分析》，上海人民出版社，2016，第 42～43 页。

因，反而成为理论盲区。

在这个层面，伴随“国学热”“传统文化热”而来的西部神话研究、民间民俗文化研究、民间宗教信仰研究等，究其实质诉求而言，其实是对西部普遍的“村落化”人文现状的认同与强化，而不是反思与批判。这一点也是在新型城镇化建设过程中，西部人文研究与西部现实、西部社会人们普遍而强烈的诉求之间，似乎一直或深或浅存在错位关系的根本原因所在。

二 国内外研究现状

“村落化”是在“村落终结”的大势下对新时期西部人文现状的观察与思考，在先后两轮西部大开发和生态大移民背景下，“先赋角色”“自致角色”的西部人文研究者被规划决策层的政治经济思维所绑架，自觉不自觉地排拒文化现代性，遂成为凭吊式缅怀传统村落文化形态的构想与叙述。

梳理最近三十年来学术界对于中国西部人文现状与现代性的相关或相似研究，大致可以归纳为七个方面。

（一）近现代西北综合研究

“行记体”是一种特殊文体，它虽以日记形式出现，但因作者多为西北局外人，再加上亲历者、见证者、参与者等多重身份和角色，故其对往昔西北社会面貌的实录出于旁观者的立场，其客观性突破了专业研究者的狭小圈子，具有一定的史料价值，特别是对反思与审视今天西部形象、西部话语的形成前因及特点，具有直接参考意义。这一类综合研究成果，主要是“西北行记丛萃”两套丛书。第一辑包括裴景福的《河海昆仑录》[①]、宣侠父的《西北远征记》[②]、徐炳昶的《西游日记》[③]、方希孟的《西征续录》[④]、陶

① 裴景福：《河海昆仑录》，杨晓霭点校，甘肃人民出版社，2002。

② 宣侠父：《西北远征记》，达浚、宗华点校，甘肃人民出版社，2002。

③ 徐炳昶：《西游日记》，范三畏点校，甘肃人民出版社，2002。

④ 方希孟：《西征续录》，李正宇、王志鹏点校，甘肃人民出版社，2002。

保廉的《辛卯侍行记》[①]、陈赓雅的《西北视察记》[②]、顾颉刚的《西北考察日记》[③]、林鹏侠的《西北行》[④]、周希武的《宁海纪行》[⑤] 和陈万里的《西行日记》[⑥]。第二辑包括林竞的《蒙新甘宁考察记》[⑦]、杨钟健的《西北的剖面》[⑧]、李烛尘的《西北历程》[⑨]、谢晓钟的《新疆游记》[⑩]、顾执中的《西行记》[⑪]、刘文海的《西行见闻记》[⑫]、马鹤天的《甘青藏边区考察记》[⑬]、高良佐的《西北随轺记》[⑭]、张恨水和李孤帆的《西游小记·西行杂记》[⑮] 等。两套丛书作者的写作年代集中于民国初年至抗日战争时期，作者多为民国时期各级政府官员和科技文化教育界知名人士。第一辑地域范围涉及甘肃、新疆、宁夏、青海和陕西，其内容涉及200年来西北地区道路交通、城乡风光、民情习俗、气候物产，以及政治变迁、经济和文化教育的发展等情况与面貌。第二辑描述新疆、青海等广大地区的著作明显加大了分量，也更加注重内容的丰富性、多样性。比如《西北历程》侧重描述西北地区的工业、资源，《甘青藏边区考察记》侧重民族、宗教，《西游小记·西行杂记》侧重文化、教育，《蒙新甘宁考察记》侧重内蒙古和新疆的民族风情和社会经济，等等。总之，这些作品真实而生动地展示了20世纪上半叶，特别是20~40年代中国西北及其周边地区社会、经

① 陶保廉：《辛卯侍行记》，刘满点校，甘肃人民出版社，2002。

② 陈赓雅：《西北视察记》，甄暾点校，甘肃人民出版社，2002。

③ 顾颉刚：《西北考察日记》，达浚、张科点校，甘肃人民出版社，2002。

④ 林鹏侠：《西北行》，王福成点校，甘肃人民出版社，2002。

⑤ 周希武：《宁海纪行》，王晶波点校，甘肃人民出版社，2002。

⑥ 陈万里：《西行日记》，杨晓斌点校，甘肃人民出版社，2002。

⑦ 林竞：《蒙新甘宁考察记》，刘满点校，甘肃人民出版社，2003。

⑧ 杨钟健：《西北的剖面》，朱秀珍、甄暾点校，甘肃人民出版社，2003。

⑨ 李烛尘：《西北历程》，杨晓斌点校，甘肃人民出版社，2003。

⑩ 谢晓钟：《新疆游记》，薛长年、宋廷华点校，甘肃人民出版社，2003。

⑪ 顾执中：《西行记》，范三畏点校，甘肃人民出版社，2003。

⑫ 刘文海：《西行见闻记》，李正宇点校，甘肃人民出版社，2003。

⑬ 马鹤天：《甘青藏边区考察记》，胡大浚点校，甘肃人民出版社，2003。

⑭ 高良佐：《西北随轺记》，雷恩海、姜明晖点校，甘肃人民出版社，2003。

⑮ 张恨水、李孤帆：《西游小记·西行杂记》，邓明点校，甘肃人民出版社，2003。

济、民族、宗教、历史、自然等方方面面的情况，不同程度地提出了“开发西北”“建设西北”的建议和构想。

尤其突出的共性是，当广袤而空旷、荒凉而贫瘠、闭塞而落后的大西北自然环境，外加异域少数民族风土人情、礼俗节仪，以及壮丽豪华的教堂寺庙与寒碜小气的学校出现在同一地平线上时，于局外人的作者而言，他们几乎不约而同地使用了艰苦、蛮荒、贫瘠、落后与静穆、庄严、虔诚、祥和等语词来表达主观感受。如果不细读著作内容，不理解叙述或论述中的实录情景，这些语词所构成的话语方式恐怕很可能会被当作今天西部形象、西部话语符号的基本内涵。

（二）西部大开发政策与实践反思研究

西部大开发研究主要分为两个阶段，第一阶段研究即第一轮西部大开发政策措施和主要项目研究。曾培炎的《西部大开发决策回顾》[①] 一书，从全国政治、经济谋篇布局出发，主要阐述了实施西部大开发的战略意义，其中“退耕还林”“退牧还草”“三江源保护”“青藏铁路”“西电东送”“西气东输”“特色优势产业”“民生工程”等决策，为今天西部现代化建设打下了良好基础，奠定了战略的高度，该书的确体现了作者的长远眼光，也为后来的相关政策制定、实践落实和研究选题提供了方向。赵昌文、鲍曙明、Penelope B. Prime 等著的《中国西部大开发十年评估》[②] 一书，是课题组集体完成的研究成果。其亮点需要加以强调，一个是将两轮西部大开发的得与失进行了对比，在分片区分行业调研和统计中，视角下降到了农户和个体的物质受益程度，发现了政策执行走样导致的诸多社会问题；另一个是重在评估，在评估中出示了现代化的各项评价标准，有利于在以后的发展中调整决策方向。赵常庆等著的《中亚五国与西部大开发》[③]，着重就中亚五国与中国西部在政治、经济、文化、教育、宗教、

① 曾培炎：《西部大开发决策回顾》，中共党史出版社、新华出版社，2010。

② 赵昌文、鲍曙明、Penelope B. Prime 等：《中国西部大开发十年评估》，中国发展出版社，2013。

③ 赵常庆等：《中亚五国与中国西部大开发》，昆仑出版社，2004。

地理、国家安全等方面的相似性与互补性进行研究，从全球布局的大视野探讨了中国西部“新丝绸之路”与向西开发的必要性与重要意义，中国西部与中亚五国显然将呈现不同于西方现代化的另一种风格。汪受宽著的《西部大开发的历史反思》（上下册）[①]，着眼于西部在全国的重要性，从历史的角度纵向梳理了历代大开发给西部各方面带来的实惠，从而得出结论认为，今天的大开发的现实意义在于，保障国防安全与国家安全、国家政治的要求、处理民族与宗教问题的需求和改善生态环境的终极意义。总之，对西部社会现代化所需诸方面软硬条件进行了勾勒，发现了第一轮西部大开发所未解决的问题。

第二阶段研究即新一轮西部大开发研究。这一阶段的研究已经不满足于基础设施和战略意义了，多为社会问题、经济问题和民生问题研究，涉及西部社会现代化和制度现代化等问题。具有代表性的成果如谢和平主编的《新一轮西部大开发经济社会发展若干重大问题研究》[②] 一书，在重视西部社会各个方面机制建设研究的同时，引进了“西部地区干部考核评价标准和机制研究”，抓住了问题的根本，有力地加快了西部现代社会制度体系的建设节奏，弥补了西部大开发研究在这一领域的空缺。顾六宝等著的《西部大开发中“贫困陷阱”问题的经济计量模型及实证研究》[③] 虽然出书较早，研究问题却属于第二阶段。论者从计量经济学视角，通过对“贫困陷阱”机制进行现实性分析，对东、中、西部资本效率的关系进行分析，对东、西部经济增长中的均衡积累率比较进行分析，以及对西部大开发中如何摆脱“贫困陷阱”困境的政策选择进行分析等，深入研究了“贫困陷阱”形成的内外因，物质匮乏部分地反映了西部现代文化缺席的

① 汪受宽：《西部大开发的历史反思》（上下册），兰州大学出版社，2009。

② 谢和平主编《新一轮西部大开发经济社会发展若干重大问题研究》，四川大学出版社，2012。

③ 顾六宝等：《西部大开发中“贫困陷阱”问题的经济计量模型及实证研究》，人民出版社，2009。

问题。杨国涛著的《中国西部农村贫困演进与分布研究》[1] 系个案标本研究，论者以宁夏为例，科学分析了西部带有普遍性的贫困问题，即从农户能力角度研究贫困问题，进一步完善中国农村开发式扶贫方针，补充中国农村扶贫开发的内容和途径，圈定了开发扶贫的对象和区域，此难点的突破为新型城镇化提供了科学依据。

以上两阶段的西部大开发研究，虽然多指向宏观规划、项目落地和基础设施建设研究，但主旨大多把西部当作一个经济实体和社会整体来把握，现代化这个目标是研究的终极目的。

如此等等，当然还有众多单篇论文，都具有参考价值，但限于篇幅，恕不再赘述。

（三）西部民族地区城镇化建设研究

相关研究大致有三大类。第一类是聚焦于西部地区小城镇化和如何解决城镇化过程中“三农”问题。刘晓鹰等著的《中国西部欠发达地区城镇化道路及小城镇发展研究》[2] 提出，西部欠发达地区，二元经济结构的问题特别突出，更适合“三集中模式”，即农村居民点尽可能向城镇集中，工业向小城镇或其相邻地域集中，耕地向种田大户或农场经营集中，这样，便于城乡融合，是促进城镇化的有效途径。苏东海在《西部民族地区城市化进程中失地农民问题研究》[3] 一书中，站在失地农民的角度，认为为了防止失地农民边缘化、两极分化，城市化过程中必须先解决好失地农民就业、社会保障、子女教育等问题，并提出了具体对策。胡小平主编的《中国西部农村全面小康指标体系研究》[4] 一书，根据西部各省份基础设施和经济基础，详细制定了物质现代化的指标评价体系，使城镇化发展更具有实践可操作性。还有很多单篇论文，如《西部新生代农民工就业特征

① 杨国涛：《中国西部农村贫困演进与分布研究》，中国财政经济出版社，2009。

② 刘晓鹰等：《中国西部欠发达地区城镇化道路及小城镇发展研究》，民族出版社，2008，第5页。

③ 苏东海：《西部民族地区城市化进程中失地农民问题研究》，人民出版社，2012。

④ 胡小平主编《中国西部农村全面小康指标体系研究》，西南财经大学出版社，2006。

与城市化的政策响应研究》[1]《农民工子女城市融入中的能力建设问题研究——以西部城市为例》[2]《试析新生代少数民族农民工的社会融入——以乌鲁木齐市为例》[3]《西部农民工回流的成因及影响分析》[4]等，尽管角度不一、方法也各不同，但都回归到流动性最大的人群——农民工或新生代农民工，来研究西部城镇化的兼容问题，折射出了诸多待解难题。另外，如《西部新型城镇化影响因素及发展路径研究》[5]《中国西部新型城镇化动力若干问题研究》[6]《中国西部新型城镇化发展思路探索》[7]《新发展理念下新型城镇化发展水平评价——以西部地区为例》[8]等，从不同角度探讨了西部新型城镇化的路径与亟待解决的社会问题，特别是动力引擎、城镇化体制机制不科学的问题，在创新、协调、绿色、开放、共享五大方面都存在共同短板的问题，具有重要理论建设意义。

第二类是把西部细化为西北和西南分别进行城镇化措施研究。葛剑雄的《从历史地理看西北城市化之路》[9]一文，考证了古代西北与当代西北在自然、地理、人口、宗教、经济、资源、政策等方面条件的相似性和血脉联系，论证了今天西北适应就地城镇化、小城镇化理论的可行性。曾鹏等著的《中国—东盟自由贸易区带动下的西部民族地区城镇化布局研

① 张波、李开宇、李呈琛：《西部新生代农民工城市就业特征与城市化的政策响应研究》，《西安财经学院学报》2012 年第 5 期。

② 张美涛、王昌锋：《农民工子女城市融入中的能力建设问题研究——以西部城市为例》，《贵州师范大学学报》（社会科学版）2010 年第 1 期。

③ 李放滔、王娅男、涂伟：《试析新生代少数民族农民工的社会融入——以乌鲁木齐市为例》，《青年探索》2015 年第 3 期。

④ 张凯博：《西部农民工回流的成因及影响分析——基于劳动经济学人口流动理论》，《经济研究导刊》2013 年第 19 期。

⑤ 杨爱君：《西部新型城镇化影响因素及发展路径研究》，《呼伦贝尔学院学报》2015 年第 4 期。

⑥ 李晓曼：《中国西部新型城镇化动力若干问题研究》，《改革与战略》2014 年第 3 期。

⑦ 李长亮：《中国西部新型城镇化发展思路探索》，《西北民族大学学报》（哲学社会科学版）2015 年第 3 期。

⑧ 杨佩卿：《新发展理念下新型城镇化发展水平评价——以西部地区为例》，《当代经济科学》2019 年第 3 期。

⑨ 葛剑雄：《从历史地理看西北城市化之路》，《毛泽东邓小平理论研究》2005 年第 4 期。

究——基于广西和云南的比较》[①] 一书，以广西和云南为例，展开了中国—东盟自由贸易区带动下西部民族地区城镇化布局问题的研究，第一次全面、系统地研究当前中国—东盟自由贸易区效应对于西部民族地区的影响，从空间地域组织角度，研究区域经济系统，揭示区域经济运行规律，探索中国—东盟自由贸易区对广西和云南等西部民族地区城镇化布局构成的作用与演化作用。其中显示的一个重要信息是，特大、大中城市带动小城市、小城镇发展模式的建构结果，即第三产业及其消费指数经过近十年的发展仍然基本集中在首府城市，向沿线中小城市转移的经济指数，包括进出口额、社会消费品零售等，与真实的城市化率和城市空间布局的新变化之间呈“非正相关关系”或“不明确关系”。毛生武的《西北民族省区城镇化模式与制度创新》一书指出，西北地区地形结构复杂，居民点和城镇布局不宜过于分散。如果除去大约一半的不适宜人类居住的高山、高原、沙漠、戈壁的面积，西北的人口密度将提高一倍。多数人口相对集中在平原、河谷、盆地和其他条件较好的高原地区。由于水资源短缺和生态环境脆弱，水土资源不匹配，人少、水少、地大决定了西北不具备布局更多的大型、特大型城市的资源和环境条件，因而应以中等城市和小城市的较为均衡的空间布局为主。在这个基本判断基础上，该书提出西北民族地区城镇化适合“向心型城镇化”和“外围市区的城镇化”两个模式。前者指各个首府大城市和大部分次大城市采取旧城改造式的向心型城镇化，后者意在“摊大饼”式地向外扩张，以经济技术开发区的方式推动跳跃式城镇化发展，进而建设一批能源工矿型、特色资源加工型、民族文化旅游型、边境贸易型、民族贸易型和综合型城市，以科学安放“民族性”[②]。

第三类是西部农村城镇化个案研究。比如研究宁夏生态移民吊庄与回

① 曾鹏、章昌平、程皓：《中国—东盟自由贸易区带动下的西部民族地区城镇化布局研究——基于广西和云南的比较》，经济科学出版社，2014。

② 毛生武：《西北民族省区城镇化模式与制度创新》，中国经济出版社，2011，第107～113页。

族信教群众社会文化调适的问题[①]；研究西藏拉萨市区柳梧村城市化进程中藏族牧民“失牧”“失地”后观念转变的问题[②]；以甘肃河西地区、天祝藏族自治县等为样本，研究指出民族地区农业现代化必须转移剩余劳动力，必须致力于发展特色农业，必须走规模化经营和产业化道路[③]；比如贵州的黔东南、黔西北、黔中、毕水兴模式，相对应的适应性新型城镇化是生态型、多元化特色发展型、信息化产业发展型和资源型产业发展[④]等。

（四）西部文化与文学艺术审美研究

这部分的研究成果有一个共性，基本会以西部神话学（实乃中国民族神话）、西部少数民族宗教神秘主义文化、西部民间仪式化民俗文化及“天人合一”的儒家文化为价值旨归，从而展开对西部文学、西部民族文化和西部民族审美心理的探讨与研究。然而仔细分析，它们的指向各有不同，一般包括建立在田野调研基础上的西部社会文化观念变迁与文化资源配置研究、西部民族地域审美文化价值趋向研究和西部文学研究等。

1. 西部社会文化观念变迁与文化资源配置研究

黄平通过对西方人眼中的中国形象、西方人眼中的西藏形象的剥离与重构，经过对迪庆藏族自治州、香格里拉东轴村和高原藏族村寨布伦村调研认为，这些特色村寨或地区之所以较理想地保护并开发利用了自己的文化资源，并且成为一种成功经验，一方面是因为构建了社会机制强大的社区，在工会、行业协会、集会和文化活动的良性运行中，避免了群体冲突，人们能够和谐团结；另一方面是因为发达的社区生成了强烈的社区认

① 马伟华：《生态移民与文化调适：西北回族地区吊庄移民的社会文化适应研究》，民族出版社，2011。

② 杨公卫（尼玛扎西）：《村落终结与乡土重建——西藏拉萨城市化进程中柳梧村失地农民文化观念变迁研究》，民族出版社，2012。

③ 李学春：《中国西北民族地区农村城市化道路问题研究》，民族出版社，2003。

④ 李艳丽：《喀斯特山区新型城镇化发展研究——以贵州省为例》，重庆师范大学硕士学位论文，2017。

同，“自己是最好的”，从而实现了既要有人间烟火，也要有风景如画的“还乡愿景”①。聂华林、李莹华编著的《中国西部农村文化建设概论》②研究指出，西部农村文化建设与农村经济、社会建设存在严重错位，政府对农村文化建设缺少战略规划，封建迷信、黄赌毒乃至其他不健康城市文化渗入比较深，农村反而成为城市文化的殖民地。何向东主编的《中国西部人文：文化资源与素质教育——点燃西部的阳光》③，把西部地区的文化分为高原文化、山城文化、河流文化、草原文化、沙漠文化、民族艺术和民俗文化，也建构了相应的人文精神。当然，这样的研究，也很容易导致狭隘的民族地域中心主义倾向，排外思想就在所难免了。彭岚嘉、陈占彪的《中国西部文化发展战略研究》④一书，提出了西部文化“六大圈层”、“七大板块”、“四大特征”和西部文化发展“三大战略”的观点。“六大圈层”指由波斯文化、地中海文化、中国中原汉文化和其他文化因子融合而成的新疆少数民族文化圈层，由中国中原文化、印度佛教文化、雪域高原的苯教文化和其他文化因子融合而成的青藏藏传佛教文化圈层，由中国中原文化汇合西域其他文化因子融合而成的陕甘儒释道文化圈层，由草原游牧文化和喇嘛教相结合融合其他文化因子形成的蒙宁古西夏文化圈层，由盆地农耕文化与来自不同方向的汉族文化结合而成的巴蜀儒、道、释文化圈层，由山地狩猎文化与外来屯堡文化杂合而成的滇黔桂多神崇拜文化圈层。“七大板块”指秦陇、宁夏、内蒙古、西域、雪域、巴蜀、滇黔桂文化板块。“四大特征”指多样性、民族性、开放性和宗教性。“三大战略”是政治经济文化协调发展、文化产业发展和文化建设创新工程战略。

---

① 黄平执行主编《本土全球化：当代中国西部的社会文化变迁》，经济管理出版社，2011，第98～100页。

② 聂华林、李莹华编著《中国西部农村文化建设概论》，中国社会科学出版社，2007。

③ 何向东主编《中国西部人文：文化资源与素质教育——点燃西部的阳光》，中国人民大学出版社，2008。

④ 彭岚嘉、陈占彪：《中国西部文化发展战略研究》，中国社会科学出版社，2002。

2. 西部民族地域审美文化价值趋向研究

肖云儒论文《多维交汇的西部文化与两极震荡的西部精神》[①] 提出“两极震荡”的“西部精神”，也简称“四个对子”，即历史感与当代性，忧患意识和达观精神，民族主体意识和心态杂化色彩，以及封闭守成和开放开拓。依照他给出的对立项，西部文化心理多表现为几对对立项之间的张力内涵，比如“忧患意识和达观精神”，对应的便是广阔与孤独、粗犷与沉郁、欢乐与痛苦、悲情与达观、孤寂与热情等。肖云儒著作《对视文化西部——肖云儒文化研究集》中的“民族文化论”“西部文化论”两辑，基本在“四个对子”基础上展开，进一步把中国西部文化及中国西部文学价值提升到对中国当代文化及文学普遍价值的高度来看待，认为中国当代西部文化和中国当代西部文学所表现出来的几个“平衡性”特点，即传统与当代的糅合、现实主义的当代化和现代主义的东方化、追求美的综合性和整一性，对中国当代文化和中国当代文学起着促进和控制的双重作用，使它成为中国文化、文学当代化过程中防止倾斜的重要预应力[②]。李天道的《西部地域文化心态与民族审美精神》一书，很注重西部多民族的历史形成、民间宗教信仰文化的特点和西部地理环境对审美心理的积淀与养成，认为西北文化倾向浪漫色彩的轻伦理、重自然，轻观念、重情感，以及雄浑中透着悲壮、自由奔放而豪迈的多元化，是今天文化振兴的根基。紧接着论者把西北民族审美文化的多元格局，概括为一个创作者、两种文化圈、三条道路。一个创作者指游牧文化，两种文化圈指藏传佛教文化圈和伊斯兰教文化圈，三条道路指丝绸之路及其辅道、唐蕃古道和麝香丝绸之路[③]。西北民族神话、西北“花儿”、当代西北文学所呈现的审美

① 肖云儒：《多维交汇的西部文化与两极震荡的西部精神》，《陕西师范大学学报》（哲学社会科学版）1997 年第 2 期。

② 肖云儒：《对视文化西部——肖云儒文化研究集》，陕西人民出版社，2000，第 322 ~ 326 页。

③ 李天道：《西部地域文化心态与民族审美精神》，中国社会科学出版社，2010，第 78 ~ 82 页。

精神是这样三组概念：崇高、雄壮、雄浑、奇丽、野性、飒爽、质朴和自然，粗犷、朴野、纯真、豪迈、大胆、率真、细腻、缠绵、悱恻、悲凉、沉郁、深切、风趣、含蓄和深远，以及民族色彩淡化、地域性增强、先锋性突出、文化构成丰富、注重人文品格表现和都市色彩浓郁等，即历史感与当代性、封闭守成与开放开拓、忧患意识与达观精神和心态杂化的结合①。而西南又是“多元共存的巴蜀文化审美精神”，其总体特点是冲决、大胆进取，重生、活力四射，自由、热情奔放，古老、深邃神秘。论者认为，巴蜀地域文化与文化心态有着密切关联，巴蜀地区喜好标新立异，敢于大胆反叛权威和勇于自作主张，不乏偏激骄狂之心。这种地域文化，便产生了独特的审美追求，概括说对精美形制和艳秾华美以及对铺张扬厉的铺陈和华美艳丽文风等的追求，塑造了放诞风流的个性与张狂不羁的审美精神，骄狂大胆的个性和标新立异的文化精神，个性的张扬与豪放、轩昂和超凡脱俗的艺术精神②。当然，这些结论主要是对中国古代西南文化和文学分析的结果。

有的学者还从西部民族记忆或原生态文化的角度，来建构中国西部历史知识和文化符号。武文和武圣华所著的《民族记忆与地域情韵：中国西部原生态文化论稿》，从信仰龙图腾的氏族到传说中的原始三大部落，再到《礼记·王制》、《史记·匈奴列传》、《汉书·地理志》、《水经注·渭水注》或者《太平御览》以及各级地方史志、史话等正规的文人叙事，研究了西部形象的话语合法性，认为无论盘古与龙图腾、伏羲女娲与龙凤虎图腾、炎帝黄帝与龙凤虎龟图腾、西王母与龙凤虎图腾，还是龙、凤、虎、龟的神秘化，抑或是由太阳崇拜而下降到日常生活世界的火祀与祀火，由龙图腾的变体——文身与五彩丝的象征符号成形，神秘性可以说无处不在。并得出结论说，在今天西部人的生活细节中都能找到它的变异形

① 李天道：《西部地域文化心态与民族审美精神》，中国社会科学出版社，2010，第125～198页。

② 李天道：《西部地域文化心态与民族审美精神》，中国社会科学出版社，2010，第293～311页。

式，集中的体现是传统节日中越来越多的神秘文化元素——比如年节的天人交际、清明节的神鬼祭、端午节的五行意识、乞巧节的宗教世俗化、中秋节的巫术体验和重阳节的阴阳观念[①]。马盛德、曹娅丽的《人神共舞：青海宗教祭祀舞蹈考察与研究》[②] 基本也是这一类研究思路。程金城、韩伟的《穿越时空的生命韵律：人类学视阈中的中国西部艺术》[③] 一书，以人类学、心理学、符号学等理论，研究了《格萨尔》的多重象征体系和傩文化的传统宗教意识、原始崇拜意识，认为神性和仪式感是西部文化和西部艺术的重要主题特点。

3. 把宗教文化普遍化的研究，在西部文化与文学研究中也具有明显的特点，并且呈上升趋势

比如伊斯兰宗教文化与文学的关系研究，就是这样。学者从伊斯兰宗教文化的神秘主义[④]和回族原型文化[⑤]角度进行研究，认为西部文化和西部文学之间存在一种"非解释性"和"受苦与救赎"的渊源关系。这一类研究，究其思想而论，其实具有一定程度的宗教激进主义倾向，西部本土文化被再度神秘化了。相对"静止"状态下划分的西部文化版图、论证西部文化多元共生、求证西部精神文化有别于西方现代文化，学者强调西部文化是另一种价值秩序，在本质上有着相同的价值取向。

另外，反思性研究特别在最近几年里也占有重要位置，主要集中在对

① 武文、武圣华：《民族记忆与地域情韵：中国西部原生态文化论稿》，中国人民大学出版社、山西教育出版社，2009，第 280 ~ 392 页。

② 马盛德、曹娅丽：《人神共舞：青海宗教祭祀舞蹈考察与研究》，文化艺术出版社，2005。

③ 程金城、韩伟：《穿越时空的生命韵律：人类学视阈中的中国西部艺术》，中国人民大学出版社、山西教育出版社，2010。

④ 杨经建：《神秘主义文化与神秘主义文学——伊斯兰文化与中国当代西部文学论之一》，《天津社会科学》2002 年第 3 期；杨经建：《伊斯兰文化与中国西部文学》，《人文杂志》2003 年第 2 期。

⑤ 苏文宝：《文化与原型——回族文学原型概说》，《西北民族大学学报》（哲学社会科学版）2013 年第 2 期；苏文宝：《受难与救赎原型视野下的回族美学思想解读》，《民族文学研究》2013 年第 6 期；苏文宝：《死亡：最后的生命仪式——石舒清作品的"死亡"原型研究》，《宁夏师范学院学报》2010 年第 5 期。

新型城镇化过程中西部文化发展机制出现问题的反思和审视上，属于外部关系反思。肖怀德的《关于西部文化发展观的思考》[①] 一文指出新型城镇化以来，当前西部文化发展面临的主要制约因素，第一是群体性文化认识水平较低，特别是广大西部干部群众对身边文化资源的人文价值、精神价值和审美价值认识不够。第二是落后的文化基因制约严重，包括西部文化中保守僵化的山头文化，以群体饮酒玩牌等为主要表现形式的自娱自乐文化，以等、靠、要为主要特征的依存文化，以小圈子为主要特征的排外文化等，这些文化基因长期在西部地区扎根。第三是错误的文化发展倾向突出，包括文化建设的行政化色彩太浓，政府的衙门意识强、服务意识弱，各自为政的错误观念盘根错节，文化开发上“文化大跃进”倾向突出等。第四是社会文化转型异常艰难，包括农业文化转工业文化难、少数民族文化主体精神失落、西部地区社会文化转现代文化难。

以后现代主义情怀来反观西部文化，也体现了对西部文化本身的创造性转化，属于内部秩序建构。戴生岐的《西部文化的后现代主义情怀》[②]，即属此例。论者站在打破简单否定、肯定的立场，从扬弃既有文化、建构全新文化的角度认为，西部文化中的“内隐”与“外显”的心理取向与后现代主义契合，合、和、平的精神气质与马克思“类特性理论”贯通，“圈外心理”、草莽情怀、“另类”神韵与反基础主义倾向呼应。这样经过转化生成的新西部文化，对西部文化的现代性提升，其实是建立在对“新儒家”的西部中心主义论批判基础之上的，一定程度表达了来自西部文化内部转型的自信与自觉。

4. 西部文学研究

这方面的单篇论文非常丰富，暂不罗列，仅就文学史著作、论集而言大致可分为三个阶段的三种研究类型来阐述。第一阶段的研究以“西部文

① 肖怀德：《关于西部文化发展观的思考》，《西北师范大学学报》（社会科学版）2015 年第 2 期。

② 戴生岐：《西部文化的后现代主义情怀》，《长安大学学报》（社会科学版）2004 年第 2 期。

学”概念的初步界定、早期形象特征比较分析、一般主题基调的拓展和论述等为主，起到了命名西部文学、定格西部形象的作用，以余斌的《中国西部文学纵论》[①]、周政保的《高地上的寓言》[②]、管卫中的《西部的象征》[③]和燎原的《西部大荒中的盛典》[④]、肖云儒的《对视文化西部——肖云儒文化研究集》[⑤]中的第一辑“中国西部文学论”等为代表。有的从古代西部、现代西部到当代西部，论述了当代西部文学形成的历史地理、政治经济原因，发现“忧患意识中的流亡情结”和“力和原始野性”是西部文学的共性[⑥]；有的以当代思想意识的普遍觉醒为视角，从西部多民族文化构成上认为西部文学是“现实主义的深化与浪漫主义的浸润”，与美国西部文学、苏联西伯利亚文学相比较，中国西部文学的整体美学风貌是一种“类西部”的悲剧美和雄性美[⑦]；有的研究认为，正因为与西部物质生产的贫穷落后状态错位，西部文学才反向表达出了“自信的虔诚与忠贞”[⑧]；有的研究表明，流寓西部文学与西部本土文学中的阳刚、野性、原始意象，是“现代原始主义”思想的表达[⑨]；有的研究索性把从屯垦成边的“新边塞诗”到“内生命”西部诗歌的转化，认为是“从社会创痛到生命创痛到深化于诗歌中的民族精神史”[⑩]。

第二阶段的研究是以西部地域文化为主的区域文学价值研究，李继凯的《秦地小说与“三秦文化”》[⑪]一书，从秦地文化格局的视角，研究了秦地小说求实求变、恋乡怀旧、废土废都的文化心态，以及秦地小说创作

---

① 余斌：《中国西部文学纵论》，青海人民出版社，1992。
② 周政保：《高地上的寓言》，青海人民出版社，1992。
③ 管卫中：《西部的象征》，青海人民出版社，1992。
④ 燎原：《西部大荒中的盛典》，青海人民出版社，1992。
⑤ 肖云儒：《对视文化西部——肖云儒文化研究集》，陕西人民出版社，2000。
⑥ 余斌：《中国西部文学纵论》，青海人民出版社，1992。
⑦ 周政保：《高地上的寓言》，青海人民出版社，1992。
⑧ 周政保：《高地上的寓言》，青海人民出版社，1992。
⑨ 管卫中：《西部的象征》，青海人民出版社，1992。
⑩ 燎原：《西部大荒中的盛典》，青海人民出版社，1992。
⑪ 李继凯：《秦地小说与“三秦文化”》，湖南教育出版社，1997。

形式与民俗民风、方言文化、民间原型重构之间的微妙关系。马丽华著作《雪域文化与西藏文学》①，以局外人视野审视了藏地文化的神秘主义宗教面纱，探讨了文学西藏英雄主义与复仇主题的“浪漫人生”，以及“天堂的高度”式的诗歌写作由来。她认为“神鹰啊，神鹰”，一定程度上是一种文学思维模式和习惯。徐其超、罗布江村主编的《族群记忆与多元创造：新时期四川少数民族文学》② 一书，探索和剖析了新时期四川藏族、彝族、羌族、苗族、土家族、白族等民族代表性的作家、诗人的双语文学创造成就，追溯了这些少数民族文学的盆地气质、特殊的西南地域文化记忆与新时期以来政治经济话语的互动与相互建构关系。韩文慧编著的《丝绸之路与西域叙事文学》③ 提及的丝绸之路叙事文学，所指的位置都处于古代丝绸之路沿线。从横贯欧亚大陆的整个丝路更为科学的角度看，它们只是区域性、局部的民族叙事文学，但由于居于东西方文化交流的重要枢纽地带，所以相关的民族叙事文学也就具有一定的代表意义。尤其是英雄史诗，它自古以来便长期在西域各少数民族中口头创作和流传。其大多篇幅较长，具有完整的故事情节，以塑造人物形象为主，在更广阔的历史背景上，反映出古代社会各族人民的社会生活和矛盾冲突，具有较强的写实性与现实性。

第三阶段的研究是建立在整体观之上的西部多民族文学史论。丁帆主编的《中国西部现代文学史》④ 一书，把西部形象在中国文化上的特殊性论述，上推到 1900 年代域外探险者的描述，拓展了西部文化的视野；下至 2003 年，叙述了西部现代文化到西部当代文学之间的联系与突变，反映了藏族、蒙古族、维吾尔族、哈萨克族、回族等西部少数民族文学从不自觉到相对自觉的本民族文化建构意识，强化了西部及西部民族地域特色

① 马丽华：《雪域文化与西藏文学》，湖南教育出版社，1998。

② 徐其超、罗布江村主编《族群记忆与多元创造：新时期四川少数民族文学》，四川民族出版社，2001。

③ 韩文慧：《丝绸之路与西域叙事文学》，西北大学出版社，2015。

④ 丁帆主编《中国西部现代文学史》，人民文学出版社，2004。

之于文学创作的重要性。韦建国、吴孝成等著《多元文学语境中的西北多民族文学》[1] 一书，突出了外国作家对西北维吾尔族、回族、满族作家、诗人和西北汉族作家的影响，另外，重点研究梳理了当代维吾尔族、哈萨克族、锡伯族文学从英雄传说、口头文学到有意识寻求神话原型批评的过程，一定程度有还原少数民族自身文化习惯的努力。常文昌、唐欣等著的《纸上的敦煌："新时期"以来中国西部诗歌研究》[2] 一书，论者在"所谓西部诗歌是否存在后殖民主义批评的'他者化'的危险？也就是说，它是否与人们的猎奇心和神秘感有关？"的追问下，在诗人论的基础上，较完整勾勒出了当代中国西部诗歌的基本轮廓、基本特点和基本倾向，探讨了诗歌与西部、诗歌与现实、诗歌与文化的深层关系，指出了当代西部诗歌不断变化的脉络。该研究虽未正面引进文化现代性尺度，但已经注意到西部以及西部诗歌可能太注意"被看"，反而忘记对自身的开掘和探究的普遍现象。赵学勇、孟绍勇著的《革命·乡土·地域：中国当代西部小说史论》[3] 一书，一是指出西部文学之根在于乡土，于是柳青对"五四"都市文学的反叛便被纳入西部，并成为西部当代文学"史诗性"前史；二是对所谓"西部特色"的西部文学表示质疑，认为西部民俗文化与民间宗教文化应该联姻，构成为文学创作的重要资源，使西部文学再度民间化和再度宗教化。李兴阳的《中国西部当代小说史论（1976～2005）》[4] 一书，属于在西部城市文化内探讨西部城市文学性质的研究，注意到了现代性转换过程中，西部城市书写往往把城市生活欲望化处理，表现了城市人情绪的异常骚动，另外，也探讨了现代性转换过程中知识分子普遍精神迷遁的现象。研究者企图打破传统城乡二元对立论，但实际的论述仍无法从根

---

① 韦建国、吴孝成等：《多元文学语境中的西北多民族文学》，中国社会科学出版社，2007。

② 常文昌、唐欣等：《纸上的敦煌："新时期"以来中国西部诗歌研究》，中国人民大学出版社、山西教育出版社，2009。

③ 赵学勇、孟绍勇：《革命·乡土·地域：中国当代西部小说史论》，中国人民大学出版社、山西教育出版社，2009。

④ 李兴阳：《中国西部当代小说史论（1976～2005）》，安徽大学出版社，2006。

本上摆脱二元论的束缚。一方面说明，研究对象的世界观就处在传统城乡二元对立的层面；另一方面说明，中国城市文化理论及城市文学还很不成熟，基本上是以乌托邦式乡土文明形态来参照当下城市文化、文学的模式。

生态主题也是西部文学研究的角度，雷鸣的论文《西部生态小说兴起溯因》指出以乡土为审美标高的西部小说，在新的文学场域中陷入无人喝彩的境地，作家自我认同危机、西部特殊的自然环境和浓郁的宗教文化等综合原因，是推动西部生态小说创作的原动力[①]。赵学勇、田文兵的《生态文明意识中的西部小说》一文，指出西部小说持续而执着地关注和叙述西部人们的生存状态，追求和谐的生态环境，蕴含着丰富的生态美学特征，体现了作家自觉的生态意识以及构建生态文明图景的多元探索，创作中表现在皈依自然的传统生态意识、诗意栖居的现代生态意识、聚焦寻根的文化生态意识、自我超越的精神生态意识和关怀生命的人文生态意识五个方面[②]。

有的学者引进现代性并通过现代性思想审视，来探讨西部文学的得与失。金春平的《文化游弋中的自我救赎——新时期回族小说的现代性困境与突围》一文研究指出，面对多维文化空间中伊斯兰母族文化的生存境遇，回族作家表现出了集体性的心理焦虑，并在小说文本中对民族性与现代性在信仰、感性与理性层面的对立性进行着艺术言说和身份构建，而“反思超越”层面的理念共识，昭示出二者之间焦虑消解与文化共享的某种可能[③]。李兴阳在其论文《二十世纪九十年代西部乡土小说的现代性反思》[④] 中认为，20 世纪 90 年代西部乡土小说从对现代政治文明的召唤到

① 雷鸣：《西部生态小说兴起溯因》，《内蒙古社会科学》（汉文版）2008 年第 3 期。

② 赵学勇、田文兵：《生态文明意识中的西部小说》，《兰州大学学报》（社会科学版）2009 年第 1 期。

③ 金春平：《文化游弋中的自我救赎——新时期回族小说的现代性困境与突围》，《民族文学研究》2012 年第 3 期。

④ 李兴阳：《二十世纪九十年代西部乡土小说的现代性反思》，《宁夏社会科学》2005 年第 1 期。

对城乡对立格局中不平等关系的追问，从对乡土人生的皈依、亲和到对乡土文明所内含现代普适性的注目，从对宗教信仰、宗教情感引导现实超越的可能性探求到对抵御异化的生命神性的崇仰，其精神向度与价值选择都表现出了前所未有的多向性。但其自足乡土人生的多向性探求，大多则以理想主义的乡土封闭形态为基础，因而暴露了严重的保守主义倾向。

（五）西部电影研究

此类研究可大致分为西部电影叙事美学建构研究、西部电影类型化特征研究、西部电影的现代性审视研究和中国西部电影与美国西部片比较研究。

1. 西部电影叙事美学建构研究

张阿利、皇甫馥华主编的《与中国西部电影精英面对面：大话西部电影》[①] 一书，是西部电影的主要研究学者、理论家钟惦棐、张阿利、皇甫馥华、肖云儒等与西部电影的主要创建者、几代著名导演如黄建新、杨亚洲、陆天明、周晓文、滕文骥、冯小宁、杨争光、何平、张子恩、田壮壮等，以及编剧张子良、芦苇等的访谈录，他们以历史见证者、参与者、创造者的亲历身份，从现实主义、民族文化内涵、新的文化类型以及豪放阳刚的美学风格等角度，深入探讨了西部电影这一概念的构思、命名、形成、发展等过程。肖云儒的《西部电影对中国电影的意义》[②] 以亲历者的身份，揭示了西部电影现象背后许多珍贵史料，并对其发展历程进行了科学的梳理、分类和理论阐述；总结了西部电影样式的流派特征、发展规律、内在质地、艺术表征和对中国电影发展的深刻意义。黄冲的《中国西部电影的西部形象》[③] 把后殖民理论的“空间意识”作为普遍运用的审美视角与方法来观照中国内部异质文化并存的格局，从而提出了国内不同文

① 张阿利、皇甫馥华主编《与中国西部电影精英面对面：大话西部电影》，陕西人民出版社，2004。

② 肖云儒：《西部电影对中国电影的意义》，《西安交通大学学报》（社会科学版）2009 年第 3 期。

③ 黄冲：《中国西部电影的西部形象》，《电影文学》2005 年第 10 期。

化、地域互相“注视”的关系，也给出了中国国内跨文化、跨地域间“形象”存在的事实和研究的可能。吉平的《中国西部影像》一文指出，中国的西部广袤而又瑰丽，厚重而又苍凉；它既有着雄奇、壮丽的自然景致：如晶莹的雪山、冰川，粗犷的大漠、戈壁，秀美的绿洲、湖泊，辽阔的草原、牧场……同时又有着深沉、古朴的人文景观：如奇特神秘的兵马俑、大雁塔，深邃幽秘的敦煌莫高窟、楼兰古城，神圣威严的布达拉宫、拉卜楞寺，等等，都造就了中国西部影像的写实主义风格。[①] 张阿利的《中国西部电影的美学特征》从六个方面总结了西部电影美学特征：现实主义的主流美学风格特征；用一系列银幕形象来剖析民族性格、揭示民族心理、展示民族内在文化的原动力；从现代文明与传统观念交错，折射不断演进的、新的时代精神和气息；独特的民俗风情表意和表达体系；用西部雄奇、瑰丽而又古朴、厚重甚至恶劣的自然景物和人文景观深化影片主题乃至全片结构，形成了银幕景观造型表达体系；开拓了新型影片样式与类型，拓展了民族电影艺术和产业发展的宏阔空间[②]。曹小晶的《论中国早期“西部电影”的独特审美意蕴》指出，“中国西部电影”的称呼是对美国西部片的借用，在其具体的审美蕴涵上却是完全中国化的，它具有一种“历史寓言”的美学本质，富有历史的厚重、沧桑感和精英意识的主观表现性[③]。何春耕的《西部升起的“太阳”——论中国西部电影的形成和发展》一文，指出在从《人生》《黄土地》《老井》到《美丽的大脚》等以反映西部地域文化特征为主的中国西部电影发展过程中，其文化审美视角形成了鲜明的特征：从20世纪80年代侧重于道德评判和对传统文化的反思到21世纪初转向对平民情怀的关注，体现了文化重负下的多维融合的发展趋势，具有广泛的现实意义和历史深度；而它向观众展示的浓郁的地方特色令人耳目一新，富有民族特色与乡土气息的西北风土人情的文化

① 吉平、任庭义：《中国西部影像》，《电影》2006年第8期。

② 张阿利：《中国西部电影的美学特征》，《电影艺术》2005年第6期。

③ 曹小晶：《论中国早期“西部电影”的独特审美意蕴》，《唐都学刊》2003年第4期。

长卷，复杂的人物性格，富有感染力的综合艺术手法，构成了西部电影独特的审美价值①。张阿利的《论西部电影与中国传统文化》指出，西部电影通过对传统人文精神的历史呈现、对传统文化物象的影像传达、对传统民俗文化及风情的镜语展现，自然而然地从西部最贫困、最落后的苍凉莽原出发，去寻找我们民族的源头和希望，从而达到反思文化、反思历史的目的。②

有的硕士学位论文对西部电影的形象建构也进行了深入研究，文源的《中国西部电影中的民族精神研究》通过西部电影人的西部电影和港台电影人的西部电影比较视野，分析了四五六代导演由“影戏美学”到“影像美学”的变化历程，和以西部地域符号、民俗文化、民族音乐、色彩意蕴、方言等处理传统文化与民族精神的不同风格，说明了西部电影人从历史层面展示西部，进而反思西部，到关切民族命运、揭示现代文明与传统观念的冲突与融合，再到港台电影人对个体心灵的注重，两种视野互补所产生的独特美，体现了突出的民族精神。③ 张雪的《中国乡土电影论》以西部电影传统叙事模式、表现主题为切入口，通过画面语言、银幕造型、色彩和构图等方面的典型实例分析，认为情景交融、虚实相生、韵外之致是西部乡土电影的三个境界，如何在新科技中既保持乡土味道又不被其商业性压制，是今后实践探索的重中之重。④ 朱玉的《西部电影中的儒释道文化研究》指出东方哲学中的儒释道文化，不仅影响着西部电影乃至中国电影的发展，更是五千年来指导着中国人思想和行为的典范，西部电影与儒释道文化相辅相成，正是西部电影持续发展的有力依据。⑤

另外，有的学者还从西部电影叙事特色的角度，探讨了西部电影通过

① 何春耕：《西部升起的“太阳”——论中国西部电影的形成和发展》，《唐都学刊》2003年第1期。

② 张阿利：《论西部电影与中国传统文化》，《电影艺术》2005年第4期。

③ 文源：《中国西部电影中的民族精神研究》，西北大学博士学位论文，2014。

④ 张雪：《中国乡土电影论》，曲阜师范大学硕士学位论文，2010。

⑤ 朱玉：《西部电影中的儒释道文化研究》，西北大学硕士学位论文，2009。

构建特色化叙事美学体系来拓宽其发展路子的理论可能性，如薛凌在《西部电影的叙事特色》中认为西部电影独特的讲故事方式，撑开了西部电影的题材范围，也建构了其电影语言和构图结构。[①] 薛晋文的《西部片叙事特征新探》从叙事结构、叙事语言、叙事目的三个方面论证西部电影在叙事艺术上的独立性。[②] 也有的学者从文化转型后往何处去的追问中，以重启启蒙思想为价值尺度，探讨了西部电影在消费时代不可替代的文化功能，认为这应该是西部电影立于不败之地的根本价值原因，如郭越的《文化转型中的中国西部电影》[③]，等等。

2. 西部电影类型化特征研究

沈国芳所著的《观念与范式——类型电影研究》一书中的《西部片》一章，从美国西部片形成、模式、主题、价值取向对比分析入手，认为中国西部片需吸取经验教训，走出神话的复归和神话意识的呈现，以善与恶的二元对立构建人物形象谱系、蛮荒文化影像和英雄主义的程式化故事的观念与范式，才能构建真正意义的中国西部电影美学体系。[④] 张阿利在《中国少数民族题材电影探析》一文中认为，走少数民族题材道路是西部电影确保个性的必由之路，一方面，少数民族题材电影提供了丰富的素材和创作源泉，成为西部电影不断发展的重要推动力之一；另一方面，西部少数民族题材电影较为深刻地展现了西部少数民族的历史文化、生活环境和精神风貌，为中国少数民族题材电影的创作提供了广阔的发展平台，带来了新鲜的艺术活力，形成了一批标志性的作品。[⑤] 李小丽的《浅论中国"西部电影"的类型化特征》一文，初步探讨了在从"西部电影"到"新西部电影"的演变过程中，西部电影所具有的西部地域性、西部传奇性、

① 薛凌：《西部电影的叙事特色》，《电影艺术》2005 年第 4 期。

② 薛晋文：《西部片叙事特征新探》，《艺术广角》2006 年第 5 期。

③ 郭越：《文化转型中的中国西部电影》，《电影艺术》2004 年第 2 期。

④ 沈国芳：《观念与范式——类型电影研究》，中国电影出版社，2005，第 54 ~ 71 页。

⑤ 张阿利：《中国西部少数民族题材电影探析》，《西北大学学报》（哲学社会科学版）2012 年第 4 期。

现实问题反思性和平等对话性等类型特点。[①] 何春耕的《“西部趣味”与文化姿态：解读中国西部电影》一文研究指出，以《人生》《黄土地》《老井》《美丽的大脚》等为代表的中国西部电影，立足于本土生活，以本土观众为诉求对象，注意发掘本土性的文化层面，拓展历史性的文化视野，对西部的地域文化充满深切的人文关怀，尤其是中国西部电影精湛的艺术表现与对西部人生体验的真诚表述，体现了独特的“西部趣味”，中国西部电影导演从述说转向反思、从本土走向世界、从精英主义转变到世俗主义的文化立场更体现了与时俱进的文化姿态。[②] 金洪钢的《中国西部电影中的文化现象研究》[③] 和王涛的《当下中国西部电影创作路径的拓展与美学探赜》[④] 通过对类似“抗争”“牺牲”“侠义”等共性西部地域文化现象的分析，肯定了这些文化元素对西部蛮荒、质朴、壮美的艺术化凸显，也认为只有坚守这些“文化名片”并保持西部的“自然性”，才能保存社会转型期西部电影的特色。

另外，也有学者从几代导演美学风格、世界观以及电影学教育的角度研究西部电影类型化成因，如杨晓林的《论新生代导演的西部题材电影》[⑤] 等；也有学者以神话原型理论，研究西部电影中的西部历史文化秩序，认为中国西部沉淀了中华民族传统文化的精华，是中国电影西部片的诞生与发展圣地，西部电影应该继续在西部历史文化源头挖掘，以此形成自己的文化哲学类型特点，如孙蕾的《自然与人的神话——浅析中国西部片》[⑥]，等等。

学者对西部电影类型化趋势，以及如何摆脱美国西部片影响，走市场化产业化道路的研究，也有了新的发现。张晓的《中国西部电影类型研

---

① 李小丽：《浅论中国“西部电影”的类型化特征》，《当代电影》2005 年第 3 期。

② 何春耕：《“西部趣味”与文化姿态：解读中国西部电影》，《湘潭大学社会科学学报》2003 年第 5 期。

③ 金洪钢：《中国西部电影中的文化现象研究》，《电影文学》2018 年第 11 期。

④ 王涛：《当下中国西部电影创作路径的拓展与美学探赜》，《当代电影》2018 年第 7 期。

⑤ 杨晓林：《论新生代导演的西部题材电影》，《电影艺术》2005 年第 4 期。

⑥ 孙蕾：《自然与人的神话——浅析中国西部片》，《唐都学刊》2003 年第 2 期。

究》，从内容角度把西部电影分为西部生活电影、西部民俗电影、西部武侠动作电影和西部战争电影四大类别，认为西部生活片仍然是西部电影未来发展的主要内容，并且指出了西部电影在面临当前全球化语境的冲击下呈现出来的困惑。[①] 研究表明西部电影需要摆脱美国西部片的阴影，走西部电影集聚发展之路，寻找产业化和多元化的发展方向。此外，该文还指出西部电影的创作要注意商业化和艺术性的融合，强化以市场为导向的电影制作理念，紧跟时代步伐，适时改变自身发展策略，扭转西部电影尴尬的局面。贾音的《中国西部电影造型风格研究》[②] 一文，将电影造型理论融进西部电影的研究中，从民族心理传统、地域文化特征以及观众的审美诉求等方面对西部电影造型观念的内在渊源进行了研究，总结出西部电影造型风格特点，并在此基础上对西部电影造型风格发展的脉络做了一个详细梳理，指出在世界电影和中国电影发展的大环境下，西部电影走市场化和商业化是一大趋势。袁恩旭的《中国西部电影发展论》，从西部意象的角度指出，西部电影从具有无限能指的传统意象表达，到单纯的奇观展示，再到人的现实客观存在环境，“西部”在社会文化的转型中不断地做出了自我调整。[③] 同时，该论文也严肃指出了西部电影面临的困境：21 世纪以来西部电影在尝试走市场化和商业化道路中，一是农民身份参与缺失了，二是在互联网、西方先进理念和电影的强势冲击以及新兴传媒技术的兴起等反衬下，西部电影市场显得更加不健全了，导致西部人不仅没有了话语权，也少有接受权。这对于以西部乡民为原型的西部电影受众而言，不可谓不严重。崔倩倩的《中国西部电影中农民形象塑造》也指出，进入 21 世纪农民形象的塑造还有许多空白领域亟待填补，而学者就西部农民的银幕形象塑造似乎在尝试市场化探索的同时，并未对这一类型题材进行深入挖掘。[④]

① 张晓：《中国西部电影类型研究》，湖南大学硕士学位论文，2009。
② 贾音：《中国西部电影造型风格研究》，西北大学硕士学位论文，2011。
③ 袁恩旭：《中国西部电影发展论》，苏州大学硕士学位论文，2008。
④ 崔倩倩：《中国西部电影中农民形象塑造》，西北大学硕士学位论文，2011。

3. 西部电影的现代性审视研究

王富仁的《中国西部电影简论》一文，从西方现代都市与中国现代都会形成的大背景着眼，研究指出，西部电影是在“文化大革命”结束之后产生并发展起来的，在那时，上山下乡的城市知青和农村的回乡知青既构成了新一代的电影导演和新一代的文学创作群体，也构成了中国当代电影的新一代接受群体，从而实现了中国电影从城市小市民文化视角向现当代农民文化视角的转移。[①] 王富仁认为这是一个中国农村文化和中国城市文化的结合，也是中国传统文化与中国现当代文化的结合，不论从其思想内涵看还是从其艺术内涵看，中国的西部电影都表现出更加鲜明的时代特色和民族特色。《中国西部电影简论》同时指出西部电影到 20 世纪 90 年代之后，之所以逐渐走向衰弱，仍然是因为当代中国城市小市民文化泛滥，并不能体现中国电影艺术整体上的进步和发展，片面追求电影技术的进步和票房经济价值，导致了电影思想内涵和艺术内涵的空虚和苍白。王军君所著的《中国西部电影反思：理论建构与创作实践》一书，致力于从电影史视野论述中国西部电影的地位、概念建立、理论建构、发展轨迹和代群更替、剧本改编、西部形象的影像书写以及继承和创新，也较系统地研究了从“西部电影”到“新西部电影”在叙事风格、价值追求、思想内涵、人物谱系、色彩和构图上的变迁过程。[②] 研究指出传统西部电影的局限性在于，一是地域文化有其狭隘性的一面，二是内部题材的不平衡，三是银幕形象塑造相对薄弱，四是出现在西部电影银幕上的自然景观和民俗景观，静态的多于动态的，往往是黄土地、黄河、大山等宏大的固定景观，缺乏与现代人动态的生存意识相对应的动态景观。张倩的《西部现代性的影像话语——中国西部电影现代性内涵的新历史主义解读》，把西部电影发展分为三个时期，即 20 世纪 80 年代西部电影出现并确立风格的时期、20 世纪 90 年代发展辉煌与低谷时期和 21 世纪重获新生以及出现“新西部

① 王富仁：《中国西部电影简论》，《东岳论丛》2009 年第 2 期。

② 王军君：《中国西部电影反思：理论建构与创作实践》，中国社会科学出版社，2012。

电影”时期。[①] 第一个时期反思的主要对象是传统文化中的愚昧落后，是中国改革开放之后从落后、封闭的农耕文明向现代工业文明挺进的映像表征。因此这时期西部电影的现代性也主要体现在反映这种新旧冲突和对传统的反思方面。第二个时期西部电影的现代性反思表现在，一方面延续了前一阶段对新旧冲突的关注与对愚昧传统的反思，另一方面出现对现代精神的初步反思，现代精神与中国传统冲突的结果并不一定是现代精神的完胜，一味地追求现代未必符合这个古老国度的现实。该时期反思的对象既有传统文化，也开始包括现代文明。这一时期西部电影的现代性表现出一种激情退却后的平淡与宽容。第三个时期西部电影的现代性表现在，注重对现代生活的反思，批判商业化带来的片面追求现实利益的社会现实。因此新西部电影侧重于指示现代文明的弊端，表达对中国优良传统的赞美与向往，这一时期的反思对象完全变成了现代精神的弊端。孟丽花的《西部电影创作与当代文化价值观建设研究》[②] 一文指出，《秋菊打官司》是一部现实主义风格的西部片，通过讲述秋菊这一坚毅执着的农村妇女的故事，作者传递了对弥漫在农村的现代观念的不彻底性所进行的反思。秋菊孜孜以求的“说法”背后包含着男尊女卑、重男轻女的封建思想。赵涛的《中国西部电影审美文化嬗变研究 1984～2014》[③] 特别指出，2000～2014年是中国西部电影审美文化嬗变的发展期，随着技术理性的膨胀，反启蒙的宗教价值开始复兴，同时伴随着消费的拜物教，工具理性一跃成为消费社会的新宠。文化的商品属性日益凸显，影视产业作为传统的大众媒介走在文化消费的最前端并引领着社会消费和时尚风潮，推动了消费主义在全社会的兴盛与蔓延。这个时候西部电影中的泛喜剧和商业元素被放大。在现代性思想的启发下，赵涛研究认为，在当前“一带一路”的时代大潮中，应该传承和坚守中国经典西部电影中一以贯之的“西部精神”根底和

① 张倩：《西部现代性的影像话语——中国西部电影现代性内涵的新历史主义解读》，兰州大学硕士学位论文，2010。

② 孟丽花：《西部电影创作与当代文化价值观建设研究》，《大众文艺》2015 年第 19 期。

③ 赵涛：《中国西部电影审美文化嬗变研究 1984～2014》，西北大学博士学位论文，2015。

“现实主义”关怀，重新开启一种中国西部电影与文化的叙事动力，以及中国电影和世界电影对话的能力与可能。

4. 中国西部电影与美国西部片比较研究

郭培筠在《中国西部电影与美国西部片的比较研究》[①] 一文中指出，中国百年电影史上，西部电影已成为一种被国际电影界普遍认可和接受的艺术品牌。由于历史背景、文化传统的不同，中国西部电影与美国西部片在文化内涵、矛盾冲突及人物形象等方面具有显著的差异。只有理解这种差异，我们才有可能在中国的西部电影中建构起属于我们民族自己的人文精神、西部精神。任斌的《美国西部片与中国西部电影的比较研究》[②] 指出，美国西部片和中国西部电影相似性在于对原生态的民俗文化传统和自然风貌的表现。首先，在美国西部片的影响下，以及中国电影的自身发展、历史传承，产生了中国西部电影，形成了具有中国特色的类型片。其次，两国西部影片都具有鲜明的地域特色，但差异是明显的。一是美国西部片的主题是征服西部，中国西部片是倾情于西部文化与风土人情；二是美国西部片需要英雄的浪漫主义精神去建立一个新世界，中国西部片中的西部是中国人世世代代的栖息地，它更关注个体的生命，因此表现的也是普普通通的西部人；三是美国西部片体现的是商业类型片的特色，运用比较低的成本，采用流水线制作方式，求得利益最大化，中国西部片更体现出地域文化类型片特色，讲究乡土气息、传统文化的表述。耿海明的《文化差异中的民族寓言——中国与美国西部片比较》[③] 研究指出，美国西部片是以美国西部拓荒时期为主要背景，讲述发生在美国西部的故事，反映文明与蛮荒、个人与社会、本民族与异域文明之间的矛盾和现实冲突的类型电影，它最能代表好莱坞商业化类型片风格，商业性是其本质特点。而中国西部电影则是以现实主义为主流风格，主要表达对西部社会和西部人

① 郭培筠：《中国西部电影与美国西部片的比较研究》，《内蒙古师范大学学报》（哲学社会科学版）2004 年第 4 期。

② 任斌：《美国西部片与中国西部电影的比较研究》，兰州大学硕士学位论文，2010。

③ 耿明海：《文化差异中的民族寓言——中国与美国西部片比较》，《电影文学》2005 年第 5 期。

文现状的文化关切。

（六）中国农民现代性问题研究

首先是农民现代主体性问题研究。刘相菊的《现代化视野的农民日常生活：困惑与矫正》① 一文研究指出，在现代化和全球化的影响和冲击下，当前中国农民的日常生活世界正处于传统—困惑—解放的过程中。论文通过对农民观念的保守自在、人的世界与物的世界的不和谐、人与自身的不和谐三个方面的困惑分析，认为开放自我，用实践解放人来实现中国农民日常生活世界的解放是一个途径。黄琳、武正雄的《论主体性视阈下的集体——兼论农民主体性的出路》② 一文指出，在市场经济还没有充分发展的我国，宗族家族势力和宗族家庭观念在广大农村仍然持续顽强影响的条件下，农民的组织形式只能是血缘向物缘的过渡，但在以公有制为主体的经济形式的“普照之光”的照耀下，新的农民组织形式从血缘组织向物缘组织过渡并朝着自由人联合体方向前进，因而新的组织将具有血缘性、物缘性和向自由人联合体方向发展等多种属性。于是，研究提出，只有建立自治集体，才能构建经济的现代性主体，这个主体再慢慢濡化到社会领域，现代社会主体就能建立起来。原栋的《文化自觉视野下农民素质探究》③ 一文在文化自觉的视野下分析了农民素质不高的原因，一是农民对文化自觉认识不足，包括对城市文化的辨别力不足，缺乏对农村文化的认识。二是农民的文化自觉主动性不足，原因包括农村文化建设经费严重不足，文化建设管理体制不顺畅，农村教育仍然落后，农民文化消费能力低、对文化态度漠然，农村文化产品仍然匮乏。黄进的《中国农民主体性的现状与重塑》④ 一文提出，从“赋权”“共享”“叙事”三个层面出发是培育农民现代主体性的途径。“赋权”可以促进乡村管理的主体思辨，

① 刘相菊：《现代化视野的农民日常生活：困惑与矫正》，《重庆社会科学》2009 年第 11 期。

② 黄琳、武正雄：《论主体性视阈下的集体——兼论农民主体性的出路》，《经济研究导刊》2008 年第 2 期。

③ 原栋：《文化自觉视野下农民素质探究》，《沧桑》2014 年第 5 期。

④ 黄进：《中国农民主体性的现状与重塑》，《高校理论战线》2012 年第 2 期。

“共享”可以打破城乡藩篱进行自我找寻，“叙事”则是湮除小农心态的精神启蒙。李卫朝的《当前中国农民启蒙何以必要?》[①] 一文从“三农”政策中帮助者与受助者错位的普遍现象入手，认为农民启蒙之所以必要，就在于一方面，农民启蒙因其未能完成而没有出现更多的问题与危机（现代性的危机），其更像一块正待雕琢的璞玉，只要认真打磨，就可以借鉴启蒙运动的经验和教训，避免出现相似的问题与危机，从而实现农民在城市现代化中的现代性；另一方面，可以通过农民启蒙，真正解决当前中国社会发展中最大的现实问题（“三农”问题），为现代化的实现扫清障碍。

其次是农民现代化心理素质问题研究。黄尚峰的《当前中国农民社会心理素质分析》[②] 一文，通过对农民的求知欲、思维方式、消费观念、法律意识、政治参与意识、主人翁意识等方面分析，研究指出，只有塑造新型农民全新心理结构和社会素质，才能推进农村社会现代化进程。叶笑云的《浅论当前中国农民政治心理现代化》[③] 一文，着重分析了当前制约农民政治心理现代化的几种常见因素：参与意识与行为易受情绪影响，易导致过激行为发生；政治参与中农民盲从心理有所增强，已成为影响一些地方社会、政治的重要因素之一；过强的利益动机与小农意识、私有观念结合在一起，造成农民政治上的狭隘心理；农民变革意识有限，政治信任和认同对象高层化，有利于政治维稳，但制约改革和发展。刘爱军的《当前中国农民政治参与心理现代化现状及优化对策》[④] 一文，分析了造成农民消极政治参与心理的原因：经济困境与利益追求博弈，是当前农民政治参与心理形成的根本原因；城乡二元结构的体制障碍，是当前农民政治参与心理形成的直接原因；传统政治文化的消极影响，是当前农民政治参与心

① 李卫朝：《当前中国农民启蒙何以必要?》，《井冈山大学学报》（社会科学版）2014 年第 6 期。

② 黄尚峰：《当前中国农民社会心理素质分析》，《河北北方学院学报》（社会科学版）2009 年第 1 期。

③ 叶笑云：《浅论当前中国农民政治心理现代化》，《理论与现代化》2001 年第 2 期。

④ 刘爱军：《当前中国农民政治参与心理现代化现状及优化对策》，《攀登》2005 年第 6 期。

理形成的重要原因。

最后是农民政治人权意识研究。农民的政治人权意识，是指农民的非经济参与动机。于建嵘的《岳村政治：转型期中国乡村政治结构的变迁》[①] 一书，对湖南农村的田野调查得出结论，认为农民工参与（政治参与）的显著特征是非经济化和自愿不足，参加选举的农民并不认为选举投票对他们的自身利益很重要，他们寻求的是“办事公道”。何包钢、郎友兴的《寻找民主与权威的平衡：浙江省村民选举经验研究》[②] 一书指出，通过实证调查他们发现，农村选民的投票行动主要受其政治权利及公民责任意识驱使，表明农村社会公民意识正在形成。唐杰的《当前中国农民政治人权意识分析》[③] 一文指出，当前中国农民政治人权意识存在对主人翁身份认识不清、基本权利意识淡薄、民主意识不强、有政治行为抵触情绪、政治理想价值观保守等问题，造成农民实现自主人权内驱力不足。

以上三种“现代性”研究之外，还有一种以“旅游经济”为突破口，对西部欠发达地区经济现代化路径的研究[④]。不过，这类研究虽然提炼出了不少“旅游模式”，但终因基础设施的“滞后”，大多数研究还停留在较低层面。

另外，贺雪峰、袁松、宋丽娜等著的《农民工返乡研究》[⑤] 一书所提出的尖锐问题，在西部同样普遍存在，严重制约着城乡一体化发展，是农村和城镇双重现代化的瓶颈。他们研究指出，农民工返乡具有如下三个明显特征。首先是外出打工村民在返乡之前的职业变动非常频繁，具有很高的不稳定性。其次是农民工所从事的工种随着年龄增长而呈现有一定规律

---

① 于建嵘：《岳村政治：转型期中国乡村政治结构的变迁》，商务印书馆，2001。

② 何包钢、郎友兴：《寻找民主与权威的平衡：浙江省村民选举经验研究》，华中师范大学出版社，2002。

③ 唐杰：《当前中国农民政治人权意识分析》，《长春工业大学学报》（社会科学版）2006年第3期。

④ 敖成博、金城：《西部欠发达地区经济现代化路径研究——以旅游发展为例》，《中国集体经济》2019年第4期。

⑤ 贺雪峰、袁松、宋丽娜等：《农民工返乡研究》，山东人民出版社，2010。

的变化：一方面，他们不断更换的工作中体力劳动的程度不断加深；另一方面，工作类型对人的注意力高度集中的要求逐渐降低，这两方面相辅相成，此消彼长。最后是农民工返乡之前，其职业变动频率本身呈现一个大致的规律，即在他们的职业生涯开始时调整比较频繁，中期比较稳定，后期又有一个频繁的调整。其中原因是，当他们开始外出打工时，还面临着一系列的选择余地，他们频繁换工作的过程也是一个选择未来职业的过程。而在一段调整过后，他们必须安下心来做好一项工作，以便利用自己已经掌握的工作技能赚取更多的收入。而到了后期，往往是他们已经成家，而且想要留在城市，却又难以承担在城市定居的高昂费用。这就更增加了农民工现代化的难度，农村文化建设和城镇文化建设，如果考虑不到农民工为什么“又爱又恨城市”“也爱也恨家乡”，而只管顶层设计，农民工的文化现代性问题就会越来越难以解决。

（七）中国的现代性问题研究

西方民主国家的现代性研究早已相当成熟，乃至于发展为另一种僵化的文化模式，对人们的价值生活进行同一化，这是伴随“现代性危机”“过剩的现代性”的出现而兴起“后现代性”思潮的主要原因。20世纪六七十年代率先在英美等发达国家发生的所谓“新时代”的文学热，即为表征。这种文学有一个突出特征，就是崇尚神秘主义现象，于是也叫蒙昧主义。蒙昧主义具有社会运动的许多特征，在星相术、巫术、救世论、颓废派、宗教激进主义、个人崇拜、民族主义、民族自我中心主义和其他数以百计的思维模式中，共性是崇尚通过灵感、启示、直觉、信仰或符咒得到知识，而反对遵从科学研究的原则得出的知识主要因素中，蒙昧主义是一个重要的成分①。“后现代性”作为“现代之后”的一种观念描述，用以对付现代性的理念与方式，说到底其实是蒙昧主义及其手段。相比较而言，中国的现代性研究可谓充满误解、歧义丛生、虽断犹连。简单地说，它最大的障碍是文化传统主义或反现代化。中国现代性研究历程，便成了反文化传统主义过程。

① 〔美〕马文·哈里斯：《文化唯物主义》，张海洋、王曼萍译，华夏出版社，1989，第368页。

其一，现代性内涵与中国现代性必要性研究。周宪主编的《文化现代性（精粹读本）》[①] 一书，是众多西方学者现代性研究成果集萃，属于现代性概念、历史、内涵和类型研究，大致涉及现代性的四个重要方面。首先是现代性的概念与历史，其次是现代性的矛盾逻辑，再次是文化现代性与审美现代性，最后是现代与后现代的关系。王富仁的《“现代性”辨正》[②] 一文指出，中国社会、中国文化、中国文学的现代性正式形成于“五四”新文化、新文学运动时期，与那时所说的“新”是基本相同的一个文化概念。他认为迄今为止，它仍然是体现中国社会、中国文化、中国文学整体社会历史特征的一个文化概念。它主要活跃于中国社会、中国文化、中国文学即将发生整体历史性变化前夕的个别历史时期，例如“五四”新文化、新文学运动时期和“文化大革命”结束后的新时期，而在更多的时候，人们关注的是当时社会发展的一些更具体的追求目标，但现代性对于有分析性地感受和理解其他具体的文化概念仍有不可忽视的重要意义。美国学者吉尔伯特·罗兹曼主编的《中国的现代化》[③] 是美国一批著名学者近年研究中国现代化事业的综合性著作，它从晚清中国与西方接触产生的现代化说起，一直写到十一届三中全会，从国际环境、政治结构、经济发展、社会整合和科技进步五个方面，论述了中国现代化事业在晚清、民国初年、北洋军阀、国民党政府和解放后各个时期的起步、彷徨、动摇、发展、挫折、再发展的艰难历程。作者得出结论认为，除了东亚政治经济大环境、中国领导集团的决策，更重要的取决于原有组织和新式政策在满足“四个现代化”切实可行目标方面的有效性。美国学者乔舒亚·库珀·雷默等著的《中国形象：外国学者眼里的中国》[④] 一书指出，

① 周宪主编《文化现代性（精粹读本）》，中国人民大学出版社，2006。

② 王富仁：《“现代性”辨正》，《北京师范大学学报》（社会科学版）2013 年第 5 期。

③ 〔美〕吉尔伯特·罗兹曼主编《中国的现代化》，“比较现代化”课题组译，江苏人民出版社，2010。

④ 〔美〕乔舒亚·库珀·雷默等：《中国形象：外国学者眼里的中国》，社会科学文献出版社，2008。

中国目前最大的“战略威胁”之一，在于其“国家形象”。中国目前最重大的战略挑战，都与其“国家形象”有关。研究指出，中国如何看待自身，以及其他国家如何看待中国，将在很大程度上决定中国改革和发展的未来。中国必须明白，它的“形象”并非自己说什么就是什么，而是别人说了算；中国要加强与世界的沟通与了解，多谈谈国家的创新、不断涌现的新思想以及应对诸多问题的新举措，这要比古老传统、比古文献里都论述了什么以及有哪些流传至今的神话更有助于现代国家的形象建构。高瑞泉主编的《现代性视野中的思潮与观念》[①] 一书，注重从现象出发来分析思想观念和社会心理变迁之来龙去脉，注重观念史与社会史的结合，并试图发现在名言和主义之争论背后隐藏的潜在力量，研究指出，或明或暗、或断或续的现代性思想动力，可能正在成为看似纷乱的思潮更替中的现代中国文化之道。

其二，中国传统的现代性观念研究。高瑞泉的《中国现代精神传统——中国的现代性观念谱系（增补本）》一书，是目前国内学者从中国传统内部发掘中国自己现代性观念的第一部专著。该书指出，一套现代价值系统，必须提供终极的理想，在世俗化极高的中国现代，它就展现为理想社会和理想人格。20世纪中国出现的“大同”理想和平民化的人格理想，是“进步”在社会发展和人性发展两方面的最终目标，包含了丰富的内容，因而展现为自由理念具体的图景和结构。“大同”理想和平民化的人格理想是互相依存的，它们共同展示了自进步观确立以来渐次获得的全部现代价值观念。并且指出，中国至今尚未走出后经学时代，这个时代特有的独断论孑遗与相对主义思潮，从对立的两方面共同销蚀着现代价值。“物的依赖关系”的迅速扩张和种种“后现代”现象，像流行的快餐文化和庸俗的经验主义一样，使得当代中国知识分子容易传染上理想恐惧症。[②] 张曙光的《现代性论域及其中国话语》[③] 一书，一方面立足于中西古今交

① 高瑞泉：《现代性视野中的思潮与观念》，上海古籍出版社，2010。

② 高瑞泉：《中国现代精神传统——中国的现代性观念谱系（增补本）》，上海古籍出版社，2005。

③ 张曙光：《现代性论域及其中国话语》，武汉大学出版社，2010。

织而成的中国近现代历史，在认识现代性之普遍性和矛盾性的同时，表达了中国特色现代性和中国传统文化中独特而又不乏普遍意义的价值；另一方面在中国走出“跟随”的被动性、变“照着讲”为“接着讲”的前提下，必须再现马克思主义理论活力，终止自己所从属的“小圈子”里的自说自话、自吹自擂，以追求真理、修正错误的精神和平等心态，与不同思想和理论观点展开广泛对话，才能拥有属于自己的“文化自信”与“文化自觉”。

其三，当前中国文化现象与社会转型研究。王晓明的《1990 年代与“新意识形态”》一文指出，1990 年代以来中国之所以出现普遍的短期目标膨胀、唯所谓“成功人士”马首是瞻，乃至精神生活粗鄙化现象，根本原因是从政治经济体制到社会价值乃至个人日常生活，缺失了现代性价值秩序。[①] 陶东风的《文化研究与政治批评的重建》[②] 一书致力于一度被边缘化的政治批评重建，才发现了当前中国大众文化、文学价值观被娱乐化、消费化的本质，这也印证了现代性思想的迫切性。邓晓芒的《世纪之风：中国当代文化批判与人文建构》[③] 一书提出了中国当代第三次启蒙的观点，认为当代启蒙面临这样三大任务，即以“理性”对抗“天理”，以“人权”重建“自由”，树立健全的启蒙心态。唯有这样，传统中优秀的精华，才有恢复和“弘扬”的基础，否则，没有这个前提，回归传统只能是败坏我们的传统。张旭东的《全球化与文化政治：90 年代中国与 20 世纪的终结》[④] 一书，在后现代主义和全球化冲突的背景下，该书以 20 世纪 90 年代以来中国小说、电影和社会政治文本及围绕其间的种种争论为解读对象，认为中国已经具有充分的后现代特征（齐物、逍遥、个人、自然的道家文化时兴以及关心的不再是技术，而是技术的消费与运用），结论指出，当产能过剩、依赖出口，工业化不再是现代不现代的问题，而科技

① 王晓明：《1990 年代与“新意识形态”》，见《半张脸的神话》，广西师范大学出版社，2003，第 1 ~ 26 页。

② 陶东风：《文化研究与政治批评的重建》，中国社会科学出版社，2014。

③ 邓晓芒：《世纪之风：中国当代文化批判与人文建构》，湖北人民出版社，2014。

④ 张旭东：《全球化与文化政治：90 年代中国与 20 世纪的终结》，北京大学出版社，2014。

开发和技术创新成为根本诉求时；当生产欲望、制造消费的条件，是为了满足欲望的社会体制变成另一个技术问题时，从后现代特征的角度反观，现代性所代表的理性价值观更应该深入当前中国的现代化机制建设。

其四，反文化传统主义思潮研究。美国学者艾恺的《世界范围内的反现代化思潮——论文化守成主义》一书从现代化的诞生和相伴而生的反现代化说起，论述了现代民族国家、现代国家主义与现代化，德国浪漫主义思想与文化民族主义，英法两国的反现代化思想家，斯拉夫主义者，以及19世纪末西欧的反现代化思潮、欧洲的反现代化思想和亚洲“对西方世界的反抗”，等等。该书作者研究认为，无论印度、中国、日本，还是非洲、中东、当代欧美等的反现代化，其实都是现代性危机的中、西方时空错乱所致。他们所信奉的自我中心的文化民族主义，其思想根源实际上是“一战”“二战”后西方思想家对西方文明“幻灭”的批判，这本身反映的是现代性思想本身的危机。[①] 殷海光的《中国文化的展望》[②] 一书在逻辑经验论和自由主义观念体系下，围绕“中国近百年来的社会文化对西方文化冲击的反应”，并以此为基础，导出“中国社会文化今后可走的途径”的主题，系统地分析了“天朝型模的世界观”的形成、近代中国文化的基线、中国社会文化的激变、保守的趋向、西化及中体西用说、现代化问题等，最后指出，只有构建民主与自由的社会机制、重建眼前活生生的个人和社群道德，外加重建知识分子的责任——道德、自由、民主、科学，避免“脱序”状态，中国的现代文化才算转型成功，也才算有了完善而成熟的现代文化体系。吴祚来的《我们要往何处去——价值主义与人文关怀》[③] 一书严厉指出，今天的“传统文化热”和“国学热”存在严重问题，是信仰缺席的“文化自信”，仅仅是“场面美学与祭祀文明”，因此导致“热”的是另一形式的忠孝节义。它们依附于鬼神迷信话语、依附于

① 〔美〕艾恺：《世界范围内的反现代化思潮——论文化守成主义》，贵州人民出版社，1991。

② 殷海光：《中国文化的展望》，中华书局，2016。

③ 吴祚来：《我们要往何处去——价值主义与人文关怀》，新星出版社，2013。

清官文化、依附于一元政治文化，传统中国社会立体的、格式化生存的等级社会，仍然是人无法逃脱的逻辑框架，与人的现代化失之毫厘谬以千里。孙隆基的《中国文化的深层结构》① 一书，细致描述和分析了中国传统文化形塑下中国个体的处境："社会"对"个人"的权威主义笼罩、自我压缩的人格、"个人"的不发展和不发展的"个人"对别人的伤害。由此推而广之，对于国家与社会便是中国式的专制主义、"大一统"的倾向、"小国寡民"思维和平均主义倾向、特殊化倾向，对待世界则是"锁国心态"、天与人的"和合"，既没有超越，也没有拯救。

当然，中国的现代性问题研究，还有很多单篇论文，恕不一一罗列。

综上所述，最近四十多年来学术界对于中国西部人文现状的研究，在中国西部大开发研究、中国西部文学研究、中国西部电影研究、中国西部文化发展问题研究、中国西部新型城镇化建设研究、中国西部农村社会文化变迁研究、中国西部新生代农民及农民工研究等方面做了大量研究工作，现代性或文化现代性作为现代社会文化的重要诉求之一，有时分散在不同学科的观照视野，有时构成了不同学科研究的理论参照。但是把现代性或文化现代性作为自觉的价值尺度来看待和作为整体来反观西部人文现状的系统研究成果不多，以现代性或文化现代性来统摄并构建中国西部社会现代文化的研究还很少见。因而本书研究既有较高的理论价值，也有重要的现实意义。

三 选题的现实价值与意义

在理论意义方面，一是本书在现代性思想观照下，通过对西部大开发、西部文学、西部电影、西部新型城镇化、西部乡村文化、西部新生代农民及农民工等对象，进行多角度、全方位、深层次的再审视与研究，发现西部新型城镇化进程中文化现代性维度缺失这样一个突出问题，阐明了把现代性或文化现代性内在于西部新型城镇化、西部乡村社会文化建设、

① 孙隆基：《中国文化的深层结构》，中信出版社，2015。

西部文学及其研究、西部电影、西部新生代农民及农民工塑造的时代紧迫性、必要性和现实意义。二是运用实证主义和解构主义方法，深入剖析了西部形象与西部话语发生、再生产诸多原因，在政治经济、历史、地理等的规定性中，论述了现如今为什么提出“西部村落化人文”思维这样一个学术问题，揭示了制约西部文化自觉与自信的内外部因素。三是指出建立现代性的新型城镇化价值机制的重要性，确立城乡一体化价值平台，重视新生代农民的正能量作用，进一步阐明文化精英在“村落终结”的现实中推进现代性建设所应有的历史担当。四是打破了各学科之间、现实与学术话语之间的界限，弥补了西部文化现代性研究的不足，拓宽了西部地区人文研究的空间，也有利于丰富中国文化现代性研究的内容。

在实践价值方面，把新型城镇化过程中产生的新型西部城镇小市民文化、西部农村社会文化、新生代农民文化与西部文学、西部电影等进行通观考量，有效矫正了现实中各自为政、各说各话，甚至头痛医头、脚痛医脚的应急性政策造成的严重价值机制错位，有利于决策层在西部文化城镇化建设过程中重新调整发展思路，并为其整体谋划提供一些理论支撑，具有明确的现实针对性，有较强烈的当下关怀价值。

四　研究对象的界定

本书主要研究中国西部改革开放至今四十多年来围绕“西部形象”与“西部话语”而展开的西部人文观念与现代性之间的错位及变迁。因此，从属性上说，本书是基础理论普遍性人文观念形态研究，至于现实应用对策与建议，则是对既有基础理论模式、观念形态审视与反思后的一个自然延伸，但并非本书的研究重点。其主要内容是分析学术史概况、西部文学研究价值模式、西部电影与新西部电影之间变化的意识形态动机、西部乡村文化衰落、西部新型城镇化造成的社会价值机制错位和西部新生代农民及农民工现代性主体建构途径等方面的问题。通过研究，试图揭示中国西部现实、既有人文论述与现代性之间的断裂与机制错位，概括总结重建现代性的经验与途径，建构中国西部现代性价值体系与话语方式，推进中国西部文化现代性研究实现学术创新之目的。

五 研究理路与方法

本书以现代性思想和当代社会学、哲学文化学理论为指导，以哲学、宗教、文学、社会、文化、政治、电影等多学科为视角，在前人研究的基础上，主要采取比较研究、动态研究、系统分析以及实证主义、解构主义方法，并辅以田野调查和统计的手段。

首先，通过横向联系、纵向对比、现象分析、理论探究，特别是解构主义等手段，对西部话语发现、符号生成及再生产、乡村人文处境、城市文化现状等展开阐述与剖析，指出现代性缺失的深层原因；其次，以动态研究、归类分析和哲学文化学理论与方法，对西部文学、电影研究的价值模式，新生代农民的主体性问题、城乡一体化和文化精英进行综合研究，揭示村落化人文话语的虚妄之处，阐明建立现代性的新型城镇化价值机制，确立城乡一体化价值平台、重视新生代农民的引领作用，强调文化精英担当的时代必要性、紧迫性和现实意义；最后，在哲学文化学层面总结西部文化自觉的前提条件，明确保障高度文化自信的机制。

六 本书阶段性研究成果公开发表情况

本书研究持续三年左右（2013 年 6 月至 2016 年 10 月）的时间，除“前言”、“绪论”和“参考文献”外，正文部分约 23 万字，作为阶段性研究成果，或以整章节，或以侧重展开个别重要观点的论述形式，首先发表了约 8 万字，其中发表于核心学术刊物（CSSCl）如《小说评论》《南方文坛》《当代文坛》《宁夏社会科学》《文艺评论》（2014 年为北大核心期刊）等的约 7 万字。为区别起见，发表过的章节在行文中都有注释（核心刊物发表时文末一般标明课题编号）。

具体发表情况如下。

第一章《西部话语发现：西部人文话语生成及其语境》第二节《西

部文学研究常见价值模式》，更名为《当代中国西部文学研究价值模式审视》（一）和《当代中国西部文学研究价值模式审视》（二），分别发表于2015年第5期、第6期《小说评论》；第三节《西部电影叙事与早期定格的西部形象》以《西部电影对西部形象的早期定格与审视》为题，发表于2015年第4期《南方文坛》。第二章《西部符号生成：西部形象与人文话语再生产》，以《“西部形象”及其人文话语批判》为题，发表于2016年第6期《当代文坛》。第三章《西部乡村处境：现实村落“终结”与人文村落兴起》第二节《生态移民与“村落的终结”》、第三节《传统文化热与普遍的政治疏离感》中的一些主要观点论述扩展为《当前典型影视中流行文化价值审视》和《我们的“大众文化”将往何处去?》两个独立论文，分别发表于2015年第2期《宁夏社会科学》与2015年第6期《创作评谭》。第四章《西部文学启蒙：现代性与西部文化自觉》第一节《现代性与西部现代性程度》，发表于2015年第11期《文艺评论》；第二节《前沿人文价值诉求与西部长篇小说批评惯性》，分别充实为《人文话语发现与当前长篇小说批评问题》，发表于2014年第7期《文艺评论》，以《长篇小说的批评价值与人文话语水平的错位》为题，发表于2015年第8期《上海文学》，另外也见于2014年第8期《扬子江评论》，题为《当前人文价值诉求与长篇小说批评文体》，2014年第8期《雨花》也曾以《当前少数民族文学与人文价值诉求》刊过此文；第三节《西部文学新经验与自觉的文化批判意识》和第四节《文学史预期落空与西部新型城镇小市民文化兴起》中的一些重要观点论述，曾先后作为独立论文《近年来宁夏短篇小说创作的思考》，发表于2014年第2期《小说评论》；独立论文《当前宁夏中短篇小说叙事新观察》，发表于2015年第10期《名作欣赏》；独立论文《文学怎样讲述中国农村故事》，发表于2015年6月15日《光明日报》；独立论文《宁夏文学新观察》，发表于2014年第3期《朔方》；以及与他人合作的“对话”《如何看待“读不懂”的文学批评》，发表于2014年8月18日《光明日报》等。

在本书研究期间，其实所撰写论文或其他文章，都或多或少围绕本书所提出的重要问题而展开思索和论述，只不过，有些思索和论述因具体现象、具体材料的不同稍有差异罢了。这样的一个思维，是为了力争做到本书研究过程中语境判断、思想表达、结构逻辑等更加完整。特此说明。

第一章 西部话语发现：西部人文话语生成及其语境

本书中“西部话语”特指“中国西部话语”。而“中国西部话语”又自然分为“中国古代西部话语”与“中国现当代西部话语”。“中国古代西部话语”，必须提到清代西北舆地学这一学派。清代西北舆地学，是18世纪期间研究新疆地理的一个学派，随着国内形势和学术导向的发展，其研究的范围逐渐扩大到青海、西藏和内蒙古，最后与蒙元史研究合流，蒙元史研究成为这一研究的主流，形成清代后期一大学术潮流。既然是“显学”，西北舆地学研究成果在清代便主要包括两大类，一类是清代学者的新著，另一类是清儒对先秦两汉宋元明诸代西北地志著作的校正与注疏。清代最为著名的西北舆地学学者有祁韵士、张穆、洪亮吉、徐松、何秋涛、龚自珍、魏源等①。至于西北舆地学著作，更是卷帙浩繁，统揽大多数西北舆地学著述，由于基本是古代西北地志描述与论述，也就不能称之为文化自觉意义的“话语”。“话语”者，肇始于现代哲学文化学，是现代人文研究的重要产物，是现代性觉醒的标志，有强烈的主体性诉求。鉴于此，这里的“西部话语”也就只限于现当代中国西部人文研究观念、形象与价值模式，有着极其明确的西部身份确认意识，乃至把西部自我中心化。由此而形成了某种在现代社会、现代文化内部相对独立存在的所谓西部话语、西部形象与西部价值模式。这便是典型的“自致角色”与“先

① 周丕显：《清代西北舆地学》，《社科纵横》1994年第2期。

赋角色”，特殊化处理西部的目的在于对抗想象中的“现代性危机”。毫无疑问，这种人文研究既不是清代西北舆地学，也不是现代哲学文化学的西部研究。

“西部话语”作为当代中国普遍性人文研究的一个特殊现象，大量的研究成果显示，它的出现，最早可追溯到“新边塞诗”，紧跟其后的是1984年电影理论家钟惦棐先生关于西部电影的提倡，最后的理论完善期大概要到20世纪90年代初期。因为这个时期冠名“西部”的电影、文学、文化等其他人文研究著作才开始大量出版面世。单篇论文、各种地方文学史编写除外，成规模且具有代表性的是1992年青海人民出版社推出的“中国西部文学论丛”，包括余斌的《中国西部文学纵观》、周政保的《高地上的寓言》、管卫中的《西部的象征》和燎原的《西部大荒中的盛典》，1997年李继凯的《秦地小说与“三秦文化”》、马丽华的《雪域文化与西藏文学》，以及稍后陕西人民出版社出版的肖云儒的《对视文化西部——肖云儒文化研究集》等。2004年陕西人民出版社出版的经常被“西部电影”研究者征引的《大话西部电影：与中国西部电影精英面对面》，也都属于“西部话语”最早的发凡之作了。

中国西部电影精英“面对面”的事发生在2004年，这肯定不是一个巧合，但奇怪的是，这一次关于“中国西部电影”的严正理论之后，以“西部电影”走俏的影像叙事及其审美符号就真的转向了。2002年杨亚洲导演的《美丽的大脚》、2004年陆川导演的《可可西里》以及2006年王全安导演的《图雅的婚事》等，只能移交给“新西部电影”来分析处理了。无论叙事方式、镜头姿态、取材特点，还是讲述所谓西部故事的视角、提取的审美主题，已经完全不是“西部电影”能解释得了的。

差不多在“西部电影”如强弩之末之际，文化研究、文学研究、文学批评似乎才开始正面强攻西部文学，西部文化、文学也仿佛成了新的学术增长点。2002年彭岚嘉和陈占彪的《中国西部文化发展战略研究》、2004年丁帆主编的《中国西部现代文学史》、2007年韦建国和吴孝成等人的《多元文化语境中的西北多民族文学》等的出版，意味着中国西部话语作为人文话语之一种，正式进入新阶段。紧跟其后的文学专论，比如赵学勇和孟绍勇的《革命·乡土·地域：中国当代西部小说史论》、韩子勇的《文学的风土》《深处的人群》、李兴阳的《中国西部当代小说史论（1976—2005）》等，再加上逐年以倍数增长的国家社科基金西部项目（国家项目中西部项目差不多占 1/3）[①]，这个量应该说已经不少了，另外，近年来一些高校硕博毕业生，特别是传媒与影视方向的毕业生加入研究团队，“中国西部电影”似乎也成为一个热门，成果甚为壮观[②]。

梳理庞大的研究成果后得出的一个基本结论是，在文学研究方面，“中国西部”仍然包括西北七省区和西南地区诸省份；哲学文化研究方面，受古代秦文化熏染较深的当代陕西要不要划归到西北文化片区，依然聚讼纷纭；而电影研究方面，把握研究者的旨意，从底气十足的“西部电影”到普遍人性、全球化寻根文化思潮促生的“新西部电影”，所谓符号特点鲜明的“西部话语”似乎趋向于消散了。无论历史地理认知上的差异，还是“西部”文献惯性使然，给人的感觉是，“西部话语”总有为特色而特色的学术造作嫌疑，或者为彰显某个突出要素而故意为之的痕迹。当然，在很多称得上西部人文研究的成果中，“西部文学”研究表面看起来并不是静止的和固守概念的，分开来仔细分析每一个学者的用心，除了传统的个案研究、社会历史及文化心理分析、知人论世之外，对于现代性、后现代性甚至解构主义方法等的研究都似乎并不缺少。可是，以自觉的文化现代性为价值尺度重新打量，现有的西部话语生产——那种要么缘于地域规定性，要么囿于学科规定性和产业化思维所导致的特殊符号化现象，实际上亟须全面清理。否则，“中国西部”和“中国西部话语”就仍然只能是

① 详细论述参见牛学智《当代批评的本土话语审视》第五章《一份调查报告：我们的“文学研究”将被引向何处?》，北岳文艺出版社，2014。

② 据课题组大略统计，仅 2009～2010 年，以“西部电影”为关键词共享到网上的硕士毕业论文就不下 20 篇。照此类推，加上其他类型的西部人文研究，比如文艺学、文学下面数量惊人的子课题，合起来要超过 100 篇。如此巨大的西部人文研究量，说西部成了近年来中国大陆整个人文研究的增长点，恐怕一点都不为过。

话语的惯性繁衍，无法与整体上已经进入新型城镇化和消费主义的西部现实匹配，学术的脱节就是迟早的事。

深入地解释以上问题，显然需要一个整体的结构框架。在这里，首先要做的基础工作是，在既有研究成果的基础上，探讨西部话语被发现的历史原因、当初的文化期许，以及它的学理诉求问题。至于“中国西部”（为取得与既有西部人文研究称谓的一致性，仍用“中国西部”）的地理范畴，本书一般包括西北和西南①，而“西部话语”则只指围绕西北人文特点展开并自然扩大到与西北特征类似的西南相关人文研究及其符号发现。之所以如此，至少有三个原因需要特别说明。一是从国家层面看，自1998年第一轮“西部大开发”到2008年第二轮开发，西北和西南事实上

① 关于“西部”的地域划分，还得有一个必要说明。其实由早期到后期，大家一直有争议的是，陕西和西藏是否属于西部的问题。在《中国西部文学纵观》一书中，余斌论证了西藏划进去的理由，但以他“外西部”与“内西部”、西河以西与西河以东，以及传统东、中、西部等的界定，西藏可以而且应当属于西部范畴，可是陕西就只能属于外西部里的中部了，这是20世纪90年代初的情况。时间到了世纪之交，随着标有西部文学字样的论文、著作越来越丰富，其中以陕西高校学者教授的研究最为引人瞩目，比如李继凯、赵学勇、孟绍勇等人的著作、论文，不但论证了陕西划为西部的必要性，有的还详尽罗列了“云贵川藏渝”同属于西部（赵学勇）。比如李继凯的《秦地小说与“三秦文化”》（湖南教育出版社，1997）、《中国西部文学研究三十年》（《文学评论》2008年第3期）；赵学勇与孟绍勇的《革命·乡土·地域：中国当代西部小说史论》（中国人民大学出版社、山西教育出版社，2009）、论文《西部小说：“概念”、“命名”及历史呈现》[《兰州大学学报》（社会科学版）2005年第2期]；《主体意识、“本土化”与文学超越：当代西部小说与西北地域作家群考察之二》[《兰州大学学报》（社会科学版）2005年第3期]等；还有许豪颇具质疑勇气的论文《关于“西部文学”研究现状的一点思考》（《大众文艺》2010年第8期）等。到了2004年，丁帆主编的《中国西部现代文学史》出版，2006年李兴阳著的《中国西部当代小说史论（1976～2005）》出版，因后者是前者的一个子课题，故此两者对西部的划分，基本坚持“新、蒙、甘、青、宁、藏”，陕西不在其内。他们的理由是，西北六省区属于游牧文明覆盖圈，这是一个文化西部的概念。“与此对应的另两个文明参照模式是：以京、沪、穗为中心的东南沿海的现代都市文明，以及处在都市文明与游牧文明板块之间的广阔的中部农耕文明。以上便是现代中国文化发展的三大基本文明形态之基础。”（见丁帆主编《中国西部现代文学史》，人民文学出版社，2004，第2页）本书是关于西部人文话语的研究，大致划分只是为探讨的方便，但就笔者重点解决的问题而言，无论什么范围的“西部”，只要其集中的话语力量足够大、论述亦构成一定影响，凡“西部”人文研究的，都应该在审视范围。

被划成了同一等级的经济共同体，这意味着地理特点并非完全相同的两个片区，因为经济、人口、教育诸方面发展节奏的接近而差不多拥有同质化的人文面貌，其普遍性现象符合抽样人文分析。二是从既有人文研究成果看，“多民族”正是西北和西南的共性，基于建构的思维所看到的特色化多民族人文样态，正是本书用文化现代性审视和清理的基础。三是着眼于现实考虑，如马强的《唐宋时期中国西部地理认识研究》① 和林竞的《蒙新甘宁考察记》② 这一类著作显示，一方面南宋以降，已经很少有人去西北，“内地对西北地区的地理考察受到严重阻碍，只能根据传闻记述之”，故被主题化、符号化的概念多有“西部感觉地理”③ 现象。关键是这个把西部地理感觉化而构成的一套表述方式和话语言说体系，在西部地理地貌变化无几的当前，也基本是现如今关于中国西部话语的前期研究探索，至今亦未曾有大的改观。另一方面因为古代和近现代信息及交通阻隔，西部现实世界的现状，很容易被文人雅士想象性地绑架到所谓宗教神秘文化，乃至于主客观不分，直到在中国传统文化“天人合一”的自然观和人性观

---

① 马强：《唐宋时期中国西部地理认识研究》，人民出版社，2009。

② 林竞：《蒙新甘宁考察记》，刘满点校，甘肃人民出版社，2003。这一类综合研究成果，主要是“西北行记丛萃”两套丛书。第一辑包括裴景福：《河海昆仑录》，杨晓霭点校，甘肃人民出版社，2002；宣侠父：《西北远征记》，达浚、宗华点校，甘肃人民出版社，2002；徐炳昶：《西游日记》，范三畏点校，甘肃人民出版社，2002；方希孟：《西征续录》，李正宇、王志鹏点校，甘肃人民出版社，2002；陶保廉：《辛卯侍行记》，刘满点校，甘肃人民出版社，2002；陈赓雅：《西北视察记》，甄暾点校，甘肃人民出版社，2002；顾颉刚：《西北考察日记》，达浚、张科点校，甘肃人民出版社，2002；林鹏侠：《西北行》，王福成点校，甘肃人民出版社，2002；周希武：《宁海纪行》，王晶波点校，甘肃人民出版社，2002；陈万里：《西行日记》，杨晓斌点校，甘肃人民出版社，2002。第二辑包括林竞：《蒙新甘宁考察记》，刘满点校，甘肃人民出版社，2003；杨钟健：《西北的剖面》，朱秀珍、甄暾点校，甘肃人民出版社，2003；李烛尘：《西北历程》，杨晓斌点校，甘肃人民出版社，2003；谢晓钟：《新疆游记》，薛长年、宋廷华点校，甘肃人民出版社，2003；顾执中：《西行记》，范三畏点校，甘肃人民出版社，2003；刘文海：《西行见闻记》，李正宇点校，甘肃人民出版社，2003；马鹤天：《甘青藏边区考察记》，胡大浚点校，甘肃人民出版社，2003；高良佐：《西北随轺记》，雷恩海、姜明晖点校，甘肃人民出版社，2003；张恨水、李孤帆：《西游小记·西行杂记》，邓明点校，甘肃人民出版社，2003。

③ 马强：《唐宋时期中国西部地理认识研究》，人民出版社，2009，第333页。

中迷失人作为主体的主体性，导致所有的探索与研究仅仅是停留于原始“互渗律”层次上的幼稚的思维方式[①]，留下来的只会是可意会不可实证，甚至与当前西部微观日常生活世界相脱节，无法体察西部现代社会运行状况和西部人的现代性觉醒程度的，看似极其高迈张扬，实则模模糊糊、朦朦胧胧的“西部精神”。

究其原因，重要的不外乎这么几种流行学术观念在暗中推动。第一，1999 年生活·读书·新知三联书店出版的萨义德的《东方学》中译本在大陆发行，其“他者”理论和视角，无疑起到了推波助澜的作用。西方世界把东方他者化的视角，很快转换到了国内的中西部学术上，自我西部化、自我东方化，在研究者看来实际上就等于非殖民化。于是乎，西部不仅变成了西部学者表达身份焦虑的理想地，同时也成了“中心”城市、中东部学者曲线救学术的首选之地。第二，吉登斯等哲学社会学家类似于“现代性的后果”“全球化后果”等理论的风靡，连带而来的“现代性焦虑症”一而再再而三在中国大陆轮番登场，在文化、文学研究领域仿佛弥漫了一种文化危机，乡愁情结、寻根情结、传统文化情结以及“国学热”几乎一夜之间成为学者、批评家争相追逐的桃花源。导致的结果是，西部既有的人文话语特征正与全球化的文化寻根热里外呼应，无论“自致角色”，还是“先赋角色”，都似乎成了责无旁贷的学术赋形，解决文化危机的途径不仅在广袤的西部，就是把学术的终极目的完全放到西部，也再恰当不过了。

有了这样两个大背景垫底，深埋在西部现实深层的文化现代性诉求，反而被强势的、正面的乃至“正宗”的西部话语遮蔽了，这正是笔者从西部话语发现的原始意义来探讨这一问题的主要理由。

第一节　西部地域文化与民间宗教文化

“五里一地方，十里一乡俗”，这是一句俗谚。在微观地理研究角度，

① 参见邓晓芒《武侠小说的流行与民族常识的缺失》，《湖湘论坛》2014 年第 8 期。

俗谚中所讲的单元格局，实际上的确有它的理性成分。当地方半径不断扩大导致方言有所不同，方言共同体的思维习惯、日常生活方式、衣着打扮、细微的礼俗讲究就会随之而改变。比如，同是西北的黄土高原乡村，生活在六盘山区与贺兰山麓的六七十岁的男性老人的穿戴、早点习惯可能就很不一样。六盘山区老人有时依然瓜皮小帽、长髯拂胸，熬多半天罐罐茶有的是时间，罐罐茶加一块馍馍的早点搭配，哪怕没多少营养及合理性，也绝对心安理得并且天经地义；而长期生活在贺兰山麓的，大多则不习惯戴帽子，一般也不会留长须，即便年龄很不允许，他们也能勉强骑摩托车奔忙于儿女们的打工地，或者索性自行找零工以补贴家用，与时间赛跑也成了他们的日常功课，但早点也许就相对讲究，拉面、牛奶和包子、油饼是必需的。当捣罐罐茶与找零工、戴瓜皮小帽与蓄发、喜欢徒步行走与骑摩托车成为一种久而久之的习惯，习惯所带来的本质区别就不只是体现在日常起居上了，它会马上波及对待儿女的婚配嫁娶、为人处世、人际关系，以及最终的心理积淀。这时候，一个人的习惯，理所当然成为一家人乃至一个宗族一个村庄的约定俗成。面对儿女们的外出打工，六盘山区老人依然故我，他不那么容易认同儿女们在外偶然产生的婚约关系，也不会那么轻易支持儿女们想要的城镇化。因为在他的心里，土地永远是农民的本钱，出外打工也罢，办城镇户口也罢，“进城”在他眼里只是为了更好地回家“守成”；而贺兰山麓的老人，由于经常“享用”城市物质产品，土地在他眼里早已是可以流转甚至可以买卖的商品，他会将珍藏已久的存折变为儿女们手上按揭贷款的收据。如此一来，六盘山区人家也许仍会为儿女们的婚姻大事，启动相当烦琐的礼数程序，甚至可能会为一点彩礼不到位而与亲家反目；贺兰山麓人家，则有可能正好为周边城市某个小区单元楼的装修款式到处打听，或者为孙子们的择校而伤透脑筋、四处奔走。

显而易见，当瓜皮小帽、罐罐茶，或者蓄发，成为一个符号，那么，这个符号所代表的文化，早已不再是简单的表面生活样态了，毋宁说，是地域乡土文化与城镇小市民文化的分野。

然而当时间回到1980年代，或者回到八九十年代之交，回到西部城乡二元结构尚未分化的年代。就汉文化圈而言，无论新疆戈壁、雪域高原、三秦大地、蒙古草原，或者河西走廊、古丝绸之路，以及六盘山区和腾格里沙漠以北的塞北河套地区，唐宋时期或清末民初乃至新中国成立之前文人记述描绘的地理地貌特征，并未随时代的发展变化而产生根本性变化（主流政治经济意识形态话语的强势论述除外），基于地理地貌特征而生成的特殊西北民间民俗文化几乎呈罕见的“静止”状态。它与西南的潮湿阴冷，与东南的海风潮汐，与中原的拥挤激烈，以及与“北上广”的繁华截然不同，它的寂静、空旷、辽远、广袤——自然大于人文的特点，恰好激发了人文知识分子描述的激情。因此，在那个文辞漫溢、情趣横生、浪漫主义话语极其饱和而现代性分析话语极度匮乏的时空，所谓西部话语，虽然不能说绝无现实根据，但一般来说，若要把那种被提炼出来的西部精神完全放回到西部日常现实世界来观照，其实只不过是当时语境下人文知识分子的玄想和冥思。全球化下，提出自己的特色，是顺势而为；可是当特色彰显之后，西部话语也不可避免地要遭遇形式大于内容、符号取代实质的尴尬。极端者，也许会使所观照之西部自外于中东部，乃至自外于全国和世界，彻底成为学术与现实两方面都孤立的存在。

用大自然的强悍，取代人的实际状态和人的日常生活；用地理地貌的独异，代言民间民俗的沉默；用过客式的悲悯，放大实存的社会内容，如此等等，便是最早人文知识分子言说西部的进路，也构成了最早的西部话语雏形。

从西部地域文化的角度看，构成最早西部人文话语基础的无非是这样几个方面，即地理地貌、民间信仰，以及在此基础上形成并被放大甚至等同于中国传统文化的元素。

其一，西部气候、地理地貌特征描述，既稀少又独特，这个特征奠定了似乎永恒不变的西部人文话语基础，并且由于这个特征建立在迄今为止未曾有大变化的自然形象的基础上，后来的西部人文话语虽可能几经周折、变异，见物不见人的精神空壳化现实却显得稳定甚至不曾动摇。

重地理轻人文[①]的稀缺文献，构成了后来西部人文话语的前文本。这意味着后来的人文论述，其核心部分基本是古代地理的印象化表述。这样做，一方面，在20世纪80年代“寻根文化”中很受欢迎，一下子突出了西部这个本土文化所赖以生产的土壤，使西部这个带有“原始色彩”的空间，成了填充各色内容的容器。正因为它给人的感觉蛮荒、广袤，又加之实际上的确高山大川、丘陵纵横、戈壁茫茫，在文献描述佐证下，西部才有了最初的符号特点。那就是气候、地理、地貌描述话语格外充分，而西部人的日常生活话语比较欠缺，那种非得用高寒、阴森、荒蛮、干枯、酷烈等形容词装点的言说方式，以至于使涉足者、亲历者也不禁时时产生“令人气急不甚为害”[②]的认知定势。唐朝时期是这样，宋朝以来亦复如此。马强之《唐宋时期中国西部地理认识研究》的著作，据他的搜集归纳，无论诗文，还是笔记日记，西北的自然世界无不如此。顺手举个特殊例子加以佐证，比如任何地方都可能会出现的“倒春寒”现象，在文人笔下，西北有此现象就显得很不一般，读之令人胆战心惊。什么“衣被如刀镰，气寒鼻莫嗅，血冻指不拈”（韩愈），什么“霏霏漠漠绕皇州，销雪欺寒不自由”（王建），什么“月晦寒食天，天阴夜飞雪”（白居易），等等。围绕“倒春寒”，宋朝文人很是做足了文章，马强也不甘其后，毫不客气，一应胪列于其上。气候现象之外，无非在说明如此恶劣的自然造化，其实从那个时候比较主流的意识形态文化倾向来看，反而接近中国本土的、始源意义的人文期待。不毛之地上才好种植任何形式的文化艺术之

---

① 马强的《唐宋时期中国西部地理认识研究》，是一部收集资料翔实，论述也很中肯的西部地理研究著作。但是，作为地理研究文献，该著作似乎还有不少需要辩证看待的地方。比如第二章有这样的说法：“我国传统文化是一种重人文而轻自然的政治—伦理型文化，自孔子儒家学派创立以来，政治哲学与伦理哲学源远流长，堪称发达，而自然科学却长期被视为奇技淫巧，地位低下，发展艰难缓慢。”孔子的儒家学派与后来西部论述有多少关系暂且不论，然而，就该著作所罗列的西部地理文献来说，笔者认为论述是重自然而轻人文的，这是一个突出现象，所谓“重人文轻自然”应该加以反思。《唐宋时期中国西部地理认识研究》，人民出版社，2009，第90页。

② 杜佑：《通典》卷一九〇《边防·吐蕃》，转引自马强《唐宋时期中国西部地理认识研究》，人民出版社，2009，第94页。

树，也就更容易理解成“工具论”未曾改造过的理想环境。

另一方面，正因为宋朝以来，“西北地区长期发生与西夏的战争，使地理考察活动受到严重阻碍”，对于仅存的为数不多的西北地理记载，马强也尽可能以诗为史，铺排开来，从西北地理地貌之险恶与不适宜人类居住的记述体会，我们所领会的西部，反而成了一块不多见的处女地，在里面文人们可以任意规划、涂鸦，西部因此也就具有了某种“元地理”的意味。民国官员林竞是南方人，但他好像不属于那种拍脑门定方案的瞎指挥型领导，一般还是信奉耳所亲闻、目所亲见。民国 7 年至 8 年，他带领几个随从由北京往新疆迪化途中，一路走走停停，一路调研探访，终以日记形式完成了 20 万言《蒙新甘宁考察记》。他对两年多的所见所闻的描述，堪称细腻微观。然态度恳切不等于动机绝无可辩驳处，这是需要分别对待的。比如三月三十日自西安至哈密途经甘肃安西县渊泉镇柳园时留下的记载，虽然行文形式不同，但其修辞、基调却颇类似唐宋诗人词家。“数里，过狮子峡（今安西县柳园镇南的黑山口南）。此地旧木石山，以开道遂凿断为二，中断之处，石壁嵯峨，颇肖狮首，故名。前进，大道两旁多碱地，白如重霜，间有水草，可牧。再进，见远近山脉，峰峦出没，缭如长垣，山色驳杂，不一而足。有黝黑如墨者，近视之，觉阴森迫人，殆古之战场欤?”[①] 如此见山、见碱、见沙，就是不见人的环境，要交代的核心内容，无非是阴森、恐怖、怪异，其政治目的也就昭然若揭了。“西北交通不便，人民习于故常”，“内地各省人满为患，地力将尽，复因不平等条约重重束缚，处处与我以阻力；再则社会上亦多各种恶势力，根深蒂固，不易推灭，故虽有善良制度与政策，施行极感困难。此为深知政治内幕者所洞悉而以为最痛心疾首者也。惟西北各省区情形则大不然，犹如璞玉素笺，任吾刻画；理想世界，黄金政治，均可随时日而可收功，非同内地之烦杂也”[②]。正是在主流文人笔下，荒寒酷烈的自然环境，才成了最早奠

① 林竞：《蒙新甘宁考察记》，刘满点校，甘肃人民出版社，2003，第 142 页。

② 林竞：《蒙新甘宁考察记》，刘满点校，甘肃人民出版社，2003，自序。

基西部文学艺术风格的首选，这样的地域气质，也就更适合承载20世纪八九十年代之交时人的浪漫情怀——尤其成了诗人们总爱“心灵荒漠”的外在对应物。对于更一般意义的文人表述来说，西部这一适合并相符于“差异性”的“取景框”，更是20世纪90年代以来消费主义话语所热衷的目的地，这从“三画”（风情画、风物画和风俗画）依然是今天西部文学、西部电影发展的瓶颈，就能看得更加分明[①]。这些特点当然也是西部地域文化所赖以彰显的美学资本，更是西部文化（特别是产业文化）、文学、影视得以命名的历史的和现实的依据。

其二，除历史的和现实的依据外，接下来的重要依据要算一般的信仰和知识了，西部特有的民间信仰文化就充任了这样的角色。民间信仰文化一般包括汉民族坊间经久不息的祖先崇拜和鬼神信仰；信教民族的民间信仰，在西部则主要指少数民族异质文化。祖先崇拜以宗法社会组织为基础，由过去的行政村为单位到晚近以家族或家庭为单位，基本表现形式是集体无意识，谈不上组织也谈不上强迫，仅仅是个体冥冥当中的无意识选择；鬼神信仰以信教受众为组织基础，以寺庙组织为界而不是行政村，有强烈的组织观念。再从二者实际产生的社会影响而言，祖先崇拜生成了个体的道德自律性，并最终与儒家文化中的某些部分相结合，认祖归宗、知恩图报、因果报应，以及往大里说的文化寻根，都是其文化后果；而鬼神信仰走向极端者，则反映为某种不可解释性，具有神秘主义的一切特征，甚至表现为某种形式上靠近宗教元典，内容上却并不影响受众人群亲和时髦文化价值取向而内部结构出现分裂的特征。当时髦文化价值更加支持个体的现实利益时，正是鬼神信仰与祖先崇拜趋于合流的时刻，即都归于小

---

① “中国梦的多民族影视文学呈现——2014·中国少数民族当代文学论坛”，2014年8月17～20日在银川举行，丹增、包明德等学者提出了建设性批评意见，大概为三点，一是超越一般习俗，强调表现历史民族的灵魂。只有自由的、想象的和担当的，才不至于被人类学来源锁住手脚。二是超越一般风情，强调表现民族精神。只有抵制把风情娱乐化、幼稚化、浅俗化、市场化和浅表化，才能达到文化审视、伦理审视、心灵呼唤。三是超越一般历史，表现民族的血液。强调只有克服文化相对主义的狭隘、抱残守缺，才能建构现代文明、现代民族。

市民文化趣味的麾下了。

为区别起见，先说汉文化圈里一般的信仰和知识对西部话语的早期影响。

以儒家“温柔敦厚”为核心的汉文化圈，即便规定在西部，它也绝不是稳定的和静止不变的，这是一个常识。但是当观照的视角不同，汉文化及其文化圈就会呈现不同的样态。比如，倘若用“西部精神”和“西部现实”来看待，情况可能正好相反。肖云儒大概是在“西部精神”这个潜在概念支配下，最早论述西部文化的一个学者。在“西部文学”基本成规模的语境下，他于1997年发表了《多维交汇的西部文化与两极震荡的西部精神》① 一文。文章中，他把西部文化放在世界文化格局来观察，因此西部文化就呈现出了“交汇多维”和“两极震荡”的特点。所谓“交汇多维”，是在欧亚大陆的世界框架下来阐释西部文化，“欧亚大陆大致像一片葡萄叶的话，在葡萄叶的四个叶端，恰好是世界四大古文化——（1）地中海文化；（2）波斯文化；（3）印度文化；（4）中国中原文化”。紧接着，他在世界文化纵向发展的三个阶段，即隔离期（世界四大古文化形成和巩固期）、选择期（竞争中优胜劣汰，归并建构成为自己）和综合期（现代商业和高科技时代，各种文化在本位文化基础上的多维交汇发展）中勘定中国西部文化，简称四个文化圈：“世界四大古文化高峰在中国西部的文化盆地中向心聚集，形成了由波斯文化、地中海文化、中国中原汉文化和其他文化因子融合而成的新疆少数民族文化圈；由中国中原文化、印度佛教文化、雪域高原的苯教文化和其他文化因子融合而成的青藏吐蕃文化圈；由中国中原文化汇合西域其他文化因子融合而成的陕甘儒释道文化圈；还有在草原游牧文化和喇嘛教基础上融会其他文化因子的蒙宁西夏文化圈。”这可谓是真正的大文化交汇，在这个大交汇中，“两极震荡”的“西部精神”便呼之欲出了，也简称四个对子，即历史感与当代性，忧

① 肖云儒：《多维交汇的西部文化与两极震荡的西部精神》，《陕西师范大学学报》（哲学社会科学版）1997年第2期。

患意识和达观精神，民族主体意识和心态杂化色彩，以及封闭守成和开放开拓。有了前两个大的概念阐释，那么，在肖云儒眼里，或者在多数“西部文学”的形象塑造中——肖云儒的“四个对子”有些本身就是来自对典型西部文学形象的提炼和概括，依照他给出的对立项，西部人文化心理描述，只能是几对反义词的内涵。就拿“忧患意识和达观精神”来说，对应的一对反义词便是广阔与孤独、粗犷与沉郁、欢乐与痛苦、悲情与达观、孤寂与热情等。

这些文化心理，不能说不是西部的特色，但在更大的范畴来看，其实何尝不是乡土中国社会共有的呢？毫无疑问，当某种概念过分信赖其交汇水平时，它的特殊性和地域性其实已经走向自我解构，甚至于消失。突出整体的森林时，具体而微的日常生活及其里面的微观个体即树木，却反而不存在了。一种文化方式和价值观的形成，当然必先经过义理层面的阐发，但义理不等于生成，生成还必须经过风习的积淀和心理上长期的养成。具体到西部民间社会汉文化的一般信仰和知识状况，“西部现实”的视野，我倒觉得更加可信。这里，笔者必须再次提到林竞的《蒙新甘宁考察记》。

前文说过，这部日记对西北地理的记述，有它的现实依据，也有它的功利色彩。但全书基调基本是实证的和无意识的。而这些实证的细节正好来源于作者的无意识。关于基督教与其他民族关系的一段重要总结道出了处于夹缝中的汉文化处境，颇具代表性：“自包头以西，沿途到处见基督教势力，彼既以神道麻醉吾国人脑筋，固无论矣。”作者分为四条进行了议论，不妨照抄如下。

“沿途所有膏腴土地，尽由彼从蒙人手中以贱价租来，而以重价转租于教徒，教外之人，不得染指，此乃土地权之丧失，一也。彼既拥有广大土地，收获丰富，沿途粮价，无形中遂由彼操纵，此乃经济权之丧失，二也。教徒与非教徒纠葛，均由彼处理无论矣，即非教徒彼此间发生冲突，彼亦往往任意干涉，滥施刑罚，地方官不知过问，且亦不敢过问，此乃司法权之丧失，三也。沿途蒙、汉人民子弟，我不能教，彼乃代我教之，发聋启聩，戒除恶习（如放足、戒烟之类），功故足多，然自受神道麻醉以后，知有宗教，不知有国，知有神父、牧师，不知尚有长官、国法，如此之民，有不如无，此乃教育权之丧失，四也。其他种种横行非法之事，更仆难数。凡行西北者，莫不知河套一带有秘密之王国，具有无上之权威。夫沿海租界，其势虽凶而害显，去之尚易，此则毒入骨髓，治之诚难。"①

其他散记之处，类似于"教堂宏丽""庙貌壮丽"一类表述经常出现，同时，也常与其附近荒落的学校相比较，包括学生人数与信教人口的比较等。比如写到今内蒙古磴口县三盛公村的三道河洋堂："此乃附近一带教堂之总会，故建筑特别宏丽。有荷兰、比利时教士各一人，教徒五百余人，田地二十余顷。附设小学校一所，学生八十余人。"（民国 7 年 12 月 22 日）又如写迪化："城内只有初级师范一所而无中学，小学四所，女子小学一所（最初始成立）。各校教科书类皆陈旧，教授方法亦多因袭，不知顺应潮流。盖交通阻隔，风气阻绝，宗教复杂，思想歧异，固为根本之原因。"（民国 8 年 5 月 5 日至 22 日）

从语境不难看出，林竞的四个"丧失"，主要针对西北蒙古、汉民族人口而言；而教育的荒废，也基本说的是恶性循环的社会机制所导致的非信教人群素质问题。把林竞所见与肖云儒的"交汇多维"进行比较，明显看出"现实西部"其实没有"精神西部"那么理想，毋宁说"两极震荡"的"西部精神"，因其抽象而掩盖了西北民间蒙、汉文化一般知识和信仰。信仰与信仰、宗教与宗教之间，其不同人群倘是地域共同体，在长期的日常生活厮磨中人们不可能不发生部分同质化，但核心内容恐怕没那么容易改变，甚至从上例也能感受得到，宗教乃至一般民间信仰之间的冲突、抵制，远大于同化、融合。信仰世界的认同毕竟不同于基于地域性特点而产生的基本生活方式上的认同。前者的特殊性才造就了宗教信仰的独特，后者的变通，生成了除信仰共同体以外的其他共同体，比如方言的、地域的、宗法的和一般文化的共同体松散组织或临时组织。肖云儒与林竞的本

① 林竞：《蒙新甘宁考察记》，刘满点校，甘肃人民出版社，2003，第 42 页。

质区别，正在于看待行政管理、政治经济话语的不同立场。西北非信教民众民间文化，由于多受宗教信仰文化物质的和非物质的无意识挤压，寄存他们内心生活的空间，实际上分散式地封存到了以家族宗祠，甚至以家庭和个体为单位的巫婆、鬼神信仰与祖先崇拜上去了。这是迄今为止，无论费孝通先生，还是当前人类社会学人贺雪峰等的论述未曾受到西部人文话语发现者所重视的一个根本原因。当巫婆、鬼神信仰与祖先崇拜，或者往大一点说，当民间非宗教人群的宗祠与祭祀、婚丧嫁娶、生儿育女、传统节日仪式被当作“封建迷信”而遭到歧视与批判之时，农民过日子的基本结构和所有的意义生活就被有意无意地否弃与屏蔽了。“没有意思的流水日子”“没有特色的人生”本来内蓄着能动于现行社会机制的思想能量，这时候便让位给了“有意思”“有特色”的宗教信仰文化，并且以元典宗教信仰文化的呈现来涵盖一般的民间信仰知识，从而产生“有意思的”和“有特色的”西部话语。不能不说，这既是早期西部话语发现者个人局限所致，同时，也是历史性和现实性误会。总之，“上坟”的严格程序、庄重仪式和烦琐讲究，以及宗祠为何会成为一个家族精神家园最后的堡垒？有“后人”为什么是农民生活的中心目标？生儿育女何以构成农民过日子的核心目标？为什么修路不如修宗祠？生孙子、建房、娶媳妇何以成为农民人生的意义所在？村民其实并不迷信，但巫婆、鬼神信仰和祖先崇拜为什么却成了农民世界观中科学之外的“科学”①？如此等等还应不断追究下去的问题，并没能为西部话语的发现者所正面表达，它们也就永远地停

① 这些独属于乡土中国汉民族的民间知识信仰，来自今天的田野调查，逆推上去，想必在林竞的时代，肖云儒论述西部文化的氛围不可能没有。只不过，林竞怀抱更雄伟的政治抱负，而肖云儒则正值“西部文学”风头强劲之时，再加上相当正统的思维框架，这些真正的民间汉文化知识和信仰，也许正是被视为“封建迷信”而欲剿灭的对象。因此，所谓“西部话语”，实际上建基于一种理想的哲学想象，实在抽空了其中的实质内涵，导致后来的西部人文话语始终缺失人的现代化一维。这些内容的详尽论述，参见狄金华《上坟：母亲的传统和归属体系》、王海娟《宗祠：一个家族的精神家园》和张雪霖《巫婆与鬼神：科学之外的“科学”》，均见贺雪峰主编《回乡记：我们所看到的乡土中国》，东方出版社，2014，第35～55页。

留在了西北汉民族日常生活和个体心灵的最深处，仿佛干了坏事的孩子偷偷摸摸地蛰伏在暗处，永不得见阳光。正因如此，这也意味着，人们接受下来的西部人文话语中，其实一直缺失了实证的和分析性的文化现代性价值维度。

接续肖云儒的论述，那种“西部精神”，其实更接近于西北宗教信仰文化。这方面论述更自觉者，当属杨经建。其有两文在“西部精神”面上可谓对既有西部人文话语的概括和提纯，同时又给据说已经遭遇瓶颈的西部文学研究寻找宗教渊源，也就具有了某种鼓舞性质。

文学的标准很多，但在众标准和功能中，似乎没人否认文学与神话原型、与集体无意识的渊源。这一点从早期的《雪域文化与西藏文学》[①]、《秦地小说与“三秦文化”》[②] 和《多元文化语境中的西北多民族文学》[③]中就能看得很分明。然而，到了杨经建这里，西部人文话语的宗教色彩，从而确立了神秘主义与西北自然景观的血缘关系。在宗教神秘主义文化之外看西部，情况恰好相反，马丽华的研究就是如此。在《雪域文化与西藏文学》一书中，马丽华虽然企图通过对藏传佛教的起源和西藏民间宗教中神的体系的梳理，走向文学的普遍性，也在此基础上建立西藏地域文学的形象谱系，但因作者的视野并非“自致角色”或“先赋角色”，故到最后，论述的结果是，分析性、批判性文化现代性价值尺度占了上风，“神的体系”将最终交由人的主体性来处理和再度审视，西藏地域文学中生成的西部人文话语，显而易见是与既有的、通行的西部话语方式不大一样的。而杨经建论述中所谓“大而化之的整体式把握的致思方式”“‘静’和‘空’”的人生态度，以及“在路上”“在途中”的“硬汉”“孤独”等的个体性格和特点，被认为这恰恰与以“‘家’为精神内核的、以‘土地’为生命依存的中国传统的儒家的‘家族文化’所体现出的静态生存

① 马丽华：《雪域文化与西藏文学》，湖南教育出版社，1998。

② 李继凯：《秦地小说与“三秦文化”》，湖南教育出版社，1997。

③ 韦建国、吴孝成等：《多元文化语境中的西北多民族文学》，中国社会科学出版社，2007。

意识形成鲜明对比。而且，正是这种动态意识经过西部作家们艺术化的转化或审美化的转换，成为西部文学屡试不爽的、不可或缺的母题话语、题材形态和写作资源。”[①] 那么，什么是宗教神秘主义文化呢？作者是这么阐释的：“宗教神秘主义是关于人和神相遇或合一化的体验和认知方式，这种人神相遇的体验和认知在不同的宗教传统中被称为我性与神性、或空性、或道、或天（神）、或大梵之融合，即有限个体灵魂与某个超个体的、具有神圣意义的无限者之融合，正是在融合中宗教式的体验和认知到的每一种物性，诸如‘化一感’‘无时间感’‘愉悦感’‘不可言喻’都具有与理性相对立的非理性性质。”[②] 这样就清楚了，如此阐释不能说不对，但肯定不是基于西部当代现实世界的发现，说穿了，其实是缘于神秘主义元典文化原型的引申。神秘主义元典文化元素之所以构成了西部特有的话语特色，重要原因在于，从远处照应了世界范围的文化寻根热，也为着在本土找到应对吉登斯意义的“现代性后果”[③] 的良方。如此一来，杨经建实则折中了肖云儒的理路。按照肖云儒的构思，西部地域文化其实只能走向少数精英文化期许，因为“交汇多维”既没有解决普遍性问题，也没有给出特殊性何以自保的方法论。杨经建只是折中了肖云儒的精英与宗教的极端，部分地解释了宗教话语对于西部现实世界的理想主义，但同时又悬置了西部地域文化的普遍性。然而，事实证明，正是在这里，这两位学者所发现的西部话语方式，才是奔向全国乃至全球性人文思潮的虽拥挤不堪却仍趋之若鹜的“大道”。无论是“两极震荡”的“西部精神”，还是“在路上”的“硬汉”和“孤独者”，或者非理性的神秘主义者、大而化之只求感觉不问究竟的“不确定性”“非理性”，种种迹象表明，是它们

① 杨经建：《伊斯兰文化与中国西部文学》，《人文杂志》2003 年第 2 期。

② 杨经建：《神秘主义文化与神秘主义文学：伊斯兰文化与中国当代西部文学论之一》，《天津社会科学》2002 年第 3 期。

③ 关于这一问题的详细论述，参见叶舒宪《现代性危机与文化寻根》一书，山东教育出版社，2009。

更接近人们乐意接受的主客不分的“互渗律”“天人合一”[①]，而不是其他，也就合情合理地构成了早期西部人文话语的基本符号代码和基本言说方式。

回顾早期的西部人文话语内部结构和精神指向，可能意味着西部话语及其言说方式的解体，然而从“西部文学”研究的大量成果反过来观察，西部人文话语似乎正在进行另一形式的掘进。情况究竟如何，只有介入其中，才能看得分明，也才能确知从西部文学研究的价值模式析出话语方式的底色来。

第二节　西部文学研究常见价值模式

“西部电影”或者“新西部电影”，直接的视觉效果，使什么是西部，什么是西部历史、现实，以及什么是西部思维方式和一般的西部地方性知识形态、人文形象等综合面貌呈现出来了，人们顿时恍然大悟——这便是具象的西部、普通人清晰感知到的西部，尽管这个影像叙事中具象的西部和普通人感知到的西部，可能多数时候来源于电影艺术塑造的和电影艺术处理后的西部“历史”。但是，在镜头的特写之外，从广泛性、普及性，甚至从日常生活的渗透上来衡量，西部文学创作所常用的人物性格特点及其活动的文化背景和研究所常有的阐释方式、论述思维等，绝对具有奠基作用。原因很简单，文学的接受首先仰仗于具体的教育和基本的阅读体验，在电视机还很不普及的 20 世纪八九十年代，老师的讲述、同学之间的经验交流和推介、街头书摊、报刊亭和个人征订的文学期刊、报纸，无疑是主要的和唯一的有效交流渠道。在这个有点单面向、被动的接受过程中，西部文学研究中被格外彰显了的价值模式及其里面渗透的明确的精神方向，更是重中之重。因此，重新梳理和辨析这些东西，对于清晰认知早期西部话语的构造，就显得尤为重要。

---

① 参见邓晓芒《武侠小说的流行与民族常识的缺失》，《湖湘论坛》2014 年第 8 期。

尽管如此，真要坐下来认真思考这个问题，的确很是犯难。直接原因是，学院知识分子、教授和批评家的西部文学研究、理论批评著作、论文并不像人们想象的那样，好像积累并不多、成果也很少，甚至凭经验似乎只是那么一种单调的声音，构不成什么难度。其实不然，情况正好相反，它的积累相当丰富，它的成果也非常之多，亦非常之杂乱，虽不能说是众声喧哗，但绝对也够得上各执一词，至少都能在自家师承谱系或志趣上形成比较系统的自圆其说的西部文学起讫框架。另外，就笔者所掌握的有限资料而言，除专业研究者之外，文学主管者、主编、编辑、作家、诗人及一般评论文章，若从 20 世纪 80 年代初期算起，时不时有意组织或自发参与讨论的就很难详尽统计。单是影响较大的就有：1982 年甘肃酒泉《阳关》杂志提出创建“敦煌文艺流派”及其相关文章，1983 年甘肃和新疆提出并展开的“新边塞诗”和“开拓者文学”讨论，1985 年《西藏文学》发表《西藏：西部文学的圣地》抢夺西部文学的归属权，到 1985 年至 1987 年《新疆文学》更改为《中国西部文学》，乃至甘肃《当代文艺思潮》连篇累牍发表的西部文学讨论文章，一直延续到 1990 年代和世纪之交的众多学报，比如《兰州大学学报（人文社科版）》《陕西师范大学学报（人文社科版）》《唐都学刊》《宁夏大学学报（人文社科版）》《新疆大学学报》，核心理论批评刊物和专业报纸如《文学评论》《人文杂志》《甘肃社会科学》《文艺争鸣》《小说评论》《当代文坛》《宁夏社会科学》《文艺报》《文学报》（这还不包括一般文学刊物），等等，保守计算也是过半千而直抵千篇了，合起来对照阅读，雷同自不可避免。然而单独提出任何一篇，仔细琢磨，毕竟总会有新发现，可谓亮点多多、新见频出。那么，面对这样一个庞大的甚至有几分芜杂的话语山头，究竟该怎样分类别究根源？

毫无疑问，在系统的、起讫框架自圆其说的，和零散的、灵感式的、旨在补充或颠覆某一论点为目的的立论之间，为着减少工作量也为着能说明问题这个最低限度，这里，笔者只好忍痛割爱，选择更有代表性的论述，而舍弃或者归并零散的和灵感式的观点。首先是西部文学的发轫该追溯到什么时期、根该扎到哪里，以及由哪些文学家或作家来担当奠基者的问题。

归纳起来，关于西部文学，特别就其鲜明的边疆身份特点来说，相当一部分人认为，“新边塞诗”风格及其审美形式，理所当然是西部文学之根，因此，“新边塞诗”的研究可作为第一种西部文学的寻根之路。

梳理“新边塞诗”研究或批评，笔者发现，唐代“边塞诗”反而成了重点，那些诗人诗作风格气质，既成就了“新边塞诗”，到最后似乎也撑破了“新边塞诗”所预期的理论框架。其中相隔千年的“戍边”这样一个政治因素显然成了新旧边塞诗站到同一诗歌历史地平线上的唯一原因。就是说，自20世纪60年代郭小川始，经过80年代昌耀、周涛、杨牧、章德益、马丽华等人的出场而至“新边塞诗”风格基本定型，再到90年代末乃至21世纪初学者批评家构建西部话语的流程，其实是和1200年前的高适、岑参、王之涣、王昌龄等“互通声气”的。而这个“互通声气”中，文人们的相似遭遇而不是不同现实，起了决定性作用。

名为《新边塞诗与盛唐边塞诗——古今诗歌比较研究之七》[①]的比较文章，颇能说明问题，也基本代表了这两种新旧诗派之所以被联系起来的普遍认知。作者通过三个“可比性”，即在“时代与地域”、诗人以及诗风的可比性中，顺理成章地完成了理论上的对接。比如时代与地域的可比性，作者认为从整体上看，唐代承隋而起，重建大一统封建王朝，并且在开元、天宝时期把中国封建社会推向了辉煌的顶峰。唐代是一个变革的时期，国内各民族进一步融合，对外空前开放，思想高度活跃，整个社会生活呈现出一种流动、变易的趋势，给人以蓬勃而富有生机的感受。这样的时代氛围，必然有助于打开人的眼界，充实人的生活体验，激荡起感情和想象活动的波涛，从而为艺术文化的创造开拓丰富的源泉。唐代的变革带来了经济、政治、军事、文化等各个社会生活领域的全面兴盛，形成了耸

① 杨景龙：《新边塞诗与盛唐边塞诗——古今诗歌比较研究之七》，《殷都学刊》1999年第4期。

动整个中华民族历史的、让一代又一代中国人欣羡赞美的“盛唐气象”。“大用外腓，真体内充”，唐代边塞诗尤其是盛唐边塞诗的雄豪风貌，正是以强大帝国的综合国力和所展示的“盛唐气象”为其现实依凭的。而“新边塞诗”产生于20世纪60年代，作者认为新中国的成立使得中国的政权体制、阶级关系、政治思想、文化意识等都发生了根本的变化。70年代末改革开放，人们的思想得到解放，精神的禁锢初步打破。国门开启，八面来风，社会生活和意识形态渐趋多元、活跃。80年代的中国与唐朝尤其是盛唐时期确有某种相似性和可比性。在这样的改革开放时代，民族成员尤其是知识分子大多具有开阔的襟怀与兼容并包的气派，面对无限的可能性，鼓荡起开拓进取的勇气和信心，他们对远大新奇之物充满渴望神往的激情，具有以深刻现实性为理性内核的理想主义、英雄主义的浪漫精神，表现出气势宏大地吸收外来、融汇古今的魄力。这一切由时代决定的创作主体的思想、心理、情感、气质，正是构成盛唐边塞诗和80年代新边塞诗的共同审美特质的基本内涵。至于相隔千年的诗人，相似性似乎更为充分，得与失也显得那么的具体而微。一是从内地到边塞观光旅游的“行吟诗人”，他们匆匆而过，一路吟哦，对边塞风物充满陌生、新鲜、奇异之感，主客体之间的距离虽说有利于诗美的生成，但观察体验和题材主题的开掘提炼却也因此而难以细致深入；二是世代生活在边塞的“土著诗人”，他们生长于斯，其边塞之作实同乡土之作，对题材主题的表现不断深化，但囿于见闻，无参照系，便易失却更加开阔的视野和变换的角度；三是较长时期生活在边塞的“羁旅诗人”，他们大多心性豪迈，向往异域，向往功业，向往建设，主动出塞，由初来乍到而长期居留，具有前两者的双重体验，创作上兼有二者之长。不论唐代还是当代，边塞诗的代表诗人、诗作都是这一群诗人和他们创作的优秀作品。诗人整体处境可比性论述完了就是诗风的可比性，不妨也举几例。比如“边塞诗”中的高适“悲壮”，岑参“奇逸峭丽尚奇主景”，李欣“凄婉中见古质”，王昌龄“慷慨雄豪而又深沉含蓄”，崔颢“雄浑劲质、风骨凛然”，王之涣“比兴寄托、余味无穷”，王翰“平易深切、豪放悲凉”，等等，而“新边塞诗”

中的代表性诗人，比如昌耀充分散文化的句法，产生出巨大的语言张力和抒情强度，风格悲慨雄劲而又繁富奇崛；杨牧则“似乎更善于描绘那富饶而又贫瘠、美丽而又艰辛的生活和土地，以及其中孕育的剽悍性格和豪迈情感”；周涛，野性的自然与犷悍的精神，西北自然的冷峻、雄伟、博大与西北人的勇气、智慧和灵性的融铸，形成了周涛式的犷放和机智；章德益是主观情感意志充分扩张之后的高亢激越。至于马丽华，作为女性诗人，作为“海拔最高的诗人”，她听凭灵魂的召唤，从传统儒家文化发祥地的齐鲁之邦，奔向自然和人文风貌与齐鲁大地反差巨大的西藏，“是生命热情近于悲壮的燃烧”。最后，当代诗人的“现代性超越”，起了决定性作用，遂使他们的作品成了“新边塞诗”。第一，语言形式上，新边塞诗多用长句，意象繁密，这种语言形式选择使得诗风雄劲、犷放，因而“形体延展，气局开张，内涵厚重”，也就既联系又区别于“边塞诗”“篇无定句”的铺排驱遣、自由开合、驰骤腾挪。第二，题材内容上，新边塞诗中建设与开拓基本取代了战争生活描写，所以“拓荒与垦殖，劳动与建设”的乐观题材也就与玄宗时期“有吞四夷之志”有了气质上的联系及区别。当然还有情感抒发上的异同及联系，但核心区别在写景上，“写景在盛唐边塞诗中是相对独立的，可以和抒情和叙事成分相区分的；在新边塞诗中，写景已很难单独区分，它已和历史、现实、社会、人性等因素糅合在一处。因此，盛唐边塞诗中的写景更纯粹，更富奇光异彩，更富地域性；新边塞诗中的写景则更繁复，更富人文情思色彩，更富社会性”①。

这种带着明确的目的进行的比较，在十多年后的今天看来显然是无效的，但正是因为有现实目的，找寻西部话语的理论依据才仿佛合理，当年这样的例子还很多，就不再枚举。问题的实质，其实还不完全在可不可比上，而在于“边塞诗”那种几乎成了顺口溜的风格能否成立。“边塞诗”如果有别于西部地域，就意味着“新边塞诗”的风格化，也

① 杨景龙：《新边塞诗与盛唐边塞诗——古今诗歌比较研究之七》，《殷都学刊》1999 年第 4 期。

要面临重新洗牌。

据星汉的《“新边塞诗”的提法评议》① 一文的研究结果，古代“边塞诗”及其诗人，无论是“躬践斯土”，还是“未临其地”，其对西域的地理地貌和人情世故的状写，其夸张和想象程度，实际上已经超过艺术所应有的边界。“唐代边塞诗作者其负面影响在于，‘躬践斯土’者多是通过夸张，渲染一种悲凉的情怀”；而“未临其地”者，“多是通过想象，找到一种诗意的感觉”，无论两种中的哪一种，“在诗作中，他们有时在把西域神秘化，甚至妖魔化”。那么，为什么非得这样写诗呢？作者认为原因大致有两个，一是“躬践斯土”者表达长途跋涉、长期离别亲人无以回家，但羁旅边疆、戍边西域是不是就能得到朝廷的提拔，自己心里并没有把握，甚至可能压根儿就没有多大希望，故做诗渲染某种仕途多艰的义愤，也顺便表白自己在外生活的相当不易；另一个是“未临其地”者，出于知识分子的良知，其以表达荒凉的“写实”方式，来为边陲之地实际上少有隆恩普照而叫屈鸣冤。既然如此，那么这一路诗作便真正成了时髦写作，应者云集，于是作者引郑振铎《插图本中国文学史》第二十五章评语云“唐诗人咏边塞诗颇多，类皆捕风捉影”。总之，作者建议，既然从“高岑殊缓步”演化为“边塞诗派”，再从“边塞诗派”延伸到“新边塞诗派”，其间有1200年的时间间隔，“新边塞诗派”又在“题材内容上的继承有限”，不如终结这个提法。根据其题材、地域等特点，不妨用“关东诗派”“天山诗派”“军旅诗派”“军垦诗派”等名称呼之。

星汉的思考很严肃，也很值得沿此思路深究。其实把“新边塞诗”的理据追究到唐代“边塞诗”，人们未曾言明的一个重要原因便是所谓的“盛唐气象”。关于这一点思想史家葛兆光的观点极为精辟，他认为那种“盛唐”，其实多指物质上的奢靡，精神文化方面恰好还十分贫瘠。主要表现在两点上，一是唐代批评时政者不切实际的有些“原教旨”意味，即只用原有的知识与思想来批评传统观念瓦解后的人际关系，显得不合时宜；

① 星汉：《“新边塞诗”的提法评议》，《中华诗词》2012 年第 1 期。

二是狭窄的仕进之路，导致实用主义泛滥，“不得不一面对社会现实采取异常实际的态度，一面对官方意识形态采取协调的姿态，他们已经无暇思想，即使思想，也常常是本着实用的态度，在这样的背景下，思想就只能越来越平庸了”[①]。如果星汉的研究发现不错，那么，新旧边塞诗中那种看起来无限昂扬的主体性精神和猎奇的地域文化奇景，实际都围绕着实用在打转转，不管是哪种实用。

笔者倒认为，我们大可不必在名称上费太多心思，值得深度思考的在于，由“新边塞诗”或“新边塞诗派”而产生的西部话语，是不是从开始就忽略了比风格更重要的东西？以昌耀为例，如果那时候的研究或批评就打破西部这个地域界限，其诗作中比西部地域更壮观的内容是不是更早能被人们发现？推而广之，这个西部文学价值套路，也许会老早越过地理环境的纠缠，而进入更核心的人文地带？从文学的能动性言，西部毕竟更需要人文上的观照，而非对特色地理地貌的话语展示性消费。

第二种西部文学的追根之路，可以称之为西部“神话派”，以余斌为主要代表。

对于“神话派”，有必要多解释几句。最早把神话即文学母题纳入一般文学研究的，当属原型批评。在世界文艺理论范围，弗雷泽（人类学理论）、荣格（原型理论）、弗莱（原型批评理论）等，都堪称原型理论的创始者和奠基者。但是，当人类学和精神分析学尚未结合的时候，即当弗雷泽只看到不同文化背景中存在相同的神话和祭祀模式时，却未能解释隐藏在这一现象深处的无意识的结构和产生这些相同模式的“原始意象”，当荣格发现了其中的“集体无意识”并用“集体无意识”学说解释文学中那些反复出现的意象之下的“无意识的结构”时，在两大理论的影响下，弗莱的原型批评理论成型了，而不是弗雷泽的单纯人类学理论、荣格的“个人无意识”和“集体无意识”概念。既然是一种成熟的批评理论，那

① 葛兆光：《中国思想史·第二卷：七世纪至十九世纪中国的知识、思想与信仰》，复旦大学出版社，2013，第34～35页。

么原型批评理论的核心是什么呢？首先是“文学原型”。“所谓原型，我是指一个把一首诗与另一首诗联系起来因而使我们的文学经验成为一体的象征”，而原型批评的目标之一就是不仅发现作品的叙述和意象表层之下的原型结构，而且揭示出连接一部作品与另一部作品的原型模式，最终“使我们的文学经验成为一体”[①]。其次是“文学循环发展论”，人所共知的春夏秋冬与生命循环说其实就是其关键。春天与喜剧对应，夏天与传奇对应，秋天与悲剧对应，冬天与讽刺对应。然而冬天过后又是春天，讽刺达到极点又会出现喜剧色彩。“文学由神话开始，经历传奇、讽刺等阶段，又有返回到神话的趋势”[②]，因此文学的发展演变过程呈现一种循环状态。最后是“整体文学观”，强调文学是一个有机整体，是一个自主自足的体系，忽略了文学的广阔的结构性和文学赖以存在的整个关系、传统，就可能不是原型批评理论了。

诚然，在余斌的《中国西部文学纵观》[③] 一书中，尤其在第一章和第四章详细论述西部文学起源的部分，始终没看见他提到弗莱的原型批评理论这个概念。但是，有了这个背景，再读他的“神话说”文字，理由似乎更加令人信服了。第一章是“西部文学的历史文化背景”，他以“内西部”与“外西部”、“河内”与“河外”这样的微观概念，论述了不把陕西或者不把陕西的一部分划到西部的理由，虽然也可继续讨论，但基于笔者在这里要解决的问题考虑，这毕竟不是重点，而且余斌的划分法，到底还是有其文化学和地理学依据的。重点是他关于西部文学“忧患意识”和“流亡者形象”的神话追究，既是对西部文学实质的论证，同时也是对西部文学根基，即之所以是西部的渊源考证。这两个线索，牵一发而动全身，的确符合弗莱意义的神话原型和“文学经验的一体的象征”，是西部

① 弗莱：《批评的解剖》，普林斯顿大学出版社，1957，第 99、365 页，转引自朱立元主编《当代西方文艺理论》，华东师范大学出版社，1997，第 171 页。

② 程爱民：《原型批评的整体性文化批评倾向》，《外国文学》2000 年第 5 期；另见李夫生《“宗经”与“原型”：结构主义诗学的对话》，《江汉论坛》2005 年第 3 期。

③ 余斌：《中国西部文学纵观》，青海人民出版社，1992。

文学的某种“无意识结构”，里面蕴含着值得进一步探讨的价值信息。

他是这样定位的，忧患意识是“西部文学之魂”。既为“魂”，而非其他，那么，忧患意识便是西部文学区别于其他文学流派的核心元素，这就涉及至少两个方面的规定性问题。一个是在包含与被包含关系中，中国现当代文学与西部文学究竟是什么联系；二是西部文学自身有无传统。只有这两个条件充分必要，西部当代文学才是成立的，否则，它便会因为自身属性的缺失而趋向于消散。余斌当然首先意识到这两个条件的逻辑关系，故而，他先给中国现当代文学来了一个定义，说中国现当代文学因为先有“内忧外患”，再有“政治”——具体的政策，“文艺从属于政治”“文艺为政治服务”等强有力的话语符号，必然决定文学是现实主义的。“将文艺（文学）绑在临时的、直接的、具体的政策上，那是一种短期行为。但是文学对于民族灵魂的重铸或再塑，对于精神文明建设，具有不可推卸的责任。这就是作家的历史使命感和社会责任感。从这个角度看，文学是不可能脱离政治的。在将近一个世纪的中国现当代文学发展中，虽然思潮蜂起，流派纷呈，而现实主义却一直处于领衔的地位。”① 本来这些论述没有什么新的特点，完全可以不引述，因为一般的中国现当代文学史写作差不多都会这么打头，可是，对于余斌的西部文学的根源追索来说，其意义却不可小觑。原因就在于，其他的文学史著述，比如人们所熟悉的洪子诚、陈思和和丁帆等人的著述，这样的开头，引出的却是一直摆脱不了政治羁绊，或一直在摆脱政治羁绊，因而勾陈出来的是一个要么实验过火，要么干脆蛰伏于暗处的模样。而在余斌看来，现实主义，并且以忧患意识为基本精神的开端，实在牵扯到了西部文学中的一支主要力量。他们也正好是带着政治的创伤“流亡”到西部的王蒙、昌耀和张贤亮。当代知识分子的处境，于是逻辑地与轩辕帝时代的罪臣茄丰氏，构成了纵使相隔几千年，命运却如此相似的“隔代知音”。同是怀揣强烈原罪感的罪臣，去故乡而就远，也就只能默不作声、躬身西行了，“这个匍匐于西部地平

① 余斌：《中国西部文学纵观》，青海人民出版社，1992，第 187 ~ 188 页。

线的形象，透出了西部人文化心理结构的最基本的轮廓”。

“当数千年后曹千里在古乌孙旧地的伊犁河谷骑着那匹杂灰色的老马，‘拼命地贬低自己，把自己想得、说得既渺小又卑贱’，感到挖苦自己比挖苦别人有‘更多乐趣而更少风险’的时候（王蒙：《杂色》），当牧马人章永璘在那没有春天的黄土地，与被骗了的大青马进行知识分子命运问题对话的时候（张贤亮：《男人的一半是女人》），人们的灵魂当会感到历史的惊悸与震颤。”①

罪臣茄丰氏这个形象，于是具有了普遍性。无论能文能诗、留下言论的西部客籍知识分子，或者虽不是知识分子，但作为占西部人数极多数的被动迁移者和主动迁移者，或军屯，或民屯，或无业游民，或刑事犯，或政治犯及其家属，或戍边的军卒，或强制所征兵士，等等，的确无不背负内伤而躬身西行，承受更多的精神与物质的双重重压。于是，仅次于政治负罪感的一类人，是不能不继续生活，但生活又觉抬不起头来的，由自觉担当变为负有自卑感、无助感的底层者、弱势者，余斌又以“西部忧患意识的转移”来概括，可谓一语道尽西部土著作家及其笔下小民、“盲流”的处境。这些人物性格和所携带者的文化信息，大多与孤独、寂寞相关，甚至每每为“孤胆野魂”所困扰，也就一点也不奇怪了。就崇高者一面来看，文人们也是在表达对盲流的忧患意识；从卑微者一面来省视，其实也是一种躲不过去的现实遭遇。

除罪臣茄丰一系的“扶伏民”之外，西部人的另一位精神祖先是追日的夸父。一个追，一个被追，“似若无胜负”，在大地的极西处，它们同归于尽，也同归于永恒。鉴于历史的原因，“扶伏民”一系繁衍较盛，进入西部文学的也就更多；“夸父”一系出现较晚，进入西部文学的也相对较少。但这些夸父的子孙大多身着戎装，“夸父是中国神话中的大力神，他的子孙们在西部地平线上昂首阔步，以生命的强力显示出另一种西部人的

① 余斌：《中国西部文学纵观》，青海人民出版社，1992，第 190 页。

生存状态”[1]。具体到余斌的归纳，前者指流亡西部的知识分子，现实中的王蒙、张贤亮与诗人昌耀，以及他们笔下的人物曹千里、章永璘，“一直高贵地昂着头，从‘雪线’的高度睨视人生”的抒情主人公等文本形象都是如此。后者可能是现实中的陆天明、赵光鸣、麦天枢、邵振国、张承志、杨志军，只是文本形象不似前者那么单色调了，它们最终被塑造成了西部土著人中的一个阶层，甚至一个时代的主体。总而言之，茄丰氏到夸父的文化变迁很复杂，不能一言以穷尽，但如要找一个典型，其中，“文化大革命”中流亡知识分子中的新生代谢平（陆天明：长篇小说《桑那高地的太阳》），可算是这类形象的代表。

这个被动“支边”的上海青年，先是理论上接受了桑那高地“必须打掉‘上海人’的文化优越感”这一不成文规则，起码表面得承认“‘撅里乔’那‘人狼’的管”，心里却一直回响着到底“谁‘支’谁”的抗辩。现实是，老爷子（“人狼”）到底是“桑那的太阳”，他甚至比谢平本人还了解他，表面的承认根本不算数，老爷子要“磨”掉他的这一层皮，让他从心底里服服帖帖。在反反复复的看起来是刁难其实不过是正常“驯服”的磨砺中，谢平终于憋不住了，不但告诫自己而且告诫他的同伴们“我们早已经不是上海人了，要一天三遍三十遍地对自己这么说。说不听，就喊。喊不听，就用刀刻在自己手背上!”他似乎真这样做到了，不幸的是，这时候他终于还是发现，“老爷子从来没有让自己真正进入他划定的那个‘自己人’的圈子内”，他感到了“一种从来没有过的孤独”。不幸的还在后头，那么回到上海会好吗？会变成上海的“自己人”吗？答案是否定的。回到上海，“他头晕。他憋气。他着急”。[2]

引述这么多，笔者要格外强调的是，谢平这个过渡人物性格中主动习得的和被动注入的东西非常多，若除去当代第一代流亡知识分子如曹千里、章永璘们的那部分共同性，比如自我作践、自嘲自讽、无依无靠的精

① 余斌：《中国西部文学纵观》，青海人民出版社，1992，第 270 页。

② 转引自余斌《中国西部文学纵观》，青海人民出版社，1992，第 274 ~ 277 页。

神流亡外，剩下的一部分其实正好是余斌所说的西部夸父一系子孙们所共享的普遍性文化“馈赠”。一是磨秃了主体性，不知什么是自己想要的，只知自己只能如此生活；二是逆来顺受成了合理性需求，面对尊严反而不自然；三是坚韧地活着，变成了强人和硬汉子；四是苦难面前的承担，变成了宗教仪式化典礼。

前两个特点表明了西部芸芸众生在那个时代的普遍性，后两个特点其实是文人们的自我表彰，不乏“原教旨”意味。也正是在这里，余斌的夸父一系，暴露了勉为其难的谱系指认。首要原因是，他把张承志等客籍知识分子的书写与杨志军、赵光鸣、邵振国等西部土著人的体验混淆了。前者本意是“寻找”，后者本来在“实证”。“实证”所显示的，可能有意志的坚强和情感的热烈，但到底不是在宗教般的世界里，也就不可能是目标明确的“追”，事实证明，被动的“受”才是基本现实。正因余斌在“建设”“生产”“致富”的政治经济学话语背景下来看“受”，似乎反而“受”中也多了几分“追”的哲学色彩。用同一尺度衡量西部代际知识分子的体验，结果把扎西达娃等生长在西藏藏传佛教文化氛围中的后起的作家的小说，界定为夸父一系下的“现代意识”；把张承志等客籍知识分子的小说阐释成该谱系的正宗。西部本土文化中，而不是整个中国当代文化在那一时期具有普遍性的忧患意识，即茄丰氏一系谱系的本土化忧患实质，好像在西部流寓作家之后就断了。

这实际是与西部那一时期文学的现实不相符的。把扎西达娃的小说界定为西部文学“现代意识的苏醒”，当然从当代中国文学学科规定性来看，也不是不可以。只不过，在西部现实及其文化内部体味，扎西达娃的小说所反映的实际是西部藏传佛教文化圈，在宗教光环下，人们日常生活的荒诞、愚昧与无知，因此，这部小说也就揭开了独属于西部的所谓神秘文化生活的面纱。作为藏传佛教文化的习得者，作者的这一发现，意味深长。既有别于《百年孤独》及其魔幻现实主义、现代派和马原“叙述圈套”被批评界说成是现代主义文学，也与“五四”一类的启蒙文学不同。思想眼光上，它是对汉文化圈指认的藏传佛教文化圈的神秘主义的解构。就其主题而言，扎西达娃小说的“去神秘化”，与同一时期其他西部汉文化圈小说家取得了一致，都不是进一步使文化更加神秘，而是解释人性因神秘的笼罩变得越来越异化、失去主体性的社会根源。

这一点在西部学人著述中也部分地得到了印证。

在赞美完扎西达娃在小说中驾轻就熟地运用电影蒙太奇手法和准确、简洁的汉语表达后，马丽华有两段评价值得提及。

尤为重要的是，正如宗教学家未必笃信某宗教，才能科学地研究宗教；异民族的人类学家因为不是某民族某部落成员，也才可能客观地归纳整合研究对象的文化体系。同理，没有谁比扎西达娃更不相信一切神话，也就没有谁能像他那样居高临下，轻车熟路地调动宗教、经籍、神话、传说、史实、神示、巫语、鬼魂，包括想象、梦兆、幻化、真假、虚实、无中生有、有中之无……一切皆为他的牧鞭所驱使，甚至莲花生巨大的掌纹也尽入他的掌握中；一切又在他那里化解消融，成为他文学生命的滋养。他就这样在他近乎无限的多维时空里任意驰骋、挥洒自如，直到他感到疲倦，读者也辛苦得差不多了，他才打住①。

扎西达娃的创作被批评界说成是本土地道魔幻现实主义的阶段，在这一阶段，故事不再重要，情节甚至人物也都不再重要。他急于表达的，是他对民族的历史的传统的宗教的一己感悟，并将其历史精神与现代观念互为参照，奇妙融合，在相互冲突、猝然相遇的撞击中摄取一线光芒。“君子生非异也，善假于物也。”不管他借助于谁，马尔克斯也好，海明威也好，宗教的，民间的，都是借他人之酒，浇自己心中之块垒。撩开神奇怪谲的纱质帷幕，郁郁苍苍一片文化土地生长之物凸显——西藏文坛就是用它们与外部世界交流的②。

这才是扎西达娃与“因果报应”“生死轮回”“戏不够，神来凑”以

① 马丽华：《灵魂三叹——扎西达娃及其创作》，《当代作家评论》1997 年第 2 期；另见马丽华《雪域文化与西藏文学》，湖南教育出版社，1998，第 133～134 页。

② 马丽华：《灵魂三叹——扎西达娃及其创作》，《当代作家评论》1997 年第 2 期；另见马丽华《雪域文化与西藏文学》，湖南教育出版社，1998，第 141 页。

及与写佛时高高渺渺空无一物，写神时才活灵活现（因为神切实地影响人们的今世生活）的无数宗教文化氛围中熏陶的写作者的区别。如果接着论述罪臣茄丰氏躬身西行的形象，那么，这形象在流寓西部的知识分子那里，如上文所述，其忧患意识多半指对政治的反思和批判，而到了扎西达娃等西部土著人这里，在神秘主义宗教文化覆盖区，其实是舍去了俗世的一切生活，比如爱情、比如机遇，小说讲述一个家族历经几代人（这部中篇小说《系在皮绳扣上的魂》故事情节时间跨度75年）侍奉一个始终未见行迹的山洞人或非人，但最后经现代女医生闯入后他们才发现原来自己膜拜的是一副青年男性的骨架。女主人公次仁达姆，她终其一生在山下等待达郎，达郎却在山上娶妻生子，他的儿子们都投入了时代，一个又一个的儿媳都叫次仁达姆。而老次仁达姆或者叫真次仁达姆，心灵守候的其实不过是一具骨架，自然肯定不是达郎的。

神秘主义宗教文化覆盖区中的众生，其精神处境，何尝不似老次仁达姆？又何尝不是曹千里、章永璘？这种“忧”的东西，或者叫作“患”的东西，在西部非宗教神秘主义文化区，又会变异成什么呢？若再以文学形象来说，出嫁女儿的孟家爸给女儿算了个价码：“我要个驴钱!”（邵振国:《买驴》）[①]；女人的价值还可以用粮食、工分进行换算，“是来富子硬缠着要‘换上一夜’呢，起初我不依，他说给咱五十斤麦，还拨给十个工，往后还……”（邵振国:《争场》）[②]。把女性等同于畜生，把性等同于物，在这个交易场，男性实际上也就处在更低的位置了，连畜生都不如，尊严更是连物都比不上。基于此，他们虽然肉体没有倒下、继续显得那么卖力那么强劲，但还能是夸父追日中那个“追”的精神吗？

至于某些西部客籍作家笔下的硬汉、强者和“蓬头发”等颇有形而上意味的人格形象，其实更符合西部另一学人的命名，即“现代原始主

---

① 转引自余斌《中国西部文学纵观》，青海人民出版社，1992，第297页。

② 转引自余斌《中国西部文学纵观》，青海人民出版社，1992，第三章。

义”①。所谓“现代原始主义”是指对未被破坏的乡村文明有过美好记忆，同时又受过现代观念的洗礼，“对现代都市文明的溃烂现象和进入骨髓的病痼有一番深刻的感悟和洞察”，有了这个思想背景后，再去书写“落后的美”“原始的美”。这就与一般的怀恋原始人或旧时代人，以及通常的自然主义，区别开了。尤其在论述这一问题时，管卫中著作表现得视野开阔，从世界文化寻根思潮到中国情况，再到西部客籍作家作品的细致分析，都往往有精彩观点，正好也弥补了余斌的不足。认为那些作家是表现理想主义精神，而不是天真的复古主义情绪，这应该是极其准确的。也正因此，那些作家的文学表现，也差不多就与把“现实主义”作为基本精神的西部当代文学，关系不太大了。一定程度他只是在借用“西部”，并不具有文化普遍性。另外，还需补充的一点是，20 世纪七八十年代全球兴起的“文化寻根热”，也称“新时代运动”，当传播到国内文化领域时，大致情况可能像一般文学史著述所描述的一样，先是绘画，再是文学，于是新时期文学史就有了“寻根文学”。但究其实质，在其兴起的西方社会，则首先表现为“反现代性”特点，而不是“反思现代性”。英国社会学家安东尼·吉登斯的名著《现代性的后果》就是对该问题的集中反映。中国学者叶舒宪模仿该著框架，也写有《现代性危机与文化寻根》一书，在该书中，作者对全球化以来中国的“经济主义”、“科技主义”和“发展主义”给予了尖锐的批判，比如指出“科技发展走的是有去无回的路”，“一往无前的技术自我膨胀再加上为利润而生产的市场经济”，是构成“现代性基础的两大动力源头”②，等等，深刻而彻底。然而，整部书的思想倾向，却大可商榷。一方面作者似乎把理想的文明形态只寄托在原始人的文明形态，另一方面作者对当前中国社会的把握，也仿佛只流于表层的文化现象，对恰好隐藏在社会机制运行内部实际管用的传统宗法制文化思

① 该说法见管卫中《西部的象征》，青海人民出版社，1992，第 92 页。

② 叶舒宪：《文化寻根的学术意义与思想意义》，《文艺理论与批评》2003 年第 6 期；另见叶舒宪《现代性危机与文化寻根》，山东教育出版社，2009，第 207～215 页。

维方式以及具体的封建道德伦理，反而持义无反顾的表彰态度。当前中国的文化危机和社会现代化过程中出现的诸多社会性危机，实际上并不是“现代性”过剩的问题，而是“现代性”思想一直缺席所导致的经济主义价值观成为主导性话语压迫的问题。也就是说在该反思“传统文化热”和“国学热”的时候，他却模仿吉登斯的思维举起了“反现代性”旗号①。这意味着，能不能回去的问题一旦得不到有效解决，那么，一切的“回去”恐怕都得重新审视一遍。具体到西部，不要说过去，就是今天，是否也到了考虑“现代性的后果”的时候了呢？答案是否定的。不是说西部社会没有“危机”和“后果”，而是说，西部社会尤其缺乏的是深入的文化现代性思想的观照，这一点几乎和全国其他地方是一样的。不能把不理性甚至非理性的经济主义价值观指导下出现的种种问题，都赖到作为思想的“现代性”头上②，于经济、于社会、于政治、于个人都是如此，这一点特别重要，值得深思。

不管怎么说，总而言之，事实证明，无论是西部文学创作对“西部特点”的继承，还是文学批评对后来西部文学发展的期望，就这一路“神话派”的实际影响来看，后起的夸父一系话语和形象符号反倒居于压倒性优势了，而不是茄丰氏一系所产生的不同面向的忧患意识。因此，这一路西部文学研究模式所输送出去的西部价值及其话语方式，便是无比阳刚的、坚硬的、雄性的、血性的、野性的、神秘的和强悍的、穿透的、豪迈的，等等，其所显示的便是不达目的不罢休的和义无反顾的精神。

---

① 叶舒宪主要观点，参见叶舒宪《现代性危机与文化寻根》，山东教育出版社，2009，第207～215页。

② 韩子勇的《价值或意识模型》《西部：偏远省份的文学写作》等文章，就是以一个切身的体验者身份来求证这些问题的，他特指的西部的“影响的焦虑”，和以边疆为圆心、半径扩展到整个西北地区的所谓因“偏远”而形成的政治经济的、教育的和文化艺术的被边缘化及自身边缘化心态，以及来自外地尤其是来自“中心区”的猎奇式的消费态度，都构成了对西部的实际歧视，也实际生成了完全不同于现实西部的另一世俗等级观念下的“西部”，只不过，这些因素往往被忽略，看上去似乎没有显在的“权力话语”扎眼罢了。大意如此，详细论述参见韩子勇《文学的风土：韩子勇作品精选》，新疆人民出版社，2004，第92～131页。

借助王明珂“英雄祖先历史心性”和“弟兄祖先历史心性”[①] 两种人类生态体系理论来解释，之所以“神话派”及其话语逐渐式微，而夸父一系及其话语不断得到强化，是因为20世纪八九十年代之交的社会情境更加需要发掘“建设”精神，而不是展示负罪式的“苦难”情结，即便是呈现直接来自社会现实的“苦难”意识、表达地理环境造成的实证性“苦难”细节，也需要在夸父一系的结构内部产生，这便是“西部大开发”对文本结构的改变。不言而喻，相比较来论，作为英雄祖先历史心性的夸父一系及其话语，更符合作为精神的“西部大开发”，“神话派”的罪臣茄丰氏及其话语，则因与此社会情境相隔膜，而慢慢淡出了文学文本叙事。但实际现实本相，作为一种意识却不会轻易从文本结构中彻底消失，仍会不时以隐性方式出现在文本的叙事纹理之中，或者，文本结构因模拟现实本相，总会留下真实的苦难信息，像扎西达娃与其他汉文化圈作家达成一致的“去神秘化”那样，他们的努力一直明明暗暗延续到当下，并被当下作家压缩式地表现在文本中的原因，也就在这里。这既是主流与非主流，也是现实与理想之间始终存在错位并被文学所捕捉的根本原因。诚如王明珂所说，文本结构是社会现实本相的遮掩物，人们循着一种文类来书写历史，循着某种仪式传统进行宗教活动，而不知不觉地强化社会现实本相[②]。时至今天，那时期几乎与夸父一系平分秋色的“神话派”一系，所以后来慢慢淡出了“西部话语”的框架，正是后者与意识形态情境相结合，进而强化并非如此的社会现实本相，直到人们不知不觉中形成认同此现实而非彼现实的认知思维惯性为止。

第三种西部文学的寻根之路，可以暂时称之为“延安派”，以赵学勇等人为主要代表。

赵学勇对西部文学的主要论述，基本集中在他与孟绍勇合著的《革

① 王明珂：《反思史学与史学反思：文本与表征分析》，上海人民出版社，2016，第191～235页。

② 王明珂：《反思史学与史学反思：文本与表征分析》，上海人民出版社，2016，第234页。

命·乡土·地域：中国当代西部小说史论》[①] 一书中。因为该著出版较晚，所以他们吸收了以前西部文学研究大多数成果，也因为其定位在“史论”，故其框架及思维理念多受丁帆主编的《中国西部现代文学史》[②] 的影响。既然建立在史论基础上，其所追求的观点的中正平稳和持之有据、言之成理就成了该论的显著特点；另外，史论所常有的历史社会、政治意识形态背景，也成了赵学勇等人建构当代西部文学发展线索的一个显性存在。基于这样的一些显著特点，它的论述也就不可避免地具有学院教授所常有的学术流程，即从起源到发展，再从发展的阶段性到高峰或式微、到药方的开出。文学史的循环往复，其话语表达有时候更像弗莱原型批评理论的流水线，在春夏秋冬的轮回中，神话、传说、讽刺，再回到神话，尽管再回去的神话，肯定已经不是最初的神话了。然而“原型”所构成的封闭系统，着实让学院教授多了一份学科建设的忧思。本来是兴致勃勃地冲着冲破既有学科规定性而去，结果到了最后，又不得不放弃“片面的深刻”，撤回到学科的惯例来，很不情愿地为学科所需埋单。《革命·乡土·地域：中国当代西部小说史论》差不多从解构依附于西部地域和传统宗教文化的文学程式开始，又回到民俗及宗教文化的方法论，很好地注释了学院知识体系的强大吸附力。

看来，“全球化”的确是学术的双刃剑，在提供新视角的同时，又几乎无可置疑地要把学术的视线收回来，“深扎本土”“深挖传统”像魔咒一样敲打着学者们试探的神经。传统这个阿喀琉斯之踵在赵学勇等人那里又上演了一次，著作结尾，作者借作家红柯的话发挥说，“‘全球化’带来了世界文化的重新整合，也意味着民族文化获得了走向现代的宝贵机遇。从某种意义上说，当代西部小说要走向现代，实际上正是要在传统中提升自己的品格。而这种自觉的提升，又有谁能以为它不是‘全球化’的

---

① 赵学勇、孟绍勇：《革命·乡土·地域：中国当代西部小说史论》，中国人民大学出版社、山西教育出版社，2009。

② 丁帆主编《中国西部现代文学史》，人民文学出版社，2004。

一部分呢?”其实这正是对红柯后半句话——“真正的本土化的现代派文学将是它（西部小说）的未来，非理性文化的复兴和建设是它的唯一选择”[①] 的回应。这样的回声，听起来的确有点耳熟。不但是专门著述探讨中国现代性危机与文化寻根的叶舒宪持此论，一般的西部文学研究者，大概也都会或多或少把希望指向西部本土的传统文化，尤其是西部民间宗教文化。其实，坚守自己特色和彰显自身文化标记，仅仅是“走向现代”之中的一部分内容，但绝不是重要内容；重要内容一定是在尊重个体合理期许基础上所形成的成熟理性经验，即能否把中国国家、个人和生活世界整体的价值正当性进行自我确证的问题[②]。所以，能否走向现代，就当前中国文化趋势[③]而言，其核心制约因素在现代性文化的内部，而不在外部，比如像有人论述的全球化普遍性“现代性的后果”那样，实乃外部因素。如此一来，要解决整体上的“合法性危机”，如果没有“现代性”思想的照射，而单纯地“回归传统”或无条件地信奉非理性文化（在西部可能就是“宗教神秘主义文化”），非但不能获得现代性，而且可能会助纣为虐，导向传统宗法制文明形态。面对当年普法战争的获胜方德国，尼采非但没有模仿其他油滑顺从的知识分子口气写下颂扬文字，反而痛下针砭，给沉浸在“幸福”之中的市侩们送去了《不合时宜的观察》的系列文章，他所诊断的问题，其实和当前中国文化问题很相似，即民族性只有和“生活形式”化合而生成文化风格而不是民族主义或国家神话直接起作用[④]，

① 赵学勇、孟绍勇：《革命·乡土·地域：中国当代西部小说史论》，中国人民大学出版社、山西教育出版社，2009，第 268 页。

② 关于当前中国问题是现代性文化内部的问题的详细论述，参见张旭东《全球化时代的文化认同：西方普遍主义话语的历史批判》，北京大学出版社，2006，第 10 页。

③ 如果把无处不在，但除了具体的古代社会伦理道德方式方法外，却并不能令人信服地讲明在“道统”已经被打断并且建立在工农兵文化基础上的主流的当代中国现代化文化，何以需要传统文化、国学，以及怎样转化传统文化、国学的问题，那么，那种孔子、庄子、《弟子规》、《了凡四训》满天飞，甚至因人人都在消费而流行起来的“传统文化热”“国学热”，差不多算是当前中国的一种强势文化趋势了。

④ 张旭东：《全球化时代的文化认同：西方普遍主义话语的历史批判》，北京大学出版社，2006，第 167 页。

才能从国家到社会到日常生活形式确保意义生活的机制化。这实质也是强调在当时只获得了战争胜利和物质丰裕的德国，精神文化生活如何走向现代的问题。于是，市侩化知识分子、满嘴幸福的小市民、既得利益的官僚阶层，以及表面丰富多彩，骨子里却是一种标准化的、机械的大众意识形态[①]，便成了他批判的当然对象。

这里的主要任务不是做一个像样的书评，之所以要先谈谈对《革命·乡土·地域：中国当代西部小说史论》的整体印象，意在强调，笔者更看重的是赵学勇等人为西部文学（在他那里是小说）所找到的也许在别人那里往往被忽略的发展线索。因为其独到，所以由此勾连出来的当代西部文学之“根”，庶几为前两种路径所没有，显然拓开了另一视野，至少在当代政治文化内部析出了属于西部的也必然深刻影响西部文学走向的维面。

他的亮点，简而言之，可能是这么一个一体两面的议题：一是1942年毛泽东《在延安文艺座谈会上的讲话》（以下简称《讲话》）对西部文学产生的实际影响，二是“革命后”柳青政治乡土文学传统及“史诗性”怎么在西部文学中缺失的问题。

梳理“延安派”线索之前，请允许先简要辨析一下丁帆主编的文学史与赵学勇等的“四代三时期”的联系与区别。

《中国西部现代文学史》将西部现代文学的历史演进大致分为四个时期[②]：1900～1949年属于西部现代文学的“萌芽期”，以1900年前后的西部“地理大发现”和敦煌藏经洞的发现为标志；1950～1979年是西部现代文学的“成长期”，以解放军“进藏”“进疆”作为标志，相应的，对“人”的觉醒及“人民”主题的热情颂扬，成了这一时期表现的突出的核心内容；1980～1992年是西部现代文学的“繁荣期”，所谓“繁荣”其实指“西部文学”这个口号的提出及其相关杂志专栏的开设、论著的出版等

① 张旭东：《全球化时代的文化认同：西方普遍主义话语的历史批判》，北京大学出版社，2006，第173页。

② 丁帆主编《中国西部现代文学史》，人民文学出版社，2004，第8～18页。

文学活动，基本在这一时段全面铺开，西部文学究竟是什么的问题也差不多在这个阶段有了基本面目；1992 年之后，是西部现代文学新的发展期，言之为“新”，结合其他一些批评家的论述，即西部的“新生代”，其主要特点是以日常生活为本位的文学写作趋向。丁帆的“现代”，实际只是“萌芽期”，“新时代”、“繁荣期”和“新生代”均为“当代”部分，也即是说，1949 年仍是丁帆现代文学史中当代的当然开端。而依据赵学勇等的划分，《讲话》被认为是赋予当代西部文学以“根”的重要文献，自然而然，第一时期的第一代作家主要是在《讲话》发表之后成长起来的一批作家，他们在 1949 年之前就进入解放区，“但他们的成名却又无一例外是在建国后的最初几年。这些作家自觉地成为《讲话》精神的实践者，并且凭借旺盛的创作精力与日渐成熟的作品，在上个世纪五六十年代的西部乃至整个中国文坛产生了巨大影响”①。柳青、杜鹏程、王汶石、罗广斌、杨益言等是主角。第二时期，即“文化大革命”后至 1990 年代，这一时期由第一代和第二代——被称为因“追赶”全国思潮的“合唱”而未体现西部地域特点的王蒙、张贤亮等充任急先锋。所以，在这一时期中，被认为真正成熟的作家是第三代人，如张承志、路遥、陈忠实、贾平凹、扎西达娃、陆天明等。第三时期是 20 世纪 90 年代中期到 21 世纪初这一段时间，由第三代继续发挥余热，第四代是以阿来、红柯、董立勃、雪漠为中坚的文学时段②，如此一来，“四代三时期”的版图完成。

通过以上描述可以看出，柳青及其《创业史》革命而乡土，其实质却隐藏着西部地域文化和宗教文化无法看到但实际限制西部文学价值提升的瓶颈。

首先，作者认为，柳青对“五四”后革命现实的文学呈现，走出了

---

① 赵学勇、孟绍勇：《西部小说：“概念”、“命名”及历史呈现——当代西部小说与西北地域作家群考察之一》，《兰州大学学报》（社会科学版）2005 年第 2 期，亦见《革命·乡土·地域：中国当代西部小说史论》，中国人民大学出版社、山西教育出版社，2009，第 21 页。

② 赵学勇、孟绍勇：《革命·乡土·地域：中国当代西部小说史论》，中国人民大学出版社、山西教育出版社，2009，第 21 ~ 26 页。

"五四"一代主流作家的"遮蔽"，让"革命叙事"一下子走在西部乃至全国的前列，根扎在了主流政治的内部，城市知识分子启蒙而外，政治意识形态介入后的乡土复杂面貌，也被正式提上了文学的叙事日程。"救亡压倒启蒙"的说法，也许完全符合知识分子的现实经历，但在当时以延安为中心的整个西北农村，《讲话》洗礼后梁三老汉（《创业史》中人物）一类所谓"落后分子"，其落后性恐怕也是绵延至今的一种普遍的西部乡土文化土壤的构成要素。这种性质本身决定了他们惯于在沉默和消极中等待政治的红利，也常常驾轻就熟地以实际利益得失伺机而动的实惠人生观与价值观。有了这样一种政治潜意识，作品的文学性或审美性倒在其次，占领"历史的前台"成了主要动机。因此，面对严家炎的质疑，柳青才会说出这样的话，"小说的字里行间徘徊着一个巨大的形象——党，批评者为什么始终没有看见他？"[①] 柳青和严家炎的分歧，与其说是政治性与审美性的争辩，不如说是变化了的语境与不变的文学史标准之间的分歧——梁生宝形象典型与否，事关文学史惯例，但不关一个具体青年既有精神世界被某种新权威文化重新构造时的切身体验，至于他的成长是否反映党的成熟，毕竟是显在而作者又格外重视的文本表层信息。基于这一角度，梁三老汉的"落后性"亦复如是。陈忠实无数次谈到《创业史》对自己写作《白鹿原》时的精神馈赠。细读过《白鹿原》的人大概都知道，正是柳青把审视现实的镜头，越过高悬的启蒙，将权威话语与具体生活话语推进到基本吻合、不吻合、错位和分道扬镳的程度（反之亦然），其间的大量空白和明显缝隙，才是《白鹿原》有意进入乃至进一步发掘的重要空间和内容。

有关《创业史》的文学史意义，虽然可能还聚讼纷纭，无须在这里再多费笔墨，但需要多说几句的倒在于，柳青文学价值取向之于后来西部文学创作或批评研究的关系问题。

---

① 柳青：《提出几个问题来讨论》，《延河》1963年第8期；载谢冕、洪子诚主编《中国当代文学史料选》，北京大学出版社，1995，第597页。转引自赵学勇、孟绍勇《革命·乡土·地域：中国当代西部小说史论》，中国人民大学出版社、山西教育出版社，2009，第60页。

柳青的时代当然没有西部文学这个说法，他也就无须为了西部文学而进行创作，这是一个基本前提。正因如此，从前文的两种主要路向不难看出，自西部文学提出、建构并形成一定规模以来，不管柳青当初到底是怎么想的，他所开启的严肃介入政治，深刻反映政治话语与民众个体、群体日常生活状态的这种文学理念，的确早已淹没在无数“个体心灵”的汪洋大海中去了。由于时代政治气候的巨大规定性，柳青或许只能选择《创业史》那样的内容，但当西部文学经历了“思想解放”的20世纪80年代，然后又进入集体无意识的90年代日常生活写作，随之而来的另一尖锐话题——“底层”，也就慢慢浮出了水面。可是，在这一并不算短的时间段中，西部文学也许比别的什么文学输送了更多的边缘人、底层者、无助者、弱势者，这一点已为多数批评家所注意到。然而，在由如此之多的弱势者、无助者、底层者和边缘人所构成的底层社会中，西部文学作者反而罕有人像柳青那样，先放下个体心灵遭遇这个微观人性透视法，以宏观的视野来叙述晚近三十多年来西部社会变迁状况。我们看到最多的反倒是，要么是以民间宗教文化为本位的人性起伏叙事，要么是以超时空背景下个体对物质获取与精神迷失的抉择为首选，满足于《红楼梦》或《金瓶梅》式的纠结，要么只以官场管窥社会，大大缩减社会现实内涵。在这中间，西部社会结构，尤其是主导性政治经济话语影响下的基层社会机制运行状态，从此从文学世界中遁隐了、不见了。什么原因呢？正如赵学勇早已意识到的那样，可能一旦正面提及政治，就会立刻遭到人们莫名其妙的嘲讽，柳青及其文学也就好像只配被收藏在图书馆里，而言说柳青，似乎也只能在教室里，在某些毕业生论文里，唯独不宜公开讨论。

这意味着，西部文学无论是作为流派还是地域性风格，更或者是一种理念和价值取向，从被建构以来，除陕西、西南个别作家作品外，传统西北省区文学中，文化政治维度其实一直是缺席的，至少是不自觉的和不完整的。

这也就涉及西部文学的“史诗性”传统问题了。

因为赵学勇等的西部文学所涉区域，是包括西北诸省区和“云贵川藏渝”在内的大西部，当然正面论述的西南作家作品可能就只有罗广斌与杨益言的《红岩》、阿来的《尘埃落定》和范稳的《水乳大地》等不多的几部。论述的份额和程度是一回事，“史诗性”怎样，是另一回事。幸亏有陈忠实的《白鹿原》、阿来的《尘埃落定》等，否则，当代西部文学（小说）具有“史诗性”的作品实在乏善可陈。其他众多西部叙事文学，其实都很难说是接着柳青的路子往下走的。柳青的路子就是《创业史》的路子，也就是说，叙事政治环境中的个体命运，即使是在后现代所谓“碎片化”“无厘头”文化氛围中，它也可以转换为卢卡奇意义的总体论风貌——历史发展也许并无本质规律，人也许并无恒性，尽管如此，也绝不能说，特别是具有中国特点的现代社会一旦走向纵深，个体就完全游离于群体乃至社会体制而独立存在了。可能的情况反倒是，个体处处受制于政治经济话语的驱遣，甚至在貌似众声喧哗下实则被标准化的、机械化的意识形态所不断塑造。个体无以规划自己、无以成为整全的人，以及看上去很破碎、意义感不能统一，其根本原因是不是在实际的社会运行机制上，或者在把个体仅作为个体而不是把个体作为群体乃至阶层组织之不可分割一员的理念区别上？如果视野只在具体细节上，只在自我内心，只在消费地方知识和民俗文化上，世界也就仿佛只能如此。这实际是把自己与庸人主义，与琐碎的追求者[①]，与怠慢亵渎真理以至于把真理降格为科技主义，以及与文化相对主义等等量齐观的必然后果，也意味着这本身已从认识论的角度动摇了文学能动于社会现实的根基。“史诗性”作品之所以值得不断讨论和阐释，其首要价值许诺就在于，它能提供给不同时代的人们以有效的方法论和丰沛的思想支援。倘若我们一直处在超时空的文学世界中，久而久之，除了习得各种不同文化趣味外，我们判断时代趋势的水平会大大降低，极端者，或许只在乎自己的文化归属问题，在文化身份上也可能

① “庸人主义”“琐碎的追求”等概念，均见〔英〕弗兰克·富里迪《知识分子都到哪里去了：对抗21世纪的庸人主义》，戴从容译，江苏人民出版社，2012，第4页；其他论述见牛学智《对于杰出的文学遗产，我们该思考些什么——写在张贤亮先生逝世之后》，《黄河文学》2014年第11期。

会纠缠不休，但绝对疏于考虑普遍性社会现实问题，以至于在根本性思想言说上丧失判断能力，也就迟早有一天无法返回时代前沿，那个时候就是我们真正失语的时刻。

把柳青文学作为当代西部文学传统，一定程度上表明了对既有西部文学及其相应的西部话语、西部形象的颠覆，特别是对夸父一系的质疑。遗憾的是，赵学勇的本意并非在此。然而对本书来说，这一点却尤其重要。它有力地旁证了延续至今的西部夸父一系文学及其话语、形象在隔空打造中的空疏之处。在接续古文献、神话传说文类的层面，现在的西部话语、西部形象，仍然具有价值，但不过是精神的意义和价值；在有意忽略柳青文学文类的层面，则正好说明当代西部话语、西部形象内部暴露了某种分裂，至少不能自圆其说。

其次，因为发现柳青这个当代西部文学的传统，文化西部而外，乡土西部这个至关重要的基础便清晰了。在城镇化大趋势中，有了乡土西部这个基本前提，农民至一般市民，一般市民再到公民的叙事分歧就不再含混。就是说，虽然西部城市文学不成熟①，但只要懂得了它的底子，理论观照也罢，叙事探索也罢，就有了明确的价值针对性。

赵学勇等人最后关于把西部文学希望寄托在传统文化和宗教文化的结论，笔者之所以持保留态度，原因其实来源于一个假设。假如我们“回不去”，那么怎么办？中国本来就是一个乡土国家，西部乡村社会更是乡土中的乡土，这是由它的历史所决定的。但是，城镇化却势在必行，而且是

① 到目前为止，就研究或批评来说，前文提到的一些重要著述中，基本都辟有专章进行了专门探讨，但相比较李兴阳的《中国西部当代小说史论（1976—2005）》一书，无论理念概念，还是价值论，都似乎更正面一些，大致属于在西部城市文化内探讨西部城市文学的性质。研究者虽然企图打破传统城乡二元对立论，但实际的论述却仍无法从根本上摆脱二元论的束缚，略显捉襟见肘。这固然首先取决于研究对象的世界观，然而，不可否认，这恐怕与当代成熟社会学理论的严重缺席不无关系。如果以自觉的现代理论作为武器，即使相同的对象也许会显得很不一样。当然从另一侧面也说明，中国城市文化理论及城市文学还很不成熟，基本上是以乌托邦式乡土文明形态来参照当下城市文化、文学的模式。李兴阳：《中国西部当代小说史论（1976～2005）》，安徽大学出版社，2006。

时代大趋势。据相关数据，现在每天有70多个自然村在迅速消失，暂时还没有消失的村庄，其主体也差不多是“386199部队”（妇女、儿童和老人）。接下来的问题便是，乡土文化首先怎样为市民文化所接纳，并共同生成现代性文化的问题。这就意味着，我们必须在乡土的文化底子上，再考量城市文化。鉴于此，西部文学要再度焕发20世纪80年代的那种朝气，只能首先处理好西部城镇文学，而叙事城镇文学，就得先熟悉当前阶段民俗人类学意义的和社会学的西部农村。因为前者蕴含着厚重的习俗，后者发现了真正的社会结构。前者如河州“花儿”与陕北“信天游”的文化内涵[①]所显示的那样，民间的日常生活肯定受过权威话语的影响，然究其实质却并没有因为改造而产生本质性变化，民间文化内部似乎有一个相当顽固的东西在不同时期都发挥着实际的价值作用，这是为什么？而社会学所发现的当今社会结构，其实已经是消费社会。那么，“新穷人”[②]就成了完全有别于传统物质穷人的一个时代概念，向来属于知识分子的启蒙思想是否充分意识到了它的存在？答案是否定的。如此等等，不一而足。如果我们的社会只能在现代社会的轨道上往下走，而不是返回去，那么，就有必要辩证地看待传统文化，尤其是地域共同体文化和信仰共同体

---

① 李雄飞：《河州“花儿”与陕北“信天游”文化内涵的比较研究》，民族出版社，2003。尤其是该著“中编：歌手心理论”和“下编：民歌流变论”以及“末编：民歌环境论”等论述，如果结合人类社会学著作《新乡土中国（修订版）》（贺雪峰，北京大学出版社，2013）、《回乡记：我们所看到的乡土中国》（贺雪峰，东方出版社，2014），以及孙立平的“社会断裂三部曲”《断裂——20世纪90年代以来的中国社会》（2003）、《失衡——断裂社会的运作逻辑》（2004）与《博弈——断裂社会的利益冲突与和谐》（2006）来读，对当前中国社会的认识结论，绝对不是文学叙事中的模样，就算秉持现实主义精神的文学，也都难以类比。从感染力的程度论，文学或许不只是在认识论上缺失了重要内容，就是审美性，也因社会学基础的薄弱，而经不起再三的推敲。文学上这些问题的出现，不能说是传统文化一家所致，但主要由传统文化中的知识与思想支持的文学叙事，的确也是使文学走得不深也不远的主要原因。

② 关于“消费社会”和“新穷人”概念，在社会学领域其实已经是常用术语，但文学研究界可能会相对陌生。要了解详细界说请参考〔英〕齐格蒙特·鲍曼《工作、消费、新穷人》，仇子明、李兰译，吉林出版集团有限责任公司，2010；〔法〕让·鲍德里亚《消费社会》，刘成富、全志钢译，南京大学出版社，2008。

文化，因为它们天然地排斥社会性共识。当然，以上诸种文化，另有用武之地，那就是它们曾经是将来还会是文化产业的灵魂，不过，这只与钱有关、与地方GDP有关、与政绩有关，但唯独与这里论述的精神文化关系不大。

总而言之，“延安派”西部文学创作及其研究价值模式，即使最终非得收缩到西部传统文化与宗教文化这两个小范围，的确也表征了“去政治化”这种集体无意识社会情境结构对文本结构的反作用力。当旅游、民俗文化等有形的文化产业成为人们的主要诉求时，反映主导政治经济话语对个体日常生活影响的文学文本，因其具有思想批判性及不合“发展”逻辑而被有意偏废。同理，助推旅游、民俗文化并使之变成突出审美符号的夸父一系文学及其话语，确因“内化”了人们心中的西部外物，并且借着特殊西部外物特征仪式化了人的主体性，反过来自然巩固及强化了社会情境结构。

柳青及“延安派”西部文学与研究价值取向，不得不消弭于“西部特色”，表明的正是反思的、批判的普遍性思想话语，对“发展”的、建构的西部话语的让步。

第三节　西部电影叙事与早期定格的西部形象

作为“后见之明”，作为一段仍在照常运行但部分已被“历史化”的形象符号，无论是美学的、纪实性叙述的，还是价值论的，当把制作者、创作者的一切意图放回到20世纪80年代——那个电视没有普及、互联网更没有出现，甚至纸介读物都还很匮乏的背景来思量，被受众接受的信息，也许会有“被动接受”因素在里面，但从一般社会心理来讲，“被接受”和主动接受其实具有差不多的实际效果。只不过，印证性的接受，会对一部电影的传播直接起到推波助澜的作用，弄不好，一夜之间便传播开来；而“抵触性”接受或“消化性”接受，扩散的速度可能会稍慢一点，但扩散力度也许会更经久不息。

在如此背景下，那些曾经走村串巷放送的露天电影，那些土味十足的沙哑旋律，那些如劲风一般刮过人心的富有强烈主体性的诗歌意象，等等，不仅席卷了西部大地，出乎意料地还在于，它也构成了都市街头巷尾的话题，有一位文学研究者有过这样的描述：

> 但进入80年代以来，西部和北部中国忽然成为文学艺术家们关注的热点。西部民歌，“西北风”流行音乐在内地都市卷起一股旋风。而且，越是在远离西部和北部的沿海都市，这股风刮得越甚；“西部片”不仅激荡神州，而且闯进了世界影坛，连连夺魁；西部诗、西部小说先后腾身而起，摇撼都市读者的神魂……①

西部与东部，乡村与都市，传统与现代，历史与现实，或者再加上由此而产生的愚昧与文明、落后与发达等二元论立场，正是因为西部电影而率先进入整个人文界和一般的社会文化生产流程；也同时更有力地制造了话语乃至观念形态上中国的“他者”形象，并且这种定格形象，也自然而然地构成了人们了解西部的前文本和前经验。

那么，在西部电影已经变成另一迥异的大众艺术形式“新西部电影”的当下，究竟该怎样理性地对待它们对西部的早期定格，以及对21世纪以来西部的重新命名呢？或者，是否该在电影叙事之外重新求解这一人文现象呢？

在回答这些问题之前，有必要简要勾勒一下从“西部电影”到“新西部电影”的发展轨迹，也很值得先简单描述一下前后两种性质的电影叙事对不同阶段西部的认知思维。

有志于研究西部电影的研究者，通常不满足于只在中国西部电影的自身生产中来看待问题，美国西部片成了不得不追究的源头。1903年埃德温·S. 鲍特导演的《火车大劫案》基本成了认定美国西部片这一特殊片种的典型，紧接着是一批类型片的出现和兴盛；至20世纪30~40年代的

① 管卫中：《西部的象征》，青海人民出版社，1992，第95页。

《关山飞渡》（1939）、《黄牛惨案》（1942）等，美国西部片因其鲜明特征遂引起理论家的高度重视，“西部片是一种神话与一种表现手段相结合的产物”[①]。那么，究竟是什么“神话”，以及究竟是怎样结合的呢？电影理论家根据《关山飞渡》得出结论说，那种把社会传奇、历史再现、心理真实和传统场面糅合在一起，做得像“一个造工优美的圆轮，转到任何位置上轴向都是均匀平稳的”，这便是美国西部片的大概内涵和特殊的影像叙事手段。如此风格和神话式创作传统，一直不停息地延续、壮大到后来的任何时间阶段，如1950年代的西部心理片《正午》（1952）、《搜索者》（1956），80年代末的西部史诗片《与狼共舞》（1990），90年代的《未被饶恕》（1992），及21世纪的《老无所依》（2007）等，终于，美国西部片的面纱到了该揭开的时候。根据法国电影理论家巴赞的经典总结“形式特点”和“深层实际”，最近的中国西部电影研究者把美国西部片的形式特点归纳成这么几个元素：（1）视觉图谱，常常以美国西部的喀斯特地貌、荒原、沙漠、峡谷，以及小镇、驿站、酒馆、印第安人营地等为主要背景；（2）摄影构图，在运动和地平线与人之间构图，是以黄色基调为主的全景镜头；（3）人物形象，以代表正义的牛仔和警长为英雄，代表邪恶的永远是歹徒或印第安人，其他点缀人物还包括东部来的贞洁淑女、酒馆里的妓女等；（4）动作场面，基本是纵马飞驰和持枪格斗；（5）题材和主题，以表现美国立国之初的拓荒、征服的西部大开发精神为主，文明征服野蛮成了基本主题要旨；（6）故事模式，一般是英雄救美、惩恶扬善、除暴安良等传奇故事；（7）道具选择，来复枪、左轮手枪、宽边帽、牛仔服、皮裤马靴、骏马、套马索等；（8）价值信息，贯穿着文明与荒蛮、善与恶、法律与暴力、白种人与印第安人等二元对立的价值观念。而所谓的“深层实际”指诸如关于妇女、马的神话，也指道德与法律的必要性及其之间的对立[②]。

① 〔法〕安德烈·巴赞：《电影是什么》，崔君衍译，中国电影出版社，1987，第242页。

② 王军君：《中国西部电影反思：理论建构与创作实践》，中国社会科学出版社，2012，第3~4页。

因为美国西部片的主要旋律不可能不是“文明征服野蛮”，那么，白种人征服印第安人这样一个具体所指，自然而然成了殖民主义最尖锐的声音。正是这一点，中国西部电影人及其理论家理直气壮地对美国西部片说了声“不”，中国西部电影也便因摆脱美国西部片而变得具有了自己的风格。于是，1984 年 3 月 6 日西安电影制片厂年度创作会议上钟惦棐的倡导，就吹响了中国西部电影再出发的号角。这是一句被不断引用的话，这里再引用一次，它是：“面向大西北，开拓新型的‘西部片’。”①

不言而喻，“新型”的对立面不是别的，是美国西部片。接下来就只能是实践了。从 1984 年提出概念到 1990 年代末这段时间被称为中国西部电影阶段，世纪之交至今这段时间被称作“新西部电影”时段。关于前后两段的分类及研究，夹杂在其他人文论著、论文中论述的除外，仅 21 世纪以来专门的研究论文（包括硕士学位论文）已经十分丰富，比如《西部电影发展和现代性变奏》②《西部电影中的儒释道文化研究》③《西部现代性的影像话语：中国西部电影现代性内涵的新历史主义解读》④《中国西部电影的现实困境与突围》⑤《中国西部电影的遗产》⑥《中国西部电影类型研究》⑦《中国西部电影中农民形象塑造》⑧《中国少数民族题材电影探析》⑨《中国乡土电影论》⑩《文化转型中的中国西部电影》⑪《论中国西

① 钟惦棐：《面向大西北，开拓新型的“西部片”》，《电影新时代》1984 年第 5 期。

② 高字民：《西部电影发展和中国现代性变奏》，《西北大学学报》（哲学社会科学版）2012 年第 4 期。

③ 朱玉：《西部电影中的儒释道文化研究》，西北大学硕士学位论文，2009。

④ 张倩：《西部现代性的影像话语：中国西部电影现代性内涵的新历史主义解读》，兰州大学硕士学位论文，2010。

⑤ 毛振华：《中国西部电影的现实困境与突围》，山东大学硕士学位论文，2010。

⑥ 马宏革：《中国西部电影的遗产》，陕西师范大学硕士学位论文，2009。

⑦ 张晓：《中国西部电影类型研究》，湖南大学硕士学位论文，2009。

⑧ 崔倩倩：《中国西部电影中农民形象塑造》，西北大学硕士学位论文，2011。

⑨ 张阿利：《中国少数民族题材电影探析》，《西北大学学报》（哲学社会科学版）2012 年第 7 期。

⑩ 张雪：《中国乡土电影论》，曲阜师范大学硕士学位论文，2010。

⑪ 郭越：《文化转型中的中国西部电影》，《电影艺术》2004 年第 2 期。

部电影女性人物形象的文化意蕴》[①]《论中国西部电影与西部当代小说在文化转型中的发展关系》[②]《美国西部片与中国西部电影比较研究》[③]，等等，当然还包括站在中国西部电影之外深度审视西部电影和中国电影的重磅文章《中国西部电影简论》[④]。这些文章，在中国西部电影内部的再次分类、归纳上基本没什么大的不一致，对文化转型期西部电影价值观的取向亦无太大分歧。然而，除王富仁文章外，其他文章则属于一般思路，包括引进现代性思想的观照在内，都还只是较普通的电影文本分析和西部规定性中的电影叙事归纳，难免粗疏，也难免模式化，无论西部电影还是新西部电影，所显示的不同符号都很不清晰。王富仁文章的反思批判思想，下文再谈。

为更加清晰起见，这里借助王军君的研究成果[⑤]，将西部电影包括新西部电影对西部形象的早期荧幕塑造总结如下。

他首先把西部电影分为三个阶段，分别是 1980 年代（1984 年开始）的“黄土电影”，1990 年代的“类型化探索电影”和 21 世纪初至今的“新西部电影”；又在三个类型中进一步细化出了特征及代表作；同时还把三代（第四代、第五代和第六代）导演的不同创作倾向做了比较。通过这样一个系统分析，西部电影荧幕人物谱系，即西部基本人文形象才变得清晰而显在了。

先看第一阶段的“黄土电影”。其特征是，第一，电影元素以黄土高原自然景观和民俗风情为主，《人生》《老井》《黄河谣》等均是这一特征的有力诠释者。长镜头下纵深而空茫的陕北黄土高原，山西太行山区无处不在的山、石、井和贫瘠土地，陕北、宁夏一带苍凉的黄河故道，都是这些电影的主体。第二，用现代意识讲述黄土地上的人和事，因此几乎贯穿

① 曹小晶：《论中国西部电影女性人物形象的文化意蕴》，《电影艺术》2004 年第 2 期。

② 海宁：《论中国西部电影与西部当代小说在文化转型中的发展关系》，东北师范大学硕士学位论文，2008。

③ 任斌：《美国西部片与中国西部电影比较研究》，兰州大学硕士学位论文，2010。

④ 王富仁：《中国西部电影简论》，《东岳论丛》2009 年第 2 期。

⑤ 王军君：《中国西部电影反思：理论建构与创作实践》，中国社会科学出版社，2012。

着传统与现代、文明与愚昧、城与乡、新与旧的矛盾和对峙。上述几例以及《野山》都堪称这一特征的代表作。第三，追求独特的视觉造型风格，比如“影片色彩通常是大俗大朴的，黄色的土地，黝黑的窑洞，红色的婚礼装饰，女人服装大红大绿，男人服装则清一色的蓝色或黑色，给人一种朴拙之感”①。其中，这个阶段也有初现探索的类型电影，像《黄土地》的“影像表意大于情节表意”，《黑炮事件》以荒诞的形式和语言创新来反思中国知识分子的文化心态，《猎场扎撒》对成吉思汗所制定的猎场“扎撒”进行哲学思考等，都因不同于黄土电影模式，究竟该怎样理解其表意便停留在了人们长久的思考之中。

再看第二阶段的“类型化探索”，大概有八大类型。（1）西部传奇片，如《双旗镇刀客》《西域响马》等。（2）西部魔幻片，以周星驰等主演的《大话西游》为最甚。（3）西部现实关怀片，以《秋菊打官司》《一个都不能少》为其代表。（4）西部少数民族电影，有《孔繁森》《红河谷》《一代天骄成吉思汗》《东归英雄传》等。（5）西部主旋律电影，根据陕北榆林治沙模范牛玉琴先进事迹改编的《一棵树》是一个典范。（6）西部历史片，除了《一代天骄成吉思汗》，还包括《秦颂》《西夏路迢迢》《荆轲刺秦王》等。（7）西部都市风情片，黄建新导演的“城市百态三部曲”之《站直啰　别趴下》《背靠背　脸对脸》《红灯停　绿灯行》最有代表性。（8）西部音乐剧情片，《在那遥远的地方》《边走边唱》《桃花满天红》等是最好的例子。很显然，这一类电影格外注重“西部精神”和“西部文化”，又因该精神该文化是在历史中传奇中，故也可称之为西部传统概念的影像叙事、用某种定型化地域人文特色建构西部历史和西部现实的影像叙事。

接着就到第三阶段“新西部电影”了，亦是第六代导演如贾樟柯、王全安、陆川、金琛、李杨正式出场的时候。《小武》（贾樟柯导演）、《菊

① 王军君：《中国西部电影反思：理论建构与创作实践》，中国社会科学出版社，2012，第110页。

花茶》（金琛导演）、《美丽的大脚》（杨亚洲导演）、《图雅的婚事》《惊蛰》（王全安导演），以及李杨导演的《盲山》《盲阱》等被认为是新西部电影的代表作。所谓“新”，总结来说，一是不再以明显的二元论来解构现实，二是注重人物精神世界的复杂性，三是格外关注从“边缘”人物视角看待现实秩序。贾樟柯的《小武》正是如此，以小武这个小偷看转型期西部的真实现状，有了另一番哲思在里面。

上述三阶段西部电影的生产者当然首先是导演，于是，不同代际导演的文化立场、审美趣味和思想水准，自然而然形成了不同阶段西部电影的价值取向。王军君的研究表明，第四代属于“在继承中创新”，比如这一代中的代表人物吴天明和《人生》，继承了“戏人电影”和“文人电影”的传统，注重对人物进行道德评判，因此人物形象也塑造得比较完整；对待民族文化的立场就是一种“感性的眷恋”；画面语言自然接近“传统”，属于现实主义风格。第五代导演大体是“反传统”，“注重‘探索’和‘实验’”，陈凯歌导演的《黄土地》，“结构的散文化而非情节化，对风景民俗的重视甚至超过对人物的重视，风景民俗的表意功能大于背景造型功能，画面的象征性大于再现性”①。理性的批判一下子占了上风，而且因为其先锋性，美学风格则属于现代主义的写意。至于“从传统中突围”的第六代，以接近纪实性的叙述既保存了某种已经丢失的美好的传统文化与生活方式，同时也动用边缘人视角，充分展现了世界的复杂性，具有了文化上的独立思考姿态，也因其语言运用得丰富，美学风格撑破了任何单一的主义，走向了多元共生格局。

以上尽管很复杂，但就本质来说，还只是一个铺垫，重中之重是西部电影穷极三十多年推出的西部人文符号——庞大的西部人物形象谱系及其人与事赖以存身的厚重封闭的民间文化世界。

首先是男性形象谱系，这一谱系具体由父亲形象、硬汉形象和现代青

---

① 王军君：《中国西部电影反思：理论建构与创作实践》，中国社会科学出版社，2012，第143页。

年形象构成。从西部电影到新西部电影演变过程中，父亲形象由第四代导演展现的权威、秩序的持有者即“崇父”到第五代的被解构，即对抗、厌父、弑父，到了第六代导演，父亲似乎又恢复了常态人生，他们本来就是乡村世界里极其普通、地道、真实的一个具体长辈，有他们独特的处世方式，也因此还可能是传统与现代中间的必要衔接和桥梁。这些父亲依次是1980年代的高玉德、德顺爷（《人生》），翠巧爹（《黄土地》），万水爷（《老井》），防风大叔和老年当归（《黄河谣》）等；1990年代的瘸子（《双旗镇刀客》）、老爷（《大红灯笼高高挂》）、万庆来（《秋菊打官司》）、王生财（《一棵树》）等；21世纪的黄昌义（《盲山》）、爷爷（《惊蛰》）、王电影（《雪花那个飘》）、小武父亲（《小武》），等等。他们在开始阶段经常是保守、善良、权威、实在的代名词，往往是乡村世界秩序实际的主持者和民间道德伦理的具体体现者，万水爷、德顺爷便是如此；到了第五代导演那里，父亲就变得残缺、受伤，甚至缺席了，《双旗镇刀客》中的瘸子、《秋菊打官司》中万庆来要害处被村长踢伤、《大红灯笼高高挂》中那个不露面的权威“老爷”，最能说明问题；在第六代导演眼中，父辈们似乎既不是什么秩序的守护者，又不是什么以空洞概念而存在的虚幻之物。他也许残疾，但依然坚强且有自尊心，《图雅的婚事》中的巴特尔便是如此；他可能心有余而力不足，但绝对是一个普通真实的人，《小武》中小偷小武的父亲就是这样的人；他也有正常人的七情六欲，很可能还感情不专一，如《雪花那个飘》中的父亲王电影。

由此可见，西部电影中的父亲形象，差不多也是中国当代文学史乃至思想史的具体形象化过程。这进一步说明，崇父、审父和日常化父亲的思想观念革命，它的现实基础依然适用于传统乡村文明形态保存相对完整的地方。西部因为政治经济发展的相对滞后，较理想地保存了传统乡村文明。即便四十年之间西部有过两次浩浩荡荡的“大开发”，然而，被现代化的只是一小部分公共服务设施，当然也包括人们生活水平的相对提高，至于人的现代性、社会的现代性，还远未推进到实质层面。

其次是硬汉形象谱系。研究者指出，西部电影中的所谓“硬汉子”，其实自古有之，这表明，艺术硬汉子形象与西部历史及现实生活在一定程度上构成了同质关系。总体来说，无论是古代的皇族世家、民间好汉、英雄将士、刀客侠盗、土匪响马，还是当下的现代军人、知识分子、有志青年、英雄人物，所谓“硬”，其本质是“刚硬”和“刚韧”①。比如《红高粱》中的“我爷爷”、《双旗镇刀客》中的一刀仙、《可可西里》中的日泰队长、《五魁》中的五魁、《天地英雄》中的响马子安，等等，从外形到内在气质，都表现得充满野性、粗犷豪放、刚直强悍、豪情义气，此谓之“刚硬”；而另一组人物，譬如“能屈能伸”的高加林（《人生》）、能经得住无数次“折腾”的禾禾（《野山》）、百折不挠总要打口出水井的孙旺泉（《老井》）、恶劣环境坚持治沙的王旺（《一棵树》）、为了爱情放下自尊坚持到最后的森格（《图雅的婚事》），如此等等，举不胜举，都是耐性、韧性、弹性的最好注释。

在这个硬汉形象谱系中，还有一支现代青年形象。从高加林开始，包括禾禾（《野山》）、赵书信（《黑炮事件》）、老杆（《孩子王》）、马建新（《菊花茶》）等，“他们的性格中均混合着传统与现代的因子，体现出新与旧、城与乡、创新与守成、文明与落后、现代意识与传统观念、理想与道德的冲突和对峙”。只不过有的现代意识多于传统意识，有的所背负的传统文化因子多于现代意识②。

最后是女性形象谱系，通常的西部电影研究者，仍然把这一形象谱系分为西部母亲形象系列、传统女性形象系列、反叛女性系列和新女性形象系列。要细致分析起来，其实这些系列形象，也基本具有中国文学史中的乡村世界女性一般特征，属于西部女性与全国其他地方乡土文化的共性部分。其中最能标志西部女性特点的，是西部“一根筋”式的人物，这在其他地方文化中绝无仅有。心地善良，但不依不饶就是要讨个说法的秋菊

① 王军君：《中国西部电影反思：理论建构与创作实践》，中国社会科学出版社，2012，第232～233页。

② 王军君：《中国西部电影反思：理论建构与创作实践》，中国社会科学出版社，2012，第239页。

(《秋菊打官司》),可谓中年女性代表;不顾困难多么大,依然挺身而出只身去从未去过的县城找一个流失的学生的代课教师魏敏芝(《一个都不能少》),可为青年女性代表;为了给孩子买到电脑,不畏惧大款的百般刁难,脖子一仰一口气喝下一瓶烈酒的张美丽(《美丽的大脚》),可谓当代西部乡村知识女性代表。无论现实生活中,还是荧幕中,这样的女性,在西部大地可以说随处可见,固执而可爱,倔犟而顽皮,认死理但又不乏善意,吃死亏却不无道德光芒。

如此成体系的人物,是怎样塑造而成的呢?

要而言之,一是自然景观使然。因为影像叙事注重西部自然景观的表意功能,这些人物无论在陕北黄土高原、秦岭大山、黄河边上、太行山区,还是在黄河古道、关中农村、可可西里、草原牧区、荒漠小镇,他们的生存土壤和精神土壤,无一例外的都是黄土地、黄河、沙漠和戈壁,以及由此生成的野性、粗犷、封闭和落后,从自然的"人格化"到人的"自然化",都显现出了主客体混同、互渗的人文景象。二是民俗景观使然。相应于该自然环境的民俗景观,诸如婚嫁、丧葬、诞生等人生仪式,年、节、祭、庆等岁时节日民俗,衣、食、住、行等日常物质民俗细节,家族民俗、村落民俗、民间职业组织等社会民俗事象,巫术、禁忌、民俗宗教、信仰等精神民俗事象,歌舞、讲唱、美术、竞技、游戏等民间游艺习俗,既成了西部电影的主要构图,也当然地构成了人与事相互展开的文化逻辑。即便是新西部电影,为西部而西部,或者为特点而特点,在西部既定概念中诠释西部人文状态、人物形象的思维,也仍然基本未变。唯独变了的是从反思这种人文状态,到抹平反思乃至于通过给西部注入所谓传统文化美德的方式,出示封闭环境中的人性拯救方案——将改变西部现状的希望寄托在个体道德修养的完善上,而不是指向个体、群体无意识乃至西部普遍性社会现实。这里笔者所谓西部电影对西部形象的早期定格,盖在于此。也就是说,当产业化扑面而来之时,站在电影制作一方来看,他们的焦虑其实是西部特点何以不能自保的危机;而站在一般人文立场观察,西部人文现实,包括生存现实,匮乏的正是西部之外价值观的正面引入。而后者的匮乏,直接导致了西部作为文化消费对象，而不是启蒙乃至审视的对象。

如果跳出西部现实及西部电影再来审视，我们发现，之所以西部形象仿佛只能是那个样子，主要原因在于，西部被当作了观看的对象，而凝视乃至对视的文化工作恰好居于次要的位置了。在西部电影的第一个阶段，因为还没有消费主义这一概念，文化产业意识也还很不自觉，观看之中，导演反而将人极有分量的凝视乃至对视的思想成分，黄土地上的人们究竟受制于什么的问题，彰显得非常清晰；等到了第二阶段，即类型化探索阶段，随着市场经济改革的不断深入，尤其电影业首先受到了前所未有的冲击，产业化思路被迫出场，西部于是方便地成了文化产业的一个合适符号，观看的西部被进一步强化，凝视和对视几乎淡出了电影人的视野；这种情况一直延伸到新世纪和新西部电影的降临，电影人既找到了产业化出路，又摸清了文化的出口，那就是大踏步后撤，直到完全进入传统文化的深处，并以传统文化中的个体道德伦理方式方法对抗所谓的现代性危机——对西部的凝视和对视，只保留了视角的平等，其他价值因素统统转移为对外——对外对抗种种来自所谓“全球化的后果”及其连带而来的诸种概念的焦虑。真正的思想凝视和文化对视，终于被强大的中国传统文化，或者被封建宗法制下的具体伦理道德方式方法所消解。制约西部日常生活现代化的种种外部因素随之被挡在了易于消费的西部地域、宗教文化视野之外了。能否镜头化，以及镜头化过程中能否尽可能填充进足够多、足够自洽的某种传统文化内容，成了西部影像叙事的压倒性趋势。不消说，西部电影发展到新西部电影阶段，少数仍然坚持审视的导演和作品除外，一般导演考虑最多的是用西部的空间承载中国传统的文化，换言之，西部题材电影在价值观上庶几认同乌托邦式的中国传统乡土世界了。紧接着，镜头下的西部传统社会、西部人、西部乡土生活方式，开始被现代意识、现代人、现代生活方式置换了——实际上用来替换的这些以“现代”的名义出场的事物，仅仅是中国式的城市小市民文化及其生活方式、价值模式和审美趣味。为什么这么说呢？这可以从西部电影与新西部电影价值观的对比看出来。西部电影阶段，特别像《人生》《老井》《黄土地》这一类电影，长镜头下的西部自然景观和民俗文化是在表意或象征人的何去何从；到了新西部电影如《图雅的婚事》《美丽的大脚》等，西部自然景观和民俗地域文化虽然也还是起表意和象征的作用，但表意和象征的核心却是构造一个圆满自在的独属于传统生活方式和文化发挥作用的人本来的归属地——反写了“人何去何从”的主题追问。因此，强加于人的一切道具和“文化”，由西部电影中用来抵制商业化的“高级领域”（现代主义、先锋），变成了新西部电影中趋从于商品交换规则的“低级领域”（文化工业产品）①。一方面源于传统文化这个近年来最强劲的文化思潮需要，另一方面源于不断城镇化而滋生的想象中的市民文化趣味需要。

基于这一角度，多数西部乃至中国电影的研究者倾力反思和分析的，只是作为大众文化艺术的电影、作为文化产业、作为 GDP 指数的文化工业，而非作为中国特色精神文化生成的价值观念，也就自觉不自觉地放弃了王富仁②的审视路径。

在中西方电影发展的不同文化坐标上，王富仁认为西方电影是在西方社会完成由贵族城堡文化向现代城市文化转换的过程中形成的；而中国电影则是在上海这样的商业都会中发展起来的，这也就意味着中国电影是在没有成熟的资产阶级，也没有完整而成熟的工人阶级的背景下建立起来的。而中国西部电影则起步于“文化大革命”之后，以上山下乡的城市知青和农村的回乡知青为主体。所以前期西部电影的贡献在于“实现了中国

① “高级领域”和“低级领域”以及“文化工业”，均系阿多诺和霍克海默《启蒙辩证法》一书中的术语，转引自〔英〕阿兰·斯威伍德《文化理论与现代性问题》，黄世权、桂琳译，中国人民大学出版社，2013，第 47 页。

② 在这里所涉及的多数重要西部电影研究文章、论著中，王富仁的《中国西部电影简论》（《东岳论丛》2009 年第 2 期）中的重要观点和审视思路都未被纳入，包括王军君的著作《中国西部电影反思：理论建构与创作实践》，也只是有两处引用了该文，一处是关于西部电影的界定，另一处是关于城市小市民文化重新勃起导致西部电影逐渐衰微的观点。而引用率极高的一部书恰恰是学者与几代西部电影人的对话集《大话西部电影：与中国西部电影精英面对面》（张阿利、皇甫馥华主编，陕西人民出版社，2004），其中自我解释、学科惯例解释和文化工业阐发，肯定不及人文精神与现代性思想的整体观照来得透彻，这种在电影文化内部探讨电影兴衰起伏的思维定式，一定程度上导致了中国电影理论的滞后。

电影从城市小市民文化视角向现当代农民文化视角的转移”，无论其思想内涵还是其艺术内涵，中国西部电影“都表现出更加鲜明的时代特色和民族特色”；90 年代之所以走向了衰微，是因为“仍然是当代中国城市小市民文化泛滥的结果”，“片面追求电影技术上的进步和票房经济价值导致了电影思想内涵和艺术内涵的空虚和苍白”。

对照具体的新西部电影，这个观点所指其实不难理解，比如图雅（《图雅的婚事》）、张美丽（《美丽的大脚》）等代表性新西部电影人物形象建构，之所以相比西部电影，西部特有的自然景观和民俗景观似乎淡去了，突出了人物，但人物形象的最终丰满，实际上暴露了“社会主义现代性”学说的一个致命漏洞。因为图雅也罢，张美丽也罢，她们自身道德修养的完善和对他人的成全以及拯救，其旨归指向了城市小市民文化模式，而不是成熟的现代社会秩序及其制度安排，即通过对分享、自我牺牲和照料他人等社会主义精神遗产的融合，唤醒人们对小家庭这个温柔港湾所代表的当代文化的获得，企图对抗市场和竞争，其实质的思想轴心是“坚持个人可以通过自我奋斗和自我改造来获得幸福的生活”，并且认为“差异和不平等是个体的机遇和努力所导致的，而非社会决定的”。当视野缩小到这里时，新西部电影叙事实际受惠的两个意识形态话语系统就清楚了。一个是利用中国社会主义被提到最多的成就之一“男女平等”，通过性和家庭两性关系的私人领域编写故事，在不伤害甚至很大程度上认可和延续传统文化对家庭责任的规定中，个体道德被转换成了实体性传统文化，其实质则只是提供了一些关于相互尊重、宽容和分享之类简单的道德声明；另一个是对“男主外，女主内”的中国传统家庭主导观念的分解利用，“自己为自己买单”就是这么来的，“当国家以改革为由回避了补偿或解决家务劳动的职责，女性只能依靠自己来缓解家庭受到的影响，女性需要对家庭负责任的观念因此得到加强”①。

① 吴靖：《文化现代性的视觉表达：观看、凝视与对视》，北京大学出版社，2012，第 60 ~ 63 页。

无论是性、家庭两性关系，还是小孩子、老人、邻里等成员所构成的小家庭文化，不排除道德上的人格魅力，但究其实质，那种向内的视角因具有极强烈的自我意识，并不利于形成相对稳固的集体，也就连农民文化都不如。“离开家庭的农民可以依靠传统的‘江湖义气’而组成相对稳固的集体，而城市小市民则太多‘小我’的算计，太多当下的‘小聪明’，在精神上更加涣散，极难形成统一的反抗力量。即使形成，也像一阵风，倏忽而起，倏忽而散，一遇挫折，便树倒猢狲散。”不仅如此，“传统的农业经济是高度稳定的，一个农民要想改变自己的生活命运必须依靠自己一生的甚至几辈人的坚韧的、艰苦的努力，这既可养成农民不求上进的保守守旧的心理，但也可培养农民在精神上的坚韧性，即使中下层地主家庭的成员，也要终生参加劳动，不是游手好闲之徒，所以农民阶级是一个最缺乏灵活性和投机性的阶级。城市小市民阶层的成员则与此不同，灵活性、投机性是其主要特征。这使城市小市民阶层的成员常常表现为没有一贯的道德操守，没有固定的思想信仰”①。以西部为背景，实则演绎城市小市民文化趣味，已经是新西部电影普遍性现象了，而至于在这布景中再添加以电子传媒为主体的新的技术手段，按照哈贝马斯《公共领域的结构转型》一书的分析，那样的电影追求恐怕已经是“重新封建化”了。因为“重新封建化”的重要特征之一是，“传媒的全面商业化使得各种违反理性—批判原则的权力与私利得以以市场的名义和所谓自由竞争的手段攫取大量的公共话语资源来展示、炫耀并强化自己的地位及合法性，犹如封建帝王独占传媒对自己歌功颂德”②。多数新西部电影，或者占主导地位的

① 王富仁：《中国西部电影简论》，《东岳论丛》2009 年第 2 期。

② “重新封建化”系德国哲学家哈贝马斯著名的“公共领域”论断中关于三种公共领域的历史形态中的第三种形态，其他两种分别是“以展示权威、张扬权力神圣为主要功能的封建专制的公共领域”和“以不受压制的自由讨论为诉求和对权力的合法批评监督为目的的自由资本主义公共领域”。第三种“重新封建化领域”便是“以技术的发展和各种政治、经济利益通过市场的手段来控制传媒、操纵公众意识并扩大自己权力为特色的晚近资本主义大众社会公共领域”。转引自吴靖《文化现代性的视觉表达：观看、凝视与对视》，北京大学出版社，2012，第 12 页。

新西部电影，事实证明，正是由小家庭和小家庭内部源自宗法制文明的具体关系学说，加上由此抽象出来的泛人性，再加上“精致”的电子传媒技术合成。这种合成品，究其思想来说，是对时代流行文化大势的迎合，而非对抗。因此就只好在票房的挟持下服服帖帖履行“安全消费”原则，不敢也不愿像西部电影时期那样植入强劲的审视目光。既然新西部电影只是在超时空背景下讲述一般人性问题，叙述一般道德伦理和传统“美好”生活方式，“西部”也就走向了终结。

另外，美国西部大片似乎也成了冥冥当中中国西部影人对抗的一个靶子，在剔除美国西部片中的种族歧视、殖民征服等时，也一并扔掉了那种对于现代性思想的探索，矫枉过正，其结果只有回到中国传统文化。价值上的相对主义和文化上的平均主义，也导致了新西部电影因“不追赶”而保持住了“西部”符号。其实不然，“不追赶”的代价是僵死于泛人性论、纯人性论的窠臼，文化现代性在西部的实际进度，也就彻底让位给了更具有消费性的都市小市民文化趣味。

总而言之，要突破西部电影对西部的早期定格，可能并不单是电影学的问题，还至少包括对人的现代性、城市现代性和社会现代性、审美现代性等众多方面的努力和探索，才能建立真正新的西部电影话语和表意系统。

第四节　城市小市民文化与“新西部”形象的凸显

“新西部”这样一个概念，首先出现在“新西部电影”中。如上文所论，当“西部电影”演变成“新西部电影”之时，也即第六代导演如贾樟柯、王全安、陆川、金琛、李杨开始崛起的时候。《小武》（贾樟柯导演）、《菊花茶》（金琛导演）、《美丽的大脚》（杨亚洲导演）、《图雅的婚事》《惊蛰》（王全安导演），以及李杨导演的《盲山》《盲阱》等均被电影界认为是新西部电影的代表作。作为“新”的西部形象符号，人们对“新”的直观感受，影视所起的作用肯定要大于人们对真实的西部现实的提炼。当然这个“新”也与新世纪的“新”取基本相同的时间概念。概而言之，一方面大有“终结”西部电影中突出的现实酷烈、人生艰难、自然环境焦苦、社会环境的落后和愚昧之意，与官方所主导的“科学发展观”“和谐”“生态环保”等概念，尤其与第二轮“西部大开发”所要求的中西部同步发展，和“城镇化”所要求的城乡统筹一体化等，进行高调“和解”也不无关系。另一方面，自然是人文知识分子、大众艺术的某种无意识反映。从20世纪80年代中期到新世纪度过第一个十年，时间跨度超过30年，这个时间段正好相当于改革开放前30年，经济指数不断递增，GDP不断突破，城镇化率逐年迅猛增长。另外，在实际生活中，西部普遍的物质生活水平的确也发生了巨大变化，至少与“西部电影”影像叙事中的情况已经不可同日而语了。诸如此类，种种物质的和精神的现象，事实上确乎需要另一迥异于此前的话语方式和叙述视角来呈现西部，方可得当。如此一来，在一般人文表述和大众艺术表达世界里，“新”便呼之欲出了。其一，它一定是建立在“奔小康”路上的诸种焦虑和迷茫感，而不是求“温饱”而不得的单纯生存之恼、生活之烦、人生之困；其二，它一定是基于自乡村进城或者进城之后的尴尬和认同危机及其所产生的一系列社会问题，而不是传统城乡二元结构中相对独立环境所导致的单面向的具体道德伦理问题；其三，它一定是在以上两点都具备的前提下，一般人文表述或大众艺术所构建的乡村传统文化救治城市病，或更高一级乡村文明“反哺”城市文明的乌托邦，视角也许不大，所内置的容量却几乎涵盖一个时代对另一时代的替代。这从“新西部电影”就能看出来。虽然在不同导演那里，“新”总是具有各自的新发现、新看法和新理解，但就其共性而言，这个“新”其实可以删繁就简成这样一种判断，即通过重新改装打扮传统乡村文明模式——80年代“新启蒙”话语认定的被启蒙地位，让其进入经过层层叠叠的“泛城市病”话语反讽处理的城市文化流程，并反过来矫正城市文化。如此一来，“新西部”便真的焕然一新了，它是自洽的乡村传统文化仪式，是稳定的传统道德伦理文化，乃至自觉并可持续再生产的中国经验符号。

如此中国经验符号，推而广之，它的意识形态性就形成了。

首先，小家庭的和睦，被提到了一个非常突出的文化建构位置，而小家庭文化关系学中，小孩子又是重中之重。如何有一个小孩子、如何培养小孩子、小孩子在家庭成员中的情感纽带作用，以及最终把注意力集中在小孩子身上的所谓“天伦之乐”，以中国式家庭文化折射中国大家庭同质结构的“视窗”功能，等等，便达到了多种转换中以小见大的效果，实现了审美文化对现实秩序的代言。因为重视小家庭，在中国当代文化中曾一度是一个不小的耻辱，至少是被长期削弱乃至人们遮掩不愿正面谈论的，所谓“大公无私”“舍己为人”“毫不利己，专门利人”“阶级情超过亲情”，等等，几乎是每一个中国人最大的个人修养问题。不消说，重视小家庭文化，是与解构主义所热衷的方向背道而驰的反方向行驶，即以建构的名义解构了解构主义尚未完成的历史任务，致使解构主义反而显得苍白无力，甚而不合时宜。

其次，以建构起来的小家庭文化关系，来照射社区、阶层、民族共同体，其结果不外乎弥合赢家通吃导致的社会阶层剧烈分化，乃至于促使价值断裂的不同利益阶层重新走到一起，以道德伦理的具体方式维系于情感层面，并企图从情感深处链接因经济资本、政治资本、文化资本的不同占有而产生的“失语”状态。

最后，既然是弥合“失语”状态，西部便理所当然成了中国传统文化，特别是传统农耕文化保留最完整的地方，它是一切“根”的所在，它也就成了城市化后果的疗救之地，“落后”或者说经济欠发达，摇身一变，好像反而成为文化有为的理由，甚至是传统文化起作用的结果。如此逻辑，正是“新西部”人文表述、艺术再现的前提，也成了经过变异处理之后乡村对城市文化的观照的另一形式。由情感领域，延伸到价值领域，进而用这个小家庭程式的价值观来建构从个体到群体乃至阶层之间多层次的身份认同，达到建构“和谐”“团结”“统筹协调发展”话语体系的设想，来弥合“断裂社会”“权力失衡”“利益博弈”“结构先于制度定型”“底线失守”“上层寡头化，下层民粹化”[①] 等的基本现实。

如果“新”具有意识形态的功能，恐怕只有在这个意义上才能解释得通。

凡此种种，这种旨在情感领域的“新”，说白了，实际上是以城市三口之家为标准而“量身裁制”的同一化小市民文化趣味。由此可知，在这样的文化框架中，“新西部”形象，实在也是城市市民眼里的一般意义的西部，或者说，是以一般城市市民文化标准来剪裁、编织、重组的西部。积重难返的传统文化积习被抛在了脑后，枯焦酷烈的自然环境也被甩在了身后，剧烈的社会分化而带来的社会尖锐问题亦被率先过滤，进而躲开。因此，这个“新”不但是体量的“小”，而且是目前城市市民文化中几乎一切新现象的归纳和彰显：小家庭、小自我、小孩子、小利益、小得失、小视野。因为前文已引述王富仁的批评观点，这里恕不再赘述。

下文，话题将转换到西部形象与话语的再生产中，继续探讨由此而来的颇为极端化的西部表述。在那个西部文化重建中，“村落化”将会再一次逼近，现代性将会被进一步推远。

① 均见孙立平的“社会断裂三部曲”：《断裂——20世纪90年代以来的中国社会》，社会科学文献出版社，2003；《失衡——断裂社会的运作逻辑》，社会科学文献出版社，2004；《博弈——断裂社会的利益冲突与和谐》，社会科学文献出版社，2006。

第二章　西部符号生成：西部形象与人文话语再生产

中国“西部形象”与相应的“人文话语”，是建立在西部艺术符号之上的一个凝练形式。没有相对独特的西部艺术符号，西部形象及相应的人文话语，就很难成立，更谈不上再生产。显而易见，这里所说的符号再生产，借鉴了文学理论分支中的结构主义或符号学研究成果的一些启发。法国著名结构主义文学理论家和文化评论家罗兰·巴尔特有一本薄薄的册子叫《符号学原理》[①]，可算是文学符号学的开山之作，因为它属于一种“实用性、暂行性较强的分析方法汇编”，并且其主要是对文化和文学现象的两种普遍意义构造的，即直接意义系统（直指作用）和间接意义系统（涵指作用）的构成分析。严格说，巴尔特的符号学原理其实是文学文本的结构主义分析方法论，所谓“分析者和批评家应该透过文学和文化文本的表面意思，达到其底层及诸隐喻层上的‘背后’意思”[②]，关注的是文学和文化文本内因特殊视点而导向的作者意图。继巴尔特之后把符号学发展到成熟阶段的苏联文学理论家洛特曼和把叙事学活用到符号学中的法国学者 A. J. 格雷马斯的研究正是如此。据说他们两个的探索，代表了符号学的新进展。前者通过古罗马诗人维吉尔作品中宇宙的两个空间轴和但丁《神曲》中不同层次空间感，得出结论说，在但丁那里，淫、贪、盗、诈等不是不同的罪恶，而是同一罪恶的诸种外显形式，由此可见“中世纪文

① 〔法〕罗兰·巴尔特：《符号学原理》，李幼蒸译，中国人民大学出版社，2008。

② 李幼蒸：《译者前言》，载《符号学原理》，中国人民大学出版社，2008，第 2 页。

化数字表达系统与当时意识形态的关联"[①]。后者以中国古典小说《聊斋志异·鸲鹆》为例，其中鸟最终抛弃有钱有权的王爷回到原主人身边，说明鸟与原主人呈友谊关系，与王爷则呈金钱售买关系[②]，这个方法由对人物关系的清晰把握而被广泛运用于结构主义文化和文学研究。

重蹈符号学的技术主义覆辙，根本看不见真正的意识形态状况。这个局限，与其说是文学理论及其符号学的弊端，毋宁说是结构主义的盲区。

中国西部符号因西部形象和人文话语而突出，其中不乏西部艺术再生产的功劳，同时，这生产主要得益于"被看""被认识"，即是说，中国西部形象和围绕它的符号、人文话语方式的再生产，实际上包含着各种社会思潮。在"缺什么补什么"的当前语境，仔细推敲，从20世纪80年代中期西部话语的"被发现"到"新西部电影"阶段，西部"特色"被一般城镇小市民文化趣味所收编，可以说中国西部世界几乎充斥着国内若干重大的人文诉求声音，它们彼此之间，既相互关联又相对独立存在。其中的原委，可以以中国学者周宁的研究作为镜鉴。周宁在其著作《天朝遥远：西方的中国形象研究》（上下册）[③] 和《跨文化研究：以中国形象为方法》[④] 中用近百万字的篇幅，梳理了以1750年前后为界的西方人眼里的中国形象。西方中世纪政教统一、启蒙运动和现代性话语，不仅体现着传教士、商人、旅行者、军人和留学生等的讲述和建构，也渗透着知识分子的"东方主义"。大汗的大陆、大中华帝国和孔夫子的中国，可能分别对应着西方世界的中世纪、"延长的16世纪"和启蒙运动。无论"孔教乌托邦""停滞的帝国"，还是日本人眼里"巨大的他者"，其中描述中国形象的"落后""专制""野蛮"，均镶嵌在"西方进步大叙事"、"西方自由大叙事"和"西方文明大叙事"之中，"进步"、"自由"和"文明"的价值体系及话语方式，因中国而构成。正如周宁对他的研究对象的警惕

① 朱立元主编《当代西方文艺理论》，华东师范大学出版社，2001，第252页。

② 朱立元主编《当代西方文艺理论》，华东师范大学出版社，2001，第254页。

③ 周宁：《天朝遥远：西方的中国形象研究》（上下册），北京大学出版社，2006。

④ 周宁：《跨文化研究：以中国形象为方法》，商务印书馆，2011。

一样，他说西方人眼中的中国形象基本停留在传说和旅行者的猎奇中，唯独不在现实中。笔者这里只取周宁的方法和视角，并不全盘赞同其结论，因为笔者要正视的是近四十年来的中国西部现实，而不是纸上西部、文献学里的西部。从这一意义来看，周宁的论述，其实并未超越他的初衷。因为，当他从西方的三大叙事中逻辑性地推知中国的自我认同时，非但走向了“自我东方化”，而且对进步、自由和文明的理解也多有虚无主义嫌疑，特别是对评价中国现代性及中国现代性程度到底以什么为基本参照来评价的理解，尤其如此。

这里引入周宁的西方的中国形象研究视角，不是说中国中心城市、东南沿海发达地区的西部形象，就像西方的中国形象一样，完全充满着意识形态因素；或者要探讨既有西部形象、西部人文话语方式，就必须把关注投到西部之外，而是说中国西部的情况肯定不同于周宁研究的西方的中国形象。因为周宁研究的西方的中国形象，看得出，首先是受萨义德“东方主义”的影响，属于后置视角下的中国本土文化认同研究，解决的主要问题是剥离不同历史阶段西方话语中的中国形象；其次，重点是西方文献学或其他普通读物、曾一度畅销的读物中的中国形象，也就是说，研究者眼里的中国和西方本来是不平等的关系，这就导致层层剥离之后的中国形象，道德的和民族主义的话语修辞始终占据着压倒性优势，非但不利于理性衡估现实中的中国，而且不可能对中国本来形象进行还原和再度审视。尽管如此，究其实质，诚如第一章所讲，如果没有“被看”和“被发现”，西部就不会“先赋角色”“自致角色”，中心城市、东南沿海发达地区也就不会如此理所当然地向西部索求“特色”。从这一角度看，周宁的视角的确是一个不错的启示。简而言之，正因为西部“被看”“被发现”，只要经济主义、科技主义、发展主义横扫过的地方，基本因过度开发而自然生态严重恶化、人文情调格外缺失和社会机制异常错位，哪怕对于西部民间鬼神崇拜和宗法文化程式等的“复归”，仿佛也救急式地成了人们叙述的重点，甚至构成了评价中心城市、东南沿海发达地区的标准，乃至当然参照物。这时候，西部话语的再生产，自然变成了意识形态需要。由此看，其中的情况很像周宁笔下西方启蒙运动时期的中国形象。从惊叹到崇拜，以至于把中国想象成哲人王及哲人统治的国度，中国也就直接是柏拉图理想国被兑现的“孔教乌托邦”[①] 之地。同样的，当中心城市和东南沿海发达地区为经济饱和所挤压、仿佛风干了的木乃伊之时，西部日常生活的慢节奏和现代社会机制运行中的迟缓，包括西部都市中的“村落化”人文状态，恰好语境性地变成了人文修辞的话语场。凡此种种，大体而言，基于此的再生产，可能包括这样几种极端化形式——唯其极端化放大，价值方才突出——被普遍化的神秘主义文化，被典型化的民间宗教文化和被道德化的苦难形象等。它们都被不同程度地统摄在西部传统乡村文化与元典宗教文化精神之下。

第一节　被抽象的西部古典游牧文化与元典宗教文化精神

西部文化首先主要靠内因而产生，是从古代西部社会、现代西部社会和当代西部社会中生成和发展出来的，因此相应地包括古代西部文化、现代西部文化和当代西部文化。在众多叙述和阐释西部文化的著作中，仔细辨别，其实主要是两大路向。其一是社会人类学叙述，以台湾学者王明珂的《华夏边缘：历史记忆与族群认同》[②] 为典型代表。该著第二部分“华夏生态边界的形成”中的三篇由点及面、由小到大、由发源地到波及地的文章，所勾勒的华夏民族形成边界，即西部游牧文化的产生与发展内外部原因，便是以西部游牧部落、牧团、牧户的集体身份认同为核心的考察。这三篇文章分别是《青海河湟地区游牧社会的形成》《鄂尔多斯及其邻近地区游牧社会的形成》《西辽河地区游牧社会的形成》。作者从考古发现入手，打破了游牧文化和农耕文化谁先谁后这样一个长期处于争执焦点的命

① 周宁：《跨文化研究：以中国形象为方法》，商务印书馆，2011，第 62 页。

② 王明珂：《华夏边缘：历史记忆与族群认同》，浙江人民出版社，2014。

题，他专注于对西部先民窑居遗迹中牛羊骨比例高于猪骨的社会学追踪。研究发现这个地区“以养羊取代养猪”，意味着青海河湟地区人民自觉选择的形成，“一些穷苦的农人发现他们迁到较高的地区，依赖马、牛与羊过活，以此脱离谷地那些剥削他们的人。很快地，大家都发现这是个好主意，于是以农业为主的齐家文化生活方式逐渐瓦解”[①]。这便是公元前2000年前后，中原汉帝国中央化、阶层化的农耕文化世界与西北河湟地区各部落分散化、平等化的游牧文化之间的分野。而探讨这样的一个漫长过程，则要上溯到新石器时代晚期的马家窑文化。当一系列的考古发现连成一股稳定的逻辑链条之时，半坡文化取代马家窑文化，然后再为马厂文化所取代，最后是齐家窑为代表的农耕文化的瓦解，取代它的便是自觉的游牧文化。在讲到农耕文化与游牧文化的对比时，王明珂进行了一些看起来无意义实则很重要的阐述发挥。他写道：“因为环境是如此困苦，而人们的财产大都是长了四条腿的牲畜，所以分散、平等、自主成了普遍的生存原则。在这儿，每个家庭或牧团都为生存而努力，没有徭役赋税。‘移动’使得人与人之间、人与群体之间的关系都是短暂的、易变的。因此，个人对所属牧团或部落的认同，以及对部落领袖的效忠，都不必是永久的。”[②] 这一点最先源自社会人类学的总结，实际上构成了人们跨过漫长的时间烟云和复杂莫测的历史长河，构造当代西部文化的原型。秩序井然的农耕文化可能会在对比中崩溃，森严的官僚制度可能在自足自为的个人性、家庭性日常生活中宣告破产。总之，无论青海河湟地区、鄂尔多斯及邻近地区，还是西辽地区游牧社会的形成，不仅仅是把农耕变成游牧，伴随而生的实则是大西部文化边界的形成和其文化身份的确认过程。

更重要的还在于，在这样的生成过程中，西部文化似乎轻而易举越过了现代部分，直接与当前西部生活产生了更为密切的映射关系。而

① 王明珂：《华夏边缘：历史记忆与族群认同》，浙江人民出版社，2014，第67页。
② 王明珂：《华夏边缘：历史记忆与族群认同》，浙江人民出版社，2014，第76页。

“五四”前后、延安时期、“十七年”阶段，包括“文化大革命”，在文化上显然并不亲近。最为亲近、最易产生好感的乃是社会人类学的发现——从这一角度看，今天人们所向往的，其实是从汉帝国分离出来的西部游牧文化，而不是其他各个阶段被政治意识形态反复收编、改变乃至重塑的西部农耕文化。自然而然，第二种路向便呼之欲出了。笔者视野所限，到目前为止，特别是世纪之交出版、发表的论著和论文，差不多有一个固定的论述模式。这个模式特别依赖古代西部文化，而在古代西部文化中古典文献、神话、传说、巫术、民俗、民间艺术、文学等一般要占到绝对比例，剩下的则是当代西部汉文化。其中，在古典西部文化梳理中，凡涉及英雄主义、道德主义，以及具有准宗教文化特点的地方，大多数则交由西部各少数民族的典籍文化形象来填充，以儒家思想为核心的西部汉文化大概只能是祖先崇拜、社仪和鬼神活动等变异而来的具体道德伦理方式方法了。

从性质上说，这一路的西部文化论述，可以称之为西部少数民族审美文化。但从它的复杂性而论，审美文化显然又无法涵盖其全貌。因为，来自典籍的“审美”，并不完全介入当前西部民间社会的实际运行机制，换句话说，它只是今天文化产业思维推动下的人造文化幻象。如果稍微调整一下黑格尔对审美的关键环节“内在性”的界定，把衡量审美活动成立的必备条件“客体”、“主体”和“内在性”进行一番逻辑组织，那么，构成审美文化的诸关系必然围绕矛盾是否解决而展开。黑格尔说，当客体最终内在于人的主体性而变成一种主体性文化之时，审美文化必然要经历一个产生于矛盾并对矛盾进行解决的艰难过程，否则，主体就不是一个整体，因而它便只是内在的，无法通过外在的来实现这内在的。“如果主体片面地以一种形式而存在，它就会马上陷入这个矛盾：按照它的概念，它是整体。而按照它的存在情况，它却只是一方面。”[①] 在这里，当古典西部审美文化仅仅以一种形式而存在，对于今天的西部人来说，它与人们实

① 〔德〕黑格尔：《美学》（第一卷），朱光潜译，商务印书馆，1981，第124页。

际的日常生活之间便不是植入的和互生的关系，而是矛盾的和对立的关系。不言而喻，这时候，人的主体性其实出现一种静止的和始终否定的状态，也就是说缺乏必要的干预。因为产业化和经过产业化思维再度打造和彰显的神话、传说、英雄精神、道德楷模、史诗结构、社仪程式、祭祀仪式等，显然更适合在传统生活方式及文化状态中再生产，并不适合在经济社会或消费主义意识形态中生根。

原因很简单，当经济成为人们的工作核心或生活的终极目标之时，当消费取代意义生活乃至构成填充人们心灵空虚的主要内容之时，这样的日常生活逻辑和节奏，根本上是与诸文献诸仪式所要求的生活方式、工作效率背道而驰的。这也就是黑格尔所说的，当客体，即审美对象，不能产生一种内在于主体的文化而存在，那么，该主体性中就不可能包含审美对象所期望的“对它本身的肯定”的力量，非但如此，反而可能会构成一种相反的作用力。“生命是向否定以及否定的痛苦前进的，只有通过消除对立和矛盾，生命才变成对它本身是肯定的。如果它停留在单纯的矛盾上面，不解决那矛盾，它就会在这矛盾上遭到毁灭”①。以此观之，无论是直接论述西部地域文化和民族审美精神②，还是把西部放到全球化这个大的文化流动背景来指认西部民族记忆和地域情韵③，或者兼顾当今社会结构变革，以社会学视野来看待西部文化的变与不变④，抑或在西部多民族文学

① 〔德〕黑格尔：《美学》（第一卷），朱光潜译，商务印书馆，1981，第124页。

② 李天道：《西部地域文化心态与民族审美精神》，中国社会科学出版社，2010。该著分为“西北篇”和“西南篇”来详细论述。在“西北篇”中，从西北民族文化的历史组成、与中华文化的历史认同、现代价值和与中华文化的互动重构等方面来阐释西北民族审美文化的特征，西北民族神话、民族史诗、民歌、民族文学等，都构成了该著作重构当代西北审美文化形象和论证其精神多样性的证据。

③ 武文、武圣华：《民族记忆与地域情韵：中国西部原生态文化论稿》，中国人民大学出版社、山西教育出版社，2009。在原生态文化中论述西部的著作和论文很多，西部可谓热点话题，武文和武圣华所著的《民族记忆与地域情韵：中国西部原生态文化论稿》，堪称集大成者，颇具有代表性。

④ 黄平执行主编《本土全球化：当代中国西部的社会文化变迁》，经济管理出版社，2011。

叙述的乌托邦世界中来总结今天西部文化的有效性问题[1]等，其实都很难摆脱游牧文化这个底色。即是说，今天语境下所说的西部文化，很多时候等于古典西部文化；而古典西部文化反过来，又基本是今天人们构建的和期待的西部文化的典型化表现形式。

从这一角度来观察，人文知识分子的这样一种话语选择，正好衔接了全球化以来，人们对西部的意识形态想象，以及在中国本土经验基础上构想的西部形象。或者，正因为全球化意识形态和对中国本土经验的迫切诉求，古典西部文化秩序和审美方式，才成为人文知识分子进行西部话语再生产的有力支撑。

当然，古代社会自给自足的游牧文化，一旦被构建成西部文化的主流，即一旦被打造得符合“越是民族的，就越是世界的”，毫无含糊，在彰显其“特色”和“独一无二”的同时，实质上维持这个少数民族多元文化“特色”和“独一无二”的西部人文主义诉求的前提条件，一定程度上是以回避现实观照为代价而存在的。一方面，对当前西部社会现实的认识或者判断，肯定首先是传统乡村文化和宗教元典文化占主要比例的。只有这样，当传统乡村文化占主流时，传统乡土中国以血缘关系为基础，以家庭制度为手段存在下来，并且深受儒家孝悌思想影响，每个人都在血缘关系的网络中被儒家思想安排了具体的道德义务，以及家庭制度又进一步在组织和制度上强化了这种义务的文化格局，即费孝通先生所说的“差

---

① 比如韦建国、吴孝成等著《多元文化语境中的西北多民族文学》和何克俭与王根明主编《中国回族文学通史·民间文学卷》，就颇能说明问题。前者立意在“多元”，故而西北诸少数民族文学叙述，似乎都不离不弃自己民族的宗教信仰文化，或者说各民族文学是对相对应的宗教信仰元典文化的不断延长和再生产，具体生活世界反而被文学乌托邦所遮蔽，“当代”仍然只是一个文化的侧面投射；后者专注于一个民族，遵循纵向时间轴，从真主创世传说所规定的内容一直推到后来的无数生活分支，结束于“喜闻乐见”的谚语、歇后语，算是对精英言说的民间化处理。但这种封闭于既定民族宗教知识的体系，是不是就一定对如今经济社会信教民族的日常生活有效呢？或者说，这种规定性内容在何种条件下才能对实际的社会机制产生积极作用呢？韦建国、吴孝成等：《多元文化语境中的西北多民族文学》，中国社会科学出版社，2007；何克俭、王根明主编《中国回族文学通史·民间文学卷》，黄河出版传媒集团阳光出版社，2014。

序格局”[①]，才有可能形成一个足够宽容的文化框架，以便容纳那种散居的、以家庭生活为主的生活方式的古典西部游牧文化。同理，西部众多少数民族，按照一种较新的文化界定，整个西北为黄土高原文化、河流文化、草原文化和沙漠文化[②]所包围、所孕育，如此地广人稀、高山大沟、戈壁丘陵的世界里，如果没有信仰，实难扎根，这当然是一般局外人的认识。但在实际现实中，少数民族神秘主义文化的确是西部的一大特色，特别是在快速的城镇化过程中，当普遍的“城乡二元家庭”[③] 打破了历来被

① 费孝通：《乡土中国》，上海世纪出版集团，2007，第6、30、36页。“差序格局”这一概念是费孝通先生对中国乡村社会关系的描述术语，与西方的“团结格局”相对。费先生认为：“在差序格局中，社会关系是逐渐从一个一个人推出去的，是私人联系的增加，社会范围是一根根私人联系所构成的网络。”这一社会关系的网络是以亲属关系为基础而形成的，亲属关系是“根据生育和婚姻事实所发生的社会关系，从生育与婚姻所结成的网络，可以一直推出去，包括无穷的人，过去的、现在的和未来的人物，“这个网络像个蜘蛛的网，有一个中心，就是自己”。“我们社会中最重要的亲属关系就是这种丢石头形成同心圆波纹的性质。”“这波纹，一圈圈推出去，愈推愈远，也愈推愈薄。”这样的“从自己推出去的和自己发生社会关系的那一群人里所发生的一轮轮波纹的差序，就是‘伦’（人伦）”。按费先生的说法，差序就是“伦”。那么，这种差序是怎样被决定的，亦即人们是按什么标准来分别关系的远近、亲疏，从而决定相互对待的准则的？费先生没有直接做出回答，但他在书中别的地方曾提到，“社会范围是从‘己’推出去的，而推的过程里有着各种路线，最基本的是亲属：亲子和同胞”。“血缘，严格说来，只指由生育所发生的亲子关系……在单系的家族组织中所注重的亲属确多由于生育而少由于婚姻，所以说是血缘也无妨。”紧接着的一个问题是：这样的标准在农民生活的一切方面是否都适用？对这一问题，费先生仍未直接给予回答，但他在“血缘和地缘”这一节中认为，“亲密的血缘关系限制着若干社会活动，最主要的是冲突和竞争”。之后，他进一步指出，“在亲密的血缘社会中，商业是不能存在的”，因为在这样的社会中，“交易是以人情来维持的”，而像商业交易这样的经济活动要以“无情”的身份来进行，需要的是“冷静的考虑，不是感情，于是理性支配着人们的活动”。以上对费先生“差序格局”观点的详细阐释，也可参见杨善华、侯红蕊《血缘、姻缘、亲情与利益——现阶段中国农村社会结构中“差序格局”的“理性化”趋势》，《宁夏社会科学》1999年第6期；姜朝晖《论权力差序格局性的文化根源》，《广西师范大学学报》（哲学社会科学版）2007年第5期；章迪诚、张星伍《人文视野下的中西方管理思想比较》，《管理学报》2012年第5期；等等。

② 何向东主编《中国西部人文：文化资源与素质教育——点燃西部的阳光》，中国人民大学出版社，2008，参见第三、五、六、七章内容。

③ 冯小：《陕南山区的“城乡二元家庭”》，见贺雪峰主编《回乡记：我们所看到的乡土中国》，东方出版社，2014，第128页。

人们奉为准信仰的儒家思想之后，西部乡村汉族村落能被形式化的文化恐怕也就剩祭祖、随意性的社仪活动和鬼神崇拜了。这进一步表明，无论草原、沙漠、黄土高原、河流多么分割、阻断和界定，称得上信仰的和能够得到共同体的语言密码的，仍然是少数民族神秘主义文化。需要强调的是，在“向西开放”“一带一路”背景下，少数民族神秘主义文化其实已经构成某种新西部符号。上至国家层面的商贸协定，下至西部民间社会，在经济社会深处，少数民族神秘主义文化其实扮演着两种角色功能。一种是继续对接现代社会转型中信仰缺失造成的民间社会断裂的纽带功能；另一种是构造当代跨国商业文化，使之普遍化，企图在经济社会内部发挥更实惠的经济作用。这时候，传统乡村文化和宗教元典文化便自然而然成了西部话语再生产的前提和主导性元素。

由此可见，虽然古典西部游牧文化在当初自中原农耕文化分离出来时，差不多是以背叛甚至解构农耕文化的方式而存在的，但当这两种不同的文化同时遭遇当今巨大的社会分层，共同承担剧烈的价值错位和严重扭曲的社会机制时，人文知识分子的学术话语，宁可选择宗法背景下的农耕文化及能被农耕文化兼容的游牧文化和宗教元典文化，因为只有如此，当前经济主义格局中的西部现实——甚至或许还要比全国其他地方更甚的经济主义价值观，才能建立起批评的针对性。这个批评的针对性，既是由古典西部游牧文化对当前同一性经济主义、消费主义而生的具体生活方式方法的矫正，也是通过西部宗教信仰文化的惯用语“崇高”“淳朴”“和谐”“尚善”“尚真”“洁净”“隐忍”等，来实现宗教话语对现实的言说能量。具体到西部，这种对抗性还可以分解成许多二元式，比如慢节奏对快速发展、意义生活对过剩的物质生活、合乎人性的自然秩序对超越人性负荷的产业思维、超稳定的家庭本位主义对高度规划设计的城镇化等。这个时候，看起来几乎是无缝衔接，其实不然。可能的结果是，古典主义诉求越甚，社会现实问题可能越被有意回避，有时或许达到了遮蔽最严重的地步。为什么呢？不是别的，只因现代社会回不到古典社会，即使回到古典社会也完全不是原古典社会的样子，从性质上说，仍是一种虚构和欺骗。

同样，宗教元典文化越是发挥到极致，其所指因与具体生活逻辑产生的反差越大，宗教元典诉求反而越可能走向失效。

当然，以上只是为了进一步强调不论何种主义的西部话语再生产，都可能在既有西部传统乡村文化与元典宗教文化元素的潜在制约下进行，这是与东南沿海地区及其他中心城市相比，客观上西部经济发展处于劣势地位所决定的，也是由主观上西部无法短时间转变传统乡土文化及内在于其中的游牧文化心理惯性所决定的。面对文化上的巨大冲击，其结果只能是再一次突出或有意放大本来的传统乡村文化和宗教元典文化，而不是在城镇化中积极消化处理与物质现代化相伴生的夹杂着宗法的、现代性的和后现代性的混合物，乃至反身能动于东南沿海发达地区及中心城市正在经历的消费主义或小市民文化趣味。

如此一来，切实的社会现实运行机制与人文知识分子的想象性重构，也就产生了价值上的严重错位。要看清这种错位的内部原因，首先需具体分析各种极端化话语再生产的内在模式。

第二节　苦难形象道德化

“苦难”有实体层、虚化层和概念层之分。实体层是指由物质上的极度匮乏、自然环境的异常恶劣、社会意识的严峻制约和人本身先天条件缺失或主观局限等造成的“自在的类本质”生活难以维持的一种困窘状况。在给“自在的类本质”生活沉重打击的因素中，可能是其中任意一种，也可能是两种抑或三种、四种合力所为。按照匈牙利哲学家阿格妮丝·赫勒对日常生活的划分，“自在的类本质”代表被“理所当然地”占用人的普遍原则，“‘自在的’对象化领域的属性之一在于，虽然是人的目的论活动促使这一领域活动并使之改变，但它却是作为‘给定的’秩序而矗立于每一‘个人’面前”，即使“个人”决无条件承担但因不得不被动接受致使经常陷于无助境地，日常生活的再生产因此被迫停止。而“自为的类本质”则代表着运用自由意志的对象化领域，对于这一领域的反思体现了先前的意志行为和反思行为的具体化。赫勒认为，“自为的类本质对象化”领域包括传说、神话、思辨（哲学）、科学、视觉象征（艺术）等。“这些成分的共同特点是，它们都为生活提供意义。它们能使现存秩序合法化，并能在同样的程度上对现存秩序的合法化提出质疑。”① 即是说，如果前者遭遇经常性困厄，人的主体性只会停留在最低限度甚至突破最低限度，以至于无法维持正常再生产；后者本来体现了人的自由，极端一点说，如果外部环境允许，那么人性可以在给定时代达到所应达到的最高自由程度，从而改写既有日常生活秩序，为重建新的秩序准备意识条件。

显而易见，虚化层是由实体层中的后者分化出来的，即是从“自为的类本质对象化”领域抽象出来的精神和价值。在多数西部人文论述中，“西部精神”“西部价值”似乎成了一个应然结论、一个论述套路，它可以完全不考虑该精神该价值的参照物是什么，以及该精神该价值在何种条件下是有效的和成立的，真正在乎的是其发源地。这样“自致角色”的一个后果是，无论是自古文献而来的“天人合一”，还是从晚近产业化民俗文化程式抽取出来的“西部标签”，诸如西部蓝天白云、沙漠戈壁、黄土高原，抑或是西部人的慢生活、隐忍、坚强、讷于言而敏于行的共性，以及各种文化生活的仪式化形式和各种神圣性的民间宗教活动等，只要能恰当地对应于非西部、非都市文化趣味、非商业氛围，那么，西部价值和西部精神的逻辑铺垫就算完成了。因为“拾到篮里的都是菜”，所以只要是西部的，就似乎都是值得价值眷顾和意义首肯的了。但事实恐怕并非如此，所谓西部精神、西部价值，究其实质是对苦难的实体层的美学赋形和修辞处理。其一，它把西部想当然地看成了未被现代化所“化”的纯净之地，在思想意识中西部仿佛是用以抵制现代

① 衣俊卿：《中译者序言》，转引自〔匈牙利〕阿格妮丝·赫勒《日常生活》，衣俊卿译，黑龙江大学出版社，2010，第5页。

性[①]的大后方，过去闭关锁国导致物质极端匮乏中的平均主义，在幻觉中想象中国曾经有过人心朴实的一片净土，它就在西部；其二，借着西部众多少数民族的底子和人类发祥地的悠久历史，争论了一百年的东西方文化优劣之论又兴起了，出现了“国学热”，西部后发展地区好像恰好成了佐证“国学热”之必然并使“国学”重新生根发芽的土壤，成了孕育中国现代性思想的理想地。概括来说，支撑其之所以如此的条件不外乎这样两个：一个是西部在可预见的将来，它可能始终是、永远是传统意义上的乡土世界，即便新型城镇化过程中，“村落化”人文现状仍会持续很长时间；另一个是在城镇化规划中，西部民间宗教文化在信仰缺失的中华民族本土文化建设中，无疑增添了信仰的底色，而且这个信仰文化底色纵可以打通古今血脉，横似乎也可以确立与基督传统的西方现代价值系统对话的资质。前者负责垫底，后者负责提升。二者合而为一之时，苦难的虚化层便被结实地绑架到实体层并且成为实体层的华丽转身理据。当苦难的实体层和虚化层遭遇语境性打造时，人们接受的，实际是变异了的苦难或者说是内涵不同的苦难。经济学、社会学的这个苦难经过文化学装扮，转化到文学批评话语，有人还把这个变异了的苦难叙事称为“苦难美学”[②]。

这时候，苦难实体层实际的内涵显然已经被消解了，虚化层，即“无论什么环境人的主体性都是无比强悍”的这一层意义反过来被有意放大

① 特别是近年来，伴随着高层对中国传统文化的首肯和倡扬，类似“现代性危机”“反思现代性”，甚至批判、重估“五四”启蒙的思潮在慢慢兴起，这其实是把极端经济主义、发展主义和科技主义、重理工轻人文的急功近利追求所造成的社会发展不平衡、价值失调等，强塞给现代性思想的一种流行观点，问题的实质恰好不是我们在人的现代化，即文化现代性路上走得太远，而是太轻视批判理性建设，乃至于直接放纵工具理性——经济的后果。最突出的例子是英国社会学家安东尼·吉登斯的《现代性的后果》（中译本于2000年出版面世），中国学者叶舒宪模仿《现代性的后果》而著的《现代性危机与文化寻根》，也于2009年出版于山东教育出版社，该书基本结论就是批判现代性，而把理想社会形态托付给原住民或原始社会形态，这可谓从哲学人类学质疑文化现代性的较早范例了。

② 比如陈晓明的《乡土叙事的终结和开启——贾平凹的〈秦腔〉预示的新世纪的美学意义》，《文艺争鸣》2005年第6期；狄马：《荒谬的苦难美学》，《随笔》2005年第6期，等等。

了。这恐怕是20世纪五六十年代“人定胜天”“与天斗其乐无穷”到80年代“苦难大地”，再到今天“内在性”的一个宿命式复归。不同在于，今天的“内在性”，是披上了文化外衣的，甚至是以寻求人自身的认同为目标的，它也就没必要再过多考虑苦难的实体层问题。有了“内在性”垫底，今天考虑的中心问题显然是苦难的虚化层及给虚化层以理论形式的概念层。在概念层的构建过程中，重中之重不是别的，是内涵其中并经过美学修饰的苦难的道德化。因为只有道德化，苦难在新意识形态下的形象才是合乎情理的，同时也是大体符合“全面实现小康社会”这个顶层设计意图的。另外，道德化后的苦难形象，才配文化自觉这个来自日常生活秩序内部的价值诉求。那么，什么是概念层苦难呢？概念层指的是用来讲述、叙述、建构虚化层的话语方式和理论理念，正因如此，概念层或许直接就是某种强势的意识形态本身。

这里说的苦难形象的道德化，指的便是话语方式和理论理念。毫无含糊，西部文学及其批评和西部历史文化论述，在苦难概念层的重建上担当了重要角色。而这两个议题在实际构建过程中，关系的确比较微妙。简单地说，西部历史文化论述的角色主要是给西部价值和西部精神赋予一定的学术合理性；文学及其批评话语，则是以形象的完整性和审美为主的方式，反过来对历史文化论述进行进一步的日常化处理。只有到了日常生活层面，苦难形象的道德化才能形成并得到广泛认同。

诚如第一章论述的西部文学中的“夸父”一系和“扶伏民”一系，就更不用说了，那是理论家和作家用理论话语、文学形象首次凸显西部形象并提出西部话语的佐证之一。被纳入这两系的西部现当代文学，的确以感性的形式清晰地再现了一般西部社会现实的观念形态，“苦难”便从中华民族的宏大叙事层面和几千年历史的隧道逼近了独属于当代西部的空间。毅力意志的坚韧和坚强，被迫流寓迁徙的卑微与负罪感，再加上“大开发”之前西部大地的荒芜与贫穷、文化观念的保守与迟滞、生产力的相对落后等，这时候的苦难，应该专指物质的极度匮乏和观念意识的异常保守。正像作家路遥的三部曲长篇小说《平凡的世界》所全方位展示的那样，以陕北黄土高原为圆心，半径向四面八方扩展开去，除游牧区以外，整个西北农村的情况，差不多就是孙氏父子赖以生存的石圪节双水村的模样：农民全部的生活围绕种地展开，破衣烂衫、缺吃少穿，农民的终极理想只是把黑面馍变成黄面馍或白面馍而已。“典型环境典型人物”是恩格斯用来评价“批判现实主义”文学的一个理论概念，本来是讲人物的主体性能否能动于环境、多大程度能动于环境的问题，可是，当这样一个经典论述方法被新的意识形态撑破，即把人物交给文化来处理时，环境的制约就变成了体现人的主体性的一个衡量尺度，完全成了积极的因素。于是，“励志”“理想”“浪漫”“梦想”“好心态”“幸福故事”等，配合着与之一同兴起的“内在性”观念，共同承担起了把环境对人的制约变成人在有限的环境条件下所释放的无限的精神能量。而且因为这种精神能量，来自传统农耕文明，来自农耕文明下的宗法文化秩序，那么，以家为单位，以貌似“自由”表达的个体意愿为核心的价值追求和精神预期，似乎只用了一步就跨到了道德伦理的一边。如此一来，实体层的苦难便顺理成章地转化成了虚化层的苦难。紧接着，中国经验中最有说服力的部分——概念层的西部苦难，便成形了。那就是由“典型环境典型人物”中的“典型人物”蜕变而来的具有绝对道德优越感的西部底层民众，来替代原来的那个无助者、弱势者和迷茫者，甚至沉默者。

道德化形象的最大特点就是在合适的时候发声，在该行动的时候率先行动，在价值混乱的语境主动输出正能量。产生于并形成于西部典型环境的道德形象及其道德力量，正是在需要励志故事、需要率先行动的环境、需要适当发音扬声的时候的一次成规模的文化思潮运动，它对应着并消解着都市文化中的“慵、懒、散、软”，也对应着并消解着商业文化中呈甚嚣尘上之势的私利主义和金钱至上主义，亦对应着并消解着经济主义价值观中的一次性消费和破坏行为。一句话，当实体层的苦难形象被道德化后，它是正面的、积极的和强烈向上的力。这种力的背后支撑，不是别的，是中国传统文化——或者直接说是古典西部历史文化知识。因为，诚如上文所提到的，理想的西部人文多数时候被收藏在文献里和文人们的论述里。而文献和文人们的论述，一般是被置于中华民族的神话起源和宗教信仰观念形态中的。换言之，“天人合一”或者“温柔敦厚”，只有被重新建构后，才是有意义的，也才能足够消解和融化特定二元家庭[①]导致的一系列具体问题。

当然，用文化来处理这样一个社会学问题，可想而知，结果一定不那么乐观。关于这一点，还可以举个例子来进一步说明。比如在贺雪峰著的《新乡土中国（修订版）》[②] 及其主编的《回乡记：我们所看到的乡土中国》[③] 等著作中，除西南以外，按西北这个通常代表西部的范畴来说，两著中只有两三篇调查报告涉及西北的陕西农村，其余均为西北之外的农村。而就陕西农村而言，相比较宗祠意识非常强的其他农村社会，陕西农村基本没有什么宗祠文化，有的只是西北非常普遍的城镇化后果——“386199”部队，即留守妇女儿童和老人。另外的一大特点，就是年节返乡的农民工、学生、城市工作人员在乡村短暂逗留期间，对乡村既定生活格局的冲击不可不考虑，有时可能构成颠覆性改变。祭祖和社仪被冲击因而变了味就最为突出。根据贺雪峰等人不多的调研信息可知，陕西农村的祭祖远没有有宗祠的地方那么浓重，因为没有固定宗祠，也因为家族早被分离成了小家庭，祖坟也如同分家一般，五代以内可能有共同祖坟，五代以外则基本各有各的血缘最近的人可供祭祀（所谓“一代亲，二代表，三代就没了”），共同的祖坟也就基本处于被荒疏和遗忘的境地，再加上暂时逗留人口的不重视，祭祖也就变成了小年大年乃至清明节简单的焚香烧纸，认祖归宗的巨大象征意义被城市生活的实利实惠，以及流寓城市的无助感、迷茫感打断，人们处在认祖归宗虚无和归属城市又倍感煎熬的缥缈状态，只好选择活在当下，见机行事罢了。

社仪活动也仅限于应付性的参与，谁也不把它当作真正的仪式，仪式

① 冯小：《陕南山区的“城乡二元家庭”》，见贺雪峰主编《回乡记：我们所看到的乡土中国》，东方出版社，2014，第128～133页。

② 贺雪峰：《新乡土中国（修订版）》，北京大学出版社，2013。

③ 贺雪峰主编《回乡记：我们所看到的乡土中国》，东方出版社，2014。

应有的庄重、威严和神秘性、神圣性也被嘻嘻哈哈的氛围消解了，社仪只因为是某种习惯而被有一搭没一搭地潦草对待罢了[①]。丁壮年季节性返乡，忙着去办其他一些应急性事情，显然比四平八稳想象性地勾勒象征意义更实惠。按照贺雪峰的“差序格局”与“团结格局”的概念来解释，传统乡土中国以血缘关系为基础，以家庭制度为手段存在下来，并且深受儒家孝悌思想影响，每个人都在血缘关系的网络中被儒家思想安排了具体的道德义务，以及家庭制度又进一步在组织和制度上强化了这种义务的文化格局，叫“差序格局”，核心是以“己”为中心的人伦关系和利益关系。那么，什么是“团结格局”呢？是指西方的宗教信仰和国家概念削弱了中国式血缘关系中的那些义务后，建立在朋友圈之上的互利性关系，遵循利益分享面前的平等和自由。以上例子表明，西部农村社会，其实正处在“差序格局”与“团结格局”之间。

不言而喻，苦难本身就包含着笃定的道义担当，临阵脱逃、见风使舵，本来就谈不上苦难。但问题的关键是，当道德化构建抛开已经失去稳定的使之赖以生长的社会结构不考虑，只考虑某种相当正确的、正面的形象之时，人文学术上的自洽，能否解决西部农村普遍城乡二元分住而带来的一系列具体社会问题？能否解释即便不被城镇化但也已经深受经济社会致命影响的信教村社在精神实质上的断裂呢？答案是否定的。它们摇摆于现代市场运行机制与传统社会宗法文化模式之间，似乎两边都沾点边，其实两边都严重脱节，价值认同处于半漂浮或完全漂浮的状态。

青年藏族学者杨公卫（尼玛扎西）的著作《村落终结与乡土重建：西藏拉萨城市化进程中柳梧村失地农民文化观念变迁研究》[②]，所提出的问题在整个西部信教村社颇具代表性。在直接涉及农民土地观念与消费观念的第四、五、六章中，他用得最频繁的词语是“冲突”和“调适障

① 贺雪峰主编《回乡记：我们所看到的乡土中国》，东方出版社，2014，第128~133页。

② 杨公卫（尼玛扎西）：《村落终结与乡土重建——西藏拉萨城市化进程中柳梧村失地农民文化观念变迁研究》，民族出版社，2012。

碍”。在农民消费观念的变迁上，以往农民的收入主要是农业产品；失地后货币收入开始急剧增加，失地前农民一般将生产收入投入生产积累的过程中，而现在更多用于消费活动。这里的问题出现了，消费观念的变迁导致过去农民向寺院提供稳定持续的宗教供施开始崩溃，使得宗教消费完全处于一种不确定的状态。供施难以确保，宗教共同体就会面临诸多问题，其中自然包括建立在宗教信仰文化之上的日常生活秩序是不是会产生危机的问题。更应引起思考的还在于，以元典宗教话语解释如此现实，是不是有效呢？在农民身份观念转变上，由于农民婚嫁由血缘外婚姻向自由婚姻转变，“熟人社会”已经被改变，取而代之的是适应市场的劳动供求关系。

这样一来，失地后农民的再就业问题和农民农业生产技能实际受到市场主导的“素质论”的影响，便成了真正阻碍西部城镇化进程的文化“冲突”和“调适障碍”[①]。当然，普遍的研究和国家政策会把注意力集中在“城市安居园”、“城郊城中村”和“劳动力区外反转移”上。但是，结合我们这里重点讨论的苦难形象道德化现象来说，这一系列的硬性指标下，切实的现实问题是不是与人文论述中的概念层苦难——一种经过几重修辞掩盖的话语表述相吻合呢？如此等等，苦难形象的道德化，作为西部人文话语再生产之一种，都将并不是越走越贴近现实，而是表现出了诸多相反的迹象。

总之，经过对苦难形象道德化的简要分析可知，作为西部话语再生产之一种，其背后所隐藏着的自觉不自觉的政治意识形态的、经济学的和文化学的角逐，其实起到了主导性作用。于是，人文知识分子各文类的论述或表现，因此而与实际西部现实之间总是有保留地保持着某种错位的遗憾。之所以如此，诚如前文所阐释的，原因很多也很复杂，但就其根源来说，似乎都与“西部”及“西部形象”、“西部话语”这个规定性有关。

---

① 杨公卫（尼玛扎西）：《村落终结与乡土重建——西藏拉萨城市化进程中柳梧村失地农民文化观念变迁研究》，民族出版社，2012，第3页。

第三节 神秘主义文化普遍化

苦难形象道德化作为西部人文话语再生产的一种表现形式，本质上属于文化传统主义，充满着人文构造的浓厚色彩。首先，它的生成依赖于西部神话学传统，比如文学艺术表达上的“元形象”夸父一系和扶伏民一系的叙事学影响，就明显贯穿于西部文学的各个阶段。在这个传统中，西部人文形象有了自觉的面目，但同时也在等级制的文化格局中被赋予一种道德伦理的承担者、领受者角色。慢慢的，这种臣子对君王、在野对庙堂的负罪感便开始有所扩散、有所蔓延，直到把它普遍化为下对上、小对大、弱对强、低对高的一般性道德伦理格局为止。我们所见到的西部文学艺术形象，于是或多或少会体现这样一种读之令人别扭令人极为不舒服的不平等感。无论劳动者之间、家庭成员之间，还是单独的个体与个体之间、不同属性的社会化身份之间，交流总免不了支配与被支配、给予总免不了施予与受施的关系，所谓隐忍、承受，以及由此衍生的坚韧与决绝等品性，不由分说构成了外界识别西部的首要符号。这符号结构的中心，其实是中国作为“弱势文化”的突出特征，只不过西部特殊的苦难形象道德化，把弱势心理推向极端罢了。在极端中分享着政治上“正义”的馈赠和经济上“无私”的救助，以及担当者文化上“正当”价值的输出者角色。其次，它赖以建构的历史知识来源于西部民族记忆或原生态文化诉求。西部先民日神一统的多元图腾综合体形成的民族背景，无疑是西部苦难形象道德化塑造的原初知识谱系。从信仰龙图腾的氐族到传说中的原始三大部落，再到《礼记·王制》、《史记·匈奴列传》、《汉书·地理志》、《水经注·渭水注》或者《太平御览》以及各级地方史志、史话等正规的文人叙事，西部形象的话语合法性便有了依据，如盘古与龙图腾、伏羲女娲与龙凤虎图腾、炎帝黄帝与龙凤虎龟图腾、西王母与龙凤虎图腾，乃至龙、凤、虎、龟的神秘化。由太阳崇拜而下降到日常生活世界的火祀与祀火，由龙图腾的变体——文身与五彩丝的象征符号形成，神秘性可以说无处不在。

西部婚礼中的生殖意识和葬礼中的灵魂观念，无不打上以上图腾物的烙印。比如长命水与生育旺盛的象征，蛇蛙礼馔与性交行为的模拟，还有灵魂的复活与形变、丧葬礼仪中的灵魂情结，等等，在今天西部人的生活细节中都能找到它的变异形式，集中的体现是传统节日中越来越邪乎玄乎的意义附加行为——比如年节的天人交际、清明节的神鬼祭、端午节的五行意识、乞巧节的宗教世俗化、中秋节的巫术体验和重阳节的阴阳观念①。而仔细审视这一成体系的意识框架，人的被动性，即人与物的不平衡性皆被合情合理地统摄于一种显而易见的传统知识中。在此前提下，人对自然的冒犯或者说人对自己置身其中的知识、神圣性仪式的冒犯，都将意味着对正统道德的僭越，是最大的不道德行为。不能不说苦难形象的道德化到这里，已经不单是一个单纯的文化学问题了。

除了文化传统主义惯性的原因，苦难形象的道德化再生产，当然还有它迫切的意识形态因素在里面。从被称为“新西部电影”发轫之作的《美丽的大脚》（2003，杨亚洲导演）等开始，西部所有问题好像被收缩成一个问题，即人心不古。于是如何解决好这个问题，便成了判断西部乃至整个价值问题的核心。这时候，解决道德问题既成了弥合人与人恒定情感的纽带，同时也被无限放大为解决尖锐现实问题的良策，苦难叙事消沉，温情故事兴起了。

在此背景下，生成于古代社会并构成今天具体方式方法的道德文化，于是获得了进一步发展的时代契机。换句话说，既有民间民俗宗教文化也罢，文学艺术形象也罢，抑或西部日常生活中的诸种仪式化现象也罢，只有重新象征化或神秘化，才有能量突出于消费主义语境，也才有可能成为西部特征而从根本上展现传统文化的魅力。之所以如此，是因为这样做，向上可以对接信仰缺失这样一个前提性判断，神秘体验或神秘主义文化正好是宗教神秘主义的另一存在形式，何不就地取材加以改造利用呢？向下

① 详细论述参见武文、武圣华《民族记忆与地域情韵：中国西部原生态文化论稿》，中国人民大学出版社、山西教育出版社，2009，第六、七、八章。

则可接地气，既然它产生于民间民俗自在性文化氛围，那么“个体”自发性意愿及由此构成的围绕个体展开的民间世界便是自足和自洽的了，这无疑是符合哲学所构想的从个体到集体乃至民族的构建蓝图的。如此主题预设一旦构思完成，西部话语的再生产就有了前进方向和哲学底蕴，这是神秘或神秘主义文化构成西部话语再生产的另一显著现象的重要原因。

一般意义的神秘主义文化，也是比较宽泛的，比如，它可以是特指的艺术创作过程中，创作者私密性个人经验体验，像徐岱在《论神秘——审美反应的体验性阐述》[①] 一文中讲到的那样，神秘的不是世界，而是我们对世界的把握，是一种精神活动。“美感，本质上是一种生命感，表现为对生命奥秘的体验和关注”，所以，通过“神秘”，进而从一个方面抓住文学艺术的本质和审美活动的特点，欣赏张若虚的《春江花月夜》，主体面对浩渺而“黑暗”的江面，体验到的不只是个体“小宇宙”，譬如情感缺失、命运不济等，而更在于对“大宇宙”，譬如“无限”“阔大”的领悟，于“无”中生“有”、于“空”中写“实”。这种体悟方式便是通过“静”和“空”来实现，因为这两个状态能使我们直接面对、触及生命本身：“空”能容纳“无限”，它不仅包孕着“有”，而且是“万有”。这就与宗教文化相区别了。“因为在审美的神秘体验里，生命主体能够与外在于自身的遍布整个宇宙时空的生命力相认同，从而获得一种生命力释放的喜悦感。与此不同，在宗教的神秘体验里，生命主体无法与生命本体相认同，因为他体验到的是生命借助异己的上帝的力量，来对生命中的失控现象做出控制，他感到仿佛有一只看不见的手在不断驱他走向毁灭的深渊，为此生命主体感到恐惧，而不再像在审美体验里那样，是一种惊惧。因为这是生命力的负面：是一种破坏力而非创造力。”所以，美感与宗教体验终究还是同“路”而不同“道”，貌合而神离。

文学艺术创作状态中经常出现这样一种神秘体验，显然构不成“主义”，也就不是这里要谈论的神秘主义文化了，毋宁说它是某种凭借直觉和

① 徐岱：《论神秘——审美反应的体验性阐述》，《文学评论》1997 年第 3 期。

感觉，并以灵感为载体把内心活动付诸形式的特殊现象，因为毕竟是一种特殊才能，它也就无法变成被普遍感知甚至作用于普通日常生活的秩序。

与西部这个地域规定性有关，并形成了一般形式的神秘主义文化，此处特指西部民间宗教文化经过典型化处理后，构成西部话语再生产的某种普遍现象。它与地方性知识、政治权力、制度之间形成的微妙关系，决定了它不单是宗教的，或者说它主要是以“修辞化”的方式存在。“神秘主义以个人的主观直觉和内在体验来突破教法的外在束缚，给严峻冷漠的教义礼仪注入新鲜的宗教情感，从而对民众产生强大的感染力。”① 威廉·詹姆士的《宗教经验之种种——人性之研究》（1902），将神秘体验归纳了四个特征，即超言说性、知悟性、暂现性和被动性。根据以上特征，神秘主义的实践既包含身体和思想的训练，也包括生活方式的因素，“通常说来，这种实践有长期的礼拜和祈祷，隐身独处和流浪乞讨，咏唱圣歌和诵读赞词，变换身体姿势和呼吸吐纳的技巧，饮食禁忌和斋戒绝食，集体舞蹈和运动训练，以及使用陶醉品等”②。基于神秘实践的这一特点，黑格尔发展了宗教神秘主义文化，把它延伸为一种具有隐喻功能的文化政治形式，发挥了神秘主义的颠覆性、解构性社会批判作用。他说，神秘主义“认为人的精神直接知道上帝这个观点的伟大之处，即在于承认人的精神的自由。在人的精神的自由中包含着（直接）认识上帝的源泉；在这个自由原则里，一切外在性、一切权威都被取消了”③。

黑格尔的观点不见得就是为支持西部这一显著人文话语再生产而准备的，但这一显著话语再生产的集体诉求，对人主体性方面的理解却吻合了黑格尔的观点。这里征引黑格尔观点正是考虑到此处所论述的问题是宏观

① 周燮藩、王俊荣、沙秋真、李维建、晏琼英：《苏非之道——伊斯兰教神秘主义研究》，中国社会科学出版社，2012，导论。

② 周燮藩、王俊荣、沙秋真、李维建、晏琼英：《苏非之道——伊斯兰教神秘主义研究》，中国社会科学出版社，2012，导论。

③ 〔德〕黑格尔：《哲学史讲演录》（第四卷），贺麟、王太庆译，商务印书馆，1960，第253页。

的审视，而非微观的阐释。这样看，有些例子可能首先产生于学科的规定性和惯例，但里面所透露的信息却是一般性的。比如西部现当代文学与少数民族神秘主义文化这一代表性主题就有这个特点。西部现当代文学创作主体的经验肯定先来源于一般社会现实，但精神文化方面西部的一般社会现实可能更包括分散在西部诸省份（特别是西北地区）的少数民族神秘主义文化经验，这是由文学的特点所决定的。但当这种集体无意识一旦触碰少数民族神秘主义话语，其结果往往是前者对后者的变异处理，即通过世俗化后者来适应并凸显前者的日常性——使日常性变得“自为”而超越此时现实，成为某种想要的理想世界的标准，达到文化建构的目的。这个层面，信教作家和汉族作家找到了凝聚经验体验的共同点。大德大能、尽美尽善因高度抽象而无法具体化，但西部大地的雄伟、苍凉、严酷、贫瘠、荒寒却能被感知性主体领悟为造就奇人异事的原始神秘、雄浑大气的氛围，“奇异叙事”便被披上了寓言色彩，“非解释性”好像反而更接近并捍卫了人们孜孜追寻的那种极致境界，“大而化之”的致思方式于是成了获得并呵护神秘主义文化——一种强烈的针对工具理性或物化思维的价值观的途径。永远“在路上”的漂泊状态、别无选择的“承担”和寂静缄默的“领悟”，既是形而上所需要的提升结果，更重要的是它还因其“静”“无为”“沉思”而被想象为一般个体对“发展”等政治经济话语所导致越来越“浮躁”的现实人生的制衡作用。有了这样一个神秘主义文化发现，能不能形成有效的社会机制，是否具有内在于消费主义的实践有效性，研究者并不想去过多考虑，他们考虑最多的是借着少数民族神秘主义的东风，直接把“受苦意识”和“坚韧精神”转化成普遍性“受难与救赎”，从而以死亡来反观活着的意义、以仪式化生活来穿越生死阈限的终极意义[①]。如此一来，神秘体验是有了一定的形式，但得来的神秘主义

① 参见苏文宝《文化与原型——回族文学原型概说》，《西北民族大学学报》（哲学社会科学版）2013年第2期；《受难与救赎原型视野下的回族美学思想解读》，《民族文学研究》2013年第6期；《死亡：最后的生命仪式——石舒清作品的“死亡”原型研究》，《宁夏师范学院学报》2010年第5期。

文化却只徒有哲学色彩而无一般性特质。也就是说，此神秘主义，只能在超时空中存在而不具有普遍适用性，终因纯粹的个人宗教修为而使研究结论变得越来越修辞化，现行经济社会运行机制由开始的导因地位终而沦为屈居其次的诉求，终究走到与该个体内在性生活无关的地步了。

不过，从修辞化程度来看，这一路神秘主义文化，的确应该还是希望指向现实社会状况的，问题就出在对少数民族神秘主义文化的理解上。少数民族神秘主义的确分布在西北诸省份，西北诸省份的确也都是“西部大开发”或城镇化中城与乡价值错位最严重的地区之一，但要能动于“快速发展”所导致的诸多社会问题，少数民族神秘主义文化显然不能总在元典话语层面周旋，那是意义不大的。这是这一类论述脱离当前现实的根本原因。

另一类似乎更有历史雄心的西部话语研究，面好像铺得更宽，根基也好像扎得更稳健，然而，正因如此，宏伟的构想却反而使西部话语再生产进一步成了“神话化”，而不是“去神话化”①。与西部民族集体记忆或原

① 哈贝马斯批判维柯《新科学》中“神话”思维和霍克海默、阿多诺《启蒙辩证法》建立在再度神话化立场的对启蒙理性的质疑，非常深刻也非常正确。他说他们的“全面拒绝现代社会”和“告别现代性”，其实是“自然的非社会化和人类世界的非自然化”的过程，神话使用的语言，尚未抽象到与现实完全分离的程度，还不能使常规符号与它的语义内容和所指彻底分开，语言世界与真实世界秩序仍然是绞合在一起的。而“解神话化”，即“去中心化”，就是我们不断打破对世界的现有认识，采纳新的认识范式，用所谓“可理解性较高的复合物替换可理解性较低的复合物”的方式，更新我们对世界的理解。“而这样一个过程，实际上也就是‘启蒙理性’在建构‘现代性’过程中的必由之路。”西部神秘主义文化话语力求普遍化的过程，与哈贝马斯批判的对象如出一辙，都是想通过再度神话化并使用神话思维和语言，在“总体性”框架内想象西部的一种方式，按照哈贝马斯的思想，这一学术渊源上可追溯到尼采的“酒神精神”，下到《启蒙辩证法》，他们都陷在了“总体性”认识误区中而不能自拔，即是说，受直觉驱使或强调敏感等而产生的关于存在、主权、权力、差异和非同一性概念，只不过都是审美经验的内容，与现实社会，特别是社会学视野所看到的东西，关系不大。相关观点转引自盛宁《现代主义·现代派·现代话语——对“现代主义”的再审视》，北京大学出版社，2011，第108～109页。另外，主客体混为一谈而妄论类似中国古代哲学“天人合一”“物我相融”的，在哲学人类学家那里也早有结论，“互渗律”这一概念分析的就是此现象。相关论述参见〔法〕列维－布留尔《原始思维》，丁由译，商务印书馆，2014，第二章。

生态文化作为知识的建构稍有不同之处在于，在人类学视野“穿越”西部时空生命的“韵律”时，西部人文话语的根基不是文人们感性十足而又充满语境驱赶的创作和编排，而是通过学术范式推演的结果。程金城和韩伟所著的《穿越时空的生命韵律——人类学视阈中的中国西部艺术》[①] 就具有这样的特点。全书结构框架相对封闭，中心词围绕人类共同情感模式展开，先立人类学理论范式，再讲文艺人类学基本范式，然后是维柯文艺人类学著作《新科学》和弗雷泽文学人类学著作《金枝》作为经典的支撑，最后具体分析藏族史诗《格萨尔》与后发展起来的藏族审美延伸、西南诸省份由傩衍生的宗教民俗象征仪式等详细内容，达到维柯所谓“诗性智慧”的终极目的。

作者的核心结论之一确实具有一定代表性，“维柯对诗性智慧的探讨在今天亦显现出重要的价值，当今天的人类学家用‘原住民’取代了欧洲中心主义色彩浓重的‘原始人’、‘原始社会’的时候，或者说不再把‘原始’与野蛮、落后联系在一起的时候，‘诗性智慧’的价值就凸现出来了”[②]。前文提到过叶舒宪的一本书叫《现代性危机与文化寻根》，其实结论也是这样，都或多或少从神话学及原型理论得到启发，进而再通过变化称谓达到以“原住民”对应逻辑推理中的现代性危机，并把决策层面的科技主义、发展主义所引起的一系列社会学问题，推到所谓过渡的现代性思想头上，其逻辑旨归仍然主要在个体精神内部，而不是外部现实。这样一来，“回不去”或者说“怎样回去”这一硬性指标和方法论，同样不是论者的主要关切。原住民也罢，原始社会文明形态也罢，笼罩其上的神秘体验和形式化了的神秘主义文化诸仪式，也就很难进入已经经过再三改造、塑造，乃至重新组织为经济主义思维神经的人们实际物质的和精神的生活秩序。非但如此，当神经重新组织后的人群再度进入日常生活再生产

① 程金城、韩伟：《穿越时空的生命韵律——人类学视阈中的中国西部艺术》，中国人民大学出版社、山西教育出版社，2010。

② 程金城、韩伟：《穿越时空的生命韵律——人类学视阈中的中国西部艺术》，中国人民大学出版社、山西教育出版社，2010，第 101 页。

流程之时，因价值反差过大而更加无法认同那种“大而化之”却并不受用的神秘主义文化及其价值期许了。

同理，再读类似《人神共舞：青海宗教祭祀舞蹈考察与研究》[1]，或《神秘的风水》[2] 一类著述，著作者的目的当然毋庸置疑，无非是穿越时空，最好是跨越当下，把当下文化产业滋生的仪式化民俗对接到古典西部的文献撰述中去，恢复部落的和民间的图腾并以此来撬动庞大而坚硬的现代化工业机器，为全球化和电子化时代地球变成一个“村庄”而抗拒，还“脱下古老的衣服的民族”一件该有的衣帽和身份标签；抵制强势文化对弱势文化的侵略和霸权，为弱者预留一席之地，使“和而不同”不要只是一种理想[3]。且不说神秘而至于阴阳风水、迷信八卦之后的建构有效性如何，就是古典文献中极尽起承转合、深文周纳的体系，之于当前社会现实到底有多少能耐，恐怕不得不打一个大大的问号吧！

西部人文话语再生产走到神秘主义文化普遍化的地步，其实暴露的是从一个极端到另一个极端的问题。

因为西部地区比全国其他地区在经济上后发展一步，所以它们选择用边远的和少数民族的知识、语言、神话和仪式，有了语境性支持；又因为语境性支持的误区，他们相当错误地用文化传统主义眼光来讲述西部（我们已经看到所谓多元其实最终指向了一个结论），由于共用的话语并未自觉内在于当前社会现实，造成的一个事实是，越是传统或者传统力量越强大，文化现代性的机制就越发变得脆弱和无力。这就意味着，神秘主义文化话语作为西部话语的再生产，实际已经从内部消散了。在今天的特殊语境和文化背景下重塑少数民族传统、民间民俗文化，力争“非遗”保护、晋升为“非遗”，或者为旅游及文化产业保驾

---

① 马盛德、曹娅丽：《人神共舞：青海宗教祭祀舞蹈考察与研究》，文化艺术出版社，2005。

② 王玉德：《神秘的风水》，广西人民出版社，2004。

③ 程金城、韩伟：《穿越时空的生命韵律——人类学视阈中的中国西部艺术》，中国人民大学出版社、山西教育出版社，2010，前言。

护航，说到底，仍是一个较低的层次。较高的层次恐怕在于通过重构，真正发挥文化的社会学功能，以至于最终作用于人的现代化进程。从这一意义而言，王斯福的《帝国的隐喻：中国民间宗教》[①] 所发现的那样一种真正具有批判功能的中国“汉人”的民间仪式——另一形式的神秘主义文化，其“隐喻”便被屏蔽了，也就意味着其对应于行政管理（过去是国家等级）的语言、神话和仪式失去了其应有的张力，只作为单纯的民俗文化活动而存在了。

篇幅所限，这里只提一个核心问题：在中国古代，民间民俗文化仪式通过模仿国家等级，有效地沟通了官方与民间的体制认同。到了现代的行政制度阶段，因为传统制度被取代，民间民俗文化仪式便开始瓦解，官方支持的民间文化活动，因新型媒介的介入，比如家户网络、手机、电视等，而无法兑换成象征意义，以致与人们的日常生活秩序分离了。后一种情况正是现在的具体语境，那么，该怎样发挥民间民俗文化仪式的隐喻功能呢？王斯福的看法是，帝国权威的隐喻逆转，可能会成为民间社会对权力的再定义。什么意思呢？在城镇化和地方性权力的双重背景下，应该结合两样东西，才能给予地方认同，即工业企业以及作为一个村“集体”的村干部的参与。这样的话，地方民间民俗文化仪式过程，就至少得从结构上启动对应于现行行政管理模式，以自洽的和自为的方式实现对现有体制弊端的撬动，从而能动地改善现行制度所造成的价值错位问题。之所以如此，是因为说来说去，民间民俗文化仪式的终极不单是对应才认同，更重要的乃是从错位本身发挥作用力。不过，王斯福又说，“这仅仅是在中国许多地方性政治文化中的某些文化中才会发生”[②]。西北的现有情况，显然并不符合，这一类西部人文话语再生产，也就不具有思想观照的有效性了。

---

① 〔英〕王斯福：《帝国的隐喻：中国民间宗教》，赵旭东译，江苏人民出版社，2011。

② 〔英〕王斯福：《帝国的隐喻：中国民间宗教》，赵旭东译，江苏人民出版社，2011，第318页。

第四节 “多元化”与现代性视野的丧失

多元化与全球化，就中国当前语境而言，几乎是前后相伴而生的一对概念。没有经济全球化，就没有文化多元化这个说法；文化多元化一定程度上是经济全球化被推到前台并率先发声的，也可以说它是人文主义催生的一个产物。从西部话语和西部形象的形成，到西部话语和西部形象的再生产和再塑造，其间跨度四十多年，可谓政策迭变、思潮涌动。但很奇怪，从西部人文研究的流程来反观，无论城镇化，还是工业企业的带动，西部文化似乎一直处于静止状态，可谓也无风雨也无晴。这就诱导人探讨多元文化究竟都干了些什么？或者反过来问，是什么语境需要多元文化，以及多元文化都有哪些内涵，它们在什么层次什么程度上推进了人本身的完善？

为什么是多元文化这个问题，已经有丰富的阐释和研究，无须多说。多元文化都干了些什么和西部多元文化的内涵，差不多是同一个问题，倒有必要多说两句。

前文提到的著述，基本是一些综合性论述，尚未包括专门的研究。做个大致的归纳，西部多元文化，几乎包括西部众多少数民族的民族文化和各地区汉族聚居区民间民俗文化。这些尘封的文化命运多舛，若以当代革命史为界，革命前大致是完整的。正像王斯福的《帝国的隐喻：中国民间宗教》所梳理的那样，因为它们对应于中国古代的等级，而且长期以来是被官方认可了的，所以它们的语言、神话、信仰和仪式、符号才得以较完整保存在社仪活动中，信教民族的宗教文化自不用多解释，肯定是一套成体系的仪式。这样的话，这些多元化文化在社会功能上实际相当于绵延不断的“道统”，兼司两职。一方面照顾人们的日常生活世界，提供慰藉，输出意义感；另一方面负责官民沟通，用隐喻和模仿的形式顺向贯通理解和认同，逆向逆转甚至矫正官方政治话语。但是这些多元文化一旦遭遇现代社会，尤其与工农兵文化相遇，随着一系列大规模的改造、动员运动自上而下、自下而上全覆盖展开，特别是当“破四旧”（旧思想、旧文化、旧风俗和旧习惯）与革命终极目标巧妙结合，这些所谓的多元文化基本上属于被铲除之列。剿灭之声四起之时，便是地方文化、少数民族宗教信仰文化消沉乃至潜隐之时。从精神方面来说，它们被宣布是有害的，因而也是不正确的；从实用层面论，它们并不能解决实际的问题，比如粮票和工分的份额，因此也就慢慢淡出了人们实际的生活视野。时间到了“后革命时代”，即20世纪80年代直至21世纪的今天，前有知识范围的“失语症”危机，后有“中国经验”乃至配套而来的“道路”选择，二者好像一对孪生兄弟，一唱一和，似乎在一夜之间，地方的、少数民族的和民间民俗的粉墨登场了，这是全国的情况。西部的情况还多少有些特殊，诚如前文所论，“西部化”包括两个原因。一个是自我西部化，另一个则属于他者化的结果。不管怎么说，这两“化”的共同任务首先是把西部当作了当然的大后方（前文已论及），其次是西部给自身赋予了太多文化符码的作用，不知不觉，竟然找到了“问今是何世，乃不知有汉，无论魏晋”的感觉。如此一来，“当下”这个重要的时间段被轻轻跨过去了，从现有著述看，在“全球化”和“失语症”推动下，概念上接通的是古典西部，而非观照当下西部。

这也就意味着，在绝大多数被凸显的文化元素中，只有两样东西可能会受到追捧。一种是能产业化的，另一种是暂时能填充空虚之心灵并给精神提供适当安慰的鬼神崇拜和祭祖。可以举一例来说明这两样东西在人们心中的重要性。作家余华在其微信平台（iMorning）贴过一篇小文章，题目叫《毛泽东会很生气》[①]。文中讲了他亲历的两个小故事，一个是说南方某地一场大雨引发了洪水，洪水冲掉了一千多座老百姓的祖坟。中国有一个根深蒂固的观念，祖坟位置影响子孙后代命运。这一千多座祖坟原来分散在不同的地方，因为城镇化进程而迁移到一起，这个过程本来就充满矛盾，中国的传统是祖坟不能动，除非后代连遭厄运才可以迁移。如果这

① 亦见腾讯文化网站，http://cul.qq.com/a/20130415/000008.htm，2013年4月15日。

些祖坟没有被迁移，是在原来的地方被雨水冲走，老百姓会认为这是一场天灾，可是被迁移到一起的祖坟被洪水冲掉，他们理所当然地认为是政府的责任，他们愤怒了。执掌该地的地方官知道一场群体性事件将要爆发，他没有动用警力，而是派出了十几个风水先生去做他们的工作，这些听命于政府的风水先生用风水知识去说服他们，说他们的祖坟被水冲了，他们日后就会发财——在中国的风俗里，水为财，遇到水会发财。他们不相信政府，可是相信风水先生。就这样，一场群体性事件竟然真的得以幸免了。另一个真实的故事，是南方某县县长的经历，事情缘于县政府要盖一幢政府办公大楼，购进的木材、钢筋和水泥堆在一块空地上。附近的老百姓每天晚上都去偷窃，准备以后给自己盖房屋用。当地老百姓有一个观念，偷政府的财产不算偷，偷邻居的才是偷。县里相关部门开会商量，准备建起围墙，再在围墙上装电网，还要派出警察去守卫。县长知道后，立即做出了决策，不用建围墙，不用装电网，不用派警察，只要在四周立上几个木牌，木牌上写着“建庙用”就行了。这一招果然有效，老百姓一看这些木材、钢筋和水泥是用来建寺庙的，不仅不再去偷了，还趁着夜色的掩护把此前偷回家的还了回去。迷信的观念让他们觉得偷窃寺庙的东西会遭受报应。

南方与西部（重点是西北）的区别或许在宗祠祭祀的隆重上，这一点在贺雪峰的《新乡土中国》《回乡记——我们所看到的中国乡土》等著作中已经充分论述。值得强调的是，在西部，迷信活动的确是普遍存在的一种文化形式，而且这种形式早已渗进了家家户户。笔者曾多次探访西北某著名旅游景点旁边的青盘山，那里道观与佛殿并立，平时人影不断，每逢阴历初一、初九、十五则更甚，车水马龙。它们的管理已然机制化，完全达到了现代企业管理水平。算命的、还愿的、买了新车禳车的、新婚夫妇祈祷生儿子的、看病的、求发财的，等等，凡是日常生活中有的内容基本上有相对应的祈禳措施，也就是说，那里面的程序，是完全按照现代生活内容所设置的。与医院或其他国家机构不同之处是，它绝不强制收费，压十块八块也行，几百上千也行，都取决于香客或求助者自己；也绝不大包大揽，能解决则解决，不属于神道而由代理人向施救者讲得明明白白。不诳人、不讹人、不骗人、不坑人，即没有任何无名头的劳务费、服务费、中介费、好处费等费用。当然因为人多，道观和佛殿也实行挂号制，按先后顺序进行。如果撇开本质上的迷信不说，单从机制而论，似乎可以反过来解释人们凡事愿意到那里寻求答案的原因了。不为别的，只为简捷省事而且有求必应，即便仅为心理安慰，能够平等对待就足以说明一切。

这一点是与上文两个南方故事不同的地方，虽然不好说青盘山就代表了西北情况，但青盘山案例对现行社会运行机制的讽刺意味是显而易见的。假如把南北故事放在一个整体中来审视，大致也可解释为是不同文化传统导致了相同民间民俗的不同表现形式，汲取和凝聚的内容也就大异其趣。怎样汲取怎样凝聚看起来仿佛取决于有怎样的现实基础，其实不尽然，它们都指向了相同的结果。

问题还得回到我们的多元文化到底在人本身的完善起到了什么作用上来。一言以蔽之，这些原产地本来就在农村社会的多元文化，可能赚了不少旅游景点的门票，文化产业在 GDP 中占的比例也可能因此而提高了不少，但文化现代性指数反而降低了。南方故事表明在发达的宗祠文化中，人被同化了；西北故事说明不幸的现实把人异化了。这显然是一个不幸的消息，问题当然非常复杂，但目前所见的多数西部人文研究，难道能脱得了干系吗？回答是否定的。

至于少数民族宗教或“确定性”的宗教信仰（以“绝对性”和“确定性”为两面大旗），即此处所说的宗教元典话语的研究，其中的神秘主义文化能否真的被普遍化，从而成为一种有共识基础支撑的生活方式的问题，按照目前最新研究，无论传统意义上的确定性宗教信仰、少数民族宗教内部分离出来的绝对性信仰，还是本来就恪守宗教元典字面意思的宗教激进主义旨主义，它们要么本来坚持自我强化的生活方式，要么是通过回应诸种文化挑战而自我强化的生活方式，都在共同抵制资本主义的全球化所滋生的“个人主义和物质主义风气”。就是说，这时候它们有了参与公共领域的契机，“重新进入公共领域的努力可能仅仅表明宗教在面对世俗主义和政府管制时所表现出来的窘迫现状”[①]。在新旧信仰交替之时，以迎合、吸引宗教“消费者”而增长的宗教“供应商”中，虽然不能说他们提供的是肤浅、无足轻重的灵性信仰形式，但毕竟，他们提供给人们的意义和参照体系是有限的和脆弱的。因为，在诸如族群、阶层等社会变量的意义上，社会化依然影响着宗教选择，教会宗派林立就是一种表现。站在理性选择的立场上来看，我们也许会说宗教社会化正在衰落，并且随着时间的推移，最终会出现一个完全“自由”的宗教市场。然而，“这种自由市场可能会逐渐削弱宗教信仰和实践赖以存在的一个主要源泉。历史上，正是这个源泉在背后强有力地支撑着各种宗教信仰表现形式。从这个意义上来说，一个完全开放的灵性市场会降低而不是促进宗教信仰的水平。”[②] 另外，笔者通过对“新时代运动”、“自我灵性信仰”和“准宗教”概念的阐述也郑重指出，新时代运动信徒倾向于把自己和关于身体、健康和自然的快乐哲学联系在一起，这把新宗教的上述教义发挥到了极致。超自然的意义参考框架离我们越来越远，宗教日益成为一个与个体、私人和日常生活息息相关的问题，比如瑜伽、美容、减肥和各种被冠以“道”这个抽象概念的身体训练、心灵修炼和国学膜拜等。这可以通过很多途径来实现。其中一条，“就是建立几种新的宗教形式，不再声称自己包罗万象、无所不能，不要求信徒有很强的组织归属，允许信徒以一种消费社会中流行的自由选择方式来自愿参与”[③]。解释一下，所谓“新时代运动”指前文提及的安东尼·吉登斯或叶舒宪等学者论述现代性危机时谈到的20世纪60年代兴起于美国，80年代在中国颇为流行的“文化寻根”运动。至于后两个术语（“自我灵性信仰”和“准宗教”），其实好理解，

---

① 〔英〕斯蒂芬·亨特：《宗教与日常生活》，王修晓、林宏译，中央编译出版社，2010，第183页。

② 〔英〕斯蒂芬·亨特：《宗教与日常生活》，王修晓、林宏译，中央编译出版社，2010，第60页。

③ 〔英〕斯蒂芬·亨特：《宗教与日常生活》，王修晓、林宏译，中央编译出版社，2010，第209页。

即是指面对强势经济主义价值观，个体所选择的各种自我强化的生活方式。由此可见，绝对性和确定性的宗教信仰受到全方位，尤其受到来自宗教内部的挑战，乃是消费社会的一个大势。既如此，产生于这种宗教信仰的神秘主义文化，也必然会面临差不多的遭遇。那么，把神秘主义文化普遍化并通过再生产的方式来彰显西部特点的研究，同样也是值得质疑的，至少在人本身的研究上，那种普遍停留在“再神话化”的目的论，就不能说是人本位的，现代性视野也就差不多缺失了。

要详细分析该现象，话题只有暂时离开神秘主义文化而进入现实村落“终结”这一社会学领域，所谓现实村落“终结”而人文村落兴起这一复杂问题才能得到进一步探讨，这才是知识分子的人文化西部话语与其话语产生的特定文化土壤、现实社会结构分歧的关键点所在。

第三章 西部乡村处境：现实村落“终结”与人文村落兴起

西部符号和符号化西部，是西部他者化和西部“自致角色”“先赋角色”的两个典型结果，其原因自然来自多方面，但主要推动因素大致说来，其实是经济社会发展的一个必然。在经济相对欠发达、社会治理相对滞后、文化相对偏传统的历史和现实前提下，出于身份认同上的异常焦虑感和价值认同上的强烈错位感考虑，再加上全球化这样一个粗糙思维方式的反复渗透，把“中国西部”与“中国传统经验”、“中国传统文化”画等号，便成了多数研究者冥冥当中的一个自然推论。古典西部话语和民间民俗文化话语、少数民族宗教信仰话语，也就理所当然地充当了当前西部人文的主要逻辑框架。如此一来，当前政治经济学和社会学话语中的西部，在此研究惯性中反而成了名副其实的“死角”。或者说，曾经无数次用于建构西部人文形象的西部古典文献、民间民俗文化和少数民族宗教信仰叙事，当它们共同遭遇前所未有的社会巨变、时代转型和经济结构调整后，实际上已经不是原来的模样了。这就产生了一个新的问题。简而言之，以今日眼光来审视，如果我们模仿摄影术语，若把镜头再推得近一些，来个特写，显而易见，上一章已经述及但展开还不充分的地方，就有必要在这里继续进一步讨论。

它们是扭结在现实村落“终结”而人文村落兴起这一总标题下的一系列小问题，比如西部大开发与农村文化共同体瓦解，生态移民与“村落终结”，传统文化热与普遍的政治疏离感等。

第一节　西部大开发与农村文化共同体瓦解

“西部大开发”很多时候是一个政治经济学术语，充满着顶层规划决策的强势声音。正因如此，文化因素并没有如期进入这个宏观视野，这与既有西部人文研究是很不匹配的。等到以文化自觉的视角来审视这一宏大举措之时，西部大开发所带来的变化已经成了西部现实的一个结构性存在。上到政治经济宏观调控，下到具体而微的日常生活方式方法，从观念形态到人生观、价值观，都必须在西部大开发这样一个基本框架内解释，才能说得过去。否则，一切的建构和想象，都将是外在的和不及物的。既然西部大开发对于了解今日之西部人文现状如此之重要，在这里要全面解释并评价这一问题，难度非常大，也并非本节的题旨。本节需要进一步探讨的问题是，在这样一个由经济行为全面铺开而产生的文化后果，也即以文化的角度，重新审视最近前后两轮西部大开发对农村文化共同体的影响。

关于西部大开发，研究的成果已经相当丰富，几乎涉及了经济社会及西部城镇化过程中已经或可能出现的种种问题。有宏观梳理，更有微观探究；有以村落为单元的深度分析，也有以西部（包括西北和西南）为整体的绝对收入核算和判断；有以某一具体行业纵向量变为对象的跟踪调研，也有以不同区域相同内容的横向质变衡估；有以成绩为主评价开发前后社会效益的，也有以存在问题为重点反思开发前后种种不良现象的。总之，成果的彰显也罢，问题的发现也罢，究其实质，众多的研究好像都把目标指向了最终的城镇化。也就是说，都不约而同地以物质现代化作为衡量的首要标准。这不是说人的现代化或者文化现代性问题没有触及，而是说文化现代性没有被提到应有的位置。如此以同一标准对待不同对象而导致的一个后果，便是城乡二元结构的进一步固化，而不是相反。这正是此处值得进一步分析的地方。为了节省篇幅，也为着突出主要问题，论述过程中可能不会过多涉及分布在各个阶段的比较零散的研究成果，而只能选择诸如《西部大开发的历史反思》[①] 和《中国西部大开发十年评估》、《新一轮西部大开发经济社会发展若干重大问题研究》等具有总结性、综述性著述。

汪受宽近80万言的《西部大开发的历史反思》中的一些信息，很值得首先说一说。这部上下册大著，是2001年立项的国家社会科学基金"十五"规划重点项目研究成果，其课题组颇为庞大，包括57位教师和研究生，历经7年，所得论文60余篇，在此基础上才有了该著。阅读此书可知，参与研究者应该多来自历史专业，故所谓的"历史反思"，可解释为以历史西部来阐释今日的西部大开发。今日西部大开发于是被放到了历史知识的叙述框架来处理，所得结论大体来说可能指向了这样几个方向：第一，历史上西部无论政治还是经济，都处于全国前列，即便五代以后西部经济总体重要性降低了，但四川、陕西、重庆的经济一直占有重要位置，"否定了西部一贯贫穷落后的主观臆断"，肯定了秦、元时期西部开发的成功经验，尤其五凉、成汉、大理、西夏等地方性政权和民国时期地方势力西部开发的措施和特点。第二，明清以来大规模农垦和人口过量增加，才对西部环境造成了难以挽回的破坏，再加上战争和动乱，西部经济逐渐落后。第三，西部历史开发的经验表明，统一合力才是开发取得成绩的重要前提。第四，统一合力之下，西部地区官员的政策水平、工作能力及廉洁自律的作风，是西部开发的保障。知历史而鉴今，研究者提出了相应对策建议：开发是国家安全、领土完整、民族团结、社会安定和生态安全的保证；开发要有大举措、大动作，从根本上解决西部发展的瓶颈问题；要有开发型技术人才、管理人才作支撑；要走西部自己的路，不能亦步亦趋跟着东部走；建立健全西部开发的法律体系等。总之，本着"经世致用"的目的，为着"为西部大开发战略寻觅借鉴"的具体任务，西部大开发的历史就可能溯及中国原始人类和华夏文明的发祥，即是说，从《山海经》所界定的"华山往南往西，直到西边极远之地"，到《史记》

① 汪受宽：《西部大开发的历史反思》（上下册），兰州大学出版社，2009。

描述的敦煌以西、《明史》所谓南京市和北京市为中轴线以西的山西省为止，还包括现当代，即1936年《论编纂西北年鉴》（《西北向导》1936年第17期）提出的“以绥、陕、甘、宁、青、新六省为西北之范围”，或者20世纪50~60年代把广西和内蒙古划出西部行政区[①]。“西部”片区何时被确定、何时又需增减，这个按照需要进行调整的过程在研究者看来就是西部所历经的开发过程，一部西部开发史真可谓茫茫苍苍无际涯。

现在很难从接受影响的角度来评判这部著作在学术上对后来者的作用，也因为该著写作时正值第一轮西部大开发进程中，诸种原因，使作者也不可能预见到今天的具体情况。然而，即使如此，该著所特有的宏大思维和从历史到历史、从总体性到总体性的逻辑，以及以传统文化秩序来阐释今日现实的做法，着实导致了后来不论实践还是研究，都直奔经济这个结果而造成的一系列社会文化现象的出现。先发展再查漏补缺式的传统模式，一旦遭遇现代信息和现代社会机制，本来是现象的东西反而翻身变成了本质，给治理带来了沉重负担。

我们也不妨罗列一些具体成绩与存在的问题来看看。

现在我们说的西部大开发，一般指新中国成立前后所进行的四次大开发。这里特指后两次，习惯上把这两次大开发称为“西部大开发”和“新一轮西部大开发”。“新一轮”就是第四次，与1999年或2000年开始的第三次构成了一种连续性关系。第一次是“一五”（1953~1957）和“二五”（1958~1962）期间，是“平衡发展战略和计划经济体制”的政策背景下“生产力向西布局”的结果。按照1963年12月4日《人民日报》所刊《第二届全国人民代表大会第四次会议新闻公报》信息，10年来的主要成绩之一是投资建设了一批自主设计和研发的大型工程项目，包括“年产量在一百万吨以上的钢铁厂和炼油厂，装机容量六十多万千瓦的水电站，年产氮肥十万吨的化学肥料厂”，等等。总的来看，第一次西部

① 汪受宽：《西部大开发的历史反思》（上册），兰州大学出版社，2009，第4页。

大开发在平衡发展思想、计划经济体制、工业建设为重以及国防建设等综合因素影响下，生产力布局大规模向西推进，无疑为西部地区未来建立现代经济结构做了铺垫。尤其是电力、机械、电子、航天等重工业在西部地区得到快速发展，这对当时“西部地区基本无现代工业的困境”而言，尤为重要。遗憾的是，该宏大战略到了“二五”时期，因“大跃进”和“反右倾”而没有顺利完成[①]。第二次也叫“西南三线建设”，是在中央高层对特殊国际国内政治经济环境的估计下拉开序幕的。这个估计是指毛泽东在1964年的中央工作会议上所讲到的一段话：“今后新建项目大多要摆在西部地区，现在就要搞勘探设计，不要耽误时间。对沿海地区所有要增加投资的部门，都不要批，以便把钱大部分用到三线建设上去”，并且沿海要“发挥支援建设新基地的作用”[②]。这样的一个权威估计，一切向西倾斜的政策的确有利于西部，至少打下了现代工业的基础，从绝对数据来看，该战略也使得西部地区经济发展取得了巨大成就。不过，既有的研究显示，由于急于求成，再加上在有资源配置却又没有市场机制的情况下，“三线建设”时期的西部，实际上是严重倒退了。“全国资金产出率较‘一五’时期也有大幅度下降，‘三线时期’全国资金产出率只有0.217，远低于‘一五’时期的0.338”[③]。同时，也导致了东部地区发展缓慢，沿海地区老工业基地甚至没有发挥出应有的作用。

从这样一个主要是政治的而非经济规律的背景，我们看到的其实只是西部工业基础的建立，但西部人的观念形态似乎还谈不上有什么本质性变化，因此也可以说，相对而言，前两次大开发，是自外于西部本土且尚未发挥结构性作用的。

① 赵昌文、鲍曙明、Penelope B. Prime等：《中国西部大开发十年评估》，中国发展出版社，2013，第14页。

② 夏飞：《毛泽东与三线建设》，《世纪风采》2009年第7期；转引自《中国西部大开发十年评估》，中国发展出版社，2013，第15页。

③ 赵昌文、鲍曙明、Penelope B. Prime等：《中国西部大开发十年评估》，中国发展出版社，2013，第18页。

后两次西部大开发，由于众所周知，这里只希望通过对其成就与存在的问题的简单梳理，分析从宏观政治经济动作到微观日常生活秩序所产生的应有变化。

《中国西部大开发十年评估》上篇“总论”第四章《十年发展综合评估：成就与问题》对第三次大开发成就的评估有如下几方面：①固定资产投资增速加快，地区工业化进程快速推进；②基础原材料产业规模迅速扩大，现代制造业稳步发展；③西部地区生产总值增长速度连续8年逐年加快，从1999年的7.3%迅速提高到2007年的14.5%；④基础设施落后的状况明显改善，特别是水利、交通等领域，一大批重大项目投产建成或开工建设；⑤农村地区扶贫开发成效显著，绝对贫困基本消除，医疗卫生、教育、社会保障等公共服务均等化实现新的突破；⑥退耕还林、天然林保护等重点工程进展顺利，区域生态环境恶化的态势得到遏制。相应的，研究者也总结了第三次大开发周期结束时存在的问题，对应以上成就，可以用这样几个关键词来指称：工业产业配套“不完善”，基础设施依然“滞后”，地区和城乡之间依然有较大“差距”，地方政府财力薄弱“影响”公共服务均等化，脱贫农户的发展能力不足“制约”持续发展，资金投入、人才开发、法制保障等方面长效机制“不完善”[①]。

不是说这样的评估有问题，而是说这个在经济发展上以“固定资产投资规模”、“不同行业工业总产值”、“地区总产值”、“产业结构”和“地区经济发展差距”为指标，在人口和城镇化上以“人口规模”、“城镇化水平”、“中央政府为扶贫项目提供的资金”和“地区农村贫困人口分布”为参数，在公共服务与基础设施建设上以“教育经费”、“每万人人均拥有医疗资源数量”、“基础设施投资规模”和“运输线路长度”为尺度，在生态资源环境上以“退耕还林工程投资”、“天然林保护工程投资”和“重点工程造林面貌”为数据，在公共政策效果上以“固定资产投资来源

① 赵昌文、鲍曙明、Penelope B. Prime 等：《中国西部大开发十年评估》，中国发展出版社，2013，第77页。

构成”、“货物进出口总额”和“国内贸易”为依据的评估[①]，总产值、经济总量和宏观城镇化率才是真正的杠杆，而文化作为软实力的作用并未受到应有重视，人的现代化程度也就不能从中清晰地看出来。依照政策的延续性逻辑，“新一轮”即第四次西部大开发的“历史重任”，便顺理成章地要落到这样几个重要目标上：其一，协调推进西部工业化和城镇化进程；其二，提升内陆地区开放经济发展水平；其三，缩小西部地区与中部和东部经济社会的差距；其四，统筹城乡发展，形成城乡互动共荣的发展格局。其中第四条的对策建议是“着力提升西部地区文化软实力”和“着力提高西部地区开放水平和开发层次”[②]。

看看决策者的意思在哪里？所谓提升文化软实力，一是大力发展文化产业；二是提升文化创新能力，促进文化体制机制创新，增强文化产业发展活力，“形成以企业为主体、市场为导向、产学研相结合的文化创新体系”；三是完善现代文化市场体系，促进文化产品和生产要素的合理流动；四是培养文化创意人才。至于开放水平和开发层次提升，的确已经在如火如荼地进行，这包括西部的“陆上开放”，南宁落户的中国—东盟自由贸易区、东盟博览会，中越“两廊一圈”和银川落户的中国—阿拉伯国家博览会、中阿经贸论坛以及“两区”（2012 年 9 月 12 日，在出席 2012 宁洽会暨第三届中阿经贸论坛时，时任国务院副总理李克强发表主旨演讲时宣布，在论坛开幕前夕，国务院批准了在宁夏回族自治区建立内陆开放试验区，并批准建立银川综合保税区）建设，西东开放、西部内部开放和特色经济区的开放合作机制（辐射西北的关中—天水经济区，辐射西南的成渝经济区，面向南亚的广西北部湾经济区等）[③]。

---

① 赵昌文、鲍曙明、Penelope B. Prime 等：《中国西部大开发十年评估》，中国发展出版社，2013，第 76 页。

② 谢和平主编《新一轮西部大开发经济社会发展若干重大问题研究》，四川大学出版社，2012，第 33 页。

③ 谢和平主编《新一轮西部大开发经济社会发展若干重大问题研究》，四川大学出版社，2012，第 33 页。

由于本选题所关注重点的原因，文化软实力问题需要进一步展开来说。文化而“软实力”者，显而易见，在经济社会中，文化只能是居于其次的位置，不管什么文化它都不能构成硬指标，因而也就不可能真正成为已经和正在进行中的西部大开发的轴心工作，文化只是一个挂件或至多也就起一个装饰作用罢了。精神文化缺席的西部大开发，也就变得混乱而无序，严重一点讲，这种单向度开发，实际上最终导致农村文化被唾弃，进而发展成农民也自我轻贱的意识形态，文化认同的危机感便普遍出现了。这从另一些学者的微观描述中看得很清楚。

《L县见闻》[①] 是文化研究学者王晓明关于西南某县的一篇文化调研报告，其视野远远超越了学科规定性和行业知识规定性，是在经济全球化这个大背景下来体验、感知和思考目前农村文化所遭遇的某种普遍性危机的结果。一定程度上，王晓明的思维打破了政治经济学话语的预期目标，也矫正了为发展而发展、先物质现代化再人的现代化的单一思路和僵化模式。

该文章特写之一是从该地区整体环境状况描述入手（“L家湾”）——“空巢”换来了良好生态环境，但物质生活依然需要城里打工或上班的家人不断接济，否则，“如果没有儿子从上海接济，这家人的生计是艰难的”，即便这家人在村子里“境况属于中等”。接着体察该地区的政治经济文化中心（“镇上”）——只有一条街的小镇，物价甚至还略高于上海，类似“经济发展是硬道理，招商引资是硬本事，项目建设是硬成绩”的标语牌到处都有，外地人参观“巨型建筑”的富人豪宅已然成了镇政府的自豪；本地土地大量“招商引资”到外商手里建成为数不少的空壳公司，然后再以数十倍甚至上百倍的价钱抵押给本地银行，经济总值便上去了。接下来的特写之一是本地学校文化（“从X家坳中学到L县一中”）——本地公立X家坳中学实际情况是教师工资都是“寅吃卯粮”，不但生源极

① 王晓明：《L县见闻》，首发于《天涯》2004年第6期；参见薛毅编《乡土中国与文化研究》，上海书店出版社，2008，第338～355页。

差，就是这些打工家庭的孩子能否读完高中都很成问题，更谈不上前景；倒是一所叫楚才的民营中学生意兴隆，“那不是民营！那是几个公立学校合起来办的，用民营的名义，集中好的生源和老师，提高升学率，也可以多收学费……”这种学校在西北乃至全国其他地方普遍存在，叫“校中校”，每所示范高中下面都寄生了一所高收费民营初中部，为确保示范高中的升学率和优质生源的供应，“校中校”的普遍存在彻底打破了教育平等，当然教育部门一般把择校潮流归咎于家长的“望子成龙”心切。本地公立学校实际处在两个极端：一边是寅吃卯粮、难以为继的乡镇中学，另一边是公办民营和财政支持双重受惠下的贵族学校，前者的学生毫无前途可言，做一天和尚撞一天钟，后者兴高采烈大搞题海战、大谈励志故事；从学校领导到教师到学生，基本都在消费“教辅书籍”，其他阅读特别是人文经典阅读被认为“是比较空的东西，真要学好，考出高分，很难的，同样的精力放在别的课程上，效果明显得多——这一点学生都知道”。

特写之二是乡镇精神文化生活（“乡镇书店”）——突出了两点：一点是“国营书店”按照上级指示订购，无所谓市场需求或者培养市场的任务，书与读者是空对空或者单方面想象而造成的错位关系；另一点是民营书店有什么读者就上什么书，消费者主要是需要教辅的学校、学生和教师。最后是对本地特权阶层消费的一个隐喻式描述（“天堂宾馆”）——全县本来不高的税收，能够发足薪的只有财政、税务、县委和县政府机关（不包括学校），“但统计局、档案局之类就只能发60%了”，那么，其他税收呢？如果你坐在隐没于绿色环抱下的郊区豪华酒店的包厢里就明白了，那里有莫名其妙的宴请，有高得出奇的埋单，关键还在于那里是消费者表达人文关怀的一个去处，“这人都不坏的，可就是这么吃吃喝喝惯了，住宾馆、钓鱼……什么社会责任、远大一点的理想都不想了！”（王文发表于《天涯》2004年第6期，那时候还没有“八项规定”，即便颁布了“八项规定”之后的今天，偏远地方鳞次栉比的“农家乐”也不见得都是自发的旅游者在消费，更不见得就是一种纯粹意义的“传统美食文化”的展示）。

王晓明最后提出的问题是，首先，我们开始依据欧美和日本的现代化经验，走现代化的道路，让大部分农民变成城里人。但是城镇化进行到现在，我们和欧美、日本完全不一样了。一方面人口基数太大，自然资源明显匮乏，又无国境以外的空间可以转移就业压力，如果大批农民放弃了土地，却进不了城市，他们怎么办？其次，也是最重要的一点，就是从消费文化的一般符号，到消费主义，即城市小市民文化生活方式，再到教育的全面渗透，农村文化似乎已经被想象中的城市文化所取代、所殖民。换句话说，无论电视肥皂剧、学校教育还是日常生活起居，当一种强势的全覆盖的仇视农村文化的意识形态反复教导、宣扬农村是该逃离的暂居的和拙劣的、非人生活的地方之时，农民似乎只有一条路可走，即不由分说地挤向城市。更可怕的还在于，在铁桶一般的“现代化”“城市化”的主流文化的包围和熏染之下，和许多城里人相比，农民反而更轻贱自己的生活，“在这样的情形下，就是经济上‘小康’了，手里有点余钱了，农村的年轻人又会怎样呢？他们会因此安心于留在乡村，重新开始珍惜已经拥有的生活，还是相反，觉得自己离城里人的生活更近了，于是更加跃跃欲试，怀着更大的期望涌向城市？”① 显而易见，已经为无数事例所证明，后者的可能性更大且正在变成现实。

再回到西部大开发上来，前文之所以不厌其烦地转述大开发的成就和决策措施，是因为在如此经济主义价值观中，作为软实力的文化建设，究其实质而言，是经济统计的一部分。紧接着在产业化思维蛊惑下，受旅游和产业链（带）的拉动，本来自在自为的农村文化及其共同体被强行打破了，随之而意识到的“机制”建设——其实不过是在被嫌弃的乡村和被蛊惑的城市生活中植入量化考核项目而已，很难内在于农村文化本身。正是这一意义，也是前文提到的农村社会研究，即便是来自农村和农民世界内

① 与王晓明“农村文化殖民化”相似的另一说法是社会学家孙立平的“城市偏好”说，他在《“城市病”、“农村病”与“城市偏好”》一文中讲的就是这个意思，都指向我们的所谓城市文化是一种不健康的伪文化，无论物质上的唾弃还是精神上的歧视，包括农村在内，全社会弥漫着“城市偏好”，欲驱逐农村而后快。参见孙立平《断裂：20世纪90年代以来的中国社会》，社会科学文献出版社，2003。

部的发声，如贺雪峰等人所发现的那样，也只是更多考虑到农民利益，并没有把农村文化在开发、发展中的大面积溃败纳入研究。当然，不是说农村文化共同体的瓦解，就是城市化或经济大开发所致。但在众多原因中，上上下下、里里外外的文化构造一味倾心于欲望文化——某种从真正的城市文化变异，或者说因强势政治经济文化蛊惑而生的肤浅感官文化，的确是其核心原因，农村、农民及农村世界于是成了这些文化的殖民地。文化殖民的“社会教化”无处不在，几乎渗透在每一个新事物上，镇上的建筑、商店里的货架、公路上驶过的汽车、家中电视机播出的图像，更包括“城乡二元居住”的大小公务员、寄居在城里廉价出租屋内的农村陪读家长，等等。一切的刺激和布告都在表明，什么田坎、农舍、牛栏、猪圈，统统都是粗鄙的、落后的和必定要被现代世界淘汰的东西，只有镇上、县里、省城、北京、上海、美国等，才是现代的世界。与之配套而生的文化产品，比如广告、电影、肥皂剧、小说、报刊专栏文章、“学术”论文……都汇入了鼓吹城市化、鄙弃乡村生活的潮流。仿佛产业结构调整、集约化、工业园区建设、扩大进出口贸易额、拉动内需以及上升到国际视野，开通空中物流通道，就能有效缩短西中、西东部差距，进而自动建构好西部农村及人的现代化。

不消说，这样单一的经济主义思维，自有其必然如此的历史和现实原因，但同时也回避了文化在整个经济社会建设中的关键作用，以致带来了致命负面效应。当农村文化及其经年缔造的文化共同体一旦瓦解，再回过头来治理，那就相当不易了。

下文将要进一步论述的另一问题，其实已经暴露出其全部的复杂性。它与原住民农村文化共同体被瓦解截然不同，带有“村落的终结”的真正意味。

第二节　生态移民与“村落的终结”

只有在完善现代社会机制过程中，农村文化共同体的集体诉求才能得到解决，而不主张在城镇文化——多数时候是城市欲望快感文化及其所滋生的一系列低俗、媚俗文化的逻辑陷阱中发力，这是前一节所讨论的重点。

西部大开发的终极目的，自然是发展西部，乃至缩短西中部、西东部和西部内部诸地区之间的各方面差距。因此，新一轮西部大开发的宏观视野和统一规划只能有所调整，方可观照到村落单位，并且力求从西部历史和现实的根本局限出发，实现跨越式整体性解决问题，这便是“吊庄移民”“易地扶贫移民”“生态移民”“中部干旱带的县内移民”等政策措施的由来。

关于“移民”，这里有两个大小背景需要说明。大背景是在国家层面，中国农村 18 个集中连片贫困地区能否得到有效改善，能否“大幅度减少扶贫对象”，已经成为2020 年在经济、政治、文化、社会和生态等各方面全面建成小康社会目标的瓶颈。而如何改善贫困地区生态和怎样减少扶贫对象，长期的工作努力已表明，关键因素不在人为而在历史和自然环境。当这一认知成为2012 年党的十八大共识之时，新一轮西部大开发所需着力深化的地方就是中国西南部的喀斯特地貌区和西北部的“三西”（甘肃的河西、定西和宁夏南部山区的西海固）地区。具体深化改革、发展建设的对象，简而言之是贫困人口问题和生态环境问题。从过去的扶贫实践经验来看，要彻底解决或消除贫困人口，就地送钱送物送项目送观念，犹如在填一个无底洞，遥遥无期。这不是说山区贫困者欲望无边，而是指在持续发展的条件早被规定了的情况下，应急式的扶贫撼动不了强大的自然法则，结果只能是两败俱伤：政府负担不轻，贫困人口也老早背上了“等、靠、要”的恶名。为着从根本上解决贫困与生态环境脆弱共生而导致的恶性循环问题，“生态移民”就成了一个可操作的选择。所谓生态移民，不包括 20 世纪 80 年代中期就开始的自发性移民，也不包括中部干旱带的县内移民、易地扶贫移民和吊庄移民，而是特指宁夏“十二五”（2011～2015）规划期间，把自然条件恶劣、资源匮乏、经济发展缓慢的宁夏南部山区和中部干旱带的 35 万贫困人口，整乡整村搬迁到具有较好农业生产条件、经济发展水平较高的宁夏北部引黄灌区的移民安置形式。

小背景是在具体的宁夏，腾出人口的南部山山峁峁、沟沟岔岔固然可以恢复生态，但庞大的人群一旦扎根早被川区农民放弃耕作的盐碱沙化地带，能否真正实现“以工促农、以城带乡、以川济山、山川共建”的具有宁夏特色的扶贫开发之路，以及能否真正落实“搬得出，稳得住，能致富”的后续发展目标，都将会不断接受来自实践而非理论的进一步检验。换句话说，这里以宁夏回族自治区生态移民为主要分析对象，并不是对一般社会治理和经济社会建设提出对策与建议，而是通过对这些问题的触及，探讨某些主导性理论在西北地区的适应性问题。山区与川区之间的认同问题，关涉在“村落终结”的逻辑框架中重建社区的新探索。变村落为社区，达到社会治理的最优化和非农化经济规划是其终极目标，但倘若这个预期的时间跨度过长，乃至超过一代人甚至两代人或者更久，社会学问题和经济学问题就会最终转化成深层人文问题，反过来以人文诉求的缺失影响整个局面。

“村落的终结”是农村社会研究专家李培林的一个研究结论，在《村落的终结——羊城村的故事》一书中，他通过对珠江三角洲一带经济发达农村城市化进程的大量调查，在整理大量事实经验的基础上，虚拟了羊城村这个“城中村”的典型形象。在典型形象中，南方经济发达农村的城市化，及城市化中村落的现实与未来，在他悉心的描述中有了属于自己的模样和构想。“在中国的近 80 万个村落中，羊城村可能属于特殊的另类，因为它已经没有农业，是没有农业但村落生活还没有终结的村落。”① 其历史沿革几乎不可避免地带有中国农村的所有特征，从传统农村的土地族群冲突到平均地权的土地革命和土地改革，从土地集体化的人民公社到分田到户的家庭联产承包责任制，从宅基地纠纷到土地流转中的矛盾，从国家的征地到现在土地租用收益的分配。先是非农化、工业化，再是去工业化

① 李培林：《村落的终结——羊城村的故事》，商务印书馆，2010，第 22 页。

和城市化，终而成为经济上发达起来的“城中村”“超级村庄”，以龙头企业为依托，以村、点为单位，通过资源整合和优化配置，建立“公司+基地+农户”的产业发展机制和经营模式，构建企业与农民之间利益共享、风险共担的运营机制也接近完成。产业发展步伐不但加快，农村妇女、中老年劳动力就业务工难的问题也基本解决了。

有了这样的现实支持，“村落的终结”的理论框架于是呼之欲出了，它们是界定村落终结的五大边界的逐步分化过程，“并不是杂乱无章的，它有一个从边缘到核心、从经济边界开放到社会边界开放的基本次序”①。这五大边界是自然边界、经济边界、行政边界、文化边界和社会边界。

自然边界以外，首先是经济边界的拓展。羊城村以其经济上的实力，冲破村落边界的限制，把村落经济活动的触角，通过市场的网络，与城市和整个外部世界连接起来。经济边界拓展以后，自然边界也很快发生变化，“对地处乡里的‘超级村落’来说，则是土地和地域范围的增加，而对于羊城村这样的‘城中村’来说，则是土地和地域范围的缩小”。

其次是行政边界的弱化。经济集团的拓展已不满足狭小行政区划的束缚，不再是行政权力驾驭经济权力，而是行政权力依附于或合并于经济集团、经济联社、公司等各种村落股份合作组织。

再次是文化边界的消解。行政边界的弱化，导致的一个直接结果是，文化边界和乡土认同的动摇，城镇化给村中带来越来越多的人，使得城市生活方式、思想观念和价值体系变得多元化而非村落文化一元，乃至于农村文化被彻底颠覆。

最后是社会边界的开放。当以上几个边界相继分化以后，由血缘和地缘所缔造的社会边界也就难以保持完整了，这个规定村落文化的最后堡垒被攻破之日，就是社会边界的彻底解体之时，“意味着村落的终结”②。

---

① 李培林：《村落的终结——羊城村的故事》，商务印书馆，2010，第40页。

② 李培林：《村落的终结——羊城村的故事》，商务印书馆，2010，第40页。

从中看得出，李培林的这个观点一定程度上也是受法国社会学家 H. 孟德拉斯《农民的终结》影响的结果。这里不可能复述该著的所有内容，但李培林与孟德拉斯十分相似的一些基本思路的确有必要提出来。第一，他们都把弱者作为价值视角，“失去土地”对于农民来说就是“失命”，这一点在两者文字中都能深切体会到。只不过，孟德拉斯因为一直要给现代化路上的法国农民预留“他们永远只能掌握极小的部分”的精神生活的缘故，或至少想给城市化了的农民、退休了的城里人赋予“一种生活的意义”，他设想如果农村离城市相当近的话，最好农村规模较小，是一个拥有 20 户人家和若干处第二住宅的村庄，可能只有两三户是经营农业的。这样，“乡村重新变成一个生活的场所”，以致城市人一有可能就从城市溜走，以便到乡村和小城市里去重新找回城市的乐趣，“仿佛只有这一点才赋予生活一种意义”①，这也正是他批评一些社会学家还未能给予乡村化一种新的定义的原因。农村现代化不意味着农民非得城市化，这显然是一个单一的规划。李培林强调了城市化生活方式的过渡，但对农民的文化现代性预期，显然还不自觉，这也导致他的农民城市化隶属于一般中国式物质现代化的观点。第二，他们都把土地的集约化生产视为当然目标，孟德拉斯甚至把农业或农民的现代化分为以道德素质来支撑的“传统现代化”和以职业素质来完成的“进步现代化”，他显然支持后者，并且认为不是扶持农业，而是让“有才干”的农业劳动者进行投资或经营。因为，“现代技术要求实现大规模的统一耕作，但只有打破土地结构，特别是土地个人所有的原则，才能建立起大面积的耕作单位，因为租佃和小块土地归并都无法既保证经营者的稳定，又使经营得到发展”②。李培林无疑赞同这样的集约化大生产，不同之处在于他的集约化生产的主体并非农户，而是专门经营企业的商人，农户是集约化大生产中的务工者。第三，解决农村或农民问题的最终目标定位在“去农村化”上。对于李培林虚构的羊城村

---

① 〔法〕H. 孟德拉斯：《农民的终结》，李培林译，社会科学文献出版社，2010，第 220 页。

② 〔法〕H. 孟德拉斯：《农民的终结》，李培林译，社会科学文献出版社，2010，第 182 页。

来说，去农村化其实已经变成了现实，只不过农民不是“离土不离乡”，而是“既离土又离乡”。孟德拉斯的法国情况好像略有不同，他最后还要给农民留一块小小的后退余地，即便这退路实际上只是作为一个精神的寄托而存在。当然，通过他的一系列规划和设想，看起来也已经有了有力的社会网络支持，因为他也充分考虑到了偏远农业经营的瓶颈问题——如何促进邮购和直接销售。他说聪明的“巨商们懂得这一点，他们越来越巧妙地使自己的产品适合于各种类型的顾客”，这就弥补了农业手工艺生产曾经的严重缺陷①。法国农民的“去农村化”，可谓“离土不离乡”，充分考虑到了农民可能面临的风险以及承担风险的能力。

总之，“村落的终结”和“农民的终结”尽管形式不尽相同，但终极目的基本一致，就是先主张农民非农化，再是土地流转形成公司化大规模经营，最后是农业现代化。或者反过来，逻辑次序可能有变化，但本质内容基本不变。针对这样的一个理论框架，很难做出评价，因为它的确具有全球性。然而，具有全球性的理论趋向同时也还存在一个具体适应性问题，这是不得不说的一点。

话题再回到西北，回到西北的宁夏生态移民。当我们知道西部大开发造成西部农村传统文化几近被否弃的结果之时，物质层面的措施和规划当然仍需继续，甚至还需加大投入。但现在，对文化这个软实力的开发利用方式方法，毕竟已经出现了太多问题。即是说，开发过程中，过分强调物质，乃至经济发展变成唯一的认同目标，高级层面的文化政治认同反而成了空壳，这才是问题的症结所在。而文化政治认同，的确不同于另一形式的传统宗法文化复归。前者内在于现代社会机制，后者产生并依赖于传统农耕社会。

诚如前文提到的那样，生态移民只是近年来的举措，多种形式的移民早在20世纪80年代初就开始了，世纪之交达到了一个高潮，随之而来的社会问题也就呈集中暴露的趋势。20世纪80年代初至21世纪初的移民，

① 〔法〕H. 孟德拉斯：《农民的终结》，李培林译，社会科学文献出版社，2010，第239页。

主要集中在宁夏北部川区引黄灌区的红寺堡吊庄、玉泉营吊庄、南台吊庄、兴泾镇、华西村和闽宁镇一带（其中也有不少片区进行了生态移民安置，但这些地方的中心位置都属于长达三十年之久的自发自愿移民区，因此其中的生态移民区条件要比其他“十二五”规划移民区好得多），这是和宁夏“十二五”期间的生态移民完全不同的。

其一，这些移入地土地相对而言是稍作治理就能耕作的“熟地”，而且由于是圈地运动当中的产物，移入的农民户均土地远远超过生态移民的户均0.3～0.5亩（这个数据还只是政策上的数据，许多户实际并没有土地可耕作），移入农民如果克服主观不适，基本生活保障不存在严重的问题。生态移民政策上所承诺的“三个一”（一人一亩地、一户一头奶牛、一户一个就业机会）和“七通七有两转变”［通电、通（自来）水、通（柏油）路、通（公交）车、通广播电视、通邮、通电话；有学校、有村级活动场所、有医疗服务站、有劳动就业服务中心、有超市、有文化广场、有环保设施；群众的生产方式、生活观念发生根本转变］，在早期移民中的确得到了部分的实现，生态移民中却并无条件兑现。非但如此，就业困难、收入极低、资金严重不足、住房面积特小、土地及设施温棚养殖圈棚流转费用过低和公共设施缺位等，是生态移民区共同面对的难题。根据2013年12月宁夏调查总队《宁夏生态移民后续产业发展问题研究》课题系列报告之一《宁夏生态移民后续产业发展现状及问题分析》① 可知，一是政府初衷与移民意愿没有很好地相结合。生态移民原住地多是偏远的山区，很多人都有养殖牛羊的技术，养殖业是移民在原住地近三成的家庭收入来源。但目前移民区户均住房面积只有54平方米，而且庭院空置面积较小，建圈舍极为有限，也没有地方堆放饲草料，发展养殖业受到限制。有些移民安置区统一规划建成了养殖圈舍，但产业设施没有发挥作用，养殖圈棚空置率高。比如2012年盐池县计划扶持花马池乡北塘新村

① 参见王旭明等《宁夏生态移民后续产业发展现状及问题分析》，内部参考资料；胡宁生、姬博文、乔亚庆：《宁夏生态移民产业现状问题及对策》，《统计与经济》2014年第3期。

（移民村）进行滩羊养殖，由政府出资每户扶持10只基础母羊。据移民反映，为了形成规模，建成后的550座养殖暖棚中有360座以每座500元的价格整体流转给某公司经营，190座流转给养殖大户经营，移民却没有经营权。在实际经营过程中，该公司拿了政府给农民购买基础母羊的扶贫资金，并没有按要求养羊，也没有按期支付给农民流转费。而有养羊技术的农民却因为养殖规模达不到要求又无法取得养殖暖棚，造成政府投入的移民资金流失，农民意见大。二是移民的技能与规划的产业发展步伐错位。目前新移民区种植产业还没有走出传统种植的路子，节水农业、设施农业只是零零星星，没有遍地开花，效益不明显。红寺堡区鲁家窑乡宏德村移民安置区建成的每户两个设施大弓棚，投入了大量资金，意在让移民种植红萝卜、韭菜、甜瓜等蔬菜瓜果，但是因为种植技术不熟练、投入不足、后期销售服务跟不上等原因，部分大棚被闲置。三是基础设施存在缺陷，制约产业发展。按照生态移民专项资金的投资方向，在建设移民安置区时，重点配套建设了移民住房、农田水利配套、道路、供电、饮水、学校、卫生等设施，为移民创造了基本生产、生活条件。由于点多面广，目前移民区基础设施存在一定缺陷。一是生活设施不能满足需要。红寺堡区鲁家窑安置区计划安置2197户，9500人，2013年6月底前已安置1480户，6150人。由于村庄过大，水电设施不完善，目前居民家中经常停水、断电，影响正常生产生活。盐池县花马池乡北塘新村移民住房中只有上水而没有下水设施，给移民生活带来很大不便。二是移民区耕地少且地力较差。土地是农民赖以生存的基础。调查显示，43.2%的被访者认为耕地太少是影响他们增收的重要因素，单纯依靠有限的耕地，无法达到脱贫致富的目的。由于安置移民的土地大部分为新开垦的荒地，有限的耕地地力瘠薄，需要一定时间的熟化、改造过程，因此，必须加大投入，加快土地改良和农田水利设施建设，避免造成新的贫困和不安定因素。由于这些基本生活必需品都无法保障，类似“七通七有”等现代化消费品就更谈不上了，“两个转变”只好先挂到墙上了事。

其二，第二、第三产业在早先移入地一般得到了力所能及的发展，因为在生态移民之前那些地方的空间比较大，部分圈地运动中的成功者已经率先通过土地流转赚到了第一桶金，然后钻政策和市场的空子用第一桶金又发展起了本土第二、第三产业，也变相地为后移入者创造了就业机会。另外，当时周边城市也有着很大就业空间，二者合起来差不多就可以消化移入地农民的低层次务工。可是在生态移民地的今天，这些问题恰好成了最难办的事情，一没空间、二没机会、三没技能、四没资金，剩下的低层次苦力劳动，还因市场紧缩而出卖不了，多数中老年人和妇女赋闲在家，青壮年也只是骑自行车或摩托车到几十里开外的小工地、川区农家农田打零工，早出晚归，还得照顾家小，造成“一人打工养活全家”和“一人倒下全家挨饿”的赤贫局面。具体情况可从他们最缺乏的生活必需品详单看出来。据2015年2月宁夏调查总队《宁夏生态移民就业、生活与社会保障问题研究》课题报告之二《宁夏生态移民生活消费现状分析》①，搬迁前移民日常生活消费支出最大的依次是医疗、食品、家庭日用品、教育和衣着消费支出，而移出后消费支出由高到低依次是食品、居住、交通通信、医疗、衣着、教育、家庭日用品。吃饭问题依然是首要问题，这与就业渠道单一，第二、第三产业很不发达有很大关系。

其三，社会治理方面，先前移民的确居住比较分散，管理非常混乱，社会问题也比较多发，2007年宅基地实行统一规划前，乱圈地乱建造房屋的现象非常普遍。高价贩卖土地扰乱了土地市场，买卖纠纷上升到民事乃至刑事案件的并非个例，再加之山区农民不适应川区耕作，滋生了不少偷盗、游手好闲之徒。据笔者所知，由于治安问题和文化认同困境问题，相关方面专家学者还立过不少课题进行专门研究，可见这也是一个普遍现象。到了生态移民阶段，类似社会问题的确并不多见，这并不是说统一规划、整乡整村搬迁有效解决了这些问题，而是说类似社会、文化问题正在进行“回炉”酝酿，它已转化成了整体性文化政治诉求，而非个别社会

① 王旭明等：《宁夏生态移民生活消费现状分析》，内部参考资料，2015。

现象①。

也许正是基于对这个移民背景的生疏但又过于依赖南方成熟“村落终结”理论的缘故，李培林和王晓毅的具体研究，比如《移民、扶贫与生态文明建设——宁夏生态移民调研报告》② 一文所得出的对策建议，其实多半是按照整个移民来提的，而且带着浓重的羊城村色彩，许多构想也就不太适应于这里特指的生态移民。当然，他说的“统筹城乡发展，全面建成小康社会”的总目标并没有错，具体措施，比如发展第二第三产业、增加移民资产以促进移民彻底摆脱贫困、赋予村级组织更多权力以实现移民对新社区的新认同等，都不无道理。

问题的关键在于，当村落变成这样的超级大社区（实际仍以自然村看待）以后，大社区实际处于既无外援又无内生能力的境地。它当然也有别于所谓“灭村”运动或村落完美主义思想主导下的非城镇化不可的“泥腿子”上楼的尴尬。因为“泥腿子”上楼其实是盲目城镇化的一个去农村化形象工程，是招商引资、地方政府土地财政思维和圈地运动实践的一个后果③。生态移民超级大社区中的所有问题，其实是把原村落中一直以来的滞留问题带到现代社区所造成的整体性断裂和错位，即是说把黄宗智所谓的“非正规经济”和“非正规劳动者”，强行植入“公司 + 基地 + 农户”这样一个产业发展机制和经营模式，本来属于改革前期的“非正规经济”形式却被放到改革后期这个背景下，导致没有国家法律和福利保障的离土又离乡农民工暴发性扩增，与产业市场不成熟之间出现了尖锐矛盾。

① 当基本生存无法保障、日常生活无法持续成为普遍性现象，超级大社区（多则上万人，最少的也超过 8000 人）的问题就变成了社会稳定问题。详细情况还需参阅宁夏调查总队 2013 年 4 月至 2014 年 5 月系列调研报告《生态移民成效初现，面临困难值得关注》《宁夏生态移民后续产业发展现状及问题分析》《宁夏生态移民产业现状问题及对策》《宁夏当前生态移民生活现状调查分析》等（均系内部资料，未公开发表），读完这些相对独立的判断，笔者最深切的担忧其实是经济学问题向文化认同问题的转化。

② 李培林、王晓毅：《移民、扶贫与生态文明建设——宁夏生态移民调研报告》，《宁夏社会科学》2013 年第 3 期。

③ 李桂平：《村庄完美主义思潮》《“灭村”运动迟早要来》，见李桂平《被颠覆的村庄》，江西人民出版社，2012，第 175、181 页。

黄宗智认为，改革后期的地方政府竞争和非正规经济行为，把不清晰的产权和不成熟的市场化作比较优势，把政府对重点企业的非正规支持变成提高它们的收益而借此招引外来投资的手段，把非正规经济变作招引外资竞争中的比较优势。同时，也把城乡原有的差别扩大到城镇社会内部的显著不平等，“结果导致近年来的惊人 GDP 增长以及迫切的社会不公问题”[①]。正是计划经济和市场经济、社会主义和资本主义的机械拼凑，而不是以往分析中的两者非此即彼二元对立，才使得具有现实针对性的决策——生态移民，反而变得充满了失败的因素。究其原因，是削计划经济的“足”来适应市场主义的“履”，行政干预窒息了个体差异性。

按照黄宗智的思路，我们不应该在二元对立中耗费精力和时间，应该继续用好“非正规经济”，走民营企业、地方政府行为和非正规经济结合的路子。可是，具体到宁夏乃至与其相似的西北其他地区的生态移民，前述已表明，无论是话语权还是经济资本、社会资本、文化资本，都掌握在民营企业和变样了的地方政府手里，真正意义上的非正规经济从业者却被实际上的二元思维排除在外。支持大型公司的现实没错，但支持大型公司与支持低收入人群之间，在可预见的将来似乎还看不到真正有价值的对应措施。这进一步表明“村落的终结”本来是用来描述非农化程度较高的一个术语，不幸的是在这里这个词语却成了村落消失后人们前不着村后不着店的真正注脚——大量非正规劳动者本来可以通过协调既有经济形式促其由内向外转化，不巧的是，此种个体经济能力却遭遇了已经安装现代化设备的社区运行机制，旧根被拔起而新根短时间内却又无法深扎，这是何等的痛苦！

就这一层面而言，当前日常生活现实与主流政治经济话语之间的缝隙其实是越来越大了。按照文化生成规律，不认同这个必然会认同那个，这

① 黄宗智：《中国发展经验的理论与实用含义——非正规经济实践》，《开放时代》2010 年第 10 期；另见黄宗智《明清以来的乡村社会经济变迁：历史、理论与现实》卷三《超越左右：从实践历史探寻中国农村发展出路》，法律出版社，2014，第 273 页。

从另一侧面部分地解释了为什么在西北农村，特别是像宁夏生态移民这样的地区传统文化相对而言更有市场的原因。黄袍马褂加身的抄经颂典，属于文人雅士的高蹈选择；农民对传统文化的依赖，基本没有那么玄而又玄的崇高寄托。与其说是依赖，不如说是麻醉和安慰。他们继承并不断滚雪球一样增加的内容，除了社会生活中所必需的具体传统伦理道德方式方法和家庭日常生活所必需的礼仪孝道话语外，恐怕多数属于传统文化中的糟粕，比如在发展旅游事业的风潮下，一边是富丽堂皇的道观、佛殿及其他宗教建筑的相继落成，与之相伴而生的各种迷信活动沉渣泛起，另一边却是相对滞后、陈旧的公共服务设施，鲜明对比表征的即是当前农村文化价值观念基本未超出宗法文化框架这一事实。把这种现象说成狭隘的文化传统主义，恐怕也不为过。这就变相地支持了前述西部话语再生产之苦难形象道德化、神秘主义文化普遍化。不同之处在于，生态移民移出地和移入地之所以看起来如此，是因为在他们是临时的精神代用品，一定程度上是文化政治认同危机的表现；而各种研究成果或艺术创作文本之所以如此，是因为它们基于某种抽象哲学的考虑，进而以普遍性来对付具体特殊性问题，强调的是“西部话语”的可持续性和如何论证支撑“中国经验”结构的问题，文化现代性就此与此类西部人文研究分道扬镳。

不过，传统文化的确有其复杂的内外部原因，其得与失不好一概而论。但当传统文化演变为传统文化热之时，研究者倘不审视内中所潜藏着的尖锐问题，恐怕有失学术的公允。

第三节　传统文化热与普遍的政治疏离感

“传统文化”在西部一直未曾断裂过，这在西部话语生成及再生产中都明显地体现出来了。这一情景，与晚清的“华夷之辨”和后来的“中西之争”遥相呼应。华夷之辨“辨”的是清帝国是否为世界的中心、地球是否为圆的，而中西之争“争”的是谁为体谁为用的问题。按照吴祚来的说法，这两者不过是“天下主义”破产，全球化时代价值观念进驻的必然反映[①]。很相似，西部话语的输出者主要是古典西部文献，然而当古典话语经过西部大开发洗礼，再与生态移民相伴而来的准现代化或者准工业化话语相遇，这一路占主流的西部人文话语和它赖以生长的传统文化，实际上成了强弩之末。吴祚来指出，在中国传统文化中，道家文化和儒家文化无疑占主流和主导地位，截至晚清，都是被官方征用的思想资源。但是今天回过头来再审视，以这两家为典型代表的传统文化致命缺失在信仰和思想上。具体说，先秦文化“没有信仰”，秦后文化“没有思想”。道家“思想者多附庸在一个王者的政权中，帝王身边的思想者没有一个人主张发明和平一词，只有源于智慧的诡计与策略，思想在先秦时代被工具化是最严重的”[②]。秦启用战无不胜的法家思想，将杀人放火与个体生存地位和社会发展联系在一起，将社会完全变成一个丛林，统一的是领土与各种度量衡，破碎的是家庭、是生活、是人心，什伍制、连坐制都是当朝文人发明的对付中国人民的管理制度，“弄得家家破产人人自危，正是这样的高压，才聚合了巨大的人力资源，修了长城、修了阿房宫、修了秦始皇陵、还南征北战，最后疲极而崩”[③]。至于孔子及其儒家文化，孔子想通过内省而进入个人的精神世界，他想开发的是人心性内在的空间，从物质进入心灵，由道德而进入宗教，这使得中国帝王时代有了一份道德律，“使社会有了一份基本的人性与温馨”，有人怀念帝王时代，“怀念的是这样一份来自道德与人性的温暖”[④]。不幸的是，当儒家文化定于一尊，成为汉以后皇权的精神工具或者说思想文化工具之时，其他新异思想也就被

---

① 吴祚来：《传统文化中信仰与思想的缺失》，《我们要往何处去——价值主义与人文关怀》，新星出版社，2013，第144页。

② 吴祚来：《传统文化中信仰与思想的缺失》，《我们要往何处去——价值主义与人文关怀》，新星出版社，2013，第144页。

③ 吴祚来：《传统文化中信仰与思想的缺失》，《我们要往何处去——价值主义与人文关怀》，新星出版社，2013，第145页。

④ 吴祚来：《传统文化中信仰与思想的缺失》，《我们要往何处去——价值主义与人文关怀》，新星出版社，2013，第145页。

窒息了。加之佛教东传，儒释道互补合一以后的儒家文化导致的后果，要么是只有自己独自的抒情吟唱、娱乐世俗情怀，要么是道德层面的悲情悲愤、闲情逸致，“对构建中国文化心性有一定作用，并没有真正促进中国社会思想进步与社会人文境界有整体提升”[①]。也就是说，在这样一个主流、主导传统文化中值得我们今天进一步审慎看待的其实只是“艺道”，而非其他。无论“艺道”对天道的遵循、思想者“朝闻道夕死可矣”的以心悟道，还是皇权或皇权推翻者喊出的“替天行道”的口号，作为天地意志的“道”，一旦遭遇社会，便成了“权力意志”。吴祚来说，通过个体的真性情，来达到善与美的境界，的确不同于西方“求真”的哲学价值。好的方面是，求真的缺失可能成全了传统文化的审美性，即我们或许会因表达人的一种精神状态或生活状态的栩栩如生，而为其完美感叹；但它的局限也十分醒目，“就是因它追求绝对的和谐，而陷入一种自闭状态，它总在一个圆圈中做无限的相对运动，互相转化无有穷期”[②]。指出这一点，是想区别这里所说的传统文化热。超稳定、超和谐的那种传统文化在这里被取消了，因为产生那种传统文化的土壤或者说温床已经发生结构性变化，因而那种万变不离其宗的传统文化价值基础，也就被经济话语所替换了。这里说的传统文化及其“热”，当是另一新的衍生形式。它是社会主义顶层设计、消费主义、市场主义和传统宗法文化杂交的产物。

按照前文的发现，当农村文化及其共同体遭遇瓦解，农村其实并不是“空心化”。进驻农村的实际是变了样的城镇文化，索性说是城镇化“化”来的文化，使得农村文化瓦解了。这里有一个节点必须有所强调，就是农村文化的瓦解，是在无意识当中进行的，因此它的文化形式、文化实物仍然存在。祖坟、村庙和一些社仪活动，比如祭灶、祭土、祈禳、迎神等还会象征性起作用。而当生态移民阶段村落被连根拔起之后，农民与牲畜之

---

① 吴祚来：《传统文化中信仰与思想的缺失》，《我们要往何处去——价值主义与人文关怀》，新星出版社，2013，第146页。

② 吴祚来：《中国艺术的自然精神（天道）》，《我们要往何处去——价值主义与人文关怀》，新星出版社，2013，第153页。

间不是血缘胜似血缘的联系都被强行割断了，哪里还谈得上死人的坟墓和矗立村头的村庙呢？这时候的新社区，相对过去的村落来说，实际处在无庙、无祖坟、无社仪活动的“三无”状态，再加上与移入地原住民的文化差异，生态移民区农民的实际文化诉求，仿佛空地植树，缺乏必要的沉淀，的确不好归纳，只能通过周边的社会信息反映出来。

有这样几桩典型事件，即是这种新生的混杂文化的反映。

第一，官员花巨资修建家庙的事。据2015年5月5日《法制晚报》记者报道，神华集团公司总经理助理、神华科技发展有限责任公司董事长张文江腐败案被查。其东窗事发的原因很滑稽——收受属下党员和与之有生意往来的商人200多万元，在其家乡宁夏青铜市重建家庙“太平观”。文章披露，自2005年以来，张文江的大哥张文澍在兄妹几人支持下，就联合村民进行了殿室重建，共有十多个殿室，建筑面积达3700多平方米。大殿左右伴着碑亭，其中一个石碑为“太平观善男信女虔诚碑”，其上不但刻有张文江本人的名字，许多央企高管的名字也赫然在列。不仅如此，平时张文江就很讲究风水，在担任神华宁夏煤业集团领导时，其办公室常摆一些风水物件用来辟邪。2015年落马的宁夏回族自治区原副主席白雪山，除经济贪腐和滥用职权外，其身上透露出来的“不完全信息”，与张文江十分相似。纪检人员在会场控制了白雪山，发现他的皮包里装着“符贴”，腰带上也缠着“辟邪”用的红布，办公室、家里也多有与迷信相关的实物。在任上时，白雪山主抓城建和移民工程，可谓实权在握、一呼百应，然而，就是这样一位高层官员，他身上所反映出来的文化信息，的确不能简单地归结为对党的事业的不忠诚和对党的信念的不虔诚，其实折射的是移民对新社区认同的危机，对新的社会机制建设的不确定。作为决策者的官员尚且如此，更遑论普通老百姓。

第二，是西部地区许多文人雅士把《了凡四训》《弟子规》《二十四孝图》等推而广之，使其进厂矿企业、进校园进课堂、进社区，乃至成为“道德模范”“好村庄”“好街道”“好社区”“好人家”“好个人”等精神文明评选的参考条件。某高校还专门开名为“非常道”的“重返经典”

微信平台，鼓动大学生抄经颂经讲经，微信的威力使然，该项活动也就影响非常之大。该平台推送的信息显示，加入其中的人数在不断扩大，该响应早已走出校园，庶几波及社会不同人群。我们自然不能粗浅地认为，越落后就越民粹，越民粹就越保守，越保守就越信奉传统。但是，当在生态移民这个节骨眼上，或者在大迁徙大流动的社会背景下，传统文化突然如此之热，不能不使人联想到它与人们的普遍文化选择之间的直接因果关系了。简而言之，不过是人们切实的社会忧虑在具体人伦方式方法上的呈现，它的根源需从社会流动所造成的机制缺失上去寻找，而这些次一级的古典文本，实则只是脚痛医脚、头痛医头的文人想象罢了。

第三，西部多数晚报所发副刊文章，几乎是清一色小家庭小日子小生活的甜腻和安详，即便间或夹杂一些打工文字，但总体格调是幸福的和享受的。若分一下类别的话，一类是城市市民的“灵性信仰”，另一类是边缘人的奋斗之乐或得着蝇头小利、小恩小惠的感激、感恩之情。城市晚报一直充当着都市市民审美情感取向的风向标，从晚清以来向来如此。比如20世纪初兴起、盛行于辛亥革命后的以包天笑、徐枕亚、周瘦鹃、李涵秋、李定夷等人为代表的“鸳鸯蝴蝶派”小说或小品文，就多刊载于《礼拜六》《小说时报》《眉语》等刊物或报纸副刊。其内容多写才子佳人情爱，是把文学作为游戏、消遣的工具，以言情小说为骨干，情调和风格偏于世俗、媚俗，讲述腻腻歪歪、酸酸甜甜的城市家庭小日子、小隐私、小幽怨，以及情场失意、官场得意之类的故事，便是当时著名的都市市民审美趣味的体现。即便到了20世纪90年代，这种形式的都市文化也不曾有大的改观，“小女人散文”的不胫而走，正是明证。当然，“晚报体”不单是作者与编辑所为，在今天而言，它其实是新型城镇化意识形态的一种间接反映。通过曲曲折折、明明暗暗的“唯美”修辞、“幸福”故事、“安逸”情节，外加点家长里短、儿女情长的伤感与酸楚，新型城镇文化及新型市民审美价值观，便不期然占据了大街小巷的橱窗，勉力支撑着一小部分市民安居乐业的经济背景。

第四，西部文学特别是叙事类文学，格外注重田园牧歌式或乡村挽歌式诗意、温暖和乡愁、乡怨表达。文化传统主义在这一领域可谓得风气之先，不同形式、不同块头的叙事文本，便成了“乡村”文明打败“城市”文明的假想武器。准城镇文化与传统乡村文化也就变成了旷日持久的一对冤家，一边是义无反顾的“回归”，另一边是肆无忌惮的“占有”。

经过文人雅士的代理，今天西部文化好像真正呈现出了城乡一体化趋势。当然，这个一体化是经过反复打造和多次修辞组装的结果。

该怎样理解这样一种芜杂的文化现象呢？

抛开贪腐不说，张文江修家庙和白雪山“辟邪”一类事情，在近年来的西部绝非孤例。第二章提到过贺雪峰的研究成果，贺雪峰等人的调查表明，西部地区并没有发达的家族宗祠文化，这基本符合事实。但当越来越多的富人反过来“回归”农村时，其反哺的主要内涵之一就是请人撰写、出版家谱和修宗祠。官方说法是弘扬家族文化、承续家训，其实民间说法更直接，就叫“讲迷信”。官员或者其他有车族的讲迷信非常隐蔽，坊间称之为“周末现象”。什么意思呢？是说一到周末，官员们便暂时卸下一身的事务，以出外散心的名义，自驾或他驾长途奔驰，去西藏去青海跪拜活佛、祷告祈禳、寻求安慰，有的为求子、有的为发财、有的为升官，当然更多的为健康。据说运气好的还能得到活佛特别的关照，摸摸头、赐一张黄表甚至给开天眼，少则几百，多则上千乃至几千不等。如此长途劳顿，效果到底怎样，不得而知，然而确定的一点是，去了总会带来点什么。那么这个东西或大或小，即便一张黄纸，都将成为该官员办公室或家里的辟邪之物，就像张文江所做的那样。毋庸置疑，再怎么装饰都无法遮盖其迷信本质。但是，如果将修家庙与近年来各地方政府频繁搬迁、相继铸鼎、依风水重置机关大门的无数事件联系起来看，无疑表明了官员的一种普遍不安全感。笔者曾亲耳听到某省一地级市人员讲，自该市博物馆正大门前铸了一尊鼎以后，该市级领导有多人相继晋升为该省常委了，而在铸鼎之前，这事连想都不敢想。毫无疑问，这种巧合正应了“风水出人才”的迷信说法。因为“有用”，老百姓才有盼。这里需要强调的是，从政的不确定性，实际上就是官员任用的随意性所致。它不是以正常机制决定其升降，而是看重类似“祖坟冒烟”一样的地方脉气，“出官”与否以及怎样“出官”和出多大官，取决于地方抱团所聚的人气和勉力改造自然环境得来的神气。政治与公共事务的改善、社会进步的程度没有太大关系，人们更加关注的是谁的人上去了，以及上去以后会给自己带来怎样的好处的问题。有了如此基础，为官者的举动，牵一发而动全身，社会力量和群众迅速集结，形成密不透风的保护层。10 年前张文江家族就联合村民修家庙了，而不是贪腐案发的今天，其中的因果关系，很值得玩味。显而易见，这种政治文化一旦长期存在，它所允许的文化首先是利己的甚至是安全的。这便是今天的语境，类似《三字经》《弟子规》《了凡四训》《二十四孝图》[①] 等非经典文献构造的等级制感恩话语由来的深层文化意识根源，这也部分地解释了以上文本及其话语方式，为什么在厂矿企业更为流行，甚至作为企业文化建设之组成部分的原因了，无非是权力圈子化、财政私人化的产物。当然，从一般性意义上说，感恩话语、感恩故事和感恩叙事，是以传统文化的名义登堂入室的。一方面，获得了现实道德滑坡这样一个现实的支持；另一方面暂时成了农村文化的替补。反过来，

① 所谓“传统文化热”和“国学热”，理论上讲范围应该更大一些，也应该更多元一些，但事实上这两“热”其实就是指对这些非经典文本，甚至末流作品及其文化元素的“复兴”。关于对这些文本的批判，网上网下特别多，择其要者而言，资中筠、乐黛云、杨恒均和王希贤的看法非常值得重视，它们都被微信平台反复转载，已经说明一般网民的态度。资中筠把对这些文本的“复兴”命名为“颂圣文化”和封建意识的借尸还魂，她说，当前在“弘扬传统文化”的潮流下，“封建糟粕沉渣泛起”，在宣扬“妇道”“孝道”的名义下，竟然“三从四德”“二十四孝”以及奢靡的殡葬和豪华坟墓都在借尸还魂，而且和当下的官商腐败结合起来，“把百年前早已摒弃的恶俗陋习以及文化糟粕又拾起来，这才是中华文化的灾难”。乐黛云认为提倡孝道没错，但《弟子规》里的服从意识是对孩子独立思考的剥夺，只会使孩子“变得俯首帖耳，或者说垂手而立”，剥夺了孩子活蹦乱跳的天性；《二十四孝图》直接是对青年一代人性的扭曲。杨恒均从“心灵鸡汤”在当下既得利益者心里的适应性，王希贤从《弟子规》错误百出的语病入手，揭示了这些文本实乃封建礼教和封建皇权威慑下等级文化的产物，无益于人独立意识的培育，与现代法治社会对人的要求相去甚远。此处所指出的“感恩文化”和“感恩话语”、“感恩故事”，其实是这些文本及其所携带着的消极文化元素镶嵌进经济社会，并由利益集团根据其利益分成逻辑重新组装、打造后的一种变异了的叙事企图，其目的在于分散人们的注意力、转移人们的视线、瓦解人们的主体性。

正是由于人们因物质诉求不得而产生了如此之多的焦虑、无助、迷茫和现实尴尬，恰好这种心灵际遇又找不到具体对应物来缓释，这个时候，官方、知识分子和一般城市市民的意识便不约而同地达成一致，物质层面的匮乏、制度层面的缺席，水到渠成，一下子转换到个体内在性上来了。官方借着道德旗号转移耽于社会机制而生的民怨民愤，知识分子借着“重返经典”隐藏了该有的追问和反思锋芒，一般民众本来想有一个好心态，却在网民的代言下因语境错位而变得心态越来越糟糕。

当这三者的判断基本被确认，农民和移民的真正乡愁于是构成了文学作品的主要叙事热点：其一，晚报副刊作为重要城市市民文化载体，酸酸麻麻的故事加一点人生感悟，经过心灵鸡汤的调制，那种产生于权力文化规定性的奴才性“内在性体验”和生成于等级制、血统决定论的只能“内修”以求所谓人性静谧的传统文化（或理论），就此完成。首先，炫耀自我经验，乃至于通过删除缺失彰显得意的修辞，把独属于个人的消费方式上升到时代的主流生活。其次，喜欢从道德层面评判社会，将偶遇的快乐体验把世界简化成简单的善恶两极。最后心灵鸡汤式价值期许，仿佛只要修炼好“心态哲学”这门功课，任何现实疑难都可以用内在化来解决。其二，文学作品作为集体无意识反映，在把农民或移民的现实境遇故事化、把人物命运形象化和把情节冲突化的同时，总不忘给故事一个秩序自洽的村落背景，不忘给破碎颠沛的人物命运一个安详悠闲的神情，不忘给戏剧化情节一个“农家乐”的结局。总之，作为意识形态之一种，文学叙述在“村落终结”的现实面前，不约而同地祭起人文村落的大旗，除艺术创作的情感缅怀因素外，其中三昧是值得深刻反思的。这说明作家并不知道或者在有意隐瞒我们今天社会只能进一步完善现代性质，进而在完善的基础上警惕封建迷信乃至宗法模式，而是做了相反的力的运动，即把那一套东西巧妙地、安全地镶嵌进我们的日常生活方式、思想言说方式，使其代言当代的传统文化。就是说，只拿传统文化中已经经过有目的的审查的元素，比如个人道德伦理话语、道德感恩话语，以及被无限放大的亲情话语等一系列生产于并生成于封闭的小家庭的“文化”，当作我们的瑰宝。

导致的严重后果是，社会公共事务、公共空间，真的只成了政治经济思维施展勇力的地盘，精神文化到此彻底缺席。反过来，如此打造成功的政治经济话语、形象，就会自圆其说、理直气壮地灌输类似于“成功”“幸福”“快乐”的神话，并通过该神话加固、凝固“感恩”的等级制——弱对强要感恩，小对大要感恩，下对上要感恩等。在这个“感恩”文化运行中，夹杂了无以计数的“泥腿子”、“知识分子”以及其他普通民众，他们或自愿，或不自觉，或被裹挟，情况不一，但他们都被告知，如此做便是“不忘本”，便是“中国本土经验”，这才是既得利益集团最可怕的“成功”秘诀。所谓“回到传统”“回到传统文化”及其由此而生的“热”，其本质盖在这里。

由此可知，“热”起来的不是别的东西，而是狭隘的文化传统主义。

在方法论上，表面好像是致力于传统社会具体道德伦理方式方法的重建，实则是封建礼教的死灰复燃；在世界观上，表面看似乎是对改革开放成果和人性进步的赞许，其实质则是宣扬人的动物性和物质性，因而更接近马克思的“拜物教”；在思想上，则是把自我独特性无限放大，或者是有意强调独特的自我生活方式，刻意屏蔽或者说压低他人的声音，以至于把自我变成一个无处不在的道德审判者①。那么，在这样的新话语网络中，别的切实的问题势必被忽略了，比如移民的社会主体性地位的问题，移民的文化自觉问题和城乡、社区统筹发展中怎样看待移民的合法性诉求，等等。如此一来，农民和移民的精神诉求和价值表达渠道就被完全堵死了。对于网络世界，他们基本隔绝，既不懂又无条件上网；对于当下的生存困境，他们好像反而变成了消费主义快车道上的一道障碍，欲除之而后快；对于审美表达，他们只是乡愁的一个想象内容，支撑着奄奄一息的乡土文学框架。

具体而言，农民尤其新移民由此而生的政治疏离感，突出表现为如下

① 关于“狭隘的文化传统主义”观点及其论述，参见赵炳鑫、许峰、牛学智《如何看待“读不懂”的文学批评》，《光明日报》2014年8月18日。

两种极端形式。

第一，长期的压抑使得其自尊感严重扭曲，由生存上的无力感转化为道德上的负罪感。这负罪感来自两方面的原因，一方面在政治话语中，他们的“失业”和“过剩”，实际上被视为由个人缺陷所不可避免带来的灾祸，继之以道德上的冷漠无情来处理，另一方面从自身出发，因为是有“消费缺陷的人”而自绝于这个社会体制。无论“村落的终结”还是“生态移民”，非农化和工业化是两个重要指标，都标志着现如今的农民或移民“离土不离乡”或“既离土又离乡”只是一个形式，并非本质。本质是把眼前的穷人培训成将来的劳工的观点在经济上和政治上的确都是合理的。它也确实促进了工业经济的发展，充分地满足了秩序维护和规范法规之间融合的需要。但问题是，在现代化进行到深处，尤其是在消费社会，这两个作用都难以继续存在。“现代经济不再需要大量劳动力，它已经学会在减少劳动力和支出的同时如何增加产量和利润。同时，对社会规范和社会规定的服从很大程度上是靠商品市场的吸引和诱惑，而不是靠国家的强制和各种庞杂的社会机构的灌输来保证的。”① 这时候，在经济上和政治上，现代化后期或后现代消费社会在不拖着大部分成员经受工业劳动的沉重负担的情况下仍能继续繁荣发展。从实用目的来看，穷人已经不再是劳动力的后备力量，职业道德的呼声听起来越来越模糊，与现实脱离了联系。前文所引宁夏调查总队的系列课题报告一再显示的事实，已经说明了这一点。半数以上或远远超过半数的移民并不知道自己的几分流转地在哪里，对每亩分红的决定权也完全不知情。

第二，在貌似规划整齐、体系健全的超级大社区里，个体及家庭与社区、群体之间在细微的却又是致命的日常生活上的联系，实际上是不确定的和充满风险的。这导致在“流动的现代社会”，个体事实上要为自己能力范围之外的一切风险埋单，为一切随意性、灵活性导致的后果负责。久

① 〔英〕齐格蒙特·鲍曼：《工作、消费、新穷人》，仇子明、李兰译，吉林出版集团有限责任公司，2010，第191～192页。

而久之，超级社区对每一个成员来说，实际上是一个空洞的概念。由此推开，个人与政府的关系亦然，这是更深一层的政治疏离感。英国著名社会学家齐格蒙特·鲍曼把我们今天的时代命名为“流动的时代”，认为每个人都“生活于充满不确定性的年代”。其中，他指出原来由社群以及国家支撑的抵御个体失败和厄运的保障，现如今正在逐渐地、持续不断地收缩以及削减，也就是说，权力与政治的亲密关系即将解体，国家机构将越来越多曾归于其下的职能丢弃、转移或者“下分”以及“外包”，“这些职能被国家丢弃后，或者成为反复无常并且不可预知的市场力量的游戏场，又或者只能留给社会个体，依靠他们发挥主动性来关注应由政府履行的社会职能”[①]。环境总是如此变化多端，没有定式，但解决由此而生的各种困境之责却落到了个体头上——个体被期望成为“自由抉择者”，而且应该为自己的选择负全责。细心体会宁夏调查总队的系列课题报告，“年龄太大”、“缺乏技能”以及“等、靠、要”等总是出现在所列的存在问题的首位，再明白不过地表征了独立的第三方与主流政治经济话语口径的高度一致。一边把劳动视为提高生产力的限制性因素，一边以市场主义口吻鼓励“自由抉择”，这暴露了从体制机制到人文关怀一系列悖论的潜滋暗长，也是所有引起政治疏离感因素中最为严重的危机之一。

除此之外，在个体的角度，当然还有导致政治疏离感产生的诸多方面，比如“死亡的恐惧”——死无葬身之地；比如婚姻解体可能引起的对社会的怨怼——许多年轻家庭建立在高彩礼却又非法的基础上，女性的离家出走将对双方家庭造成毁灭性打击，男方的气撒向何处？还比如新生代农民工城市疏离感形成的普遍性现象[②]，等等。这些现象虽已引起一些民俗人类学者和社会学学者的注意，但在农村文化建设、新型城镇化建设和新生代农民工的现代化建设方面，还未引起足够重视。

---

① 〔英〕齐格蒙特·鲍曼：《流动的时代：生活于充满不确定性的年代》，谷蕾、武媛媛译，江苏人民出版社，2012，第2页。

② 周红：《新生代农民工城市疏离感现象研究》，《人民论坛》2013年第13期。

有关现实村落的“终结”与人文村落的兴起，至此笔者依然意犹未尽，但限于篇幅，只能就此打住。接下来的问题只能先从人文意识形态话语的构造者一方寻求答案。首先要说的，是西部文学的启蒙文化功能，它是西部文化自觉的直接载体，同时也是文化现代性最形象、最富感情色彩、最个体化的表达。希望通过它，来厘理一批观念并建构一批概念。

第四章　西部文学启蒙：现代性与西部文化自觉

一般性地看，西部现实村落的“终结”与人文村落的“兴起”，非但没有什么冲突，还很合逻辑。很清楚，“终结”与“兴起”之间的确是一个由因导果的过程。然而，问题的关键正在于超时空的情感诉求对道德伦理的征用上，以及由此征用而导致的对现实西部的误判。所以，无论是西部大开发的终极目标，还是生态移民造成的“空村”，都不宜当作偶发的或个案来看待。毫无疑义，它们都是以顶层设计的强势政治经济话语来影响乃至改变人们的日常生活。那么，这个时候，如果稍有不慎，人文知识分子的“乡愁叙事”和一般群众的村落化宗法文化“复归”，一旦形成某种集体无意识，都将意味着对现实问题的有意逃避。本来合情合理的“乡愁寄托”或者如法国哲学社会学家让·波德里亚所谓象征意义的“交换”[①]，就会成为没完没了的观念生产，对社会现实问题及人本身问题的解决就会一再延误。暂时性情感诉求和长期以来村落化宗法文化惯性，如果不去主动干预，就会被不断放大，那个时候，现代社会、现代文化和现代文学所一直呼吁的启蒙思想，则必然屈居很次要的位置。甚至极端者，诸如西方话语中被刻意突出的“反现代性”“现代性的困境”“现代性危机”等，就会连同它的派生物“身份危机”“文化危机”一起，迅速弥漫开来，反而给人们造成一个错觉，似乎我们只要守住原来的本土文化即

① 〔法〕让·波德里亚：《象征交换与死亡》，车槿山译，译林出版社，2006。

可，无须发展乃至提升本土的东西。

毋庸赘述，这样的一种或几种流行说法，在社会并不发达甚至还相对落后的西部地区，表现得格外突出，因此与之相伴而生的文化、文学等，其征候也就异常之突出。深究其中的原因，有西部人文惯性作祟，但更重要的恐怕还在于某种自觉的选择。比如对文学之为文学的“自洽”叙事、对传统乡土模式的固守等，都是值得重新审视并清理的内容。从这一角度而言，西部文化自觉意识的培植，其实更迫切需要文化现代性这个价值支点。把文化现代性内置于当前西部文化现实，内在于西部文学新经验，便成了西部文学启蒙的当务之急。

第一节　现代性与西部现代性程度

前面几章在提出问题时，虽然未直接界定现代性这一词语，但经过与传统性、古典性、宗教性的对比参照，也不难理解其内涵，现代性作为价值尺度其思想诉求也就清楚了。一方面表明西部既有人文之所以是问题，是因为现代性使它们成为问题；另一方面是为了强调，在西部，现代性实际上并未受到完全重视，致使城市化到了纵深阶段的今天（新型城镇化），物质现代化虽然并不怎么落后了，但现代性这个价值结果却始终很不自觉。这样一个情况，使得无论人文社科知识分子的整体论述水平、文学叙述程度，还是大众文化、一般群众的集体无意识，实际上都处在与现代性错位的境地。从这个意义来说，之于西部，现代性并不是过时了，而是展开得根本不够、不深入。这里，有一种颇为流行的观点必须有所清理，他们几乎在完全忽视具体背景和作者的批判针对性的情况下，仿佛是为着“前车之鉴”考虑，错误地转译英国哲学社会学家安东尼·吉登斯《现代性的后果》[①] 或齐格蒙特·鲍曼《现代性与大屠杀》[②] 等一类书中的“反

① 〔英〕安东尼·吉登斯：《现代性的后果》，田禾译，译林出版社，2011。

② 〔英〕齐格蒙·鲍曼：《现代性与大屠杀》，杨渝东、史建华译，译林出版社，2011。

意”，好像觉得中国正该“防微杜渐”，以免重蹈西方国家的“现代性后果”的覆辙。一个常识告诉我们，中国现代化程度远没有西方国家完善，但中国的社会问题、经济问题乃至人文精神问题却为什么比西方国家更为严重？显而易见，本质上讲，无非是盲目的发展主义、科技主义，甚至把由此而形成的经济主义价值观当作唯一可行的实用的追求所致，这难道不是格外偏重物质现代化而漠视精神方面的现代性价值愿景造成的吗？这种普遍性情况，在中国任何地区都不同程度存在，然而在中国西部尤甚。正因为经济上的相对欠发达，一些西部人文研究者的研究企图来个大跃进式的补偿，这是其一。其二是怕产生投鼠忌器的后果，反其道而行之，彻底退回到宗法文化的老路去，于是导致物质上疯狂攫取与价值观念完全主张关系学之间的严重错位，人本身的不完善，意味着现代社会机制的建构遥遥无期。这正是我们认为西部更有理由引进现代性价值机制的原因。当然，并不是说既有的西部文学研究中没有现代性视野，而是说 20 世纪 90 年代的那种研究突然中断了，转向了不很适应当前现实问题的路子。另外，20 世纪 90 年代现代性的那种介入方式，不见得有效于经济社会发展纵深阶段的今天语境，故有必要先重新梳理一下现代性在中国的实际状况，然后再探讨现如今西部现代性的程度问题。

赵一凡、张中载和李德恩三人主编的《西方文论关键词》，收集了“启蒙现代性”、“现代性”和“现代主义”于 2006 年在外语教学与研究出版社出版；南帆主编的《二十世纪中国文学批评 99 个词》，收集了“现代主义”和“现代性”，于 2003 年在浙江文艺出版社出版；汪民安主编的《文化研究关键词》，也收集了“现代性”和“现代主义”，于 2011 年在凤凰出版传媒集团江苏人民出版社出版。这三本书大概是目前为止最新最全的词条书籍。

对照这三本书中的“现代性”词条，读者可能会得出这样一些共识性结论。

第一，现在学界比较通行的称谓，比如“社会现代性”、“哲学现代性”和“文艺现代性”（或“审美现代性”），均为西方哲学思想家或理论家所创造，它们产生于西方现代社会、西方现代文化和西方现代文学，是少数敏感的知识分子首先意识到了中世纪西方教会社会、政教合一文化和教会文学对人的漠视、对人的个体性与主体性的禁锢而首先发起的一种对抗权威、僵化和霸权的学说思潮，根本关怀在于平反人、解放人。其共同的理论目的主要是反抗日益强大的资本主义及其话语霸权。之所以说是少数敏感知识分子的发现，是因为在整个思想运动过程中，一边是西方现代社会、西方现代文化和西方现代文学的推进和兴起，另一边仍然有多种学派或思想学说存在，也都有其基础支持。只不过在现代性慢慢获得多数人认可的时候，西方社会、哲学文化和文学艺术，也就开始摆脱现代性所反抗的那种局面，一步步走向完善和成熟。到了一定阶段，比如尼采的出现，阿多诺和霍克海默的出现，使得现代性可能又得遭遇“辩证”或“解构”，这一否定之否定过程，其实正是现代性本身的品质，它不是一个标准，而是一种理想的设计或者是福柯所说的某种精神气质。有了这个总目标，三种现代性才会各司其职，分头并进，构成一个新的意识形态网络，人的问题才被提到了历史的新高度。具体说，文艺现代性通过语言革命，来走出叙事困境：首先，颠覆传统叙事，现代派作家鼓吹杂语对话、含混多义，反对万能叙事者作统一明确的述说。其次，题材上追求新奇、怪异、反常和私人化，以此来攻击资本主义生活秩序。最后，结构上支离破碎，用以摆脱现实主义的有机整体观。哲学现代性，通过与传统的断裂，企图告别中世纪的愚昧，主体性、理性、革命、解放、进步与发展等，才成为哲学现代性的关键词。正因哲学现代性话语中的“启蒙辩证法”的存在，到了尼采那里，竟然把后现代性作为突破现代性理性外壳的“反叛美学”，至此，哲学现代性又开始了它的形而上学循环——从神话学汲取养料。社会现代性则以吉登斯为最著名，他通过“时空分割重组”、“金钱与专家合成变革新机制”和“知识反思与社会再造”①来应对现代

① 赵一凡：《现代性》，载赵一凡等主编《西方文论关键词》，外语教学与研究出版社，2006，第643页。

社会的“断裂性与两重性”，从而达到引导社会走出危机并进行重新建构的目的。

第二，在西方现代性话语的推进下，中国的现代性研究时间也并不短，但创造性的确乏善可陈。这说明，中国学者虽然一直进行着力所能及的转化处理，但是这种转化和处理，从微观角度分析，的确很少有独创性，也就谈不上与西方现代性话语的平等对话。其中一个重要因素是，中国很少有哲学乃至社会学的现代性论述。中国现代社会一直到四十多年改革开放所造成的社会剧变，除了“社会主义”这样的主导性话语，似乎还少有吻合其性质的哲学的和社会学的论述，那么，附丽其上的现代性也就不会彻底。南帆主编的《二十世纪中国文学批评 99 个词》一书，其“现代性”词条虽然重点以文学批评为中心展开，但从中也不难看出中国现代性不自主的特点。据刘小新梳理，在中国文献中，“现代性”一词最早见于 1918 年周作人的译文《陀思妥夫斯奇之小说》，但正式进入中国文学批评领域，则到了 20 世纪 90 年代初。从 1992 年所谓的“后新时期文学”到 90 年代末的“反现代性的现代性”或“文学现代性的悖论”止，中国学者对现代性的讨论，实际上一直是西方现代性迟到的转译。一是“现代性的终结论”，显然是对“西方后现代主义解构宏大叙事观点的搬用”。二是“现代性未完成说”中的“未完成论”与“终结论”之争，“酷似哈贝马斯与后现代主义之争的中国版”。三是刘小枫的“关于现代性事件的知识学”的观点，实际上是对齐美尔和舍勒现代性论述的借用。四是汪晖、周宪等人“现代性的分裂与矛盾张力说”，即认为现代性是资本主义政治经济过程的现代性概念与现代主义前卫的美学的现代性概念的尖锐对立，是“文化的现代性与启蒙的现代性”之间的对抗或“审美现代性与启蒙现代性”的分裂与对抗等观点，可能来自“韦伯、卡林内斯库、鲍曼等人的现代性论述”①。

① 刘小新：《现代性》，载南帆主编《二十世纪中国文学批评 99 个词》，浙江文艺出版社，2003，第 231～232 页。

由此可见，要彻底弄清中国现代性的进度问题，一定程度等于对西方现代性的转化和澄清。而转化和澄清，不是被殖民和他者化，是身在中国语境的感受、理解、阐释乃至使用。用王富仁的话说，之所以恰在这个时候一部分中国人最先敏感到西方话语的有用，并且因为“被感受、被理解、被阐释和被使用”而推而广之，乃至于为大多数人所接受，是因为被采纳的西方话语正好适合于反对已经成为权威的霸权话语。他以“五四”新文化运动为例，令人信服地说明了这一点。话语霸权是一把双刃剑，它不但能够扼杀反对这种话语，而且能够扼杀自己。“当宋明理学家把儒家文化的霸权地位在中国社会上牢固地树立起来，当不但孔子的话语成了人们不能质疑的权威话语，而且他们对儒学典籍的阐释也成了不能质疑的权威阐释的时候，儒家的文化就再也进入不到人与人思想和情感的交流活动之中去了，它的霸权化使发话者不能传达自己独立的思想和感情，只能成为儒家话语的传声筒，而受话者在儒家话语面前则只能表示赞佩、接受和顺从，不能表达自己独立的见解或感受，它就失去了作为传达思想和感情的话语的本质职能。”正因为儒家文化是作为维护封建王朝的政治统治工具而获得话语霸权的，那么，那时候像“科学”“民主”“自由”“个性解放”一类西方话语，实际上是中国文化圈内中国现代知识分子对禁锢着中国思想发展的传统霸权话语的反叛，是在中国这个本土的思想解放运动中被感受、被理解、被阐释和被使用的，在这个过程中，这些“‘西方话语’实际已经成为‘中国话语’”。当然，更是“中国话语”对中国传统霸权话语的批判。“它的结果是中国文化的革新和发展，而不是中国文化的衰弱和消亡”。①

任何出身并不高贵的话语，一旦成为霸权话语，即使是其生成过程无可置疑，但结果必然是被主流意识形态甚至统治者征用，定为一尊的话语。王富仁对儒家文化的论述既证明了这一点，同时也扫清了截至目前横亘在中国学人面前的一个学术障碍——总觉得一提西方文化，就意味着背

① 王富仁：《“西方话语”与中国现当代文化》，《文学评论》2004 年第 1 期。

叛；一提西方话语，就意味着自我他者化或者被殖民。“五四”新文化运动被一些人说成是对中国本土文化的毁坏，近年来国人又力倡中国传统文化并掀起“国学热”，其思维是一致的。久而久之，所谓中国现代性，其实不是现代性，是不动原有基础的现代化描述。按照现代性的理论期许，这种旨在物质结果的现代化描述，不可能触碰作为人的目的现代性，也就只不过是对现代性的敷衍罢了。为了强调问题，王富仁特别指出，“西方文化”与“中国文化”是两个独立的概念，不存在谁化谁的问题，也不存在谁吞没谁的问题，能进入对方并且经过重新组合而生成新的话语、生成新的意义的，永远是“话语”而非“文化”。也就是说，“能够进入到‘中国文化’内部的永远是‘西方话语’而不是‘西方文化’。‘西方文化’吞不下‘中国文化’，‘中国文化’也吞不下‘西方文化’，但‘中国话语’（像‘忠’‘孝’‘节’‘义’，像‘文化大革命’）和‘西方话语’（像‘科学’‘民主’，像‘现代主义’‘后现代主义’）是可以在不同的文化圈之间穿行的，是可以进入到其他民族的语言中并成为这种语言的一种外来的话语形式的”[①]。“西方话语”进入中国文化内部必须与中国固有的各种话语实现重组，并在中国的话语系统中取得自己相对独立的意义。正是这个新的意义，才成为激活固有文化，生成新文化的精神核心。

另外，撇开现代性的术语与概念，还有至少两个流行观点需做进一步澄清。其一，“现代性”的时间观念问题。“现代”或“当代”作为一个时间观念，虽然是中国现代（或当代）社会、中国现代（或当代）文化、中国现代（或当代）文学的第一推动力，但不是唯一推动力。在这里，还有一个人的现实需要问题，即是说，中国现代（或当代）社会、中国现代（或当代）文化、中国现代（或当代）文学是以“现代性”的生成与发展为标志的，但不是中国现代（或当代）社会、中国现代（或当代）文化、中国现代（或当代）文学的普遍性质与特征，古典性、经典性、传统性仍然是中国现代（或当代）社会、中国现代（或当代）文化、中国现代

① 王富仁：《“西方话语”与中国现当代文化》，《文学评论》2004 年第 1 期。

（或当代）文学存在和发展的主要基础和土壤，虽然其中已经加入“现代性”的某些成分，但“现代性”的成分在相当长的历史时期仍将是次要的、非主流的。所以，“现代性”是一种价值，但不是中国现代（或当代）所有事物、所有文化现象的价值，亦即它不是唯一的价值标准，这才是它需要我们“瞻望与追求”的充分理由①。以此观之，“反现代性”是以“现代性”追求的出现为前提的，是与某些具体的“现代性”追求不同的“现代性”追求，它因此也就比古典性、经典性和传统性更了解“现代性”。同为“批判”，它也就与那种只针对“人”的批判，与那种没有实际社会和历史内容，只是一种个人姿态的批判有了根本性区别，正如马克思和鲁迅都曾说过的，是没有任何私敌的批判。“反现代性”是如此，“现代性”也是如此。因为“现代性”更了解传统性、古典性与宗教性在人的现代化过程中的局限与不足。

其二，“现代性”的价值观问题。在“公平”“正义”基础上追求个体的“自由”与“平等”，是“现代性”价值中的一个由衷许诺，这里就产生了一个歧见。首要的分歧是对“危机”的理解，高瑞泉引入美国哲学思想家亚历克斯·卡里尼克斯《平等》一书中的“机会平等”与“实质平等”，指出在当前中国，一些观点认为似乎平等注定是自由的敌人，甚至是民主的敌人，现代民主政治不再是平民政治而应该是精英政治，原因是“平等”意味着弱者将强者拉低到与他们同等的水平——具体的措施即主张农村的孩子既然上不起学，就应该像他们的父辈一样好好务农，不应该上学；城市“80后”男青年买不起房子、找不到城市对象，不如等到有了钱再买房子、再找对象也不迟。他们当然也谈平等，但过分强调机会平等和结果平等的对立。换言之，他们只谈机会平等或形式平等，反对认真看待实质平等的要求。他们完全无视当前中国社会贫富差距所带来的危险，无视某些人在形式平等的口号下制造出严重的实质不平等，继续大批平均主义，凡是有关如何实现经济平等的思想都被扣上平均主义的帽子。

① 王富仁：《“现代性”辨正》，《北京师范大学学报》（社会科学版）2013年第5期。

“实际上，这种视平等和自由为对立的两极的看法，正如亚历克斯·卡里尼克斯批评的那样，是‘范畴性错误’，因为‘自由属于平等之可能的运用领域而平等则属于自由之分配的可能的模式之一’。过分强调平等对于自由的消极意义与平均主义一样是不正确的。实质上，平等某种程度上是自由——即过我们所希望过的生活——之必要条件。而机会平等常常是含混不清的概念，在它的含混使用中很容易掩盖实质上的不平等。”① 参照孙立平、黄宗智等社会学家最新的研究成果，所谓“断裂”、“失衡”和“博弈”及所产生的“利益集团”“阶层固化”，以及所谓“政、商、学铁三角”（地方官员、私营企业和自由主义经济学）② 等，一再表明，当前中国一些人的所谓“个人独立”和“自由”，基本上是企业家和市民文化所滋养的自由主义知识分子的自由，底层社会基本还处在实质平等严重匮乏的境地。

中国现代性思想水平如此，那么，要弄清楚如此眼光下的中国西部现代性程度，就必须既审视中国现代性论述惯性，也审视自中国现代性而来的中国西部现代性。

有了这个必要的心理准备，现代性西方话语本来就应该是发现我们的问题的当然参照。无论作为标准，还是作为方法论，抑或作为视野，都应该首先是基于中国当代西部社会、中国当代西部文化和中国当代西部文学的感受、理解、阐释和使用。它所发现的问题，理所当然是我们需要正视

① 高瑞泉：《中国现代精神传统——中国的现代性观念谱系（增补本）》，上海古籍出版社，2005，第228～229页；亦见高瑞泉《平等：和谐社会的必要价值》，《毛泽东邓小平理论研究》2005年第3期；高瑞泉：《平等如何可能——一个古老理想的现代困境》，《解放日报》2006年9月3日。

② “利益集团”“阶层固化”“上层寡头化，下层民粹化”等以及由此引出的社会“断裂”、社会“错位”、社会“博弈”等社会学分析，参见孙立平《断裂：20世纪90年代以来的中国社会》，社会科学文献出版社，2003；《失衡：断裂社会的运作逻辑》，社会科学文献出版社，2004；《博弈：断裂社会的利益冲突与和谐》，社会科学文献出版社，2006。至于“集约化生产”“政、商、学铁三角”等，见黄宗智《明清以来乡村社会经济变迁：历史、理论与现实》卷三《超越左右：从实践历史探寻中国农村发展出路》，法律出版社，2014，第352页。

并解决的，通过它的折射并反过来再把它作为我们的镜子所映照出来的不足或弊端，也理应是我们力争矫正和避免的。这样的一种正常心态、正常感觉，才有利于提高自己，方可避免因过度自恋而走向文化自大，方可警惕因过于自卑而堕入地方主义或民粹主义的自我封闭。笔者这么说，意在强调，在观照中国西部文学的现代性程度时，西方思想理论家的相关研究与中国学者的跟进转化成果，都将是有力支持。只有在现有成果水平之上，对中国当代西部文学现代性体验的判断，才会尽可能免于个人好恶的狭隘估量。

大致来说，中国当代西部文学的现代性体验及其进展，至少有下列几种。

第一，“文化融合”或“大文化圈说”，冲淡了亨廷顿的“文明冲突论”①。这不是说一定要坚持文明必然冲突的论调，而是说文明冲突论首先是一种方法论。西部多民族的现实反映到西部当代文学中，其实是对文明冲突论中文化差异的抹平。从欧亚大陆一直划到中国西部的几大文化圈，意味着西部实际的文化表征被取消了，而不是被突出了。当“融合”“打通”等文化意识渗透到文学叙述中的时候，西部文学不管讲述多长的历史，也不管讲述多新奇的底层故事，人物的活动时间轴一般不会超出主流政治经济学话语的范围。换言之，人物必须在规定的文化圈内进行意识活动和情感发展，如此，“去政治化”甚至“去身份”，把人物变成超社会、超阶层、超现实的一分子，唯求心性的安宁、人性的良善，构成了西部文学一般性文化属性。而这个属性，往往回旋在既有民间宗教信仰文化和民间民俗宗法文化的底部，人其实并不是目的，物质或者更进一步说人的文化符号占据了首要位置。这样一来，审美现代性所一直强调的用美学对抗权威霸权的终极目的，在西部文学及其批评中则蜕化成了西部现实支持如此审美的佐证，“对抗”变成了“和解”，“批判”变成了“打通”，

① 〔美〕塞缪尔·亨廷顿：《文明的冲突与世界秩序的重建》，周琪、刘绯、张立平、王圆译，新华出版社，2010。

“反讽”变成了“赞美”，一句话，貌似自然主义的叙述，实则变异成了新保守主义或审美无政府主义。这个意思正是哈贝马斯从哲学层面发现的“告别现代性”的企图。打着现代性的旗号，而试图再次反抗现代性①，即是说它们并不是在反抗传统的基础上的深一层努力，而是绕了一大圈，以文化的名义接通了悠久的传统，并形成了与悠久的传统之间的同谋关系。享有盛名的长篇小说《白鹿原》（陈忠实著）中代表儒家文化的朱先生身上似乎具有无限文化能量，左右逢源、圆滑世故和对任何事仿佛都有先见之明、对任何复杂关系好像都能化解于无，就很能说明问题。问题还远不止这部小说本身，因为它的“茅盾文学奖”光环，再加上电影的推波助澜和无数文学批评家给予的过高赞誉，“能流传下去”“新时期以来最厚重的小说之一”，等等，足以促成其价值观的更广泛流布，“蝴蝶效应”不难形成。本来人控制政制的时代，却被视为现代性的开端②，但在这里，指定的文化——某种政制的形式，反过来控制了人的意志。也可以说，由《白鹿原》及其衍生的文化观念可以看出，不是现代性的现代性，反而成了西部现代性的代表。

第二，西部快速城镇化，产生了势力可观的准市民阶层，准市民文化趣味又导致了一批西部“城市文学”。在西部城市文学中，城市空间中的瑜伽馆、棋牌室、健身房、洗浴中心等，瞬间替代了现实主义文学时代凋敝的乡村、狭小阴暗的发廊、露天的工棚和城乡接合部条件恶劣的出租屋。紧接着，类似19世纪欧洲上流社会阔太太的沙龙文化出现了，她们关心的是身体美学、心态美学和人际厚黑学。在她们的生活天平上，微信点赞刷屏人数的某次骤减，可能导致其大呼小叫乃至郁郁寡欢；某块赘肉的长期滞留，或许构成人生质量的威胁。然而，在这些有闲有钱人群的眼皮子底下，也许就是成堆的巨额房贷按揭者、交昂贵医疗费用的筹集者和

① 〔德〕于尔根·哈贝马斯：《现代性的哲学话语》，曹卫东译，译林出版社，2011，第5页。

② 汪民安：《启蒙现代性》，载赵一凡等主编《西方文论关键词》，外语教学与研究出版社，2006，第415页。

为了让孩子上个差不多的学校而奔走求人者。面对时空错置和命运错位，我们读到最多的西部文学，显然已是经过城市化及想象中的城市文化粗糙组装过的，它们乐意处理一桩桩个体心灵遭遇的细节，也更愿意观照一帧帧充满励志色彩的于连式人物（司汤达长篇小说《红与黑》中的人物）的奋斗史，或者宁愿续写中老年孙少安、孙少平（路遥长篇小说三部曲《平凡的世界》中的青年主人公）的幸福故事，并且在“人性”的平衡度上凸显中产阶级现代性。可是，唯独不见对当下社会财产结构的叙事与对当下时代普通大众价值期许的良知勾勒。当前中国西部的文学叙述，与其说是批判激情的退却，毋宁说是自觉的中产阶级化，批判的现代性思想，转而成了为其城市赋形的“媚俗艺术”。《现代性的五副面孔》中，卡林内斯库之所以把媚俗艺术视为现代性面孔之一，就是因为现代性在反传统意义上的“现时性、实验、庞德‘使之新’”，与媚俗艺术对时尚的依赖和迅速过时使得它成为可消费“艺术”的主要形式，具有本质的一致性。所以他说，媚俗艺术和经济发展之间的联系实际上是如此之紧密，以至于可以把媚俗艺术在“‘第二’或‘第三’世界的出现看成‘现代化’的准确无误的标志”[①]。无独有偶，无论经济指数，还是文化趣味，中国当代西部社会和中国当代西部文化此时正在生产这样的现代性。

第三，第一世界学术圈之内的站在第三世界知识分子文化立场上的观点，构成了中国西部文学自我意识的强有力支持。比如出生于耶路撒冷的美国学者爱德华·W. 萨义德的《东方学》[②] 甫一出版，首先在中国知识分子这里得到了广泛认同。该著提出的“后殖民”“他者化”等理论，尤其深受中国西部某些少数民族神秘主义文化圈作家的青睐，其渗透结果是，西部文学抹掉了《东方学》的反西方中心主义思想背景，在政治经济边缘化的语境中，对“殖民”“他者化”产生了深度认同，以至于把固守

① 〔美〕马泰·卡林内斯库：《现代性的五副面孔》，顾爱彬、李瑞华译，商务印书馆，2002，第 242 ~243 页。

② 〔美〕爱德华·W. 萨义德：《东方学》，王宇根译，生活·读书·新知三联书店，2009。

前现代文化模式当作去殖民化、去他者化的有效途径，文学叙事于是被局限于具体的地方知识、民族风俗和生活习惯的记录、呈现——这绝不是一般意义的自然主义文学，是经过现代性洗礼之后的“现代原始主义”[①]。以此审视，后来以局外人的眼光写新疆的小说家红柯和诗人沈苇、被誉为20世纪“最后一个乡村哲学家”的散文家刘亮程和给小说人物赋予“隐忍”“安详”“内省”品质的小说家石舒清等，从更高一层面看，仿佛都很注重特殊的自我生活方式，并以此来对抗现代化带来的自我迷失和价值错乱，其实不然，他们的深层意识里脱不了萨义德理论的中国化影响。这当然首先要经过跟踪他们的理论批评家的文字传播、突出、放大，再曲折地进入文学的生产流程，从而进行大量的创作繁殖和普及，终至于成为某种实际上与增强认同没多少关系的文学风格写作。就是说，在断裂性和双重性的现代社会，自我标榜反而不是在重新发现自己，也不利于“新的认同感”的形成。吉登斯把“时空分离”、“抽离化机制”、“制度反思”看作干预普遍性“危机”的三个方法论，原因就在这里。在他看来，“时空分离”并不意味着从此以后它们成为人类社会组织的相互异己的方面，恰恰相反，“它为不同场合协调社会活动提供了时空重组的坚实基础”；“抽离化机制”包括符号标志（货币）和专家系统两方面，在普遍存在信任危机的现代社会，知识信任支撑着我们赖以对自我行动加以定向的一大堆日常决策，“更为通常地，它是作为这些决策基础的心智上的一般化态度，植根于信任和人格发展之间的纽带之中”。[②] 这意味着，如果格外标识自我特殊性，按照吉登斯关于前现代与现代性的阐释，那么这属于前现代特征。因为前现代的显著特点是行为处事的确定性，这一点正为自我内修建

① “现代原始主义”，是指缺乏一个直接的特别是典型的现代都市文明生活背景的文学写作趋向，类似于前几章提到的叶舒宪的《现代性危机与文化寻根》中所提倡的城市人回过头来再去过“原始人”生活或用原住民的前现代生活方式来抵制现代化城市生活的“文化寻根”。参见管卫中《西部的象征》，青海人民出版社，1992，第135页。

② 〔英〕安东尼·吉登斯：《现代性与自我认同》，赵旭东、方文译，生活·读书·新知三联书店，1998，第16~22页。

立了机制。为了避免前两者的绝对化，吉登斯提出了“制度反思”，旨在对多数社会活动以及人与自然的现实关系依据新的知识信息可能产生的误导或偏离反复进行阶段性修正①。虽然不能说吉登斯的这个现代性应对措施多么周全，但相比个体内在性甚至把个体私密性经验和意志，当作获得现代社会信任感和认同感的唯一途径，并因此而消除危机感的态度来说，前者肯定更为熟知现代社会的内在真相。

以上三点可视为重要的西部文学的现代性体验进度，以目前关于现代性的前沿思想来衡估，人文惯性使然，西部文学现代性意识显然还很不自觉。或者说还仅仅停留在宗教信仰知识与民间民俗知识、自在的自然主义经验的包裹之中，既缺乏现代文化的形式，又缺乏现代文化的内容。

当然这需要具体分析。下文通过对当前前沿人文价值诉求与西部长篇小说批评对比，来分析西部现代性现状。

第二节　前沿人文价值诉求与西部长篇小说批评惯性

长篇叙事被称为巨型叙事，它体量大、题材广、技巧繁、人物众，反映的社会信息也复杂，所以，对长篇小说的批评研究也就相应地比其他文体要求更高一点，这可以说也是长篇小说的文体规定性所决定的。其中被规定的最重要的一个要求是，对于社会前沿思想问题的表达和对一个时代最高价值问题的发现与建构。

就最近几年来说，文化认同、文化自觉等价值问题是人文研究领域里的热点，差不多也是大多数长篇小说作家所最关注的一个时代价值问题。所以在这个领域里，大体而言，传统题材分法其实都有走向综合、整合的趋势。换言之，乡土题材、工业题材、城市市民题材、历史题材等，在背

① 〔英〕安东尼·吉登斯：《现代性与自我认同》，赵旭东、方文译，生活·读书·新知三联书店，1998，第16~22页。

景上、人物形象上、心灵突变上，都慢慢汇集于文化认同和文化认同危机这一主题上了。这也就是批评文章不约而同聚焦于文化自觉，并且高度观照焦虑、无助、迷茫、无意义感、不确定性、没有安全感的一个思想原因。

如果把自觉的长篇小说批评，看作这一人文话语的一个有机组成部分，笔者倒觉得，要弄清楚目前长篇小说批评的思想水准，与其在文学批评内部出示言人人殊的价值标准，不如先梳理一下截至目前，其他人文话语所达到的最新水平。一方面，可以免除唯个人经验是追而导致的在人文论述上的扯皮、攻讦，反把条件性的共识误当作个人经验、身份的"同一性"；另一方面，可以把其他人文话语论述已经发现的前沿价值机制，置于长篇小说批评的内在纹理之中，超越现代理论似乎只能高悬于个别精英体验的个人化而无法在一般社会认知层面与大众晤面的隔绝状态。仿佛非如此不可的精英个人化经验，也许才能建立与一般社会读书水平之间的活性检验机制，乃至于以相对客观、稳定的常识来反作用或改写个别精英话语言说的初衷——反过来，个别精英话语也才具有重塑价值世界、意义世界的普遍启示功能。

就一般的阅读视野来说，当前的人文研究最新成果或许可以分为如下三种价值取向。

第一，思想史研究所到达的位置。就拿葛兆光 1997 年初版 2013 年再版的《中国思想史》[①] 来说，他不再以思想家个案来建构中国思想史的经纬，而是改为以一般的知识、思想与信仰状态为重点。这当然是深受福柯"权力话语"理论的影响。据笔者不完全统计，该书直接引用福柯《知识考古学》《癫狂与文明》《规训与惩戒》《事物的秩序》等著作观点的多达近 40 处。广义上看，把引用的其他西方思想家算进来，比如罗兰·巴特、利奥塔、海登·怀特等，实际上葛兆光真正受用的是解构主义这一方法。另外，他本人实际上想在一般社会文化水平来求证主流意识形态思想成果

① 葛兆光：《中国思想史》（导论、第一卷和第二卷），复旦大学出版社，2013。

的能动作用。从这样的一个视角选择，一些被专门著述突出过的思想家、精英知识分子观念，反而被日常生活的洪流湮没了；而并不被思想撰述特别留意的集体无意识，有时候倒显出了思想的生命活力。另外，他在建构有生命活力的那部分思想资源时，总是带着深沉的当下观照来写，因此，读后的体会是，他一直在通过思想史梳理来突出最高认同的条件问题。政治、传媒、经济水平、日常生活方式、文学艺术、精英知识分子和大众，便构成了这部思想史实质性的结构线索。一是自下而上的生成线索，先是从民间观念到“巫祝史宗”书写，再到彻底官方化，并通过官方化形成社会主导性礼仪秩序；一是自上而下的政治认同线索，从介于庙堂与江湖之间的“巫祝史宗”话语，建构而成为制衡“皇权”的“天道”话语系统，再到民间社会的普遍性。这部 120 多万字的思想史收尾于 1895 年的中日“甲午战争”，在文化和价值观的一次次冲突、一次次认同、一次次重构的过程中，葛兆光着重呈现的是中国文化传统内部价值观念的认同方法论，所以他把认同的最高标识指向了对政治秩序体系的思考。在官方与半官方，官方与民间的消极的或积极的互动中，给今天再认识“古今转化”提供了莫大的想象空间。近代以前中国社会最高价值的良性循环、互动生成机制，在今天并不理想地存在，这给今天的“古今转化”出了难题。当然，同时也启示我们得从另外角度切入和观察。天真的“古今转化”之所以甚嚣尘上，其实是在“回不去”的语境中，安全地消费乌托邦般的古代社会，古代社会连续性的“道统”对当下的批评功能，反而被推到了价值断裂的现实外围，“古今转化”最为自圆其说的部分，恰好成了最没有介入力量的话语赘余。

第二，民俗人类学和神话研究所显明的方向。如果以叶舒宪 2009 年出版的《现代性危机与文化寻根》[①] 一书为例的话，这本书实际上可以看作是作者对英国社会学家安东尼·吉登斯反思现代性后果的著作《现代性

① 叶舒宪：《现代性危机与文化寻根》，山东教育出版社，2009。

的后果》[1] 的本土化表述。从21世纪初美国的“9·11”事件、伊拉克战争、“非典”，一直到朝戈、巴荒、丁方等的绘画“复魅”，文化寻根和找寻原始神话的情结贯穿始终。该著犀利地批评了全球化的现代性、发展主义、科技主义后果，同时也把自己的坐标建立在了中国道教文化、本土化佛教文化的“神秘主义”和原住民的生活形态之上。显而易见，叶舒宪不是教导人们回到原始时期，而是希望在经济主义价值观已经成为主导的当下，要格外重视民间的寻根浪潮。从文化认同的层面看，这本书的启示在于，“复魅”中国传统文化中的神秘主义，或许是解决今天认同焦虑的中国化路径。由此反观，今天的发展主义才是导致一切社会秩序失衡的源头，“复魅”便是更高层次的“退回去”。这样的一个民俗人类学视角表明，建立真正的文化认同机制，在今天特殊语境下，我们不能仅在文化、精神领域做文章，长期以来被文化研究者重视不够的经济话语、政治话语，其实是决定文化认同程度的关键环节。

参照这一研究成果，当前凡涉及文化认同的小说创作及其批评，确乎还很难谈得上是对近三十年来（如果从20世纪90年代算起的话）中国经济社会的真正叙述进入，也或许能折射出那些把全部结构寄托在反腐和官场上的用心，一定程度可能是由于对“法”叙述的根本陌生。

第三，在对西方普遍主义话语批判中所给出的经验。目前为止，我们阅读成批西方学者关于现代性、后现代性、反思现代性著作，都不如读张旭东的《全球化时代的文化认同：西方普遍主义话语的历史批判》[2] 亲切。究其原因，恐怕就在于这部书的镜头是近焦距的。在现代社会，而且是现代社会机制运行深处，反思西方现代性话语，这直接关系我们经常挂在嘴上的“中西转化”问题。所以，这部书所谓的文化认同，其实是不限于文化领域的。总之，它是在哲学、政治、社会、教育、经济、文学艺术

① 〔英〕安东尼·吉登斯：《现代性的后果》，田禾译，译林出版社，2011。

② 张旭东：《全球化时代的文化认同：西方普遍主义话语的历史批判》，北京大学出版社，2006。

等综合话语网络中，谈文化认同的条件问题。西方现代性的焦虑或者后果，能否成为中国当代的一个借鉴，这关系当代中国如何处理日常生活方式与经济主义价值观之间的错位感的迫切问题，也深刻关涉个人发展的意义感与国家民族的象征符号之间的契合点怎样建立的问题。文化认同的重要性、有效性，被推到了时代的最前沿。它既是每个人将来的事，也是我们民族将来的事。按照张旭东所谓文化认同的最有效形式是文化的政治认同来考虑，当前长篇小说批评起于个人经验，最后又不得不止于个人经验的封闭“内在性”诉求，或许真的已经走到了思想言说的死胡同。

当然人文社科话语的总体情况和发展水平，还可以有另一条线索，在社会学话语的角度，也可以看出目前为止人文话语用力的空间，比如从麦克卢汉的《理解媒介：论人的延伸》①、波兹曼的《娱乐至死：童年的消逝》②、吉登斯的《现代性的后果》③ 到鲍德里亚的《消费社会》④ 和孙立平的“社会断裂三部曲”⑤，等等。这一线索在这里就不再赘述，因为从大的方向而言，他们的论述其实都在提醒我们，要解释清楚现代焦虑，视野不能限于某一行业、某一学科内部，尤其视线不能被具体的个人经验、学科惯例、既有知识惯性所规定。

有了以上大致的人文话语背景，对于当前西部的长篇小说批评理论，笔者总感觉许多地方还显得不深不透。有时候觉得宗教信仰文化话语与想象中的西部传统文化结合，好像很融洽，可是读了批评对象又认为十分不合适；有时候觉得批评家的用语很凶猛，但话语内涵与历史语境、现实语境其实又显得很“隔”；有时候理论话语似乎非常安逸，但读批评对象，

① 〔加〕马歇尔·麦克卢汉：《理解媒介：论人的延伸》，何道宽译，译林出版社，2011。

② 〔美〕尼尔·波兹曼：《娱乐至死：童年的消逝》，章艳、吴燕莛译，广西师范大学出版社，2009。

③ 〔英〕安东尼·吉登斯：《现代性的后果》，田禾译，译林出版社，2011。

④ 〔法〕让·鲍德里亚：《消费社会》，刘成富、全志钢译，南京大学出版社，2008。

⑤ 孙立平：《断裂：20世纪90年代以来的中国社会》，社会科学文献出版社，2003；孙立平：《失衡：断裂社会的运作逻辑》，社会科学文献出版社，2004；孙立平：《博弈：断裂社会的利益冲突与和谐》，社会科学文献出版社，2006。

又好像并非那么回事。总之，从宏观上说，笔者认为目前西部长篇小说批评话语急需一些必要的整合，长篇小说评价尺度也急需一些必要的调整。具体说，笔者认为以下的现象值得引起注意。

首先，急于转移认同危机的迫切心情，使得文化认同被仪式化了。特别是西部少数民族文学中仿佛有一种重构的偏颇“愿景”在慢慢抬头，那就是对宗教原典和宗法化乡土模式的诉求越来越多了。

实际上自莫言小说经验被世俗化以来，藏污纳垢的乡村世界，连同它的宗法、迷信、鬼魅的乡土文化在农村题材小说中应运而生，一定意义上可以说是这种世俗化的一个不良反应。突出表现在这样两个方面：一是对西部少数民族神秘主义仪式文化的倾心。二是对传统文化拯救人的焦虑、矫正人的价值取向、给人提供意义感，过于迷信。这一点从作家们对中国传统节日、西北边远地区神秘文化的反复叙事中就可看出端倪。比如郭文斌的长篇小说《农历》[①] 及围绕它的批评即是如此。《农历》在第八届“茅盾文学奖”评奖中虽未获奖，但毕竟已经排到第 7 名（前 5 名获奖），这个位置显然更具诱惑力，因而也更加刺激了批评界的反应，再加上评奖前成功的舆论宣传，《农历》几乎成了 2011 年网上网下的热点话题。小说叙事通过两个儿童视角展开。两个儿童分别叫五月和六月，他们纯净的心灵故事几乎贯穿在全部中国传统节日中。在节日的仪式化中，儿童一直在和心灵芜杂的大人世界进行着对抗。但最后结果，无一例外，儿童属于文化上的胜利者。不言而喻，作者无非是想告知人们，在西部，“农历”的时间观念，可以打败一切；“农历”中的价值观，也是人们用以治愈现代社会“城市病”的不二法宝。这表明，《农历》中的价值观绝不仅是作家本人的持见，一定程度上，它具有普遍性。

宗教经典如此讲当然无可非议，问题是，即便小说故事的预期读者只是信教大众，小说毕竟不等于宗教，有时候在审美上也还可能要求高于宗教，小说叙事才能完成对人的整体性观照。不过，这一类现象之所以近年

---

① 郭文斌：《农历》，上海文艺出版社，2010。

来高频率出现在标志西部少数民族文化的小说叙事中，究其本质和一些汉族作家对传统文化的过于自信，以及对黄老秘籍的信赖，是一个性质，即小说的终极叙事目标，都指向元典的或“元文化”的魅力。“复魅”元典文化和神秘主义，意图都大同小异地指向今天人的焦虑、迷茫和无助感、无意义感。而关注这一方面的批评，据笔者的粗略浏览，除了使用个体、圆满、本土经验、文化认同等概念之外，还有一个重构目的，那就是通过以上概念解释人们的精神困境，从而达到以“回去”的方式获得安静、清醒，并找到意义感，从而证明因“得道”而“多助”，外部问题从而被成功转移到个体的私人世界里。由此可见，这一类批评，相对于目前哲学社会学，特别是现代性反思已经达到的水平，还差得很远。因对现代性话语的疏离，对启蒙视野的摒弃，这一类批评的审美话语诉求，也就显得与现代社会秩序格格不入，更遑论内在于消费主义进而对时下的消费社会进行有效言说了。批评因与现实隔膜，与前沿现代性话语反思隔膜，而无法实现与西方话语的对抗。相比较而言，西方的现代性诉求也罢、现代性反思也罢，一直内在于现代社会结构，因此他们对人的内在性的整体表达水平，要比中国的这一类小说叙述、小说批评高得多，他们对认同的理解，也必然更加切实而有效。因为他们所表达的内在性在外在的之中，“并且通过外在的，来实现这内在的”。这就避免了黑格尔意义的那个矛盾，即“如果主体片面地以一种形式而存在，它就会马上陷入这个矛盾：按照它的概念，它是整体，而按照它的存在情况，它却只是一方面”[①]。恰恰相反，当前中国西部这一类小说批评话语，实在都陷在了对片面“内在性”求索的逻辑怪圈之中。所以，阅读这类文字，总感觉它们是在逃避什么、拒绝什么，或者在有意掩饰什么，它们的那个被无限张扬的“内在性”，仿佛离其想要达成文化认同的终极诉求目标是越来越远了，而不是越来越近了。

其次，逃避现实和狭隘的文化传统主义文学观的问题。除了对宗教原

① 〔德〕黑格尔：《美学》（第一卷），朱光潜译，商务印书馆，1984，第124页。

典的故事化处理以外，另一突出写作现象和批评现象就是，对文化现代性价值期许的淡化和对狭隘文化传统主义的青睐。这与前者是一对因果关系。

季栋梁的长篇小说《上庄记》[①] 自2014年出版以来成为一个阅读热点，2015年被新华网等几大网站评为“全国文艺类十大好书”之一，同时也获得了该年度中宣部“五个一工程”奖，自然，也引来了文学批评界和媒体的热评。总结一下，话题基本集中在这样两个方面：其一，它是农村题材小说的诗意挽歌，表达了人们的“乡愁”，勾起了人们对田园式乡村世界的向往——把小说中西北农村现实的凋敝与人情世故的醇浓，解读为城市现代性的某种过剩，乡村世界遂成了人们安妥心灵的栖所；其二，复杂的社会现实内容，缩减为个别个体的励志故事，因此他们看到了朝气蓬勃、充满信心的孩子，锲而不舍、坚忍不拔的老村长，“这是上庄的希望，也是当今农村的未来”。整部作品中，“朴实的老村长是贯穿始终的一个形象，他是乡村的守护者，是乡村的灵魂、精神支柱，更是一个无私无畏的家长”[②]。

显而易见，《上庄记》以西北农村社会内部为背景，以农民或者说底层者、弱势者为主体——至少看作一个阶层的命运遭际，并不为读者所重视。严格说，《上庄记》中对西北偏远农村世界现状的感知，早已出现在众多社会学和经济学调研报告中了，只不过那些致力于城镇化建设的方法和措施，其结构体例的确没有把农村内部人的命运和遭际纳入。而季栋梁的发现和感知，正好指向了不能或永远无条件城镇化的农村社会到底该怎么办的问题。他的这个感知和发现，正与2015年“两会”[③] 当中个别代表委员的描述有深层的一致性，即“什么时候中国人办事不求人了”，

① 季栋梁：《上庄记》，北京十月文艺出版社，2014。

② 这些话，均系批评家批评文章中的话语，被出版社摘录到该书腰封作为推荐语。《上庄记》，北京十月文艺出版社，2014。

③ 2015年全国“两会”，即第十二届全国人民代表大会第三次会议和第十二届全国政协委员会第三次会议，分别于2015年3月5日和3月3日在北京开幕。

"什么时候中国的青年人不感到迷茫无助了"，"就说明中国真的进步了一小步"。[①] 西北农村弥漫着凡办事都一定得求人的观念，不要说青年人无助迷茫，就连"空巢"的老人和学龄孩子，照样为无处不在的焦虑所裹挟。这些问题当然并非《上庄记》首次叙述，只不过它们一度被成批的统计数据所淹没所遮蔽，经常隐没在数据后面罢了。没有切身体验和感知，数据就只是一个中性的媒介，它不会深入人的命运皱褶，人们也就不可能看到数据背后的真相。其中的悲情、悲剧、悲哀，实际上被幸福故事、快乐叙述和"好心态"的处世哲学遮蔽。当幸福、快乐故事和"好心态"哲学弥漫之时，只有文化现代性才能看到的基本东西其实是被忽略甚至有意回避的，尽管它们或许并没有彻底消失。面对共同的文学作品，价值判断差异竟然如此之大，足以说明城镇化所生成的小市民文化趣味，已经构成了主导性意识形态的一个坚硬结构而存在[②]。

对贾平凹《带灯》[③] 的批评流程，也差不多暴露的仍是这种现象。笔者看过一些职业批评者的长篇大论，读完文学史知识收获不少，但对《带灯》究竟介入了中国当前现实，特别是西部现实中哪一块最敏感最令人讳莫如深的真相，却无从了解。

即是说，基层乡镇综合治理办公室主任"带灯"，在理论批评那里，只是给中国当代乡土文学史多添了一个"新"乡土人物，多了一份谈资，可是，带灯的无助究竟意味着目前中国基层社会怎样的文化政治状况和怎样的社会运行机制，好像反而不是文学批评应该负责解释或分析的任务——当然，少数批评者也意识到了这一严峻的断裂，然而因耽于文学学科规定性、审美话语规定性，这种稀有发现多数时候是文学理论批评的惯例使然，只是谨慎地与《带灯》之前或同期相关题材作品对比，并不介入真实的现实生活。批评文字或许充满了道德上和情绪上的激越，但很少有

① 均为2015年全国"两会"上一些地方代表的发言内容。

② 详细论述亦可参见笔者论文《文学怎样讲述中国农村故事》，《光明日报》2015年6月15日。

③ 贾平凹：《带灯》，人民文学出版社，2013。

扎实的理性依据，道德宣泄、激情表达也就显得极端而武断，社会现代性的追究反而居于其次的位置了，实际彰显了的却是文化传统主义——规避社会现代性的宗法文化批判，是另一变异了的宗法文化形式。

最后，过剩的自媒体化个人经验，很容易形成评价时的个人至上主义，导致批评话语很多时候自负地、孤零零地变成了批评者与作家个人之间的叫板，长篇叙事背后的思想意图，成了某种生活事件的孤例，导致普遍化的程度偏低。《上庄记》是这样，《带灯》亦是这样。真相停留在文学理论知识概念上，和批评家拒绝当前社会现象进入批评话语组织一样，其实都暴露了批评在深一层的社会认同上，是低于某些创作认知水平的。反过来说，如此的批评，其实并没有实现理想地为文学的文学性保驾护航的功能，反而拉平了文学与现实的距离。除个别历史题材小说之外，甚至包括对历史的搞笑化处理，一般的选材实际大体上可以归结为对人物在日常生活中心理遭遇的放大，批评的武器便是“个人化”经验。如此一来，基本的社会现实状况——其他人文论述已经达成共识的结果，只好被搁浅在这类创作及其批评的视线之外了。

以上在整体人文话语的框架下梳理西部长篇小说批评中最显著的理论问题，目的只有一个，就是希望批评自身能够调整观照小说的距离，整合分析小说的知识资源，最后，输出有效的价值观。这才是有益于西部文化现代性的构建并推动西部本土文化产生自主性内生能力的重要途径。

第三节　西部文学新经验与自觉的文化批判意识

为聚焦突出的新经验，这里涉及的西部文学，主要以宁夏文学中新生的一支力量为圆心展开，来说明这个问题。

对于究竟是“塞上文学”，还是直接是“宁夏文学”，学者一度很犯难。想想，其实学者纠结的不外乎两个问题：一是作为区域文学现象之一种，它有没有足够长的历史，以及在这历史惯性中有无可能生长出一种反抗力量撬动它的方向；二是就最突出的形象而言，能否表征特殊地理历史空间积淀的人文特征，以及这个积淀有无可能培养出某种接近文化现代性的思想。

依笔者个人看，“塞上”也许在王维的近体诗里，在范仲淹的词里，但不一定在四十多年的宁夏籍、客居宁夏的作家笔下，尤其是中短篇小说更是如此。径直说，在所谓合适的时间合适的语境，主导性政治经济学话语如果不支持“区域特色文化”及其相关产业链，文学的表达可能仍然是一般人性论的。正因如此，20 世纪 90 年代中后期集体崛起、21 世纪以来开始形成广泛影响的一批中青年小说家才有了自觉的地域的、少数民族文化的叙事。而在此前，他们关注的一些题材，如“换门亲”“麦客”“苦水”“干旱”等苦难主题，以甘肃陇西、河西走廊为小说背景的柏原的《黄金叶》《白雨葫芦河》《瘪沟》《喊会》、邵振国的《麦客》《远嫁》等早有描写，宁夏小说家张雪翼的《黑荞麦》等就属此题材范围。直到 20 世纪 90 年代初张承志蹲点宁夏西吉县沙沟乡马姓人家撰写《心灵史》期间，包括同期的《黄泥小屋》《北庄的雪》等散文随笔、中篇小说《西省暗杀考》始，宁夏少数民族小说家对少数民族文化强烈的认同感，汉族小说家对边地农村乡约乡俗的讲述，才有了自觉意识。

当然，这里着重说的中短篇小说创作，截至 1992 年的“西部文学”（以周保欣、管卫中主编的 4 部专著组成的“中国西部文学论丛”为主）论述中，涉及的宁夏小说家，其实只有非宁夏籍的张贤亮、张承志和宁夏籍的张雪翼 3 人。20 世纪 80 年代末期就离开宁夏返回原住地的李唯、戈悟觉、刘国尧还有张武（还在宁夏，但 20 世纪 90 年代以来的确写得很少），虽然这几人的小说的确为当时宁夏文坛一大风景，但大概地方特色不突出因而未能得到理论批评的应有关注。即便正面进入批评视野的这 3 位，差不多也都是基于新时期文学的整体框架与启蒙现代性思想水平来论评，至少也是在体现当时西部普遍性人文现状的尺度下来看待。这其实提出了一个在今天也仍需严肃审视的问题：民族化与地方化固然显特色，但仅为这两“化”，是否又意味着叙事眼界的狭窄？只注重“西部人”，一体化意识形态下的“中国人”精神处境就要遭到挤兑。相对于时代语境的规定性，“知青”、“伤痕”、“反思”与“苦难”，显然比民间宗教信仰、宗法制乡约乡俗等仪式化文化传统主义故事，更有现实批判力度，这是笔者认为最早的“西部文学”论述话语仍然富有生命力的主要原因。

对于“一体化”僵化叙事模式，按照福柯的知识权力理论，是最容易被收编因而也是最脆弱的一种文学话语，需要某种“小”的叙事来颠覆。但是就今天的宁夏小说来说，回到民族的、村庄的和小家庭的叙事，其实还存在与经济主义价值导向相脱节的问题。不解决这个叙事内聚力，向内的观看视角非但容易转到个人修为的故事，而且更易“去政治化”，这将是这类小说的一个死角。这大概是当时涌现的小说家、作品并不少，但值得理论批评反复眷顾的则少之又少的原因吧！

宁夏中短篇小说有了这样一个写作的积累，时间序列上，1992 年以后恐怕才是地方文化叙事与全球化潮汐相碰撞的一个段落。而经过十年左右的准备，宁夏文学成为文坛的一个整体形象，已经是新世纪的事了。大概以石舒清小说集《苦土》入选“21 世纪文学之星”及其短篇小说《清水里的刀子》获第二届鲁迅文学奖为标志。这个时候，以郭文斌、古原、火会亮、李方、李继林、李义、马强、马金莲为代表的“西海固作家群”，以陈继明、石舒清、金瓯组成的“宁夏三棵树”，以季栋梁、漠月和张学东为代表的“宁夏新三棵树”，以及以莫叹、陈勇、王佩飞、刘建彷、马丽华、土豆、平原、韩银梅、阿舍、张九鹏、吟泠、鲁兴华、董永红等为主力的银北风土人情和银川平原城镇、半城镇化写作倾向，齐头并进、全面铺开，也就共同构建了宁夏中短篇小说叙事的大致审视路向。简要概括来说，其共性有以下几方面。

一是承继张贤亮等人的旷野情怀。“西海固小说”很明显具有这一特点，使我们在全球化之外、现代性叙事之外，看到了边远地区底层个体与时代失之交臂的价值错位感和无助感。他们不同于前辈作家，没有宏大愿望，没有象征，有的只是琐碎泼烦的小日子和小日子中以仅有的民间信仰支撑着的价值世界。这一点并非丁帆主编的《中国西部现代文学史》[①] 中所写的那样，是安详的、安逸的和宁静的乡村生活。毋宁说，他们的小说世界，其实是以“静止”反写“迟滞”。

二是以自然主义方法，凸显了非中心区域城乡二元对立的严酷现实。无论“三棵树”还是“新三棵树”[②]，在最初和今天，他们都未曾放弃这个批判现实主义的传统，一定程度上，给了全国一线创作中，因“传统文化热”及其里面的“寂静主义”而产生的民间民俗文化仪式化叙事风潮一记响亮耳光。

三是在叙写城镇物欲异化人性的路向上，突出了小地方个体或群体的某种新特点，比如知识女性可能不过问什么叫女性主义，只知占有很多物质、占领该占领的感情，就觉得是全部幸福生活了；又如把一些个人道德伦理层面的“施与”故事作为小说世界的主体骨架，表明叙事者对复杂外部力量的“不见”；等等。诸如此类的细节，表现出的是宁夏青年小说家叙事上已经出现的认知误区——重视经典文本的借用，但漠视自身对现实的切肤体悟，因而也就把该批判的小市民文化、意识形态所需要的道德秩序文化，误当作了现代优秀文化的终极目标。

当然，共性之下总还有个性，下文重点谈谈当前宁夏中短篇小说叙事所表现出的一些新经验。此处称之为文化现代性叙事。

新经验之一是，基层现实的断裂构成了叙事的主干，这无疑强化了文学的社会参与度，其强度感染力也打破了文学只在文学共同体小圈子近亲繁殖乃至自娱自乐的恶性循环，扩大了文学言说时代的半径。个体与村庄政治的

① 该文学史在论述漠月、石舒清、郭文斌等“成长中的新小说家群”的作品的“内在性”时，常将之与东部“喧嚣的文坛”相对比，把西部这些作家小说中的宁静、安详与安逸，称为“边地先锋”。丁帆主编《中国西部现代文学史》，人民文学出版社，2004，第370～371页。

② 石舒清、陈继明、金瓯三个青年小说家，曾被前中国西部影视城董事长、已故著名小说家张贤亮和中国作协副主席、文学批评家李敬泽著文命名为宁夏的“三棵树”，“新三棵树”指漠月、季栋梁、张学东三个后出现的宁夏青年小说家。张贤亮、李敬泽文章，见石舒清《暗处的力量》，花山文艺出版社，2001，第1～5页。

关系，村庄政治与基层社会机制运行之间的关系，以及人们普遍性的日常生活方式与基层权力之间的关系，等等，差不多构成了批判型作家短篇小说叙事的基本选择。在这一点上，季栋梁的《良民李木》（《江南》2013 年第 1 期）具有典型性。李木本是本分的农民，但因与当地派出所所长有些过节，所长一直在找李木的麻烦，李木最后终于被所长找借口抓了。在被抓的过程中，李木慌了，直说“我是良民啊”。这一细节其实并不只体现人性的善与恶、审美感觉微妙与否，而是把个人遭遇、个人故事，成功地讲成了“中国故事”，表现了某种不俗的叙事概括能力。我们知道，只有在抗战的语境下，老百姓被日本兵抓起来，为了撇清自己，证明自己并非土八路，才脱口而出“我是良民”。季栋梁把特殊年代特殊话语移植到今天，恰好说明今日老百姓每每面对基层统治者时，是失语的。老百姓非但不明白自己有什么错、什么罪，而且他们连为自己辩解的语言都没有。当然，如果把今天基层官员与农民的关系，就小说叙述而言理解为日本兵与“良民”的关系，叙事也完全支持。这表明，基层政治权力与老百姓个体日常生活、民主生活乃至精神生活之间的断裂，已经到了令人惊讶的程度。

季栋梁的这个故事，其实才算从深层次触及了西部的文化政治批判叙事传统。农耕的、宗法的和民间宗教的，外加旷野的、安静的、山高皇帝远的所谓西部特点，颇受多数小说家青睐，他们善于在此氛围下以文化传统主义、乡村寂静主义布置自己的人物——如何在小得小失中体现个体的不易，或者表现个体得利后的狂妄自得，等等。诸如此类的个人故事，再怎么讲究讲法也不可能讲成中国故事；以这样的理念构思的别人故事，也许只能做到绘声绘色，也不能成为中国故事，这也就意味着把文化传统主义、乡村寂静主义作为批判现实的现实主义，是不成立的，也就未见得在审美上符合宁夏这样一个内陆欠发达地区的人文现实。

断裂叙事之所以具有强度感染力，是因为它把底层者作为整体社会结构来叙述，而不是分解成个体道德伦理处境来看待。这关系我们能否理解我们时代的悲剧，以及该如何理解并叙述我们时代的悲剧的问题。文学的形象之外，情感的渲染之外，真正起作用的实际是作家的文化现代性思想意识，季栋梁显然具备这样的意识。

张学东的《哭河》（《中国作家》2013 年第 5 期），讲述了大河与爹因生活困苦以在河滩上捡垃圾为生，并阴差阳错捞尸导致儿子大河送命的悲剧。大河把高考落榜的命运挫折转化成了“子操父业”的悲壮，条条大路通罗马的格言顿时变得澄明；父亲笃实勤俭、诚信守业，给儿子建立了健全的“道统”。父亲义务安葬殁命者的孤魂也罢，儿子舍生取义打捞同病相怜者的尸骨也罢，在小说中都得到了圆满叙述。但是，如果“哭河”中我们“哭”的是大河或其父的生命错位，或仅止于个体的现实困顿，那么如此价值诉求除了那个夺了大河年轻生命的尸骨外，其他周围声音则似乎都是喑哑的。这表明，小说叙事中并未自觉植入导致如此命运的社会价值错位。

突出人性悲凉下的人道温情，这无可置疑；值得进一步讨论的是，当“大河”们的处境已经成为金字塔的底部之时，起于个体又止于个体的叙事，显然缺失了完整的社会学视野。从这一点说，对于个体特殊时期困顿的叙述，并不能帮助我们理解这个时代真正的悲剧。同理，了一容的《我的颂乃提》（《人民文学》2013 年第 7 期），与其说讲述自我的内在性如何可能，毋宁说最终表明的是以个体为本位的内在性不能的故事。当其中的小孩伊斯哈格咬牙切齿内心自足地等待大人首肯时，大人们实际上已经在他并不明白的层面强硬地、合理地执行着成人世界的秩序。因为作者相信，精神成长是不能对象化的，因此，作者写出来的是两小孩保持在平等水平上的心灵交流。而没充分意识到的，是这平等背后的价值机制支持：如果获得内在性的途径包括普遍性的认可，那么，当这认可还处在黑暗中时，伊斯哈格是否可能？

不能从根本上意识到基层社会现实结构内部的价值断裂，所有的人性故事，它的地域体验深度，都是极其有限的，叙事也就不能被人们普遍地体验到。个体故事、个人悲剧，隶属于阶层命运，但阶层命运可能更有能力能动于普遍性社会价值秩序，这是基层权力叙事格外具有思想力量的根本原因。

以上通过一“正”一“反”例子，并非用同一个标准来衡量不同价值取向的叙事，而是为了更清楚地体验现代性价值理念支持下的叙事与一般人性论叙事，对于相似语境下个体与社会机制、个体与政治、个体与主体性之关系，这诸种关系最终也都会从不同角度呈现这个时代提供给个体的自由度与尊严的问题。而自由、尊严和个体是否能合理使用自己理性的问题，正是大环境给予个体，而不是个体能动于社会的现代性核心价值之一。

新经验之二是，文化现代性意识促进了小说的思想境界提升。文化现代性与审美现代性，虽然都建立在审美话语之上，但二者到底有区别。前者更注重细节的写实与整个文化观念的联系，更讲究批判的现实依据，这可以避免因经典化预期而纯粹虚构现象世界；后者或许与前者相反，注重用一个完整的虚构世界“对抗”现实世界，其间难免误入虚无主义窠臼，批判和反讽因泛化而丧失力量。近年来有一个现象值得注意，就是西部其他省份的中青年小说家和宁夏中青年小说家，经过一段时间对各自地区特色文化、少数民族民俗文化的叙述后，又开始了“存异求同”的叙事趋向，即几乎不约而同地在讲述幸福、快乐的故事，人的现代性——不得不触及物质现代化之外的精神事相的叙述，就此沉眠于物的狂欢了。城市收编乡村，小市民文化趣味取代现代意识，于是首先成了文学的大跃进，乃至于给人感觉：宗法文化已消失、封建意识已被铲除，我们只要全力拥抱自我功利主义的小市民文化就行了。这一点，前文已论及，不再展开。

笔者之所以把火会亮的《积雪》①，视为近年来宁夏乃至西部中短篇小说的一个亮点，其原因就在这里。

他极其艰难但又是义无反顾地重新回到了乡村世界的宗法文化氛围，以“逃婚”这个人们并不陌生的出走举动，撕开了在许多小说家看来，城镇化过程中我们应该拥抱乡村秩序的那个精神归属地的面纱。小说语言朴素、笃厚，小说叙述不紧不慢，始终在人物的逻辑上按部就班推进，小说叙事也就变得暗语重重、机关重重、反讽重重。之所以如此，在火会亮看

① 火会亮：《积雪》，《回族文学》2013年第4期。

来，在这块所谓的精神归属地，不单是小说，诗歌、散文描绘，全球化理论话语也都倾注了大量精力，也就意味着，这块城镇化后果的后花园，其真实面目已经积重难返。

然而，事实是否如此呢？我们看到，火会亮故事的前半部分，即李旺与果果包办订亲、双方无法产生真正爱情意义交流的情节模式在全国并不鲜见，但该模式似乎只是为了方便发掘个体的内心秘密而准备。火会亮的叙事则不是，说穿了，他其实是在别人转向的地方才开始进入的。仅此一端，他对小说故事的理解就已经与别人很不一样了。按照故事的进展逻辑，小说的重心落在了众乡邻身上，于是，家族成员的死逼硬磨，乡亲们的巧舌如簧和“积雪”所象征的厚重而暗哑的礼俗氛围，等等，共同合围而终致李旺出走，体验结束于李旺所接收的一条妥协手机短信。到此为止，该小说实际是话语终结，而故事开放的叙事：李旺的“革命”是否合适？乡村宗法礼俗文化是否就失败？如此等等，便接续了现代启蒙叙事的思想言说余绪。今天乡村世界是否就是寂静主义，是否就是精神归属地的文学表达，于是正式进入了当前幸福、快乐故事的批判流程。鲁迅先生《风波》所发现的文化现代性问题，在社会急剧转型的边地，在特别需要启蒙思想观照的贫困地域人心世界，终于找到了继承人，那种文人酒船“农家乐”式的归属感，终于暴露在了李旺的亲事内外。

诚然，如果把火会亮的故事看作一个连续的情节，李旺的意义感如何才能建立的问题，在漠月的《老狐》[①] 中得到了进一步探讨。因此，我们领受到了人在外部无限荒凉、内心无限衰微之时，该怎样在不断的自我搏斗中建立精神坐标和意义基座的过程。更难得的还在于，小说谨慎地摒弃了精神分析和潜意识写法，始终以“客观化”为意义生成线索。放大了看，漠月所用心的，正是火会亮所揭示出来的人生疑难，即在婚姻爱情叙事失效的地方，他启动了人的主体性何以可能这样一种文化现代性叙述，并把它普适化，建立了特定地域精神书写的追问方式。

---

① 漠月：《老狐》，《十月》2013 年第 2 期。

这个视野之下，大概才是农村妇女何以自主的个人化观照（马金莲：《项链》，《小说月报》2013 年第 11 期），和通过重述“他人故事”（民间集体经验的“古今”），寻找言说自我经验和他人经验的话语系统问题（石舒清：《古今》，《十月》2013 年第 2 期）。

除上文两个新经验之外，还有一种比较突出的叙事努力值得进一步审视，因为它们涉及在今天启动启蒙现代性叙事或许还存在某种思想误区的问题。这些叙事指向了底层社会妇女这一群体中被作家批判的“底层者”“失足者”。前几年，也就是在全国都在写“我们村里的故事”（李敬泽，第五届鲁迅文学奖中短篇小说奖评委颁奖词）的时候，底层社会无可置疑，的确是社会结构中的底层；但近几年，特别是被外地批评家用类似于“人文关怀”“绿色写作”表扬一番后，宁夏乃至西部大多数小说家开始反过来质问这一部分底层者的道德伦理素质问题了。应该说在一般性人文标准上，这种追问永远都是有必要的。尽管如此，笔者还是要强调作为社会学的底层，和作为个体的底层者并不是一个概念。

究其原委，小说家把目光转向了底层个体，叙事中便好安放“启蒙”思想，这显然是一个认知误区。首先，把底层个体的某些劣根性当作底层本身关注，就会自动终止社会学视野叙事底层作为阶层的整体处境，反求诸己的感恩社会、感恩这感恩那，“向幸福出发”就来了；其次，底层个体的文化素质问题，是一般性个人素养问题，不同于把底层群体作为对象来叙事的社会现代性问题，如此，叙事的思想力量就荡然无存了。这就是这类小说表面看起来充满着人文关怀，其实质则感觉写得小的原因——视野小、思想小、眼界小、格局小、问题小[①]。

即便如此，在近年来涌现的文学叙事中，重新接续“五四”启蒙传统的“断裂叙事”和关于“宗法文化”的反观式叙事，虽然数量不多，但毕竟慢慢被更多的文学新秀觉悟到，这就足够了。它一旦成为一种精神气

① 此处详细论述可参见牛学智《“叙事”与现实之间缺乏内聚力——对晚近几年中国小型叙事价值趋向的批判》，《宁夏社会科学》2013 年第 6 期。

质，文学的启蒙功能就会大大增强，进而在阅读传播的意义上，给“村落化”西部人文现状以惊醒。

第四节　文学史预期落空与西部新型城镇小市民文化兴起

文学史写作的确代表着一个时代文学及其理论批评的基本面貌，是文学创作者、理论研究者及文学读者、文学消费者、再生产者文学价值观、文学思维观念和人文状态的集中表征。因此而言，文学史的传播与授习，也能促进一个时代青年文学价值理念的养成，作为文本形式，它也就标志了一个时代最一般人生观的水准，或反映了一个时代最一般人文结构的构造。中国现当代文学史惯例与西部文学特点、西部新型城镇小市民文化的形成关系，就具有此模式。

进入文学史、成为文学史论述的一些章节，情况比较复杂，但通常的程序，似乎只能是发表、评论、转载、获奖这样一个流程。除陕西在20世纪90年代初有过所谓“长篇东征”现象，而成为文学理论批评界乃至文学史关注西部文学的长篇小说“重镇”外，西部地区其他地方的文坛再未出现过如此引人瞩目的现象。通过对比阅读近年来西部重要的文学期刊，比如《朔方》《黄河文学》《六盘山》（宁夏），《飞天》（甘肃），《西部》《绿洲》（新疆），《青海湖》（青海），《延河》（陕西），《广西文学》（广西），《大家》《滇池》（云南），《山花》（贵州），《四川文学》（四川）等，笔者发现有一个共同特点，除早已成名的作家外，就21世纪以来集中发表于以上刊物的文学作品论，从获奖率（主要是“鲁迅文学奖”和“茅盾文学奖”）、转载率（《小说月报》《小说选刊》《中华文学选刊》《中篇小说选刊》《新华文摘》等）和批评界评论频率来看，西部文学质量比较整齐的仍然也是中短篇小说。自然而然，在理论批评家那里，近年来西部文学的模样，也主要指西部中短篇小说叙事情况。而西部中短篇小说叙事臻于全国一线“亮点”的个例，则显然少之又少。也就是说，绝大多数西部中短篇小说叙事水平、价值取向，与上一节所论宁夏中短篇小说所呈现出的特点，具有同一性①。

那么，在这个汇集众多理论批评话语的领域，首先要弄清楚的是，西部青年小说家的叙事与全国一线小说叙事究竟是一个什么关系，这是它们与文学史隐秘关系的源头。

为了对照，在特定语境下，笔者特地读了最近几年全国文坛和批评界关注度比较高的两位青年小说家的短篇小说《小流放》（鲁敏）和《六耳猕猴》（徐则臣）②，觉得西部中短篇小说与这两部全国一线小说旨趣实在太相像了。《小流放》叙述穆先生因孩子上学就近租房的经历，前半部分讲穆先生及妻子儿子刚住进去时的心理落差，作者语言生猛、眼力独到，介入这种租住生活的意识非常值得称道。仅读前半部分，或者小说就结束在前半部分，笔者认为也没什么不完整。倒胃口的是，作者似乎企图还要讲述点什么，于是，后半部分就来了。讲什么呢？讲述的东西完全出人意料——注意！这里的意料之外丝毫没有引人入胜的意思，就是穆先生对先于他租住过的一孕妇的百般“偷窥”，从这里开始，叙事方向急转而下，非但看不到前半部分所开启的我国城市教育普遍不平衡的问题，而且作者仿佛在刻意躲避着什么，反正就是不让读者在此等问题上做深入思考。《六耳猕猴》也是前后叙述大相径庭，后半部分照样非得跟读者拧着来，本来前半部分叙述企业机械考核造成诸种机械行为，读来非常有力量，然而，关键部分作者却转向了“梦”的情节——当然不排除“梦”的微言

① 以2009～2014年南帆、李敬泽、胡平、何向阳、贺绍俊、白烨等中国作协研究人员和其他高校及社科院科研人员的年度中（短）篇小说“综述”、“述评”、“观察”、“考察”、“亮点”或“一个侧面”等为参考，可得知，进入年度盘点的西部中短篇小说，实在不过二三部，而且主要是曾获过“鲁迅文学奖”等国家级文学奖项的作家作品。其他绝大多数西部中短篇小说的情况，可从零星的评论文章看出，基本情况大致与上一节所谈近年来宁夏中短篇小说一致。详细论述参阅牛学智《当代批评的本土话语审视》一书的第十四章《“规约性语境”与小型叙事批评理念》，北岳文艺出版社，2014。

② 鲁敏的《小流放》首发于2013年第5期《人民文学》，转载于《小说月报》2013年第7期；徐则臣的《六耳猕猴》首发于2013年第3期《花城》，转载于《小说月报》2013年第7期。

大义。可惜的是，“梦”只负责把叙事带入关于人物的内心想象而已。

展开这个例子，笔者意在强调，西部中短篇小说实际上是与全国接轨的。其一，叙事不出个体人物的内心世界，即便视角不见得是朝向内心世界的，也要牺牲对外部世界的关注以成全人物的“潜意识”。其二，外部世界里的事情，诸如劳资纠纷、贫富差距、赢家通吃，或者其他民生问题，多数时候只是作者撰写人性、求人性平均值的一个可以移动的布景，并没有将故事、人物关系、情节乃至细节深刻植入当前社会情境和文化语境。这表明，社会语境是模糊的，人性探索是一般性的。其三，他们共同理解的“文学性”，基本需要“去政治”才能完成——当然，这还可能意味着，当今小说家已经不再把文学话语当作一个时代知识分子参与社会运动的特殊思想表达方式了。诚如王晓明分析的那样，重要的公共问题的讨论声中，无论网上网下，基本上鲜有“严肃文学”作家（指以莫言、王安忆等为代表的作家）的声音；“严肃文学”作家所创造的文学形象、情节和故事中，也几乎没有被公众视为对世态人心的精彩呈现，而得到广泛摘引、借用和改写的[①]。难怪文学被边缘化了。

现在回到批评界关于西部文学的批评方式上来，追问一下为什么对于西部文学的论评话语方式基本是围绕“荒凉”与“苦难”两个关键词及相关内容组织展开的问题。

感性一点说，外地批评家或文学史研究专家，总希望能在西部文学写作者笔下读出所预期的“荒凉”和“苦难”来，这实际是某种猎奇的、规定性的文学史分类法所致。甘肃小说家严英秀的遭遇就具有典型性。从严英秀的申辩文章《何为西部写作?》[②] 看，正是文学史研究专家陈思和

① 王晓明：《六分天下：今天的中国文学》，《文学评论》2011 年第 5 期。

② 严英秀：《何为西部写作?》，《文学报》2012 年 3 月 15 日。首先作为作家，甘肃小说家严英秀敏感到的这个现象，其实已经被众多中国当代西部文学史著作、论著等证明，具有相当的普遍性。本书前几章提到的西部之外文学史研究家、评论家如丁帆、杨经建、李兴阳等和西部本土文学史研究家、评论家如赵学勇、孟绍勇、李继凯、马丽华等的著作，其结构框架、批评话语方式、价值观，包括具体用语，都存在与上海文学史研究家陈思和差不多的思维或潜在思维定式。

在自己的期待视野中，想要看到西部小说的“特色”，才引发了作者写回应文章。该文章指出，以批评家的文学史眼光来看，西部文学的特色应该是对西部空旷、辽远、蓝天、白云、羊群、驼队、草原，或者荒凉、飞沙走石、沙尘肆虐的突出，可实际上，西部草原上已经没有了羊群，蓝天上飘的已经不再是白云，飞沙走石与沙尘肆虐的地面上多的是拾矿泉水瓶子的失业者，并非骑着牧马、唱着长调短调的放牧者①。

文学史预期中的甘肃文学是这样，宁夏文学也是这样，对于整个西部文学的态度难道不也是这样吗？

乡村社会的所谓诗意、温情、安详，抑或原生态、绿色等，无可置疑，在宗教元典精神、传统宗法社会和民间民俗文化仪式中，是存在的；所谓苦难、残酷，更是一个伪命题。无论“鲁、郭、茅、巴、老、曹”，还是莫言、贾平凹、王安忆、韩少功等，在他们的笔下，这个民族以及这个民族个体所置身的环境，都可以说是苦难的和残酷的。西部有些地区，比如“三西”（宁夏的“西海固”、甘肃的河西与定西）地区，的确曾被联合国考察人员界定为“最不适宜人类居住的地方”；那里的确也是山大沟深、十年九旱、土地龟裂、生存困难，直到“新一轮西部大开发”的今天，这些地区仍然是国家扶贫攻坚的“连片贫困区”。然而，对于文学及其理论批评的性能来说，当我们在不合适的时间格外凸显人与酷烈自然的搏斗而产生天人合一、人畜共居的所谓“和谐”文化时，我们实际上是在较低的层次表达人的主体性，而不是在文化现代性的高度来言说人的问题。借用张旭东的观点②，无论是现时代所暴露出来的突出民生问题，还是其他棘手问题，事实上都是“文化危机”导致的连锁反应，其中最严重的是文化政治危机。以文化现代性角度衡量群众、底层、个体和政治意识形态，正是因为文化、日常生活方式、政治经济生活和“法”的不一致

① 此处详细论述参见牛学智《民间民俗文化、类型化与国家话语的僭越》，《当代文坛》2012 年第 6 期。

② 张旭东：《全球化时代的文化认同：西方普遍主义话语的历史批判》，北京大学出版社，2006，第 6 页。

性，政治所要求的价值与人们所期望的价值机制之间才出现了裂痕。既然如此，文学叙事如果不能在这个政治疏离感聚集的地带及时介入，叙事所彰显的核心价值信息，就是无力的。这就解释了叙事越是天人合一、尊天敬地，叙事与现实之间内聚力越觉崩溃的根本原因。相信这一点，如果不在西部、不在西部基层，是很难深入体会的。当然，若从西部本土的角度来审视，西部本土大众在潜意识或意识层面似乎也支持以上产生自西部古典文献学、宗教元典的价值符号，避开各种强塞给他们的所谓知识、意识、主义、说辞对他们正常感觉系统的粗暴破坏，致使他们的感觉已经被严重扭曲、歪曲、变形不说，最直接的原因在于，出自古典文本的东西一旦与具体的主流社会文化意识形态结合，反求诸己的精神拷问很容易陷入某种息事宁人的世俗主义误区。这也是这个时代，尤其是经济欠发达地区，人们反而格外倾心鲁迅先生八十年前早已批判过的封建礼教，格外倾心传统宗法文化氛围中生成的古代文献学意义的等级制“感恩叙事”的真正原因。其所以如此，盖在这些东西依附权力，依附世俗功利目的，依附准人伦构造的社会关系学。反过来看，正因西部社会运行机制和政治文化存在严重问题，才使得这些该抛弃和批判的东西反而显得有用、实惠、实际，这本来就是现有西部文化土壤的属性所致。

从话语渊源来说，对于整个西部文学的总貌，现在已经形成的符号形象，恐怕与两种书的先后出版不无关系。一种是1998年以系列规模出版的“西部文学论丛”（肖云儒主编，包括他自己的《西部文学论稿》在内的5本，具体情况前面章节已做过注释），另一种是丁帆主编的《中国西部现代文学史》。“西部文学论丛”起到了前期的符号定位作用，西部青年作家队伍形成于20世纪90年代中后期，《中国西部现代文学史》的出版时间（2004），正好是文学思潮热议“终极关怀”的时候。城与乡的对峙，正好成了该文学史论评的价值尺度。那么，以乡村文明的所谓“道德自洽”批判新型城镇文化的“自我迷失”，自然构成了西部青年作家身份置换时的一个切身经验。基于这一角度，是否可以说，之所以西部叙事文学仍秉持着“二元对立”叙事，其审美惯性其实是理论批评话语与创作的文学话语的共谋所致？即在“西部文学论丛”基础上又共同深化了那种所谓独属于西部的人文形象，于是在价值观上基本处于某种矛盾和纠结状态。一方面，作家差不多进了城，起码也定居、工作、生活在县城一级，城镇生活方式和城镇化审美趣味、价值趋向部分或片面地进入作家的意识之后，文学叙述中表现为“排斥”与“拥抱”两种极端化情感态度，还来不及做细致的理性消化处理；另一方面，沉淀不足的城镇化生活经验开始周期性条件反射，而导致这种条件反射形成的重要原因便是“不适应”。进城后遭遇新型城镇化生活方式的尴尬，甚至窘境，需要时不时以怀念乡村来化解；真正久居乡村后又惦念城镇的方便与舒适，因而再度产生鄙夷乡村的嫌弃感。如此周而复始，城镇化过程中具体的生活细节和具体的文化认同就成了一个相当棘手的问题。新的尚未建构，未达到基本认同；旧的行之未远，时不时出现在过度困难的时刻，恰好填补空白。如此生活细节、思维观念转型的关键环节，及时行乐、自私自利的个人主义便应运而生了，它是新型城镇小市民文化最典型最突出的代表。一方面，这种半生不熟的城镇文化产生于城镇化过程，是经济产业化和传统社会结构向现代社会结构艰难转型中自带的东西；另一方面，它来自人口的大量流动，是进城打工人群带来的由现代社会机制不健全而衍生的经济主义价值观，包含着劳资纠纷、分配不公、人格尊严不平等等市场经济社会转型期社会文化混合状态，易变、不稳定、唯利是图、见风使舵，甚至出尔反尔。之所以如此，是由大转型、大迁徙导致的生存不确定性语境所决定的，并不仅仅是个体的素养所致。

这意味着，要厘清目前西部文学叙事中暴露出来的不成熟文化现象，必须先得从西部城市，特别是新型城镇及其产生的小市民文化说起。

第五章　西部城市现状：西部新型城镇与新型城镇小市民文化

从传统乡村到新型城镇、从新型城镇到都市，或者把传统乡村、新型城镇和都市并置，然后再来衡量由不同生存空间而生成的文化，经验告诉我们，传统二分法，即乡村文化和城市文化虽然有交叉、转化，但基本形态则变化不大。之所以如此，其主要原因在于，人口流动是自发的，而不是政策性的或被动的。相对稳定的生活方式选择确保了文化认同上的相对恒久性，这也是不同文化形态反而因相对的“封闭”得以自洽、自足的根本原因。从这个角度看，“离乡不离土”和“既离乡又离土”的概括不管建立在怎样的现实基础上，用来解释城与乡之间的文化张力以及由此张力造成的价值观念变化的艰巨性和复杂性，无疑是准确的。

然而，党的十八大以来，当新型城镇化的提法自上而下、自下而上，构成整个经济生活、政治生活乃至具体而微的日常生活逻辑之时，传统分野的城与乡文化格局便被打破了。以传统村落生活形态为代表的传统文化，和以城市现代生活样态为代表的现代或当代文化，从此不再泾渭分明。暂时还很不成熟但经过痛苦改革有望朝成熟方向发展的现代农业，暂时还很不成熟但经过改革阵痛有望朝成熟方向过渡的现代市民社会，暂时还很不成熟但经过科学评价机制和积极作用有望朝成熟方向发展的大众文化，都将在艰难适应中，接受对方的检阅。或者相反，物质的现代农业内部、市民社会内部和大众文化内部，仍然依其惯性力量，进行着隐性而又固执的冲突和分解，致使农业现代化、城市现代化和大众文化现代化成为真正的难题。它们之间相互打架、相互消解、相互抵抗，可能会成为一时之常态，直到预期中的现代农业转化为新型农民文化，现代市民社会运作法则转化为城市文化，大众文化自觉地以文化现代性为其价值支点。在这个艰难而漫长的过程中，与其说价值观念决定物质实体的走向，不如说价值观念最终取决于物质实体的引导和养成。毫无含糊，在文化转型的节骨眼上，无论作为体制机制，还是价值本身，如何进行新型城镇化和新型城镇化的结果究竟怎样，都将是决定一切的重要前提，这包括对诸种“不适应”的重塑。

如此一来，在众说纷纭的城镇化思潮中，中国西部的具体适应性问题就成了必须首先审视的一个内容。

第一节　新型城镇化思潮与中国西部具体适应性

截至 2013 年中央经济工作会议把城镇化首次明确为“我国现代化建设的历史任务”，是年 5 月 6 日国务院常务会议进一步提出“研究新型城镇化中长期发展规划”。“新型城镇化”这样一个提法，从此取代了“城市化”，也预示了城市化开始进入新的发展阶段。既然冠名以“新”，那么，什么是“新型城镇化”呢？

城市化本来可以分为古代城市化和现代城市化，而现代城市化又分为“政治型城市化”和“经济型城市化”。在一些相关权威研究界定古代城市化概念时，美国学者刘易斯·芒福德的《城市发展史——起源、演变和前景》[①] 一书中的论点，成了有力支撑。芒福德的研究表明古代城市化开始得很早，在起源上甚至早于乡村，3 万年前的原始洞穴就是已具有城市功能的人类聚落空间，而乡村的历史才不过八九千年。这样的一个界定，不仅厘清了城市化的最初特点就是人口聚集，还预示了城与乡之间旷日持久的对峙。自然主义哲学家卢梭以罗马为例得出的论断，就是如此。比如

① 〔美〕刘易斯·芒福德：《城市发展史——起源、演变和前景》，宋俊岭、倪文彦译，中国建筑工业出版社，2003。

他说，早期罗马人对乡村生活的兴趣高于城市，他们习惯于“把农事和军事与自由结合在一起，并且可以这样说，把美术、工艺、阴谋以及奴隶制全部赶进了城市”。褒乡村贬城市，不仅是个体的生活选择，而且成了当时一种普遍的价值取向。罗马市民“游手好闲的生活”“城市一向不外是个不幸的无产者居住的地方”；一旦成为田地里的劳动者之后，不但立刻变成了“受人尊敬的公民”，乡村还可能成为孕育“共和国栋梁”[①] 的地方。19 世纪初以前的罗马是这样，欧洲也是这样，中国大概亦如此。乡村世界是美丽的乌托邦，是田园牧歌，是世外桃源，甚至是诗意之所在，这一点即使在今天的作家、诗人笔下，也未能完全摆脱。这便是 18 世纪中叶以欧洲工业革命、资本主义大工厂生产为分水岭的古代城市化基本情况，当时世界城市人口仅占全部人口的 1%[②]。在古代城市转型为现代政治型城市的过程中，工业革命起了关键性作用。一方面，工业生产成为社会主要生产部门，彻底摧毁了封建庄园经济；另一方面，资产阶级革命摧毁了封建制度，完成了对人本身的“哥白尼式的革命”，在土地和人口两方面，解除了现代城市化的瓶颈。这是欧洲古代城市化的经验。

欧洲的这两种传统的城市化模式，同样清晰地反映在新中国城市化发展轨迹中。新中国前 30 年，其主导模式是政治型城市化，以政治理念和意识形态需要为中心，一切服从于国家政治需要与政治利益，带有浓郁的“逆城市化”特点。其一，从 1959 年到 1960 年，政府从城里迁出了 2000 万人；其二，20 世纪 60 年代初，国家撤销了大部分 10 万人以下的市和大批不符合条件的镇，城市由 1961 年的 208 个减少到 1964 年的 169 个，建制镇更是由 5404 个下降到 3148 个，城市化水平由 1961 年的 19.75% 下降到 1963 年的 16.84%[③]；其三，出于“减少城镇人口”“减少财政压力”

① 〔法〕卢梭：《社会契约论》，何兆武译，商务印书馆，1980，第 148 页。

② 刘士林主编《中国都市化进程报告 2014》，北京大学出版社，2014，第 4 页。

③ 这组数据分别见于温铁军《我们是怎样失去迁徙自由的》，《中国改革》2002 年第 4 期；叶裕民《中国城市化之路》，商务印书馆，2001，第 114 ~ 115 页。转引自刘士林主编《中国都市化进程报告 2014》，北京大学出版社，2014，第 5 ~ 6 页。

等政治需要考虑，自20世纪60年代初第一批城市知识青年上山下乡到70年代中后期最后一批止，迁出城市的人口远远超过2000万，这一庞大人口数量事实证明，多半填充进了农村户籍。

改革开放以来的40多年，是被称为经济型城市化为主导模式的阶段。主要以GDP为中心，一切服从于发展经济生产力的城市发展模式，具体表现为社会主义市场经济模式的确立、城市经济的改革开放、城市商业与服务功能的全面复兴以及城市建制与城市人口的迅速扩张。有一组数据援引于此，可以做参照。以小城镇为例，1978年全国小城镇仅为2176座，至2000年猛增至20312座，平均每年增加820座以上；以中、大、特大城市为例，从1978年至2003年，全国20万至50万人的中等城市从59个增加到213个，50万至100万人的大城市从27个增加到78个，100万人以上的特大城市从13个增加到49个①。这里需要特别说明的一点是，截至2003年的这个城市数据，可能是与《2013年国民经济和社会发展统计公报》中的城市化率相配套的一个说法，里面有很多不真实的情况。该公报显示，2013年末，全国大陆总人口数量为13.61亿人，其中城镇常住人口为7.31亿人，城镇化率达到53.73%。但据国务院参事室研究员、中国统计学会副会长姚景源2003年5月在成都“探索中国新未来——全球财经领袖对话财富成都”论坛报告，53.73%的城市化率中应该减去2亿多未享受像城市双向流动农民一样待遇的农民工，那么，中国真实的城市化率只有35%左右。他的意思是，中国城市化率还很低，应该迎头赶上②。十年后的2013年6月底，十一届全国人大财经委副主任贺铿在上海举办的主题为“更始之路——城镇化金融初探”网易金融论坛上也指出，

① 我们课题组查阅过众多这方面的数据统计，2005年建设部公布的数据可能是目前为止公开的最新统计结果，虽然其他来源的更新统计数据也还有，但未必可靠。该处数据来自杜宇、刘媛媛《建设部公布我国城市化“成绩单”，城市总数达661个》，新华网，2005年11月11日，转引自刘士林主编《中国都市化进程报告2014》，北京大学出版社，2014，第6页。

② 姚景源：《中国的城市化率实际是35%左右》，人民网，2013年5月27日。

中国旧城镇化的城市化率虽然很高，但市民化程度不高，存在2.36亿农民工没有真正的市民资格，扣除这部分流动人口，真实的城市化率不够35%。显而易见，快速提高城市化率和着力推进农民市民化程度，也是贺铿的主要建议。[①] 十多年过去了，但问题仍是老问题，看来一味以城市化率和农民市民化来衡量城市化的策略，的确值得反思，待后文再讨论此事。

经济型城镇化之后便是新型城镇化，其“新”的主题和框架，大致如下。

首先，新型城镇化的主题是文化型城市化，即“以文化资源和文化资本为主要生产资料，以服务经济和文化产业为主要生产方式，以人的知识、智慧、想象力、创造力等为劳动者的主体生产条件，以提升人的生活质量和推动个体全面发展为社会发展目标，推动城市全面发展的理念与模式”[②]。

其次，新型城镇化框架是政治型、经济型和文化型的有机统一，即强化城市管理主要是解决政治城市化遗留的“行政化传统”；突出城市经济，是为着解决经济型城市化造成的“城市病问题”；明确城市文化，主要是解决城市的价值和意义问题。

展开了说，这样的一个主题和框架，其实首先是为了矫正当前城市化过程中偏颇发展导致的畸形城镇化现象。根据相关研究，当前城市化造成的畸形现象主要表现在以下几方面。第一，当前很多城市与城镇之所以能够“横空出世”，往往不是本地区经济社会繁荣发展的自然结果，而是由政府通过行政手段“指腹为婚”的主观产物；第二，一些地方强力推动城镇化建设的根本目的，并非促进经济社会的科学发展，而是要通过“土地财政”的路径尽快让政府脱贫致富；第三，城镇化建设确实减少了农村剩余劳动力，帮助农民实现了一定增收，但也导致生产要素如同“一江春

① 徐晓风：《中国真实城市化率不到35%》，《扬子晚报》2013年6月28日。

② 刘士林等：《城市科学理论建构与中国都市化进程》，《南通大学学报》（社会科学版）2013年第2期。

水”流向城镇，演化为摧毁“三农”的负能量[①]。正因为城市化很随意，甚至很功利，缺乏科学理性规划，也缺乏把人的城镇化，即人的现代化放到首要位置，致使激进主义城镇化，如“灭村运动”“消灭小农经济”“圈地运动”等，成为目前中国城市化过程中的普遍性现象。价值失衡、自我迷失、机制错位等也几乎成为当今中国城市文化的代名词。

当然，新型城镇化的学术研究，仅为一种价值诉求，把它变成切实的城市化现实，路途似乎还很遥远。

下文主要梳理一下当前中国新型城镇化理论思潮发展趋向。

择其要者而言，大致有四种。第一，人口转移说。就是把城镇化理解为农村人口（农业人口）转变为城镇人口（非农业人口）的过程。有两种方式，一是迁移流动，变农业人口为城市人口；二是随产业结构变动，农村人口转变为非农业人口。第二，现代化说。主张城市化与现代化的同一性，认为城市化的实质是以大中小城市和小城镇结成的网络全部覆盖乡村，使社会脱离传统的自然村落结构，进入新的生活环境，实现生活方式的现代化。第三，缩小差别说。主张一要把乡村社区转化为城市社区；二要使乡村社区居民的物质文化生活趋近城市社区和在更高层次上得到满足。第四，协调发展说。强调在农村大规模集中地建立农民自己的经济文化中心，把越来越多的农民从土地上转移出来，使其物质生活和精神生活得到极大提高，实现城乡协调发展，最终实现消除城乡差别和工农差别[②]。

在这样的新型城镇化思潮背景下，中国西部地区的所谓新型城镇化，大致来说基本不出以上四种模式，或四种模式结合进行，或根据情况整合其中几个，但一般仍在套用或变相搬用“北上广”乃至中东部地区的经验。也就是说，目前西部地区的新型城镇化，重心工作似乎仍在城市化水平的提高、城市化发展的提速、城市基础设施建设的完善和城市等级规模

① 宋亚平：《切莫让城镇化建设误入歧途》，载中国（海南）改革发展研究院主编《人的城镇化：40余位经济学家把脉新型城镇化》，中国经济出版社，2013，第45页。

② 以上归纳，详细论述可参考李继红《西部城市化及其模式选择》，《西南民族大学学报》（人文社科版）2004年第6期。

的扩大上，还没有建构起“文化型城镇化”的机制，这也就意味着西部地区新型城镇化仍然是经济型城镇化的延伸和政治型城镇化的深化。当然，之所以如此，一方面说明西部地区城市综合发展的确滞后：城市化水平还比较低，截至2011年西部地区城市化率虽已达到41%，但仍落后于东部地区近19个百分点；西部内部城市之间发展速度差距很大，2005~2009年重庆、陕西、内蒙古、四川、广西城市化水平年均提高幅度分别为1.60个、1.57个、1.48个、1.43个和1.40个百分点，超过了东部地区平均水平，但新疆、甘肃、青海在这个年度内城市化发展速度极慢，城镇化率分别提高0.68个、0.66个和0.66个百分点，西藏更是负增长；城市基础设施建设特别是固定资产投资，内部差距也很大，截至2010年，四川、内蒙古和陕西城镇固定资产投资均高于西部其他省份甚至高于东部部分省份，分别为11061.38万元、8687.99万元和7569.9万元（北京2010年为4916.5万元，上海为4630.5万元，天津为5896.5万元），但西藏仅为404.98万元，关键是这个增长主要依靠政府投资，多元化的投资格局并未形成；城市等级规模上，西部地区分布也极其不均，不利于构筑经济带城市群，人口规模在400万以上的省市只有四川、重庆和陕西，200万~400万规模的城市，云南、广西、贵州、甘肃和新疆各1个，其他省市没有[①]。西

① 具体数据可详见牛艳红、王春国《西部地区城市化现状及趋势》，《开放导报》2012年第5期。之所以采用了截至2009年的数据，是觉得2009~2013年这4年中，作为物质和人口城镇化实际成果不见得稳定。另外，这样的数据对比研究仍非常热门，唯数字是追的城镇化到底有多大可信度还是一个问题。不过，这里还可以列出截至2013年国家统计局的数据作为参考和对比。有三组数据，一是西部地区与中东部比较，二是西部区域内对比，三是与中东部城市规模结构对比。根据国家统计局2013年数据，2012年全国城镇人口数达到7.1182亿人，城镇人口比重达到52.57%；东部地区的城镇人口数和所占比重分别为3.4714亿人和66.07%；中部地区城镇人口数和所占比重分别为2.0614亿人和49.81%；而西部地区城镇人口数和所占比重仅为1.6298亿人和44.26%，较全国平均水平低8.31个百分点，比东部地区低21.81个百分点，比中部地区低5.55个百分点。西部地区内的比较，截至2012年，城镇化水平居于西部第一序列的是内蒙古和重庆，城镇化率分别为55.74%和56.98%，均超过全国水平；第二序列的是宁夏、陕西和青海，为50.67%、50.02%和47.44%，低于全国但超过西部地区44.26%的平均水平；第三序列的是广西（43.53%）、四川（43.53%）和新疆（43.98%），低于（转下页注）

部城镇化规模也许是一个相当粗糙的衡估结果，从中看不出具体差距。有学者依据 2009～2016 年《中国统计年鉴》和 2009～2016 年西部 12 省（区、市）《统计年鉴》数据资料，把城乡一体化分为五个阶段（第一阶段：城乡发展缓慢，处于二元结构状态；第二阶段：城乡二元结构向城乡一体化过渡前期；第三阶段：二元结构向城乡一体化过渡后期；第四阶段：城乡一体化基本完成；第五阶段：城乡一体化完成），然后从城镇化水平、二元对比系数、城乡居民收入差距指数、城乡居民恩格尔系数差异度四个方面的历时性、共时性分析，得出结论认为，目前，全国城乡一体化程度已达到城乡一体化发展的第三阶段，而西部欠发达地区仍处于城乡一体化发展的第二阶段，城乡二元经济、社会结构均比全国明显，其内部城乡经济二元结构比城乡社会二元结构明显。具体突出表现为三个方面：城镇化发展滞后，且与全国的差距有拉大之势；农业劳动生产率与非农业劳动生产率的差距逐年拉大，且差距大于全国差距；西部农民人均纯收入低，城乡收入差距大。西部城乡一体化实现程度低，当然还表现在城乡基础设施建设差距，城乡科技、教育、文化、卫生、社会福利等社会事业发

（接上页注①）西部平均水平；城镇化水平最低的是云南（39.31%）、贵州（36.41%）、甘肃（38.75%）和西藏（22.75%），均低于 40%。就城镇规模结构而言，西部地区大型城市也明显偏少。2011 年西部地区巨型城市、超大城市、特大城市和大城市的数量占全国的比例分别为 1.04%、1.73%、9%、9.34%，而东部地区的比例分别达到 2.77%、6.57%、10.04%、12.11%，东部地区这四类城市全国占比分别超出西部地区的比重分别为 1.73 个、4.84 个、1.04 个和 2.77 个百分点。从西部地区内部规模结构看，超大城市占 3.45%、特大城市占 29.89%、大城市占 31.03%、中等城市占 27.59%、小城市占 2.3%等，结构的不合理也是一望而可知。参见李晓曼《中国西部新型城镇化动力若干问题研究》，《改革与战略》2014 年第 3 期。以上是截至 2014 年的数据，西部新型城镇化最新数据也只到 2015 年为止，研究者利用 GIS 手段，通过选取西部 2005 年和 2015 年两年的数据，从要素投入、消费需要、空间集聚、人口素质、政府作用、经济发展和自然条件 7 个方面分析，得出的结论也基本与 2014 年相差无几，2016 年中国城镇化率为 53%，而西部地区平均城镇化率仅为 47%。他们认为，虽然中国已经实行西部大开发等一系列振兴西部计划，但西部地区仍依靠低成本、廉价劳动力等发展城镇化，走的是一条低效低质的城镇化道路，而且由于地理环境、交通条件等多方面因素，西部地区城镇化困难重重。参见陈跃、刘振捷《中国西部地区城镇化发展格局及影响因素研究》，《世界农业》2017 年第 11 期。

展的差距持续拉大；城乡市场分割、城乡制度分割；城乡资源不能合理流动和优化组合，城乡生产要素不能平等交换，城乡公共资源配置严重不均衡，城乡基本公共服务严重不均等方面①。如此现状，单从经济上说，西部中小城市多而大城市和特大城市少，在短时间内就很难形成有效的城市集群，比如把陕西建设成为内陆开放型经济高地，甘肃成为新丝绸之路经济带的黄金段，宁夏成为内陆开放型经济试验区，青海成为新丝绸之路经济带的战略通道，新疆成为向西开放的欧亚大陆桥头堡②，甚至包括边疆重点口岸、边疆区域性中心城市、成渝、关中—天水、广西北部湾等11个重点经济区的率先发展，都将受到严重限制。另外，研究者和决策层面在城市化率、城市集群（或城市经济带）和农民市民化等方面的共识③，一定程度上其实是一种惯性思维，即都从不同角度在参照国外和中国中东部城市化模式，忽略了西部地区的具体适应性。

从以上数据能看出来，西部城镇化的衡量指标实际上被置换成了纯粹意义上的经济发展，那么，长此以往，不对称性追赶和对比，会莫名其妙形成一个恶性循环，总感觉西部应该怎样不应该怎样，而西部内部的文化

① 刘伯霞：《城乡一体化的评估研究——以西部地区为例》，《中国名城》2018年第10期。

② 参见高云艳的《陕西建设内陆开放型经济高地研究》、马亚萍和索国勇的《重振丝绸之路与甘肃向外开放研究》、张耀武的《宁夏内陆开放型经济试验区研究》、杜青华和德青措的《青海扩大对外贸易研究》、苏成和蒙永胜的《新疆打造我们向西开放桥头堡研究》等，都曾获得西部各省区市主要领导肯定性批示，这意味着这批报告将开始理论到实践的转化落实。参见张进海、陈冬红、段庆林主编《西北蓝皮书：中国西北发展报告2014》，社会科学文献出版社，2013，第140、152、163、173、183页。

③ 笔者为阅读范围所限，如《国外城镇化比较研究与经验启示》（新玉言主编，国家行政学院出版社，2013）、《中国城镇化的理论与实践：西部地区发展研究与探索》（张沛主编，东南大学出版社，2009）、《人的城镇化：40余位经济学家把脉新型城镇化》［中国（海南）改革发展研究院主编，中国经济出版社，2013］、《中国—东盟自由贸易区带动下的西部民族地区城镇化布局研究——基于广西和云南的比较》（曾鹏等著，经济科学出版社，2014）、《西北民族省区城镇化模式与制度创新》（毛生武著，中国经济出版社，2011）和《内陆开放型经济发展的理论与实践》（郑震主编，国家行政学院出版社，2014）等，还包括中国社会科学院及西部诸省（区、市）年度经济和社会发展蓝皮书，大多数观点和思路基本与决策层保持着高度一致，就那么几个方面的建设要点，其实是把西部与中东部同一化了，忽略了西部的本质差异性。

现代性问题，则真正成了盲区，“人的城镇化”或“文化城镇化”就成了空头支票。在 2015 年 8 月 8 日北方民族大学、中国社会科学院社会学所、宁夏社会学会三家单位承办的“新常态下西部民族地区新型城镇化与社会治理创新”学术会议上，专家、学者不约而同地认为西部民族地区“人的城镇化”，需更加关注少数民族群众的全面发展。他们建议，西部民族地区在“人的城镇化”方面应该注意研究解决以下问题：第一，注意当前城市中劳动力市场对农民工的选择性开放态势，即底层开放，上层区隔。更要注意和研究其持续存在对中国社会潜在的最大危害是，可能出现一个禁锢的、与主流社会隔阂的社会底层。第二，从改革现行户籍管理制度、改善农民工就业环境、提升农民工自身素质、解决农民工住房问题、健全农民工社会保障体系、营造良好社会舆论六个方面，来解决民族地区城镇化进程中农民工的市民化问题。第三，城镇化是人的物质生活与精神生活同步变迁的过程，不但要消除物质贫困问题，提高少数民族群众的经济收入，改善物质生活，也要注意解决精神贫困问题，提高少数民族群众的精神境界，并实现经济发展与道德进步相辅相成、良性互动。第四，从“人”的生存和发展需要出发，解决市民化的法律问题，保障少数民族群众的基本权益，推动他们的全面发展。第五，抓好民族团结教育工作，培育和践行社会主义核心价值观，构筑各民族共有精神家园，树立中华民族共同体意识，促进各民族群众交往交流交融，维护城镇嵌入式社区邻里关系、民族关系、家庭关系的和谐稳定。第六，抓好社会公德教育普及工作，处理好城市社会生活公共化与传统生活个体化的矛盾冲突。第七，注意解决好家庭成员分离后“留守一族”发生的冲突、矛盾和危险。第八，解决好少数民族青年就业机会均等化与适应性问题，帮助更多的少数民族青年在城镇就业。第九，重视构成社会基础的人及生活世界，不仅要注重改善人们的居住、生活和生产条件，建设宜居、人性化城镇，还要满足人们多样化需求，使其有充分选择的自由和空间，充分发挥历史主体人的主动性和创造性。第十，建设好公共领域、关注物质生产与关注其他生产相统一，协调好多种关系特别是要处理好人与自然的关系。第十一，注意研究失地农民无业、隐性失业、就业转失业比例过高三大现象，从提高就业能力、广辟就业渠道、消除就业障碍、重视资产建设等方面，让失地农民参与工业化、城市化进程，建立保障他们基本生活的长效机制。

“人的城镇化”没有放到重要位置，紧接着而来的便是对“新型城镇化”中的“新型”要求执行走样变形的问题，以及导致社会治理上乱象丛生的问题。在同次会议上，专家、学者对这两方面问题也分别进行了诊断。

西部民族地区要根据国家对新型城镇化的要求，注意以下问题：第一，把特殊性和普遍性结合起来，既要发挥政府主导机制作用，又不能完全凭借行政力量盲目推进城镇化。全面均衡认识政府力量（权力机制）和市场力量（资本机制）作为城镇化动力机制的双重效应。同时，政府应主动适应新常态要求，努力培育社会力量作为第三种动力机制参与西部城镇化，维持城镇化进程中经济逻辑与社会逻辑的均衡。第二，遵循经济社会发展规律，做到科学发展，可持续发展，根据产业、土地、自然资源和人口等要素条件，确立合理的发展目标和规划，推行适速适度城镇化，提高城镇化发展质量，建立城镇化的资源环境约束指标和承载能力指标体系，注意把握好速度、节奏和规模，避免“大跃进式”和“运动式”带来的负面影响。第三，如何调动企业和各方面的力量来参与城镇规划与建设，特别要依靠产业集聚（包括制造业和服务业等）奠定城镇化的坚实基础。第四，如何让进城务工就业的农民及其家庭真正融入城镇。第五，推行户籍制度改革和土地制度改革，盘活城乡之间的劳动力、土地、资本、技术等资源，加强中小城市和小城镇基础设施建设，促进城镇产业发展，创造就业需求，增强吸引力。第六，提高劳动报酬在分配中的比重，保障同工同酬，推进城市公共服务全覆盖，加强农转非人员的技能培训，提高农村人口向城市转移之后的生存能力、适应能力。第七，不同层级的城市建设区别对待，废除唯 GDP 的政绩观，发展乡村产业，强化基层治理，改善农村环境，制定古镇村落的保护制度，开发当地的特色产业。第八，西部的地理环境和资源优势更适合特色小城镇建设，应以产业作支撑、坚持生态优先，注重城镇的民族特色、民俗特色，保留或延续既往形成的优良传统，形成众多的特色民俗小镇，发挥优势和特色，驱动新的发展动力。第九，通过提高内生城镇化能力、优化城镇化格局和形态、促进城镇化高质量发展，探索绿色和低碳的新型城镇化道路。第十，注意规划的特色化、田园化、小型化、个性化及其相互融合，避免“千城一面”和“大城市病”的出现。第十一，注意少数民族群众进城后的就业和培训问题，避免陷入“再贫困”境地。第十二，注意新的产业布局和东部产业转移带来的生态危险，避免新的环境危机。

关于城镇化进程中的社会治理，学者们建议注意以下问题：第一，治理现代化与少数民族政治文化的现代性转换是时代所需、形势所迫，要积极促进西部少数民族地区政治文化向公民政治文化的转变，推进西部少数民族地区新型城镇化建设与社会治理创新。第二，逐步建立“西部民族地区新型城镇化需要社会治理的同步配合”“社会治理创新可以为西部民族地区城镇化提供保障”的良性互动关系，是各级政府认识和处理西部民族地区新型城镇化与社会治理创新关系的新视角。第三，处理好法治、德治、民族区域自治、社会组织自治的关系，既要明确各自任务和边界，也要注意相互融合，共同发挥治理效能。第四，涉及反分裂、反渗透、反暴恐斗争和民族宗教因素的突发事件，更要建立健全预警机制和舆论引导机制。第五，民族地区地方政府要从创新社会管理理念、强化政府社会服务职能、整合社会管理力量、培育多元社会管理主体、完善社会管理机制、营造和谐社会环境、加快转变社会管理方式、提高社会管理和服务水平等方面入手，大力推行社会治理创新化。第六，注意构建民族地区的社会稳定评估指标体系，利用该模型综合评估法对社会稳定进行评估，为民族地区社会的稳定提供监测、预警工具①。

① 此观点来自王永和在2015年11月21日北方民族大学召开的“宁夏社会学年会”上对2015年8月8日“新常态下西部民族地区新型城镇化与社会治理创新”学术会议的总结发言。他系统梳理了该会议与会专家、学者的观点，清晰地归纳了与会专家、学者提出的问题，这些问题得到了11月21日“宁夏社会学年会”参会者的普遍响应，认为具有代表性和普遍性。王永和发言稿：《西部民族地区新型城镇化与社会治理创新》，未刊。

不盲目跟着中东部走，不意味着不城镇化；不以GDP指标衡量，不见得就是漠视西部与东部实际的经济差距。恰恰相反，正是为着走西部自己的城镇化之路，正是为着在经济增长与幸福指数还呈正相关关系的阶段避免重蹈中东部部分地区经济发达幸福指数反而下降的覆辙，才需要在新型城镇化之初，就开始警惕“西部城镇化进程的动力陷阱”①，走“市场自发调节机制”、“政府顶层设计与市场自发驱动结合”和“社会参与制约机制”三种动力机制的路子。因为新型城镇化的核心即人的城镇化，其内涵和质量体现着心理—文化空间的城镇化，关系生活方式的城镇化的程度。与“人口城镇化”“空间城镇化”相比，生活方式城镇化或人的现代化层次，更需要社会参与作为城镇化的动力机制，能够有效承载城镇化与历史传统、生活方式及其社会认同等文化的连续和传承，不割断历史，不丧失传统，促进社会空间的发展与社会认同的建构，才是良性和持续的城镇化。

西部之所以特殊，第一，它有着中东部地区所没有的恶劣的自然环境，很多地方不具备城镇化建设的条件。比如不适宜人类居住的雪地、高山、沙漠、戈壁等地占有很大比重；西部与中东部地区相比，区位劣势明显：地处祖国内陆，远离出海港口，在空间和信息方面存在很大差距；西部毗邻的是经济发展水平较低的中亚和南亚，难以通

① 这个发现，来自2015年8月8日在宁夏银川北方民族大学举办的“新常态下西部民族地区新型城镇化与社会治理创新”学术会议上，西安交通大学社会学系副教授杨建科提交的论文《新常态下西部地区新型城镇化：选择动力与躲避陷阱》（未刊）的观点。他指出，西部城镇化进程的动力陷阱主要表现在三个突出方面：“市场机制下的资本逻辑扩张”，指地方政府在利益面前与房地产开发商一道，拆旧建新、投资巨大、规模巨大、规划超前、建设过于迅速，造成了“增长的悲剧和虚假的繁荣”；“政府机制下权力逻辑扩张”，指在追寻经济利益方面，政府与资本常常容易达成同盟，导致“政府公司化”，即资本内化于政府，结果只能是“权力借助资本寻求利益和政绩，资本依靠权力攫取超额地产利润”；“城镇化经济逻辑与社会逻辑失衡”，指盲目GDP主义城镇化对文化认同、身份认同、政治参与、社会参与和心理归属的严重忽视，致使城镇化与幸福感严重错位，非但不利于经济层面的持续发展和农民的市民化，反而加剧了农民的政治疏离感，经济增长也成了固化利益集团的手段，与真正的非农业人口无关了。

过就近的对外经济交往促进经济发展。第二，它有着中东部地区少有的脆弱的自然生态，西部特殊地理地貌下的确有丰富的自然资源，但这一“优势”一旦被过度开发，便会导致“生态环境恶化”—“经济发展困难”—“生态环境更恶化”的恶性循环，如开发资源发展高消耗、污染密集型工业，然后造成严重污染，最后是治理水平低下而形成恶性循环，世界上污染最严重的26个城市中，中国就占21个，其中西部就有6个之多，这就是明证。第三，它有着比中东部地区落后得多的交通、通信、水利、信息高速公路和信息网络，引进外资、进行要素和产品交流就更加困难。第四，它有着比中东部地区更加低的经济市场化程度，国有经济比重过大、政企不分、权责不明、社会负担过重，民营企业、外资企业等发展严重不足，经济结构不尽合理，工业化程度较低，第三产业发展缓慢，地区结构趋同，资源浪费严重等。第五，地方政府思想僵化、观念保守，导致人力资源素质较低，一方面是偏重经济科技类人才，造成人文人才不安定及人文氛围恶化；另一方面官本位思想顽固，迟迟建立不起科学合理的用人机制，导致人才流失严重，同样形成了人才流动怪圈——需要的流失了，外来寻求就业的却人满为患①。

基于这样的一个基本情况，如果按产生自中国中东部发达地区的城镇化理论来规划西部，或者按产生自人口密集、原有城镇之间空间半径小乃至城市化条件比较好的地区的经验来指导西部，其实既不利于撼动当前西部僵化的政治经济格局，也不利于文化型城镇化建设。相反，可能还会进一步促成既有利益集团的垄断，加剧人们的政治疏离感。另外，喜忧参半甚至有使移民“再度贫困化”之嫌的“项目化”城镇化路径，部分事实已表明，文化认同之维缺失造成的后遗症已经不同程度地反映到社会治理

① 个别观点参见李晓曼《我国西部城市化发展历史进程研究》，《改革与战略》2011年第3期。

的问题上来了①。

这里，参照复旦大学葛剑雄教授的古代西北“城镇化”研究观点和华中科技大学贺雪峰教授的一些看法，提出今天西部地区新型城镇化的适应性建议，以期争鸣。

《从历史地理看西北城市化之路》一文，是2003年9月葛剑雄在乌鲁木齐市党政干部报告会上的报告和“中国西部城市化昌吉论坛”上的发言，后发表于《毛泽东邓小平理论研究》2005年第4期。文章非常详尽地考证了西汉、东汉时期以河西走廊为半径的西北地区人口情况、水源情况和城市化、日常生活及人居状况。他的考证正好也围绕西北地区水资源压力、人口密度低和脆弱的自然资源等展开。他通过严密论证得出结论：为了很好地解决人口密度低问题、水资源匮乏问题和自然环境脆弱问题，西北必须走城市化之路。但他的观点不同于今天主流城镇化理论之处，就是适当“离旧建新”、“保旧建新”和就地城镇化。“离旧建新”和“保旧建新”，是就西北地区总体人口密度低、土地利用率也较低、地价相对较低和保护西北历史文化来说的。他认为原有城市、集镇、聚落和建筑物的密度比较低、质量较差，不仅新城市的选址余地大，拆迁量和拆迁费用也比较小，离旧建新和保旧建新有利于西北地区历史人文资源的保护，对多数旧城镇、旧聚落完全可以不必拆除，对其中有价值的部分可按原状加以保护。对一些尚未发掘或已经发现而未作进一步清理的遗址、遗迹也可不必扰动。这是因为“西北地区由于发展较慢，经济落后，有的地方交通闭

① 荀丽丽把西部“一刀切”“生态移民”称作“项目化”城镇化，她所谓的“‘断根’的农民与国家的‘地域化’”和“‘廉价劳工’的生成与市场的‘地域化’”，指的其实就是西部“项目化”城镇化造成的两个后果：一个是忽视文化认同，特别是宗教民族人群文化认同造成的无归属感后果，另一个是地方政府层面一边缩减“中国制造”打造“中国创造”，一边却政策性强制农民城镇化，进城的农民缺乏就业技能等原因造成其“再度贫困化”。荀丽丽文章《“项目化”发展：西部地区的生态治理与城乡统筹——以宁夏生态移民工程为例》，系2015年8月8日在宁夏银川北方民族大学举办的“新常态下西部民族地区新型城镇化与社会治理创新”学术会议上提交的论文，未刊。另外，此处详细论述也可参阅本书第三章内容。

塞，加上民族杂居，风俗多样，至今还保留着不少在其他地区已经少见甚至已经绝迹的物质文化。[①] 随着社会的进步和岁月的流逝，这些历史陈迹将具有越来越高的价值。但如果不加规划，不加保护，特别是像现在那样遍地开花式地建设和开发，它们很可能在短时期内被破坏或消失。另外，这两种模式实际也是古代西北城镇化的成功经验，一是那时候的地理、水源、生产方式和生活方式与今天几无二致，二是同样也面临如何利用土地资源和水资源的问题。河西走廊的做法就很能说明问题。《汉书·地理志》论述当地风俗："自武威以西……习俗颇殊，地广民稀，水草宜畜牧，故凉州之畜为天下饶。保边塞，二千石治之，咸以并马为务；酒礼之会，上下通焉，吏民相亲。是以其俗风雨时节，谷籴常贱，少盗贼，有和气之应，贤于内郡。"这说明由于人口数量不多，水等自然资源绰绰有余，农业与牧业都相当发达。而吏民之亲和也从侧面证明他们居住相当集中。特别是《汉书·匈奴传》称赞西汉后期与匈奴相邻的边疆"城门晏闭，牛马布野"，葛剑雄解释说，"城门关得晚的原因一方面是没有匈奴的威胁，另一方面是因为那些牛马的主人是住在城里的"。

由于这种居住与开发模式适宜自然环境，在东汉时得到了延续。据永和五年的户口统计数，河西四郡旧地的人口比西汉末期要少，设县却从 35 个增加到了 43 个，由外郡划入的仅 2 个，比西汉末期净增 6 个，新增的县中有张掖属国的候官、左骑、千人、司马官、千人官和武威的左骑千人官，显然都是军事性质的。值得注意的是，"在人口并不多的情况下，还是分设了这几个县，证明这些人口的确是集中居住在县城中的"。葛剑雄就此得出结论说，河西走廊的人口数量不多，人口密度很低，这些城市的规模一般很小，但城市人口占总人口的比例相当高。当地虽然农牧业并举，但农业人口还应多于牧业人口，其人口分布的高度"城市化"与内地大多数农业人口分布于农村形成了鲜明的对比[②]。可以推知，

① 葛剑雄：《从历史地理看西北城市化之路》，《毛泽东邓小平理论研究》2005 年第 4 期。
② 葛剑雄：《从历史地理看西北城市化之路》，《毛泽东邓小平理论研究》2005 年第 4 期。

这种选择已经是社会参与占上风而不再是政府单方面主导的法案了。唯有农牧民的自愿选择、主动城镇化，方可体现出表达价值意愿和精神气息，以及文化上高度认同的宜居氛围，少了许多紧张、焦虑、不安全感和不确定性因素。

无论几百户人“无治所的国”，几千口人治地在“谷”的国，还是人口上万乃至几万的“以城为国王治地的国”，“西域的城郭诸国的人口基本居住在城市，以游牧为主的行国也有城市，相当一部分人口也居住在城市，或者居住行比较集中，其‘城市化’程度远远超过中原的农业发达地区。至迟在公元前 1 世纪，这种格局已经形成。这是西域诸族在当地特定的自然条件下，积累长期生存与生产经验而作出的选择”[①]。新疆和河西走廊多数“国”和县级城市一直延续至今，或者仅仅随着绿洲的变迁而迁移，充分证明了这种生存和发展方式的合理性，尤其其尊重不同民族民俗、文化特点和顺应人们生活愿望的城镇化路径，值得今天统一规划、一刀切式的农牧民市民化决策借鉴[②]。

葛剑雄重点论证的是西部地区就地城镇化的历史规定性问题，但他忽略了西部地区在适当“离旧建新”、“保旧建新”和就地城镇化过程中如何具体处理现有“户籍制度”和“小农经济”问题。要解决这两个问题，需要深入理解西部农民、农民工文化和心理。

---

① 葛剑雄：《从历史地理看西北城市化之路》，《毛泽东邓小平理论研究》2005 年第 4 期。

② 《中国—东盟自由贸易区带动下的西部民族地区城镇化布局研究——基于广西和云南的比较》（曾鹏等著，经济科学出版社，2014）一书，是从“自贸区”的角度对西南两省的详细研究，其中显示的一个重要信息是，特大、大中城市带动小城市、小城镇发展模式的建构，第三产业和消费指数经过近十年的发展仍然基本集中在首府城市，向沿线中小城市转移的经济指数，包括进出口额、社会消费品零售等，与真实的城市化率和城市空间布局的新变化之间呈“非正相关关系”或“不明确关系”。与人们幸福感、生活意愿最明确地呈正相关关系的仍然是本土特色产业和传统“中国制造”，并非“中国创造”，这也部分地说明，就地城镇化和尊重本地群众生活意愿的思路，仍然是西南地区群众的一个突出诉求，进一步表明，GDP 主义城镇化需要警惕。文化型城镇化需要以文化的逻辑推进，倘一味以经济发展来衡估其结果，其实是一个思维陷阱。

贺雪峰的《城市化的中国道路》[①] 一书，虽未正面观照西部地区问题，但有关中东部与西部同类的问题他的确有许多透辟的阐释。大致说来，适用于西部现实的包括两方面内容：一是不在城市郊区和公路沿线的农村城镇化核心问题，二是从国家政策到地方政府以及主流政治经济学话语都提及的取消或放宽农村户籍的问题。

宏观而论，贺雪峰这部书是对今天诸多过激城镇化意识形态的系统批判，之所以如此，这得益于他长期下基层用心灵和脚板对最底层农村的广泛调研和深入研究，因此他把不甚了解农村、话语方式却充当了主流意识形态决策支撑的城镇化理论，称作“黑板经济学”或“激进城镇化”。

首先，他分辨了征地、拆迁与失地农民的矛盾、冲突的实质问题，指出这对矛盾其实不是城镇化与农民之间的普遍性矛盾。前者是城市郊区、交通沿线失地农民，即“土地食利者”与城镇公共设施建设用地、工业用地之间的矛盾，是与“土地财政”的地方政府之间的矛盾，不能无限放大为农民对城镇化的反对。土地食利者所争的是随着市场水涨船高的单位土地利润，如果政府有一天不征地了，这些土地食利者比谁都急，原因盖在于他们所持有的土地是有价值的，西部地区情况也是如此。在山山峁峁、沟沟岔岔，或者沙漠地带、干旱地带、远离交通远离城镇地带居住的广大人口，土地反而被普遍撂荒。贺雪峰说，这个主动撂荒和地方政府的“灭村运动”“消灭小农经济”还是两个完全不同的性质。村庄和以村庄为单位的小农经济，“不仅仅农民住在其中，而且是农民社会关系、人情关系展开的地方，是农民生命意义世界展开的地方”，就是说，村庄不仅是生产性的，而且是生活性的，是宗教性的，是农民祖祖辈辈、子子孙孙获得归属感的空间。因此他批评说，“现在地方政府为了得到农民的宅基地以复垦换得城市建设用地的指标，而破坏了农民基本的生产和生活条件。这样的政策显然是不合理的”[②]。灭村、消灭小农经济的逻辑正是如此。地

① 贺雪峰：《城市化的中国道路》，东方出版社，2014。

② 贺雪峰：《城市化的中国道路》，东方出版社，2014，第159页。

方政府不是对农民的生活质量尤其精神尊严负责，而是为着与地产商达成共识，乃至于通过土地商业化捞取政治资本和经济资本。

前文提到的荀丽丽的调研报告，事实上也提到了这一点，是说生态移民移出地进驻了养殖户，生态也得到了保护。这就是一个悖论。既然原住地可以通过减轻耕作压力的方式恢复生态并且发展养殖业，那么为什么不启动更省事更省钱的社会机制，来确保原住民的生活，尤其是提升他们的精神文化生活质量呢？在原有基础上重建医疗、教育和社保体系的成本，远低于“断根”式迁移，这是一笔不难算清楚的经济账。无数调研报告已经显示，移入地农民最大的困难排序已经不是原来的医疗、教育、食品消费、文化生活这个顺序了，而是颠倒过来，文化生活被排到首位了。这说明，目前西部城镇化过程中，至少有一件事情是错位的，即消灭小农经济、灭村、赶农民上楼所需的就业保障机制，它与城市实际执行的紧缩中国制造、扩张中国创造等产生的高端劳工用人空间背道而驰。这导致了至少两个后果的出现，一是“劳技”培训遥遥无期，很难与现实对接；二是“无人区”的生态恢复成了真正不能自圆其说的政策预期。看起来是从经济到文化规划农民生活，实际上这个路径是从文化的“断根”到经济“再度贫困化”的过程，文化城镇化便成了一句名副其实的空话。

其次，贺雪峰对户籍改革也有着独到的看法。这里适用于西部地区城镇化的一点在于，既然绝大多数西部农村、农民、农民工，没有资本凭借土地而成为市民，地方政府又没有足够的能力保障非农化后的必要福利待遇，那么，“城乡二元居住”的户籍制度，就应该依据具体情况而定，不应该盲目取消或放开——因为取消或放开面临的首要问题是土地确权，并按确权再进行政策性土地流转，这意味着农民一旦流转了土地就再也不像原来自愿流转给邻居、亲戚朋友那样还能收回来，这次流转收不回来了，是另一生活实质的“断后路”。这样一来，农民进城打工受挫、无力维持城市生活后还能理直气壮地说一句“大不了回老家种地去”的话吗？因为后路被断了，其结果只有一个，要么成为城市“贫民窟”[①] 中一员，要么沦落为自己土地的打工者、乞食者。正是考虑到中国农村、农民、农民工的特殊性，李强在中国目前城镇化的三种模式（小城镇模式、中等城市模式，以及大城市和超大城市模式）之外，提出了“乡村生活的城市化”模式。虽然李强是从“农民工的循环流动分化模式”[②] 角度来论说中国城镇化的一般情况的，但这一新型模式从它的内涵来说，的确更适合地广人稀的西部农村，因为这种城镇化强调的是一种生活方式，即把城市居民所创造的一种现代文明的生活方式——机械化的劳动方式、城市化的衣食住行、现代的文化生活和闲暇生活等，带到农村去，“而且，由于农村中的自然环境优于城市，所以城市化的生活方式更具有吸引力”[③]。如此，“小农经济”加上“城市化生活方式”，便是人的现代化，即文化现代性的最好结局。

需要警惕的是，我们在引进国外小城镇化经验时，经常会提到德国经验，可是德国经验中最微观最适合中国西部的几点，却往往被忽视了，这在今后新型城镇化建设中，值得决策层经常反思与参照。德国经验中适合中国西部的几点即是：“政府主导，全民参与”“城镇建设和农业并重，

① 欧洲发达国家的城镇化率非常高，借鉴其成功经验是许多亚非发展中国家获得城镇化成功的主要原因；即便亚洲发展中国家，特别像印度这样的人口大国，它的城镇化率平均值也要高于中国平均城镇化率，其有些经验也被国内城市研究者引进。但不管基于哈耶克自由主义理论，还是卡尔·波兰尼“反对市场自反演化论”，或者马克思主义的干预与参与结合理论，警惕土地确权造成的城市普遍“贫民窟”现象，都需要我们认真研究、慎重对待。一些研究者庆幸我国只有“城中村”却没有西方国家普遍出现的“贫民窟”，因此逻辑地提出农村土地所有制局面要打破，应该进行土地确权，强迫农民进城市民化，甚至认为“贫民窟”是城镇化的必由之路，这显然是不了解中国复杂的农村社会，不了解中国城镇化到现阶段究竟首先需要解决什么问题所致。

② 李强把中国农民工的流动模式分为“循环流动模式”和“迁居模式”两种，前者指因城市一系列保障措施无法兑现导致农民工在城市挣了钱还需返回老家的反复循环模式，其中的农民工也称“外来农民工”，核心目的不是拥有城市户籍，而是挣钱；后者中的农民工可称之为“城市打工者”，以迁居到城市，并拥有城市户籍为最终目的。见李强《农民工与中国社会分层》，社会科学文献出版社，2012，第257页。

③ 李强：《农民工与中国社会分层》，社会科学文献出版社，2012，第283页。

古典与现代相结合”“便捷生活，有序管理”“村镇建设注重自然美”[①]。目前西部城镇化的部分现实是，顶层设计基本占主导，主流经济学基本主张消灭小农经济、主张农民市民化，并且把城镇化后的农村变成“无人区”，这就有些激进主义了。可想而知，没有人居住的农村自然再美能谈得上真正的美吗？社保体系尚未先行却又断然非农化是真正注重内涵质量的城镇化吗？

这样的一个城镇化过程，造就的文化也就既非传统乡村文化，也非成熟城镇文化了。

第二节　西部新型城镇文化现象与西部人文城市

就地城镇化和文化型城镇化作为两种相辅相成、相互转化、互补结合的城镇化模式，多数情况下还仅停留在一些人文知识分子的理论诉求层面，并没有得到决策层或者与决策层紧密相关的专家学者的重视——无论作为地方政府的“智库”，还是“决策咨询”，“服务于地方政府”“服务于地方经济社会发展”，都是地方哲学社会科学“应用对策研究”的工作重点和主要研究对象。可以推知，在一个个重要战略决策中，在一批批重大项目的启动中，作为应用对策研究的“智库”和“决策咨询”，它的课题化、项目化机制，不可能从本质上颠覆或否定决策的权威性，只能提出局部或部分的弥补措施，这便是调研报告的最后一部分“对策建议”的价值所在。这样说，不是贬低调研报告，而是强调这种学术文体的固有局限性。当然，调研报告文体有局限，不意味着其所发现的问题没有价值，也不意味着所有的重大决策部署有问题。前文论述过，在目前体制下，政府主导，甚至顶层设计仍然是不可或缺的城镇化路径之一，这源于西部既有经济基础和地理环境条件的规定性。

---

① 新玉言主编《国外城镇化比较研究与经验启示》，国家行政学院出版社，2013，第 162 ~ 164 页。

正因如此，从实践层面看，西部新型城镇化的一系列措施，比如经济带动文化发展，比如注重城市集群发展，比如强调发展中小城市、小城镇，比如突出国家战略乃至国际战略合作关系——建立“保税区”“自贸区”，乃至打造“向西发展”和“新丝绸之路经济带”的平台、桥梁纽带作用等，都体现了西部经济与文化之间仍处在正相关关系的状态，不首先发展经济，文化软实力就会受到根本性制约。但是，同时，这样的一个城镇化过程，企图在考虑所有问题、囊括所有可能因素时，某种程度上，似乎提前预支了英国社会学家安东尼·吉登斯所说的“现代性危机”，即现阶段西部的新型城镇化虽然把物质发展放在了首位，预想以此来推进文化精神提升。其实不然，由于过度注重经济社会发展，文化精神反而好像在毫无征兆的情况下提前暴露出了种种危机迹象。

这方面有较为成功经验的是中国西南地区，特别是广西和云南。据《中国—东盟自由贸易区带动下的西部民族地区城镇化布局研究——基于广西和云南的比较》[①] 一书的研究信息，通过中国—东盟自由贸易区带动，在合理的城镇化指标设计下，城镇规模结构得到了优化，奠定了广西和云南城市体系发展的基础；改进了城市职能，两省区的城市体系职能结构进一步优化了；改良了空间设计，两省区的城市体系空间结构有了明显优化；引导企业进行了迁移，突出了两省区城市体系路径的影响；强化了辐射效应，改良了两省区城市体系整体布局，如此等等。尤为关键的一点是，在十年左右的自贸区带动发展中，研究者的一系列数据统计对比表明，这两省区的城镇化率的确比原来提高了不少，外贸行业也都有明显的向西南边境城市集中的数据支撑，但体现精神文化质量方面总是不明确，实际并没有明显增长，“整体来看，广西在人口、GDP、第一产业、第二产业、第三产业、社会消费品零售总额上都呈负的空间自相关关系，而进出口总额上则从负的空间自相关关系变为正的空间自相关关系。而云南则

① 曾鹏、章昌平、程皓：《中国—东盟自由贸易区带动下的西部民族地区城镇化布局研究——基于广西和云南的比较》，经济科学出版社，2014，

在人口、GDP、第一产业、第二产业、第三产业、社会消费品零售总额上都呈正的空间自相关关系，在进出口总额上则呈不明显的空间自相关关系”。[①] 这从另一侧面可以看出，西南地区城镇化反而比较科学合理，因为长期以来的传统民族产业转型为现代企业生产，需要时间。另外，城市布局、空间等的转移和调整，特别是城市职能结构和空间结构的优化组合，经验表明还可能反映为负增长，也是正常的，否则就是不真实的城镇化。在这个过程中，虽然看不出研究者对农民精神生活状态的观照，但相对“慢”的经济增长背后，也多少隐含了对城镇化主体的尊重。

相对而言，西北某些地区的城镇化相当激进，城镇化率也因此相对较高，反思其中的城镇化措施也可能纳入近年来众多的城镇化思潮。然而，正因为思潮、主义、观点太多太杂，结果反而并不理想，这显然是一个新出现的问题。比如作为重大项目运作的“生态移民”，既有对生态主义的考虑，也有对集约化生产的城镇化经济主义考虑。反过来从结果逆推，从移民住宅新区看，“‘断根’的农民与国家的‘地域化’”[②]，无意中已经深陷“疏远与熟悉”的两难境地；从移民产业规划看，“‘廉价劳工’的生成与市场的‘地域化’”[③]，则更接近个人信任危机与非个人化纽带如何建构的现代性问题；另外，迁出区的“地域政治”[④]，是否又是对“实用主义与积极行动”如何结合的严峻考验？

安东尼·吉登斯在其著作《现代性的后果》一书中，提出了四种现代性现象学特征，也即是四种常见的现代性危机。一是非地域化与再嵌入：

---

① 曾鹏、章昌平、程皓：《中国—东盟自由贸易区带动下的西部民族地区城镇化布局研究——基于广西和云南的比较》，经济科学出版社，2014，第364页。

② 荀丽丽：《“项目化”发展：西部地区的生态治理与城乡统筹——以宁夏生态移民工程为例》，系2015年8月8日在宁夏银川北方民族大学举办的“新常态下西部民族地区新型城镇化与社会治理创新”学术会议上提交的论文，未刊。

③ 荀丽丽：《“项目化”发展：西部地区的生态治理与城乡统筹——以宁夏生态移民工程为例》，未刊。

④ 荀丽丽：《“项目化”发展：西部地区的生态治理与城乡统筹——以宁夏生态移民工程为例》，未刊。

疏远与熟悉的交叉点；二是亲密与非个人性：个人信任与非个人纽带的交叉点；三是专业知识与对知识的再占有：抽象体系与日常生活中的知识能力的交叉点；四是隐私与卷入：实用主义的接受与积极行动的交叉点。[①]值得指出的是，吉登斯的这几点现代性危机，都被他设计进了一种称之为"乌托邦的现实主义"或者叫"激进现代性"的体系中，那种叫作现代性危机的东西，正好是可以通过激进现代性超越体制机制的局限。因此那种危机其实是具有"后现代性"特征的，为此他还制定了一张对照超越表格，来保障渡过现代性的困境。所以，在他那里，"非地域性"反而是现代性的常态，"地域性"则成了需要注意的地方，因为他面对的是西方资本主义社会的高级阶段（第二现代性，留待第八章结语再详细论述）。人口高度现代化，经济高度工业化，空间高度集中和政治上高度自治，故而前现代（相当于我们这里正在进行的城市现代化）"地域性"产生的"熟悉感"——人们每日生活所遵循的常规，及其所具有的熟悉和轻松舒适需要"再把握"才能避免个体安全危机。而这个"再把握"指对远距离事件的近距离表述，是被"置于"地域性环境之中的，而不是在其内部构成的某种有机发展。[②] 就是说，必须有健全的现代化传媒设施来支撑。通过丰富的地方化购物中心、人性化楼群布置和公共场所的精心设计等，来培育出一种轻松愉快和具有安全感的社会环境。西部生态移民的"地域政治"现象，恰好反过来了。换言之，是把吉登斯意义的高度现代化（第二现代性）阶段的做法用在了只具备初级阶段现代化条件的地方，甚至用在了还不具备基本城镇化的环境。本来"项目化运动"（生态移民）初衷是应对连片贫困地区的脱贫难问题，如此，两步甚至三步走的里程并作一步或半步完成，导致什么东西都必须依赖政府埋单，否则将举步维艰。如此一来，人们的宗教信仰认同问题、一般的文化认同问题，包括小家庭内部的情感认同等都将遭遇危机。原来的"熟悉"和"轻松舒适"被打破之后，缺

---

① 〔英〕安东尼·吉登斯：《现代性的后果》，田禾译，译林出版社，2011，第123页。
② 〔英〕安东尼·吉登斯：《现代性的后果》，田禾译，译林出版社，2011，第124页。

乏“再把握”的机制支撑，即提前预支现代性导致全方位危机的发生。

其中最深刻的危机是，再造地域化与亲密关系的非个性化之间的矛盾。迁入地无论几千户人口，还是近万户几万人口，它的基本构造仍然是原来一个自然村的机构，即都成了现代意义的“熟悉的陌生人”。以前建立在熟悉地点之上的接触、倾诉的亲密关系，转变成了现在非常明显的用抽象体系来解决亲密性的形式，比如只能通过花钱购买心理咨询师的抽象专业知识；原来确定的个人经验，现在变成了实用主义的接受态度，当生存问题位居所有焦虑之上而存在时，对世界之连续性的基本信任必须被植于“世界将会继续”这个简单确信中才能安心；原来相当管用的“地方性知识”，当现在的日常生活重新“脱技能化”后，因“再技能化”迟迟无法兑现而变得风险重重。

这样的风险社会，必然在实际的个人心里引起深层的焦虑，作为一种平衡，是“作为个人我实在无能为力”的感觉和心理支撑着相信“无论如何风险肯定很小”。“一切依旧如常”成了信任和本体性安全得以稳固的基本要素①，这种心态的普遍化表明了主体意愿的被动性和价值维度的严重缺失。反映到西部新型城镇化所造成的一般文化现象上，可能表现为如下几个特征。

其一，激进的城镇化，使西部产生自传统村落的既有传统文化根基发生根本性动摇，又由于整体上的经济主义、发展主义、科技主义思潮鼓动，传统文化及其具体的道德伦理方式方法反而获得了官方宣传文化系统的高度认可，同时也歪打正着地成了填充人们空虚心灵的替代物②。这方面兴起的文化符号，突出地表现在西部地区的民间鬼神崇拜和宗祠祭祀上。表面上是发展繁荣传统民俗文化，并使之产业化，实质是封建迷信的死灰复燃和个体“灵异崇拜”的弥漫。在农村，只要是旅游沿线，所到之处，除了少数文化遗迹、遗址外，大多数内容差不多与封建迷信有关，这

① 〔英〕安东尼·吉登斯：《现代性的后果》，田禾译，译林出版社，2011，第129页。

② 相关内容可参见本书第三章，这里只重点强调前面未言之处。

包括奇装异服的展示、神奇古怪舞蹈的演绎和秘籍宝典式地方乐曲的张扬。在此带动下，所到之处，差不多也是庙宇壮观、香火旺盛、香客络绎。最近几年屡屡被网络曝光的知名人士求神拜佛事端，就从反面旁证了这一点。一般的村民更是如坠云里雾里，生存危机之时，生活面临风险之时，精神疑难无法得到正常渠道释解之时，比如当治病难上加难时，当孩子上学或就业无门路可走时，临时抱佛脚自然而然成了一时之慰藉。在城镇，五花八门的棋牌室沿街铺开，装饰考究、音乐曼妙的瑜伽会馆正在抢占有利位置，洗脚城、按摩店、茶道、酒吧、水吧、咖啡店、肯德基等应有尽有。然而，街边报刊亭、小书店却越来越少了。传统秩序的稳定性被打破之后，快餐文化占据了主角；价值生活重建之前，及时行乐取代了意义追求；社会机制缺席之时，宗法文化程式中的具体道德伦理方式方法暂时成了秩序。

其二，国家的“地域政治”和市场的“地域政治”，迫使生产出了一种“去民族化”“去地域化”“去亲情化”夹生合成的消费主义与个人主义混杂的文化现象。非农人口变得既不像原来的农民那样保有传统的道德操守，也不像现有城镇居民那样讲究市民“规矩”，而是被塑造成了为生存而拼、为生活而搏的生活工具。其间有消费主义的色彩，也有个人主义的成分，但最终实际上是一种极端利己主义文化和经济主义价值观。

为满足治理者“清晰化”“简单化”的“管理主义”需求，农户散居的地域性变成了整齐划一的新增“城市空间”，压缩地域性文化的结果，就是把地域性和民族性规划成单纯的国家性，取消了地域文化和民族文化所提供的信仰和情怀，消费主义及其中的利己主义于是成了最为实用的文化被接受下来了。市场的“地域化”是指城镇化后物要被“托管”、土地要被“流转”，非农人口的“非农化”实际上是以牺牲自己物和土地所有权的代价换取为指定财团或公司打工的入场券，唯我主义因管用而得到了张扬，这种文化趋势究其实质更接近城镇市民中的享乐、快餐文化节奏。

说到底，久而久之，“待不下的城市，回不去的农村”会导向一种文化的形成，既“去传统性”，也“去城市性”，变得虚伪而无根基，生成半农半城、半商半市，说俗不俗说雅不雅、俗得不彻底雅得不高贵的“刁民文化”或山寨版“市民文化”。与现代企业管理，与成熟的城市公民文化相去甚远，自然不利于推进城镇化的精神文明建设，亦不利于推进和谐秩序的现代社会机制建设。

其三，当今西部文化是否具有后现代主义情怀的问题。离开西部典型城镇化，就西部一般城镇化现实来说，散居状态下的就地城镇化情况比较常见，即是说，古代西部文化与前现代西部文化可能会长期存在，那么，西部文化的“后现代主义情怀”或许会占主流地位。因此有论者推出结论说，西部多民族插花杂居的人居环境所形成的“生人文化”与现、当代彰显的“契约文化”相切合，其合、和、平的精神气质与马克思“类特性理论”相贯通，“圈外心理”、草莽情怀、“另类”神韵与反基础主义倾向相呼应[①]。

是否真如此，不仅要看传统文化惯性作用，更要审视城镇化对人们价值观念的深刻影响。

为了更清晰，以上几点需要进一步概括。首先，“生人文化”的确是西部特色，非血缘的地缘共同体在流动性很强的“杂居”状态，必然弱化血缘关系上“孝”的心理场和地缘关系上“义”的心理场，也必然会淡化“为仁（孝）作义”所导致的小集团利益结构对国家公共利益整体结构冲击的可能性。从抽象层面和在历史规定性语境中说，这无疑是有道理的，但就具体现实和经济对文化深入影响的事实来看，则不然。本书前面章节已论述过，西部开发（“三线建设”算第一次的话，目前为止，已有三次西部大开发）主要工作在经济增长和改善西部人的物质生活上，这个主旨一直延续到当今的新型城镇化。就是说，经过四十多年乃至更长时间的经济结构调整和生态系统改变，主动的经济主义甚至为发展而发展的物质主义价值观，早已重构了自然经济和自在状态下的经济格局和社会格局，是抱团取暖式利益共同体取代了现代理论意义上的“契约文化”，而不是相反。进一步说，利益的集结，只能产生利己主义而不是集体主义，

① 这几种归纳参见戴生岐《西部文化的后现代主义情怀》，《长安大学学报》（社会科学版）2004年第2期。

这是到现如今西部社会还未建立完善的现代社会契约机制前提下的常识判断。其次，合、和、平的精神气质与马克思“类特性理论”相贯通的问题和“圈外心理”、草莽情怀、“另类”神韵与反基础主义倾向相呼应的问题。论者所倾心的核心之处是西部古代文献中的“天人合一”说、当代西部旅游文化或反都市文化主义所叙述的“天籁”、“信仰的天空”和环保主义式的文化符号，以及马克思主义关于异化的经典理论原理。然而，理论原理不等于现实，旅游文化符号或游客塑造的文化形象不等于原住民的日常生活本身，宗教信仰文化与信众离开宗教后的俗世生活观念、价值实质之间也不能贸然画等号。当然，当今西部文化中确有某种“去中心”衍生的敬天感地的敬畏、神性、灵性文化思潮存在。诚如本书前面章节所论，这实际上是一种被“植入”的叙述。就其普遍性而言，它只存在于特殊的宗教文化氛围和向外的旅游文化形象中，是宗教元典文化与当今生态主义所建构的结果。本质上说，当今西部一般性文化状态，可能更接近世俗文化和实利文化，与马克思意义的“类特性理论”或哈贝马斯的“公共领域”和“交往行动理论”关系不大。这就像说西部人豪爽、重义气、热情与南方人细腻、重实惠、精于算计一样，只是一个基于地理环境的粗糙描述，删去了具体的经济社会语境。“发展就是硬道理”“一部分人先富起来”本来就是对文化的地域性边界的颠覆，如果把“去中心”或“反中心”理解为经济滞后、地理偏远、城市区位劣势所造成的参与意识的淡薄、主体意识的不自觉，乃至仍处于主客体“互渗律”① 阶段的自在状态，可能更为准确一些。然而如此一来，与文化高度自觉下形成的后现代反中心主义实在是失之毫厘差之千里了。

恰恰相反，由诸种劣势环境下生成的文化，一定条件下，对宗法文化、封建迷信文化、权谋文化，甚至江湖文化的适应能力，比诸种条件占

① 主体、客体未分化阶段，主体与客体容易混为一谈，所谓“天人合一”“物我相融”等，在哲学人类学家那里便是“互渗律”。相关论述参见〔法〕列维－布留尔《原始思维》，丁由译，商务印书馆，2014，第二章。

据优势地位的人们表现得更容易、更亲近。这也就部分地解释了为什么在西部，城镇化建设及其相配套的现代社会机制建构总是比别处更随意、更浪费、更缺乏科学发展观照射的原因了，盖因地方政府的政治文化与民间社会的集体无意识的合谋。究其实质，这两方面大概都对由因导果或由果推因的“因地制宜”很受用。

总而言之，笔者还是比较赞同论者因寻找西部文化中的后现代主义情怀，而最终推导出来的结论。经过论证西部后现代文化的“重叠式”“仿佛是”的螺旋曲线与文化初级阶段存在，说“我们绝对不能盲目乐观，甚至抱着现代新儒家的某种心态，认为天下之美尽在我西部大地。所以，那种以为以宋儒为主要内容的新儒学可以用来当作西部大开发的精神武器的想法，如果不是恬不知耻的自然经济中产生的前现代梦魇的死灰复燃，便是20世纪80年代末某些自由化思潮在新世纪里转换了手法来干扰我们西部大开发的坏心恶意”[①]。

毫无含糊，诸种文化现象表明，当前西部文化实际上处在吉登斯所说的两种文化冲突而构成的相互转化、相互补充的“交叉点”上。那么，在新型城镇化环境下，当前西部文化该怎样重建呢?

下文借助文人们对西部首府城市文化的描述，择其能适应于西部一般城镇的重要经验，以文化型城镇化诸种标准为标准，来做一简单概括。

此处所涉及的文本包括《读城记》[②] 和《中国城市名片》[③] 等，所涉及的城市包括重庆、成都、昆明、贵阳、南宁、西安、兰州、西宁、银川、乌鲁木齐、呼和浩特和拉萨。值得说明的一点是，这些文章并非学术论文，都是新世纪初一直到当前众多文人所写下的随笔、侧记、印象和直观感受。其中的感慨包含着对城市转型的反思，其中的赞叹亦给未来发展

---

① 戴生岐:《回归与超越——刍议前现代、后现代人文理想对当代大学生人生价值观念养成中的功能》,《延安大学学报》1998年第1期。转引自戴生岐《西部文化的后现代主义情怀》,《长安大学学报》(社会科学版)2004年第2期。

② 易中天:《读城记》，上海文艺出版社，2006。

③ 黄发有主编《中国城市名片》，山东画报出版社，2008。

趋向预留了意味深长的建议。更重要的还在于，之所以纳入这些文本，是因为这些文章无论是出自局外人眼光还是本土文人所写，都指向“最美”和“最留恋”的内容，至于“最不便利”“最不应该”“最不理想”等软件部分，细细琢磨，不也是这些文本的题中应有之义？如此，便涉及西部首府城市快速城镇化前后或过程中暴露出的文化问题，而这些问题又被某一个体不经意地感知。以如此微观视角来衡量一个城市的宜居条件、舒适度和幸福指数，正是文化型城镇化需要面对的重要内容。

首先，西部首府城市普遍具有良好的宜居基础，并且这些宜居条件部分地得到了保留。文人们描述宜居，是一种状态性叙述，不排除硬件设施和强悍的数据支撑，但他们更倾心于精神生活、意义生活。他们用得最多的一些词语是“闲适”“安逸”“自在”，显然，这些词的反面是紧张、焦虑和被动。成都、重庆、西安和昆明，在文人或干脆说在人文的眼里都涉及曾经和现在宜居的感觉。第一，日常生活节奏比较慢，市民有充足的闲暇时间用来享受生活。这方面最突出的是成都。沿街林立的茶馆，及里面从早到晚漫无边际的“摆龙门”，就是最好的例子。第二，消费水平的平民化，以及反过来逆推而得出的支持其如此消费的社会机制的公平公正，仍然是成都居于首位。据易中天的描述，即便在市中心，成都外表装饰豪华富丽的茶馆和饭馆、酒馆，其里面的消费者其实并非什么富人和达官显贵，主体是一般市民，这得益于他们能消费得起、能掏得起腰包[①]。第三，公共设施建设不是追求“高、大、上”，而是力争干净、精致和便利。易中天如此写成都的公厕，“漫步成都街头，在绿树婆娑、飞翠流花之中，常常闪出一间间优美精致的小屋，那就是成都的公共厕所”[②]。这一点实际可以折射一个城市在城镇化过程中是否把人文因素放在重要位置的问题。比如银川，2013 年竟闹出一个笑话。由于城市公厕既少又往里偏，

① 易中天：《成都府》之《小吃与花会》，载《读城记》，上海文艺出版社，2006，第 225 页。

② 易中天：《成都府》之《朴野与儒雅》，载《读城记》，上海文艺出版社，2006，第 239 页。

一边一些主流报纸发出倡议，希望沿街的各企事业单位向市民开放自己单位的厕所，一边沙坡头等5A级旅游景点花巨资修建豪华公厕，里面配有液晶电视、果盘和Wi-Fi等。由此可见，相比成都，只有200多万人口的银川市，在城市规划上是多么糟糕。另外，近年来，在西部城市化率的种种数据排名中，银川市一直位居前列，但据笔者所知，许多房产的工期都在无端延期，并且楼房不合规范的、房产商因非法抵押楼盘与住户发生纠纷偷跑的现象，时有发生，这些都是政府监管缺位所致，充满了泡沫化嫌疑。局部奢华与普遍塌陷，如此之普遍，根本就谈不上“宜居”二字。

其次，西部首府城市大多特色鲜明，过去和现在都不同程度地具有建成个性化文化城市的资质。当然文人们描绘的个性化文化城市，不是对文化口号和文化规划硬件的刻意阐释，而是精神文化因素对实际生活影响程度的叙述。第一，诗意浪漫型城市，昆明应为首选。“春城”“花都”等是昆明一直以来的美誉，但加速城镇化建设以来，昆明仍保持着花香，这充分表明，在城市规划中，昆明并没有因此消灭类似尚义街这样的老街道，非但如此，还为如此特色街道赋予了足够的发展空间。其在整个昆明的人文效果，作家海男是这样写的，“一座云南高原的城市，因为有了在街道和窗口之间，在女人和男人怀抱之间散发出来的玫瑰香气，一座边疆的城市便有了它可以在诗意之中抓住，可以在梦幻和现实之中所抵达的地方”[①]。第二，历史文化积淀型城市，首推西安。西安的历史积淀众所周知，但西安因此把历史文化、市民日常生活和旅游产业糅为一体，确是一个规划特色，这就与其他城市人为做旧，甚至旅游与日常生活分离完全不同。正是这个原因，作家贾平凹、陈忠实才觉得生活在西安充满意义感[②]。第三，宗教信仰型城市，只能是拉萨。“西藏的天空”“神鹰啊”已成了拉萨乃至西藏的符号，不过，宗教建筑融入现代高楼，乃至把俗世生活过得像

① 海男：《昆明城与玫瑰花的关系》，载黄发有主编《中国城市名片》，山东画报出版社，2008，第148页。

② 贾平凹《西安这座城》和陈忠实《活在西安》，载黄发有主编《中国城市名片》，山东画报出版社，2008，第409、412页。

宗教生活一样，进而通过宗教信仰文化来提升普遍性日常生活，使得“现代性危机”有了有效抵制，其功在于拉萨城市化规划对宗教生活的尊重。

最后，西部首府城市市民对市民文化趣味的了解基本认同，然而其对衣食住行的讲究并没有上升到审美的高度，这是值得反思的地方。在众多文本描述中，有一个突出的反面信息：西部首府城市市民对阅读、对知识、对理想的追求在淡化，强化了的是较低层次的吃喝玩乐游。第一，书店越来越少了，瑜伽会馆、棋牌室、洗脚房等越来越多了。第二，商业性或借文化之名行商业洽谈之实的沙龙越来越多了，文化文学艺术交流越来越紧缩、越来越矜持。第三，世俗功利观念越来越抬头，对公共事务的参与热情越来越低了，参与意识也越来越淡了。第四，普遍存在及时行乐、今日有酒今日醉的“一次性”消费现象。

人文视界的发现，自然包含诸多个人主观色彩，不见得具有普遍性。但倘若结合西部新型城镇化过程中生成的若干典型文化现象便可知，之所以人们的观念形态和价值深层有如此演变趋势，除城镇化过程缺乏科学规划、现代社会机制尚未建立，以及普遍的经济主义价值观误导之外，恐怕与新兴城市文学的某些偏颇叙事不无关系。

第三节　“城市幸福论”与小市民文化本质

再次回到中国西部文学的“城市幸福论”，目的是在西部城市文学的这个比较普遍而流行的价值趋向中，分辨“城市幸福论”的来龙去脉，进而审视如此流行价值对西部底层社会的有意遮掩与改写，在社会学的层面，正确看待目前西部社会文化的真正实质。

在本书第一章第二节“西部文学研究中的价值模式”中，笔者曾提到在中国当代西部文学研究价值模式里，乡土文学似乎具有天然的价值赦免权，相对而言，城市文学的叙事价值显而易见，不具有价值优越性。从大的方面说，基本缠绕于贬城褒乡的简单二元论层面。这种情况在21世纪以来有了一些新变化，比如大致属于在西部城市文化内探讨西部城市文学的性质，研究者虽然企图打破传统城乡二元对立论，但实际的论述仍无法从根本上摆脱二元论的束缚，略显捉襟见肘。这固然首先取决于研究对象的世界观，然而，不可否认的是，恐怕与当代成熟社会学理论的严重缺席不无关系。如果以自觉的现代理论作为武器，即使相同的对象也许会显得很不一样。当然从另一侧面也说明，中国城市文化理论及城市文学还很不成熟，基本上是以乌托邦式乡土文明形态来参照当下城市文化、文学的模式。李兴阳的《中国西部当代小说史论（1976～2005）》[①] 大概算这方面的一个代表。按照他著作划定的时间范围，属于在西部城市文化内部用新兴的“肯定性价值”批判随同而兴起的“否定性价值”的新二元论的西部城市文化与文学，一般在 20 世纪 90 年代末至 21 世纪初这一阶段。其一，以欲望化都市中年轻生命对自由、爱与美的浪漫故事，对抗“年轻”都市化欲望所滋生的“恶”与“骚动情绪”；其二，以“启蒙者”最终悲伤地走向妥协、无奈和死亡，对抗欲望都市腐败堕落的“浪漫英雄”故事；其三，以主体意识觉醒的当代知识分子理想，折射都市社会普遍性的商界欺诈、权钱色交易、受贿行贿和买官卖官现象；其四，以“都市新人类”的“只要符合我自己的生命和生理需求”，怎么做只要“我觉得快乐就行”的实用主义道德宣言，拥抱而不是对抗，融入而不是排斥都市欲望[②]。

李兴阳通过对当前西部叙事文学中典型情节和典型细节的分析而得出的结果，因其中性地内在于当前西部城市文化内部，而显得具有一定的普遍性。事实上，要坐实这种新生的西部城市文化趣味或价值趋势，还只能从文学意识中去感知和体会，既方便规避文化产业化思维的经济主义预期，也可很大程度上提防以古释今的本本主义虚假。正是这种所谓实用主义原则，实际上成了西部新型城镇化以来，一般市民颇富逻辑性的价值

① 李兴阳：《中国西部当代小说史论（1976～2005）》，安徽大学出版社，2006。

② 李兴阳：《现代性转换中的西部都市书写——90 年代西部都市小说史论》，《晋阳学刊》2004 年第 6 期。另见李兴阳《中国西部当代小说史论（1976～2005）》，安徽大学出版社，2006，第 227 页。

前提。

新型城镇化，是党的十八大正式提出的。文学叙事对政治经济话语的反应没有那么快，尤其对新政策的感知，更是迟钝。一般等到实践到一定程度，文学眼光或许才会反过来，以个体的视角、以人性的尺度、以故事的叙述态度来介入。这一点，也是人们思维观念，乃至价值观定性的节奏和规律。唯其如此，文学的态度、价值立场才显得真正意味深长。按理说，在李兴阳等学者的专论之后，西部城市文学的基本面貌应该不会有太大变化。事实却恰好相反，最近几年西部城市文学出现的一些新特点，与新型城镇化的速度几乎旗鼓相当，不但反应快，而且仿佛有覆盖之前西部城市文学形象之势。即是说，那种虽然没有成熟的现代理论介入，但多少还具有批判功能的在西部城市文化内部观照城市人文状态的二元论价值张力消弭了。把之前的“城市厌恶论”变成了现在的“城市幸福论”，把之前的一般人性论探讨变成了地方少数民族知识记录。这一类作家，以城市女性写作者和西部少数民族写作者为主。作为新型城镇文化的最敏感感应者，作为一个数量庞大的新型城镇小家庭的代言者，作为一个小家庭邻里之间家长里短的表达者、小个体情感体验的发布者，这种声音便迅速占据了新的城镇空间，其价值取向也被各种电子媒介、自媒体和纸面文本迅速传播。有理由说，正是它们，新型城镇文化趣味披上了异样外衣。

第一，观察城市的视角一般以自我生活半径为参照，判断城市文化的标准一般以自我经验为主，结论一般以心态是否足够好来解释精神与现实双重的焦虑、迷茫、无助和无奈，以及对命运把握的不确定性。

西部城市女性写作者，作品的发表以晚报、日报和本地各类文学期刊、微信为重要平台，或散文随笔，或诗歌，或小说，无论何种体裁，题材差不多围绕城市中等及以上收入人群的家庭生活展开。其一，纠结于物质饱和情感需求却匮乏的自我心灵遭遇，经过自嘲或自虐的放纵，最后又回到现实，认为还是满足现状吧，“比上犹有不足但比下毕竟是绰绰有余了”，是她们释解内心纠结的良方。其二，不理解他人为什么总是眉头紧锁牙关紧咬，于是常常以自我对小动物、小宠物的呵护与爱怜推己及人，认为所有的冷漠和疏远都与个体“爱心”的缺失有关。其三，什么是有意义的生活，也是她们关注的重点。不过，她们开出的药方是“对自己要狠一点”，于是健美、旅游、照顾好丈夫的胃、于纷繁中保持一个好心态等，不胫而走，成了她们以资推广的普遍性价值观。如此等等，不一而足。

这种城市女性文学价值观，究其实质，与大街小巷沉迷于高音喇叭旋律中的大妈“广场舞”，以及“小呀小苹果”的手机彩铃、当红歌手玖月奇迹“淡淡的忧伤”式的伤感，属于同一种人生观，既不管他人怎样，也不管世界到底怎样运行，“我”的快乐或者不快乐是中心。以此推之，“我”之外的世界没有理由有别的快乐或者不快乐，否则，就是心态问题。显而易见，这是取自近年来流行于城市讲坛、电视节目中被植入浅薄庸俗“国学”“传统文化”的“超稳定”秩序。难怪以人文眼光看过去，西部城市文化元素除了怎么琢磨吃、怎么折腾自己、怎么忙里偷闲出去玩之外，实在也找不出还有什么“好看的”“好欣赏的”① 了。

这样的一种价值取向和审美趣味一旦形成，城镇化过程中人的具体遭遇、社会阶层的重新固化、经济资本的迅速集结所造成的巨大贫富差距，及其中所掩盖的底层群体——从原先传统乡土文化蜕变过来的农民阶层命运状态，就完全被屏蔽掉了。兴起的这种似是而非的文化，又会以所谓“目标”的形式回过头再诱导、规约、打造农民的“市民文化”，整个过程便形成了一种极其堕落、颓废、迷惘和自我伤感的文化怪圈，真正的现代性文化于是陷入中产阶级陷阱而不得自拔，造成了经济社会和精神文化双重的中产阶级陷阱。

第二，西部城镇化以来，西部少数民族文学发生了根本性转变，以本土文化的共识为氛围，以乡愁原乡，以文化政治的高度认同为符号和仪式，在产业化思维的推动下放大了地方性知识和民族性知识。

突出的一点是，对少数宗教信仰民族宗教激进主义仪式文化的倾心。

---

① 彭见明：《西宁写意》，载黄发有主编《中国城市名片》，山东画报出版社，2008，第432页。

这一点，在西部边远地区的小说中尤其明显。除了本书第二章第三节谈到的以某些少数民族神秘主义文化体验为依托的写作，把“换水”和“要口唤”的个别性宗教程式提升到信仰的普遍性外，其他信教文化小说及其批评也存在类似问题。比如蒙古族萨满教文化，以同样的转化路径进入当前小说叙事及其批评价值流程的也比较普遍。神话史诗《江格尔》中雄狮洪格尔的“灵魂已不在体上”，而是附体到其他万物上的说法，作为宗教图腾仪式和神秘主义文化原典本无可厚非，但当下作家批评家如果依此知识建构出某种原始意义的和完全自然主义的“天人合一”，置一切导致其之所以如此的现实问题于不顾，用这个来应对现今人们的意义缺失感，就不单是幼稚了，恐怕还有回避现实棘手问题之嫌。笔者阅读过大量关于西北西南诸少数民族地区的社会问题调研报告，信仰生活的确仍保留在这些地区人们的精神世界中，但应该说，影响信仰生活或者说导致其信仰生活不能按期进行的原因，其实并非新型城镇化本身，而是新型城镇化过程中严重走样的社会机制，这是他们焦虑甚至无助的真正源头。由此可见，仅限于宗教原典体系的精神叙事及其批评，是多么的隔膜。

另外，从《格萨尔王》生成的小说叙事及其批评话语，也在近年来少数民族文学及其研究中大量存在。其模式不外乎两个：一是暂时屏蔽所有强有力的外部干扰，着力构建完整的宗教文化秩序，然后以此对抗目前的生活现实；二是把当前的社会生活进行文化化过滤，完成文化简化后，当前社会现实特别是纷繁复杂的经济生活、政治生活的枢纽仿佛一下子变成了单纯的个人选择问题，这时候，在个人主动选择的层面，便容易安置理想状态下的宗教生活和个体内在性生活。很明显，这也是另一形式的自我隐瞒和自我安慰，所得的自我确认，也就只在特殊情境下个人的角度有意义，一旦放到社会关系中检验，肯定经不起考验。在这一层面来说，许多汉族作家批评家源于“国学”“传统文化”的小说叙事和批评，暴露出的问题也大体差不多。强调个人修为、人格理想主义、道德理想主义永远都需要，问题的关键在于，古典文化、传统文化及其转化而来的古典性、传统性，是不是有能量能动于当代社会？是不是有坚实的现实依据支持？如果不能、不支持，那么文学及其批评的思想敏锐度就是可疑的。1998 年马丽华的《雪域文化与西藏文学》一书，其实已经透彻地分析过“藏传佛教”与藏族文学和文化的微妙关系，一边是“神鹰啊，神鹰”的美妙旋律，另一边却是“戏不够，神来凑”的内部断裂①。如果翻一翻类似的前期研究成果，要深入探讨今天如出一辙的流行文化及流行的背景，实在不那么玄乎。

更重要的还在于，“教规”所形成的神圣语言，很大程度上构成了对白话语言及其携带着的主体对当下现实的批判性叙述的排斥，认为他们是以扭曲神的口舌来追求自身的目的，就算不是真正的窃用圣物，也与之相去不远。如此一来，这一类表达因为最严重的渎神罪行便不得不游走在边缘了②。这实际上就造成了某种伪宗教伪价值观的形成。虚伪和人格分裂，一旦成为习惯，极容易配合新型城镇化所鼓吹的所谓新型城镇市民文化。一边以宗教信仰话语为凭据，收编所有的焦虑话题归于内心，另一边从容伸缩，始终站在功利世俗的前沿，窥探一个个利益的缝隙。旨在现世，城市的好处便尽收眼底，不会轻易放过；形式在高雅，故而总会隐藏欲望的不正当性，乃至于喜欢以内在性的方式来解释外部世界的躁动，以免撼动自己的利益位置。起码不被质疑地表达自己，算是对身份危机的缓释。由文学而文化，由文化的不断传播而至于形成地域性城镇价值选择，一反过去“城市病”及“城市厌恶论”的审美意识形态便产生了。

这样一来，“城市幸福论”实际上是有意收敛公民的公共参与意识，放纵个体由内在性而来的自恋情感的满足；是刻意拒绝城镇化产生的文化冲突，安全撤回到地方和民族知识的自得氛围而来的地方主义和民族主义自大感。很显然，在城镇化过程中，发掘和整理了不少地方知识、传统宗法文化程式和少数民族神秘主义宗教信仰文化，但唯独对新兴城市文化缺

① 马丽华：《雪域文化与西藏文学》，湖南教育出版社，1998，第 174 ~ 175 页。

② 〔美〕克利福德·格尔茨：《地方知识：阐释人类学论文集》，杨德睿译，商务印书馆，2014，第 128 ~ 131 页。

乏正面介入的自信力。这也是西部首府城市文化普遍停留在低层次消费、浅层次吃喝玩乐的水平，进而整体上缺乏现代启蒙思想，特别是缺乏文化现代性照射的主要原因。

尼采写作《不合时宜的观察》一书的时候，正是普法战争后德国忽然兴起的时代，许多德国人认为德国不只是军事上战胜了法国，就是在文化上也占了上风。可是尼采偏偏不这么认为，他反而观察到，这个时候正是德国文化危机开始的时候，于是他通过一系列文章，对德国教育的病态、畸形现象，以及文学艺术领域里慢慢滋生的骄傲与放纵，进行了毫不留情的批评。对于尼采的文化批判，张旭东是这样阐释的，他说，尼采批判的不是风格和形式问题，而是一种观念上的随大流，是当时德国形成的文化、口味、价值观上的一体化。“它虽有表象上的丰富多彩，但骨子里却是一种标准化的、机械的大众意识形态，比如都认同进步的概念，都认同那种‘空洞的、同质的时间’，都认同生活的意义是寻找安全、幸福和舒适。”当然，尼采本人用词更凶猛，他用“有教养的市侩”“风格化的野蛮”“政治上的庸人”等来描述那种经济主义价值观导致的文化形象。其中著名的“野蛮的文明人”就是针对当时满嘴幸福，显得无比“优雅”的德国中产阶级市民而说的。至于对内容空虚的文学艺术，特别是德国浪漫主义“无聊的审美”的批判，更是一针见血。他说，一切形式化、程式化、规范化、标准化的修饰，是工匠气的小手段、小技巧掩饰生命的空虚和生活的懦弱、渺小和无意义的反映。紧接着，他指出，当“美的形式变成了一种装饰，装饰就会变成一种文化暴力”[①]。稍后于尼采的韦伯，他唱“反调”的时候，又是德国即将成为欧洲经济大佬的时期。在构建市民阶级文化秩序的条件时，他提出了“政治的成熟”这一概念。他所谓的“成熟”包括两种形式，一种是民族内在统一，另一种是外在统一。后者

① 转引自张旭东《全球化时代的文化认同：西方普遍主义话语的历史批判》，北京大学出版社，2006，第174页。另外，结合当前中国文化语境的相关详细论述，参见牛学智《批评是否到了该有终极关怀的时候？——再谈〈涂自强的个人悲伤〉批评的批评》，《百家评论》2014年第5期。

指通过专制，以行政手段、军事等“铁血政策”来实现的仅限于政治领域里的认同，韦伯显然更倾心于前者，即通过议会政治、言论自由而达成的最终在价值上、文化上的政治认同。韦伯用一组反诘式排比句逐一排除完市民阶级、劳工阶级、大地主贵族军官阶级后，摇了摇头，觉得根据这些阶级现有的文化素质和胸怀，其担当领导阶级都太不合格了。于是他开出了以下三条政治上成熟的标志：首先，领导阶级要把民族的整体利益和长远利益置于一己私利之上；其次，通过全民族的政治教育，保证国民在追求个人幸福和自由的同时，都知道民族国家是自己生活的最终保证，从而积极投入国家的政治生活；最后，精英阶层有意愿和能力在最高价值层面为自己文明的存在辩护[①]。韦伯批判的目的当然不是给幸福的德国人民头上泼冷水，更不是用他特有的话语诋毁当朝的领导阶级，而是不想让德国就此就停留在物质上自满自足的小康之国的水平，寄望于成为真正文化自觉的大国而已。同样，在德国人民普遍被胜利喜悦冲昏头脑的节骨眼上，前面提到的尼采居然“不合时宜”地写出了《不合时宜的观察》，究其原因，不还是坚守了精神文化的诚实和判断的独立吗？

至于今天的中国西部城市，是否真像当年德国的样子；今天中国西部城市的绝大多数文化人，是否真像尼采笔下的那个形象，的确不敢贸然类比。不过，按照以上分析，西部城市市民阶层和一般知识阶层的一些表现，的确比较符合尼采的批评对象：他们掌握了模拟幸福的手段和腔调，明明活得充满焦虑，追求一点蝇头小利益却经常得不到，但每个人都会摆出身段，装出幸福，说大众想说的话；对幸福的追求就是要求立等可取，要的是当天播种，当天收获，第二天都等不及。只争朝夕，都为今天活着，因为大家都怕明天戏就散了，都像猎人怕明天林子里就没什么东西好打了。面对不同的主体，情况虽然各不相同，但无论怎样，这种现时的、

① 〔德〕马克斯·韦伯：《民族国家与经济政策》，甘阳编选，生活·读书·新知三联书店，1997，第 80 页；转引自张旭东《全球化时代的文化认同：西方普遍主义话语的历史批判》，北京大学出版社，2006，第 270 页。

一次性的和不顾一切自我占有的价值取向，的确产生了很坏的社会影响，上至新贵下至打工者、城市漂泊者，无不浸染在如此文化氛围中。

自得其满，不是成熟城市文明的标志；及时行乐，更不是自觉的城市文化主体。要把人变成现代化的主体而不是对象，西部城市文化要走的路还很长。除文学书写的积极介入外，西部电影的启蒙作用亦不可忽视。

第六章　西部影像叙事启蒙：“在乡”与“在城”

在第一章第三节《西部电影叙事与早期定格的西部形象》中，笔者已经大致梳理了从“西部电影”到“新西部电影”的变化过程。其中，在“西部电影”过渡到“新西部电影”的思想纽带上，即电影人对西部文化语境诠释的“新”，笔者概括了三点突出的变化。一是不再以明显的二元论来结构现实；二是注重人物精神世界的复杂性；三是格外关注从“边缘”人物视角看待现实秩序，例如贾樟柯的《小武》正是如此。以小武这个小偷看转型期西部现实，有了另一番新的意味在里面。当然，这样一个变化，要究其原委，需分别来探讨。

在大众艺术的观众摸底上，也许存在一个道德伦理文化的判断问题。因为在所谓“新西部电影”阶段，电影的有效观众基本是城市青少年，以“80 后”、“90 后”和“00 后”为主体，来自各级各类学校班会课的思想道德信息都不约而同地使老师、家长乃至社会迅速达成了共识，他们认定，个体的道德伦理失范，是所有社会问题的重中之重，有志于“启蒙”的电影自然责无旁贷。于是，个体道德伦理文化的重塑，成了“新西部电影”普遍性追求。如此做，在票房与精神文化建设两方面都能站得住脚。在“西部”这个品牌的提升上，用意也很显然。正因为“西部电影”的精髓就在于直面现实问题，其批判现实主义风格要得到新的提升，只有淡化西部异域风俗画，突出新世纪西部乡村保留相对完整的传统道德伦理文化秩序。于是，想象的、欲望符号化的城市生活也就在“新西部电影"的象征性叙事中被间接叙事处理了，一举两得。在政治经济话语的份额中，"新西部电影"有意识的城乡互动故事，特别是导演对外来者、闯入者这一被强化的角色的启动，显示了"新西部电影"希望发现并促进西部城乡统筹协调一体化发展的努力，可谓既具主旋律又有文艺性，两不误。

同样，在该节中，为了提出问题，借助哈贝马斯"重新封建化"① 的观点，笔者直接把这种选择归结为新西部电影的城镇小市民文化趣味化。倘若展开说，其实，这一判断还需要有个必要的背景性论述，即"在乡"与"在城"的语境规定性问题。不消说，这样的一个空间张力，有其不得不如此的理由，也有其选择的视野局限性。

第一节　"在乡"与"在城"

"新西部电影"从"西部电影"那里接过接力棒，它所面临的挑战的确非常多。有来自票房的压力，有来自创作班子的压力，有来自市场的压力，更有来自价值调整是否成功的压力。当然，最尴尬的莫过于"在城"

① "重新封建化"，是德国哲学家于尔根·哈贝马斯分析媒体在构建公共领域时提出来的一个概念，他认为19世纪末国家和社会的渐趋融合所出现的社会转型表明，报刊从纯粹的新闻报道发展成为传播文化思想，从意识传播到商业盈利，媒体的公共品格逐渐让位于商业广告，媒体的公共话语空间逐渐丧失。紧接着，媒体假借公共舆论的外衣传播伪公共话语的现象成为常态，理想的公共领域也就全盘瓦解了，哈贝马斯把这种表现称为公共领域的"重新封建化"。见〔德〕于尔根·哈贝马斯《公共领域的结构转型》，曹卫东、王晓钰、刘北城、宋伟杰译，译林出版社，1999，第32～34页。另外，这一具体社会现象上升到意识形态层面即在后现代粉墨登场之时，哈贝马斯基于对现代性合法性的捍卫，他对新保守主义或审美无政府主义的批判，也属于对"重新封建化"的批判。他说，后现代思想只是自以为处于超越的位置上，而事实上他们仍然滞留在由黑格尔所阐明的现代性的自我理解的前提之中。"我们也不能立即排除这样的可能性，即新保守主义或审美无政府主义打着告别现代性的旗号，而试图再次反抗现代性。这就是说，它们也可能只是在掩盖其与披着后启蒙外衣的反启蒙的悠久传统之间的同谋关系。"见〔德〕于尔根·哈贝马斯《现代性的哲学话语》，曹卫东译，译林出版社，2011，第5页。详细论述亦可参阅本书第一章第三节内容。

者怎样叙事“在乡”者的世界，这个挑战一直到西部纪录片[①]大量出现之时，还都未能从理论与实践两方面完全解决。因此，这两个不同空间，一边成了西部电影保持其审美张力的依据，另一边实实在在成了西部电影往前迈出半步都很难的魔咒。

“在乡”与“在城”，不能简单理解成乡村局外人和城市外乡人之间旷日持久的对峙。虽然这样的“隔膜”将长期存在，但这里所强调的意思是，影像叙事作为大众文化之一种的某种文化现代性努力，正在寻求城与乡达成共识的结合点，进而在尊重异质文化的基础上企图找到释解城与乡的空间距离带来的一系列焦虑症结，最后，企图令人信服地构建起中国式现代性叙事典型，从而缓解诸如身份危机、文化危机、伦理道德危机和精神意义危机等难题。如此说来，“在乡”与“在城”其实可以理解为一种观照的视野。

不过，在有效阐述这个问题之前，笔者想先举几个西部乡村内部[②]的影像叙事，以期与“新西部电影”的主要追求作一比较。比如甘肃天水市秦安县农村妇女“叶子”自掏腰包10万多元请县文化馆人员协助拍摄的

① “西部纪录片”是“中国纪录片”的一部分，单就纪录片而言肯定十分复杂，不是此处要讨论的主要内容。此处所说的西部纪录片，是指在现如今新型城镇化背景下带有明显经济建设思维，并主要由西部地方政府立项、主导、拍摄的宣传各地方传统历史文化而不是现实生活的新的宏大叙事。显而易见，这类西部纪录片不同于配合人类民俗学研究的“影视人类学”纪录片。云南省社会科学院民族学所对影视人类学纪录片的研究和实践比较早，影响最大者就有1985年的《澜沧江》、1990年的《来自湄公河的考察报告》、1994年的《红土高原的穆斯林》，一直到21世纪第一个十年期间拍摄的纪录片《云南藏族》《西南铜鼓文化之谜》等，都属于影视人类学纪录片。西部纪录片指大型电视纪录片《河西走廊》（2015）、《神秘的西夏》（2015）等，就大的方面而言，实际上都是继“新西部电影”之后的一种“重新西部化”尝试，这里暂不论，后文再说。

② 所谓“内部”，它介于整个意识形态与私人经验之间，也介于个案与普遍性之间，是同等村落的一个类比。相对于宏观的“公共领域”，它是具体空间；相对于微观的“私人领域”，它是集体经验。社会学学者郭于华，对“公私界限如何划分？公共讨论何以可能？”的社会学探讨，即属此例。这里所说的“西部乡村内部”，便是高于私人但又低于主流意识所界定空间的一个中间地带。应该说，这一空间所表达的内容，更能帮助认识和理解中国西部社会的结构性特点及其社会转型过程。相关概念见郭于华《公私界限如何划分？公共讨论何以可能？》，《学海》2015年第4期。

微电影《叶子》，一经发到网上，点击率超高，丝毫不亚于某部票房占据首位的斥巨资的电影，其中的信息也就不是西部乡村外的人能够完全理解的了。在镜头的平视中，今天西部乡村女青年叶子的自由恋爱在两人无任何反抗的情况下，被家长们不由分说地粉碎，特别是其中视嫁女儿如卖女儿的农村现实，相信不是哪个乡村乌托邦主义者能够转换成正面问题的，这也是当事人的反抗始终只停留在意识层面的根本原因，即意义生活仍牢牢为生存问题所牵制。唯独能与之构成平等对话水平的，恐怕只有李杨导演的《盲山》了。因为《盲山》所讲述的西部偏僻山沟里骗婚、逼婚的野蛮行为，在其他多数“新西部电影”中也一般是被刻意掩盖的。再如，甘肃平凉市静宁县李店乡农民自拍《平凉的果农》的微视频，虽然刚在网上大量转载就被删除了，但它通过反讽手法对“不务正业”成天待在家里学唱卡拉 OK 的果农的跟踪式抓拍，镜头本身便具有了强烈的现实感，值得认真研究。镜头中，果农张某先是因待在家里练歌与一心侍弄果园的妻子闹别扭，矛盾不能自行解决，没办法，于是妻子把丈夫告到了村委会主任那里，希望通过村委会主任的权力来治治丈夫的懒病。事实也正是按照妻子的意愿发展，张某遭到主任严厉批评教育后，果然痛改前非，彻底对他的“个人梦”死了心，开始踏踏实实务果园。事情的蹊跷之处在接下来的情节发展上。正当这一家人的生活按农民的正常轨道运行时，阴差阳错，实现个人梦的“机遇”却来了。丈夫曾经的那一点歌唱底子居然成了代表乡上参加全市苹果展销会歌唱演出的最大资本。不由分说，这一机遇的贸然光顾，又一次打破了果农的生活秩序，果农只能在完全失语的情境下为这个“被梦想”做一切该做的准备，果园暂时得放下，代表乡里最重要。最后，视频中果农张某闪亮登场，手拿麦克风、西装领带、风度翩翩，又是接受记者采访又是畅谈个人梦想，好不风光，“个人梦”于是与“中国梦”取得了一致。这说明，只有在“被梦想”中，果农的“个人梦”才能得到认可，而自为状态下的意义生活，非但不被政治认同，而且会遭到来自共同体内部的歧视；也进一步表明，果农只有换成另一副行头，比如置换其身份，变成一个准市民、准歌星，他的“个人梦”才能代表“中国梦”。毫无疑问，这个微视频实际上在下意识甚至无意识当中，讲述了当今时代西部地区底层农民与个人意义生活、个人意义生活与共同体、共同体与基层政治之间看上去统一，实则充满错位感和破碎感的复杂关系。直接说，这种越过农村农民的传统道德伦理文化逻辑，以高度意识形态化方式诠释当今农民理想追求的视角，显然与以传统乡村道德伦理秩序垫底的“新西部电影”有不少出入。

还可以举一些典型例子，比如前一段时间网络转载比较火的甘肃秦安县方言版微视频《村长剪彩》《村长开会》和宁夏固原市“小编”对老版电视连续剧《三国演义》之《失街亭》“诸葛亮挥泪斩马谡”片段的方言改装版微视频，名为《固原俩队长》。这三个视频都有相当的长度，都比较完整地表达了新型城镇化过程中农民截然不同的反应。有价值的地方就在于，这三个微视频所反映的内容截然不同。《村长剪彩》《村长开会》是以小品加独角戏的方式由一个叫村长的演员独自完成，在新型城镇化语境下，村长负责政策的上传下达，一些陌生的政策术语，他首先要经过自己的理解消化，再下达给群众。村长是新政策的坚定执行者和解释者，在西部农村脱贫致富的总体方针上，村长面对的主要障碍是个别农民懒惰、不思进取和对扶贫政策的歪解乃至错用。什么是抻长产业链，什么是产业结构调整等等，他都得用方言土语和具体事例形象地说出来才能被农民理解。这个转译过程便充满了戏剧性，有笑料也有民间荤段子，这当然是该视频广被转载的主要原因，不必多解释。需要进一步阐释的是，该视频中暴露的乡村矛盾。“扶贫”“脱贫致富”等是西部农村工作的重点之一，也是新型城镇化建设中城乡统筹协调一体化发展的难点。正是在这一点上，该视频抓住了问题的关键。概括说，这矛盾基本集中在村长与农民、农民与农民、农民与上级检查之间，但都围绕村长展开。作为一级行政长官，村长实际没有真正的行政执行权力，那么，问题就来了。村长只能通过挖掘传统文化中的道德伦理力量对村民进行规劝、诱导，必要时实施语言暴力干预。对于这一点而言，目前的农村恰好已经没有支持语境，故而村长的道德伦理威慑力实际根本起不到作用。非但如此，村长每用语言暴力时还得准备承担来自农民暗地里的报复。如此，"剧情"一波三折，有惊有险，长期对峙，经常拉锯。"扶贫""脱贫致富"一类政治经济问题，在长期摩擦中便转换成了文化问题。在农民的角度，以想象的城镇生活标准为参照，传统文化已经无法满足激增的物质需求，现代文化及其相应的现代社会机制的缺席，激化了农民所有矛盾，并固化为某个坚硬的思维定式——政治疏离感，错位中求生存的农民只能变成简单的经济工具；在乡村政治的角度，村长实际变成了道德理想主义者，他负责用道德伦理文化融化来自上级的指令，也同样承担着以此武器化解来自民间社会的冲突的责任。这样一来，现代化乡村经济建设，其实是由文不对题的传统村落文化程式来贯彻落实的。这也就意味着，"扶贫""脱贫致富"所导致的利益争夺，反而加速了乡村文明重新封建化而不是现代化。"越扶越贫"除了腐败的原因之外，根源大概就在这里。

《固原俩队长》通过改变台词来表达不切实际的经济主义在农民和村、乡两级干部中引起的强烈反应。在贫瘠的黄土山梁上种植香蕉，能否见成效？在远离市区的黄土山梁上斥巨资修建娱乐休闲中心，老头老太太能不能天天提着小凳上来下去地去娱乐、去休闲？增长主义与务实主义于是展开了辩论。最终，以马谡为代表的增长主义当然取胜，但在朝堂上，以副将王平为代表的务实主义却得到了丞相诸葛亮的褒奖。然而，这个褒奖的代价却有点大，它是以牺牲黄土山梁的绿化和闲置的娱乐休闲中心为代价的。如此，《失街亭》中诸葛亮、马谡、王平等主角的对峙，恰到好处地被转换到了现实中来，并得到了现实语境的支持。

这三个影像叙事（微视频），从两个方面反映了同一个问题，即传统村落文化或一般意义的传统文化在今天一步步走向式微。对照专打传统文化牌的"在城"的"新西部电影"，其现代性诉求，是落空了而不是更有效了。

首先，这些影像叙事不但是乡村世界内部的，还是乡村世界内部真正主体最内在的状态，即该内在性状态不是通过"在城"意识形态的向内介入而产生，那已经没有多少过去一度很热衷的类似改造、动员等概念痕迹，而是乡村世界的自在状态。那么，诸如今天西部乡村社会现实中的情感危机（比如《叶子》中叶子的朴素追求）、意义感错位（比如《平凉的果农》中想把唱歌作为农民生活之一部分的愿望）和政治危机（比如《村长剪彩》《村长开会》中农民与乡村干部之间的紧张关系），究其实质，更接近“西部电影”阶段电影人对西部普遍乡村社会现实的判断，而不是“新西部电影”把西部乡村世界普遍提升为矫正城市文化的秩序象征。

这就提出了一个问题，即类似“新西部电影”代表性作品《美丽的大脚》《图雅的婚事》等，对西部乡村世界稳定、安静的道德秩序的文化叙事，究竟指向什么以及为什么如此指向？

对电影人进行简单的身份和意识形态化指责，显然不能完满解释这一问题。除了上文提到的种种“隔膜”之外，这里是不是还存在一个文化现代性诉求问题？也就是说，当“新西部电影”把“西部电影”对西部社会现实的批判转换成对西部的文化观照时，“西部电影”时期一般被批判处理的现象，其实转而成为文化观照的主要表征。这时候，仍然缺失的现代社会机制在“新西部电影”看来，应该与与其相伴而生的生存困难一道，被扔进历史的垃圾桶。正因为在理解上，现代社会机制管物质生活条件，文化秩序管人们的观念、信仰和价值，这样的逻辑一旦形成，自然而然，无论宗法文化程式的秩序，还是现代意义的人的意义生活期许，都将在文化上获得同等重要的礼遇，根本不分伯仲。如此一来，“新西部电影”对文化现代性的探讨，事实是倒退了而不是前进了。故而，无论张美丽还是图雅，她们个体身上所产生的道德伦理文化魅力，一边系着城市文化的羸弱，另一边系着传统村落文化的强大，唯独没有当前乡村文化的表征。“在城”者叙述“在乡”者，不妨是一种视角，这视角用得好还有助于看到通过乡村内部视角无法看到的问题，可谓跳出乡村看乡村，至少能摆脱乡村本位主义局限。但是，如果“在城”视角带有浓重的复古色彩，可能就是对乡村的二度遮蔽了。基于这一角度，“新西部电影”实际上已经走到“城”与“乡”两方面都不太着边际的两难境地。对于城市，那种宗法文化秩序无疑是对现代城市文明的曲解；对于乡村，传统道统文化恐怕也是对现代乡村社会的遮蔽与简化。其结果只能是对文化现代性思想诉求的误导。

表面看，“新西部电影”似乎走得太快了，以致在逻辑上已经跨越路遥长篇三部曲《平凡的世界》和电影《人生》《黄土谣》等的历史语境。其实不然，从今天的微电影（微视频）看过去，新型城镇化对西部乡村世界的深刻影响，以及由此而牵动的今天西部乡村主体的遭遇，恰好被忽略了——这应该才是制约乃至规定乡村情感取向、意义选择、价值实现的真正因素。毫无疑问，今天西部乡村世界的情感危机，已经与《人生》中高加林、刘巧珍所遭遇的有本质不同，尽管表面上仍然受物质条件制约；今天西部乡村世界的政治危机，已经与石圪节乡（《平凡的世界》中孙氏兄弟所在乡）不大一样，尽管看上去乡村社会有其自身的驱动机制。一句话，破解经济主义价值观，是今天西部乡村文化的根本性作为。而这一点，采取平视视角拍摄的微电影虽然发现了物质困难，但终究无力去解决文化问题；“新西部电影”即便意识到了文化的重要性，但叙事偏离了解决文化问题首先应该解决社会机制问题的理念。如果说，20 世纪 80 年代“西部电影”的思想主要在启蒙现代性方面，那么，今天的“新西部电影”则主要是文化现代性。之所以过渡总嫌突兀，是因为中间少了社会现代性叙事。这也部分地解释了，西部微电影、微视频常常不是关于突发性社会事件或搞笑段子，而是严肃的乡村社会问题的根本原因。“圣人布道此处偏遗漏”，当主流叙事一而再再而三无法下降到最棘手的社会问题层面的时候，夹带在网络海量信息中的精短影像叙事，仿佛夜间闪烁不定的萤火之光，虽体量微小但意义重大，勉为其难地补白了这一叙事漏洞，构成了从“西部电影”到“新西部电影”的一个晃晃悠悠的桥梁。

其次，当我们以文化现代性视角来看待西部影像叙事的“在乡”与“在城”时，除了发现上文谈到的这一局限之外，从积极的一面看，“在乡”者内部叙事，其本身不是没有问题。只不过，这问题通常被社会学视野取代罢了。就是说，如果没有大量的社会学发现，“在乡”者内部叙事实质上只是现象抓取，并没有超越性思想眼光。超越性思想眼光，在发现本质性问题的同时，一定伴随着文化建构的自觉意识。来自西部民间的微电影、微视频，显然不具有这个特点。同样，“在城”者叙事“在乡”者，虽然总是注入许多思想文化信息，可谓有隐含背景，有潜在针对性的文化判断，可是，就其固定模式而言，不足之处就在于总是城市对乡村的态度，很少开启乡村对城市的维面（“城市外乡人”式的猎奇眼光除外）。从大量专门或夹杂在别的题材中的“城市外乡人”视角，便可得知，这一类普遍性“在城”者对“在乡”者的蹩脚想象，虽采取的方式方法不尽相同，但与通过叙事反复求证的结论一样，都是冲着“化”农村和农民而来，尤其“城市外乡人”和“农村闯入者”等把农村社会和农民当作小品、笑料、段子加以演绎，更是极端而直截了当，城市模式是标本，农村是一个迟早要交出去的消费试验基地。这就意味着“在城”对“在乡”的唯一文化现代性路径，屏蔽了它们之间生动活泼的相互参照、相互辨识的理性立场，制约了“西部”这一特定语境中人文建设的另一面可能性。

当然，从思想来源而论，文人或职业电影人的西部影像叙事——无论“在乡”者的城镇叙事，还是“在城”者的农村立场，不可否认，都属于文化现代性叙事范畴，只不过，是中国式文化现代性叙事。本来能撬动现有文化惯性的思想信息，因不合既有文化接受惯例，而被迫放弃，结果文化现代性叙事只变成了一个具有现代社会资讯特点的故事，形式是现代的，内容依然是传统的。

根据已有论述，一般表现为以下三种突出形式。一是有目的地误读成中国本土化现代性，可称之为“文化传统主义现代性”。在这个构造过程中，“优秀传统文化”和“社会主义核心价值体系”是两个最直接价值参照。既然价值方向已经无可讨论，剩下能发挥想象的地方，便只是城与乡二元格局尚未定型、至少发展结果还不怎么明晰的西部及其农村社会。不管它已有的符号形象，还是特色鲜明的历史与现实，都是再好不过的影视文化样本。给现代城市文化植入传统村落文化信息，或给传统村落文化配备人的现代化元素，如此调制一番，可预见的结果就出来了，即自然环境绝对静谧、人物内心绝对安静、人性运行绝对合乎以上两种要求，外界成了遥远的他者，经济主义败给了道德理想主义。一句话，文化传统主义现代性所营造的世界，只配观赏、把玩，但不宜于人们生活居住。二是有针对性地阐释为符合当前政治经济策略的中国多民族化现代性，西部具有这样的特点。这一点也可以从绝大多数西部人文研究中得到证明，民俗人类起源说、道统说、多民族文化交融说等不一而足，西部影视文化其实只是最直观的一种表征。需要进一步强调的是，在完全正确的多民族文化交融论证中，如果没有对当前社会现实的深入探究，直接把多民族民俗文化当作今天多民族生活现实，或者到现实生活为止而不是开始，毋宁说"多民族现代性"只是一个不具有合法性的个案标本，意味着文化现代性思想眼光实际上被自身解构了。显而易见，没有价值支点的多民族文化叙事，剩下的只是一堆徒有文化符号的杂乱无章的色彩大拼盘。三是有明确对抗对象的选择性现代性，姑且叫作"反西方现代性的现代性"。我们接受西方现代性的途径很多，有文学及其理论批评方面的"审美现代性"，主要以想象的虚构世界来对抗"一体化"的现实世界，人的觉醒或不觉醒是其诉求的重要主题；有美术音乐或其他舞台艺术方面的"文化寻根"（西方学界叫"新时代运动"），原住民生活形态是其当然参照，旨在通过以最原始的生活方式与最先进的技术手段相结合，建构某种生态主义美学范式，再反过来审视今天普遍性科技主义危害；也有社会现代性的引进，以英国社会学家安东尼·吉登斯的《现代性的后果》和法国后现代社会学家让·波德里亚的《消费社会》等最为著名，它们的引进，深刻改变了中国社会学研究的结构，现代社会机制的建立被提上了社会治理的议事日程。

这里说的西部影视文化中反西方现代性的现代性，其实是一种掺杂了审美现代性、文化寻根和社会现代性中某些可利用成分，最终以隐蔽方式诉诸纯粹视觉效果的"被看"画面。删除了审美现代性中的启蒙维度，留下了抽象人性论；删除了文化寻根中的审视视角，留下了自然主义镜头；删除了社会现代性中的必然现代性，留下了现代性后果。这样一来，它所摒弃的部分，正是西部现实重构自身辨识自身所需的思想资源，而它所青睐的内容，恰好是重构过程首先值得认真清理的沉重负担。

正是“看客”的消费心理，或文化产业思维推动下的大众文化商业化趋势使然，目前为止，无论“西部电影”还是“新西部电影”，究其实质，都不同程度地在讲述“城乡一体化”或“城镇化”这一同一性故事，尤其对“消灭小农经济”“赶农民上楼”“集约化生产”或确权下的“土地流转”等情有独钟，至于对城市近郊、公路沿线以外农村社会的观照，则显然束手无策。这进一步表明，至少对于新型城镇化以来的西部现实生活的反映，西部影像叙事除了借助主流政治经济学和社会学的成果，还没有产生适应于西部现实，特别是适应于无法城镇化的西部农村世界的成熟的文化理念。换句话说，消费之外，西部影视文化并没有贡献出特别的认知价值，相反，倒是通过以上三种方式简化甚至遮蔽了西部的复杂性和丰富性。

这样一个文化盲区，一边预示了现有西部影像叙事的终结，另一边启迪了另类西部文化思维的热情眷顾。而这个另类文化思维，就是西部纪录片。在西部纪录片来临之时，真正意义上的西部文化现代性影像叙事，才算正式登陆。当然，西部纪录片也是参差不齐，其中既有更糟糕的商业嗅觉，也有值得反复研究的价值定位。

第二节　重新“西部化”与空洞的“文化搭台”

到了这一层，新近出现的一批西部历史纪录片是重点探讨的对象。

上一节提及的西部民间社会、微信平台自拍或以搞笑形式呈现的西部农村社会现实片段，比如《叶子》《平凉的果农》《村长剪彩》《村长开会》《固原俩队长》等，就其效果而论，其实已经具备纪录片的大多数特征：第一，注重记录的完整性。即便几分钟或十几分钟的长度，情节的剪辑都力求完整，故事的讲述都力争有头有尾，并且能在完整呈现生活片段的同时，尽量做到对“片段”背景的隐含性展开，这就接近叙事的自觉了。第二，讲究记录的原始性。这些微视频和微电影，能在短时间内有成千上万网民的点击转载，得益于它们对原汁原味西部农村生活的准确捕捉，至少片段中能概括出一个或一群农民一生生活的重要流程，那么，个体或群体在政治经济话语强行介入的节点所表现出的惊慌、措手不及，或反应漠然、无动于衷以及消极抵抗、故意捣乱等思想表情，才具有过程性价值。第三，突出叙述的现实性。这些微电影或微视频，一些是对自改革开放以来西部农村社会变迁的梳理，一些是通过改装、戏拟经典电视剧片段，恰到好处地把情节冲突聚焦到今天农村最尖锐矛盾上，形象地撕开了貌似严丝合缝实则漏洞百出的基层政治经济运行逻辑。第四，强调方法的多样性。有空镜头、长镜头和特写，也有跟拍、仰拍和俯拍，当然更有长景和中景等，关键还在于，配有符合情境的背景音乐。除旁白、独白和解说等常见方法之外，因为时间限制，人物对话也十分讲究，基本能在精而又精的土语方言中，三言两语道出所有的话语和情境，可谓难度很大。这正是纪录片真实再现对象世界时，体现人对历史、现实和未来所需的主体性追问精神，避免了单纯用来消费或被人猎奇这样一个消极后果。

即便如此，这一类影像叙事的确是非主流的、非正式的和未被授权的西部言说，它们的思想能量、覆盖范围，以及对于改善西部思维定式的可能性，自然十分有限。在"新西部电影"穷尽的地方，以强大气势、整体阵容和庞大体积，取代新西部电影叙事的是文人或职业记录人在官方大力支持下制作的西部历史纪录片。当这类电视纪录片成规模推出之时，中国西部的整体形象，恐怕又要开始重新书写和定位了。

在探讨这类西部纪录片之前，有必要对中国当代电视纪录片作一简要回顾，以示区别。

从1905年的《定军山》算起，中国纪录片走过了一百多年的历程。在这百年探索中，从社会价值层面看，中国纪录片大致可分为四个明显阶段。

1949～1977年为"一体化"时期，《解放西藏大军行》《抗美援朝》等反映军事斗争胜利的影片在此时期完成。其一，制作手段极端化，通常是政治标准第一，艺术标准第二，反正是"靠政治吃饭"，"耍弄技巧"

不但有投靠资产阶级之嫌，而且会被扣上走歪路的帽子。其二，大型场面选材严重重复，因为主要是报道社会主义建设成就，大型建设和大型活动画面便被反复征用，“形象化政论片”就成了此时期纪录片的重要特征。其三，声画分离。比如三年困难时期制作的《工农生活片段》《南泥湾》等，正是凭着声画分离的效果，起到了教化老百姓的作用。当然这一时期也有突出于“政论宣教”“政治教科书”的纪录片如《深山养路工》《下课以后》《战乌江》《收租院》等，对日常生活细节的眷顾、对老百姓现实生存处境的记录，给后来的电视纪录片奠定了基础。

1978～1991 年为“拨乱反正”时期，中国纪录片正走在从“专题片”到纯粹的纪录片的发展道路上。其一，从上一阶段反映阶级斗争、国家意识形态的大型活动、大型场面，转而以大江、大河的“大”来寄托气势磅礴的人文主义情怀，《丝绸之路》《话说长江》《话说运河》《让历史告诉未来》等即如此。“中华民族”取代了“无产阶级”“共产主义中国”，这是大型题材占据突出位置的一种表现。不但题材大，规模浩大的群体创作所营造的磅礴大气对国家、民族的展望与祝福，也是题中应有之义。其二，上一阶段通过“加映片”方式传播的渠道，到了这一阶段，变成了广泛的电视播送，渠道大为改善，比如这一时期中央电视台先后推出“祖国各地”“地方台 30 分钟”“兄弟民族”等纪录片栏目。由此可见，这一时期政治对纪录片的管控有所松动，也开始注意纪录片的社会整合作用。表现在社会学上，就是鼓舞民族士气，传授知识；表现在人类学上，最直接的便是“非人性”话语模式被“人文主义”话语模式取代；艺术上也变得不断追求进步，同期声的运用、航拍等特殊拍摄手段的运用和解说词对“政治色彩”的有意淡化等成为常态。

1992～2003 年为社会价值“多元化”时期，《望长城》《我想有个家》《德兴坊》《半个世纪的乡恋》《大动迁》《下岗以后》《回到祖先的土地》等是这个时期的重要作品。

说这个时期纪录片“多元化”，主要因为这一时期什么样题材的纪录片都有，但不管哪种题材的片子其实都遭遇商业化挤兑，特别是遭遇主流媒体，比如电视连续剧、综艺节目的挤兑，致使一些来自边缘的、个人制作的、具有人文价值的纪录片在市场驱动中很不景气，乃至于基本处于自生自灭的状态。政治管控比较松动了，但市场的裁决尤为残酷。由于资金的问题和收视率的问题，这个刚开头的所谓"多元化"其实在背后进行着无奈淘汰，为后面的再度主流化埋下了伏笔。即便如此，概括起来，这一时期的"多元化"大致表现为这样几个方向：一是在社会变革中行将消失的民族文化得到了抢救性记录，构成了 20 世纪 80 年代中期以来"文化寻根"思潮的一个微弱余续，比如记录鄂伦春民族信仰传统的《最后的山神》、记录彝族象征性仪式的《毕摩记》，以及再现上海市民生活场景的《德兴坊》等。二是以平民话语纾解社会伤痕，并且呼唤人道主义的纪录片普遍出现，一定程度上接过了 20 世纪 80 年代"反思""伤痕"思想的接力棒。再现父女情的《十字街头》、表达同学情谊的《十五岁的初中生》和呈现病友情的《呼唤》等即如此。三是大胆揭示转型期社会问题，某种程度上也把镜头往当下现实推进了一步，介入现实社会的力量得到了延续。比如暴露老少边穷地区教育落后、上学难的《龙脊》就很有代表性。

2003 年至今为社会价值"主流化"时期。为什么这一时段被称为纪录片的"主流化"时期呢？有这么几个标志性事件大概能说明问题。第一，2003 年 SARS 突然来袭，随之而来的新闻报道的第一个变化便是全面公开化、透明化和跟踪报道；第二，2003 年 5 月 1 日中央电视台新闻频道成立；第三，2003 年作为纪录片制作老大哥的新影厂筹资投拍了《梅兰芳》；第四，两年后即 2005 年 12 月 18 日《中国纪录片人宣言》发布，其"不媚俗，不趋炎，独立思考，真实记录。我们用良知与勇气铸造坚强的人格，然后从容不迫地记录这个变革时代中的伤痛与忧思、光荣与梦想"的宣言，直接标志了中国纪录片社会责任的回归。上述第一个和第二个事件有直接因果关系，新闻公开化、透明化诉求与新闻频道对其他类型纪录片播出空间的挤压呈正相关关系。而第三个和第四个事件也构成因果关系，因为"宣言"来自《梅兰芳》等片的社会效果评估。更为关键的是，

《梅兰芳》产生之时，正值中国文化体制改革推进期间，电影集团化、广电集团化是电影、电视等行业对市场化的回应。而《梅兰芳》的播放权不是像通常那样被卖给中央电视台，而是被卖给了地方电视台，进一步表明了中国纪录片踉踉跄跄走在了市场化、社会化的道路上。如此一来，纪录片不得不小心谨慎，也不得不王顾左右而言他。靠“新”“奇”“怪”打天下的路子不但充满风险，而且很容易导致观众审美疲劳，唯一出路，只能是走入社会、关注社会各个阶层。这就从国家意识和个人意识两个层面共同建构了主流价值观，突出表现为以下几类。

首先是大型化和怀旧化纪录片，比如《再说长江》《再说运河》《新丝绸之路》《故宫》《颐和园》《圆明园》等大型纪录片的出炉，无不与国家和民族的集体记忆和文化怀旧有关；其次是添加小甜点，抚慰受众恐慌心理，顺便迎合消费市场，《舌尖上的中国》就是明证。当大众对食品安全失去信任之时，原来犄角旮旯还保有绿色食品，这不啻是一贴良好的心灵膏药，同时也拉动了食品产业链的重新繁荣。这一局面，由《舌尖上的中国》带动的“中国美食热”，岂不是“伤痛与忧思”的抚慰？又何尝不是“荣光与梦想”的注脚？当然，更为重要的是，国家广电总局的审查监管越发严格了。自 1998 年 3 月国家广电总局成立以来，电影、广电集团要制作什么节目、倡导什么样的社会价值观，总能在广电总局找到相关指导性文件。至于 2010 年广电总局印发的《关于加快纪录片产业发展的若干意见》和 2013 年下发的《关于实行电视纪录片题材公告制度的通知》，几乎从每一取材、每一公示备案步骤，甚至制作的每一细节，都进行了严格规定①。在这样的纪录片语境，个人制作和 DV 发行等渠道显然已经相当不受市场支持，它们的不景气也就是必然的了。

---

① 以上资料信息，详见尹幸颖《中国纪录片的社会价值变迁研究》，华中科技大学硕士学位论文，2013。当然，在中国纪录片的宏观和微观研究方面，学位论文、学术论文相当丰富，有的是艺术研究，有的是人类学研究，有的还可能是人文精神研究，有的是某一题材类型研究，有的是中西对比研究，可谓五花八门。但无论哪种研究，对中国纪录片的时期划分，则基本取得了大致共识，以以上四个时期为标准。

总之，行政主管部门对纪录片的干预与牵制，对符合社会主流价值观纪录片的物质奖励与精神支持，再加上国家纪录片频道的示范效应和个体纪录片创作群体在技术革新后的逐步退出，主流价值观已经用行政力量和市场导向将上个时期纪录片的多元化价值逐步统一起来了。

那么，在中国纪录片的总体框架下，中国西部纪录片怎样呢？《人类学视野中的西部纪录片》是一篇资料翔实、论述客观的硕士学位论文①。作者通过对京派、海派和西部三者的对比得出结论认为，西部纪录片大多属于人类学研究对象。总结来说，这是西部纪录片被动状态下的主动结果。首先，覆盖面上，京派和海派纪录片独占鳌头，而西部纪录片则在夹缝中生存。京派纪录片是以央视为代表的强势媒体，海派纪录片则是依靠上海文广集团，二者的覆盖面广，手中的创作群体庞大；其次，经济实力上，京派和海派纪录片无论前期投资、制作，还是后期的包装、市场推广，都具有绝对优势，而西部地区电视的广告收入比起东部相差甚远；最后，题材选择上，京派和海派纪录片基本关注主流文化，甚至一定意义上它们就是主流文化的代言者和主流文化本身，而西部纪录片题材一般不离西部边缘人群、人烟稀少地区，甚或直接是西部边远地区少数民族人群，话语份额显然很不足。如此，歪打正着，本来雄心在别处的记录，只好借助民俗人类学的有限资金，西部纪录片便成了西部人类学研究的一个延伸而存在。这些纪录片生产自 20 世纪 90 年代初，一直延续到新世纪的今天，几乎横跨西部诸省份，包括《藏北人家》《西藏的诱惑》《我们的冬》《阴阳》《回家》《山里的日子》《苗乡纪事》《冬天》《家住沙漠中》《亚新与牧羊人》《回家的路有多长》《沙与海》《苗族》《侗族》《山洞里的村庄》《白马山谷》《船工》《最后的马帮》《深山船家》《九寨沟四季》《西藏一年》《喜马拉雅的天梯》，等等。当然还包括云南省社会科学院民族学研究所与云南大学成立的亚洲第一个"东亚影视人类学研究所"合作或单独拍摄的"影视人类学"西部纪录片，影响最大者就有 1985 年的

① 详细论述参见坚斌《人类学视野中的西部纪录片》，西北师范大学硕士学位论文，2011。

《澜沧江》、1990 年的《来自湄公河的考察报告》、1994 年的《红土高原的穆斯林》，一直到新世纪第一个十年期间拍摄的纪录片《云南藏族》《西南铜鼓文化之谜》等，都属于影视人类学纪录片。

前文说过，鉴于论题所限，这里希望重点讨论的西部纪录片，实际上是继“新西部电影”之后“重新西部化”的一种西部历史纪录片，而不是人类学纪录片。它们包括大型电视纪录片《河西走廊》（2015）、《神秘的西夏》（2015）和准西部历史纪录片《乌鲁木齐的天空》（2011）① 等。

显而易见，这些西部历史纪录片都是城市化或新型城镇化以来的产物，甚至更具体一点说，是国家战略“向西开放”“一带一路”政治经济话语在文化上的具体反映。这也就意味着这些西部历史纪录片，首先代表着西部地方政府的声音，并肩负着把各自地理历史文化重新西部化、重新符号化的宣传职能，其次才是纪录片本身的问题。也即是说，刚才提到的这些西部历史纪录片或准纪录片，是 2003 年以来中国电视纪录片走向“主流化”的一个特殊产物。只不过，在社会价值“主流化”的总体趋势下，西部纪录片在代表西部地方政府的前提下，还负责重塑西部特色化形象，进而为西部经济社会发展营造西部化文化产业氛围，最终为文化西部化保驾护航。很清楚，这类纪录片的首要功能在重构西部历史，尤其是重构西部文化历史，而不在发现当下西部现实问题，特别是新型城镇化以来的西部当下文化问题。大体说来，它们具有以下共性。

第一，它们普遍离开了现实西部，进入了古典文献学西部。《河西走廊》虽然只有 12 集，但故事时间跨度非常之长，重述的是距今 2100 年前汉武帝刘彻时期的故事。涉及的地理空间也非常之广，囊括了古谓之“河

---

① 值得说明的一点是，此类西部电视纪录片还有很多，为了聚焦问题，这里只列“丝绸之路经济带”建设中涉及甘肃、宁夏、新疆、青海等重要省（区）的纪录片。据宁夏社科院重大现实问题研究课题组提供的《决策咨询》，宁夏将要被打造成该经济带的重要支点，新疆是核心区，青海是战略通道，甘肃是黄金段。分别见《决策咨询》，宁夏社会科学院，2014 年第 15～20 期。另据笔者截至 2015 年 8 月的调研，青海正在铺开阵势紧锣密鼓地拍摄以柳湾马家窑文化遗址、乐都县土族为题材的大型地方历史电视纪录片。

西走廊"的绝大部分地理半径，东起乌鞘岭，西至星星峡，南侧是祁连山，北侧是龙首山、合黎山、马鬃山，通道全长约1200公里，宽数公里至百里不等，悉数进入镜头。该片解说词开篇就没有给观众留下多少关于当下新型城镇化转型的阵痛体验，而是一下子进入包裹严密的古典修辞体系，那里充满了"出使"的无限荣光和览胜的颇多诗意。那个19岁的皇帝刘彻和27岁的张骞，挥斥方遒，激扬文字，站在宫殿外的某个台阶上，表情凝重、目光如炬，仿佛一切都在预料中，他们简直在提前书写一部关于自己的英雄历史。"那是一个风轻云淡的日子，距离汉帝国首都长安西北一百二十公里外的甘泉宫里，气氛不同寻常。一个使团即将出征，朝廷侍从官张骞郑重地从汉武帝刘彻手中接过象征授权的符节，他将率领使团踏上出使西域的行程，这一年他们都很年轻，刘彻19岁，张骞27岁。对于距今2100年的这个帝国来说，西域无疑是个风险重重又令人向往的地方。张骞一定知道，西去的路上，必定充满艰辛和不测，但他无法知道的是，当他转身的那一刻，他的这次出行，就注定被载入史册，而河西走廊，也将从此进入中国人的视野。"① 接下来，我们知道或不知道的历史人物，比如张骞、霍去病、阔端、八思巴，以及飞天的描绘者、穿越古道的中西商贾，等等，都成了支撑该片结构的主要内容。他们或侧身，或主角，或跑龙套，但勉为其难，都是《使者》《通道》《驿站》《根脉》《造像》《丝路》《敦煌》《会盟》《苍生》《宝藏》的重要骨架。据制片人李东坤介绍，《河西走廊》的拍摄之所以放弃了采访专家学者的模式，而启用"全新的最科学合作模式"，是因为它的背后实际有两个创作团队。一个是由20多位专家学者组成的学术团队，另一个是纪录片创作团队。前者最终撰写完成了近50万字的学术文本，这些学术文本是对河西包括儒学、经学、文学、玄学、天文学、史学、建筑学、科技学、佛学、乐舞学等在内的154

① 徐兆寿等：《〈河西走廊〉引起强烈反响——大型纪录片〈河西走廊〉学术研讨会在西北师大召开》的发言纪要，见于西北师范大学新闻与传播学院"非常道"微信平台，2015年3月20日和22日。

卷文献的抽丝剥茧式压缩；后者的任务是将学术文本整理、编写成电视语言，然后形成拍摄台本——李东坤所说的创作“自虐期”。让每一个人对河西走廊都有理性的认识，包括摄影师、制片人，他们都被迫看这部有些枯燥的纯学术读物，同时，“为每一集寻找相应时代可以展示的主题故事”①。如此看似严丝合缝的制作过程，实质上是文献学逻辑对现实社会的层层包裹。该书可能书写了河西走廊曾经的历史，但河西走廊曾经的历史也就从此与当下甘肃、当下甘肃群众和群众文化、日常生活没多少关系了。

10集大型纪录片《神秘的西夏》，也同样如此。通过《失落的国度》《高原的孩子》《崛起之路》《大白高国》《以战求生》《后宫丽影》《文明之光》《普通人的王朝》《铭记》《生生不息》，勾勒了西夏国近200年的历史。虽然有西夏学专家学者的插话、介绍，但整个片子看下来，所谓“神秘”其实就是嗜血般的战争和宫闱之内迷乱的爱恨情仇，即便古西夏国老百姓的日常生活情景，也几乎没有踪迹，更遑论从古西夏国产生的文明种子——有的只是反复重现西夏文字发明的镜头。单就这一点“神秘”而论，经相关专家鉴定，也多因捕风捉影而游谈无根。

第二，它们普遍偏离了新型城镇化本意，进入了神秘化死胡同。对于现今的西部现实而言，一言以蔽之，新型城镇化就是就地城镇化；以改善城际、城镇之间空间半径过大导致的继续贫富二元化现状，改善长期的政治城市化、经济城市化所造成的“文化空城”现象，在适当保留小农经济的前提下，切实解决农村社会及农民的现代化问题，切实推进并建立健全现代城市文化机制，逐步消除价值失衡、自我迷失、道德伦理文化丧失的社会学问题，而不是使西部重新神秘化，预支本来匮乏的民间民俗和少数民族宗教信仰文化，为单纯的旅游产业保驾护航。但是，当西部各地方政府花血本、斥巨资争相投拍类似《河西走廊》《神秘的西夏》等电视纪录

① 徐兆寿等：《〈河西走廊〉引起强烈反响——大型纪录片〈河西走廊〉学术研讨会在西北师大召开》的发言纪要，见于西北师范大学新闻与传播学院“非常道”微信平台，2015年3月20日和22日。

片，为地方文化披上不必要的"西部化"外衣之时，首先能算清楚的一笔账就是，用于实际文化建设的项目经费就要相应地大大削减，直接导致"一带一路"或"向西开放"中出现两张皮现象。一方面倾力引进院士、领军人才，走从"中国制造"转型到"中国创造"的高新技术发展路子；另一方面却不折不扣地让文化走回头路，以至于变成空洞而廉价的"文化搭台经济唱戏"的失败之路。文化再度成为经济的工具和附属品，文化真正发挥作用的地方——改善乃至重塑各社会阶层因利益固化而上下流动滞塞的状态，仍然被忽略。更令人担忧之处还在于，如这样的西部历史纪录片已经呈现的那样，当西部文化重新西部化、再度神秘化并形成某种主流主导下的集体无意识时，新型城镇化企图完善和建构的文化城市、文化农村，以及人的现代化，都将被延误。

在四平八稳的宗法文化程式中，在似乎充满诗意的传统文化窠臼里，温水煮青蛙式的连锁反应迟早会发生，到那时候，本来内在于"一带一路"以及"向西开放"的跳出西部看西部的视野，恐怕就很难打开了。

第三，它们普遍轻视成熟的现当代文化，进入了传统文化的思维定式。中国传统文化、国学，的确博大精深，不能一言以概之。有成体系的儒、释、道大传统，也有奇门遁甲、旁门左道的民间小传统。前者滋养了中国人的安静、隐忍和内倾型人格，后者鼓荡了中国人既顺从又阴谋、既仁爱又乐意充当看客、既呵护小家庭又漠视大家庭的双重甚至多面分裂人格。也许《河西走廊》《神秘的西夏》的制作本意不在一味地回到过去、回到传统，但作为大型电视纪录片，当它们分别于央视 10 套科教频道这样的主流平台播出时，对观众特别是对应的对象世界的观众的改造、重塑就开始了。鲁迅先生反复批判的"看客"一下子转而为"主体"，可以想见，古典式主体意识、传统宗法型主体意识和王权崇拜乃至政治高于一切的意识，就会应时而起。这个时候，别的不说，单就盲目自信、故步自封的地方主义和亢奋异常、群情激奋的民粹主义，恐怕会成为完善现代社会机制、建构现当代文化的不小阻力，更遑论培养合格的市民意识和成熟的现代城市文化了。准西部历史纪录片《乌鲁木齐的天空》，虽然讲述的是

20世纪70年代乌鲁木齐市某小区各族人民由摩擦、碰撞、冲突，最后终于和解、融合、和谐相处的故事，但就题旨而论，当作准纪录片来审视也未尝不可。这种通过预知结果反过来推测前因，或经过故事化处理来搭建理想人际关系的叙事，究其实质，并不是建立在成熟的现代社会和现代文化平台上的“弥合”，而是另一种传统文化，特别是传统文化中具体道德伦理方式方法起作用的思维，仍然远离了现代文化本意。成熟的现代文化必然生成于成熟的现代社会机制，从这个意义说，《乌鲁木齐的天空》甚至是遮掩问题，而不是发现问题，与现代文化理念下的“和解”，差距太大。

不能不说，这样的一些携带产品，正是此类纪录片轻视现当代文化而误入传统文化的思维定式所致。与影视人类学纪录片相比，这类纪录片的文化功能实在很薄弱。

诚然，在现有西部纪录片中，致力于西部现实探索，倾心于西部人文建设的纪录片不是没有，而是被主流媒体忽略了。它们所含的文化信息，更接近文化现代性思想，第三节将重点讨论这类纪录片——姑且称之为当下西部现实纪实片。

第三节　西部现实纪实片与文化现代性担当

“文化现代性”[①] 这一概念，已在前文多次提到，甚至也是前文章节论述的一个核心价值支点。但因前文章节各自的任务所限，这一概念反而未能得到清晰界定和解释。行文到了这一层面，就有必要解释一下了。另外，截至目前，中国学者在一般的文学、文化论述中好像还很少自觉用“文化现代性”这一概念，直到大量研究大众文化的著述或论文出现，这一概念仍然被夹杂在“文化研究”中，它的眉目及其思想诉求也就不甚清

① 关于“现代性”观念，本书第四章第一节《现代性与西部现代性程度》，已做了较全面的介绍，这里再度介绍，只是为了突出“文化现代性”的内涵，并且本节论述到这里时，“文化现代性”才出现了正面的例证，特此说明。

晰。吴靖所著《文化现代性的视觉表达：观看、凝视与对视》的出版，给这一概念带来了新的机缘，不过，她基本还是在视觉表达的层面渗透，所谓观看、凝视与对视是也。虽然视觉表达已经非常接近人们的一般日常生活观念了，但毕竟还不能说是内在于日常生活状态本身并反作用于日常生活，使其复杂的构造彰显于世。故而，在这里也需要做一澄清。一方面，这一概念长期以来实际寄存在“启蒙现代性”、“社会现代性”和“审美现代性”之内，特别是就中国学者近年来的人文论述而言，它可能仅仅是“审美现代性”中的一分子。这也就意味着有关它的一些思想信息和价值内涵，只附属于文学及其理论批评。进一步说，正因为文学及其理论批评自身的规定性，文化现代性有时候好像被强硬地划分到“文化研究”这一范畴了。作为文学研究方法的文化研究，可以用，但不宜多用，多用了就会遭到质疑，认为是对文学的文学性的取消；作为文化，特别是大众文化研究的对象，“文化研究”也好像才恢复了名誉。然而，在当下中国语境，限于文化产业、限于收视率、限于经济增长的意识形态考量，“文化研究”也仍然困难重重，不能贯彻其理论的彻底性，多数时候也就自然是王顾左右而言他。更有甚者，在众多初出茅庐的青年学子的流水线作业和各类课题项目、学位论文、核心期刊的网状学术考评中，“文化研究”实则被简化成了关于“文化”的归纳和分类，“存在的就是合理的”是此类文化研究终极目的。不言而喻，到了这个时候，文化研究既非法兰克福学派的，也非曾经的伯明翰学派的，更非价值论，只是一堆堆数字的统计和现象的罗列，文化研究的本质于是消失了。另外，即便在大众文化，特别是影视研究中，虽然国外研究一般在该领域植入文化现代性思想，但国内这方面的研究基本还比较模糊，甚至几近暧昧，要么有局部批判但结论始终是顺从现有生产模式，也就显得不痛不痒，要么符合文化逻辑、具有部分的文化自觉，但不是现代性文化意识和现代性文化自觉，结果也是有一说一、就事论事，显得不咸不淡、不深不浅。

鉴于这种情况，文化现代性在目前的现实功能和基本的价值指向，的确需要重新界定。

结合德国现代哲学家于尔根·哈贝马斯的《现代性哲学话语》[①]、英国哲学社会学家安东尼·吉登斯的《现代性与自我认同》[②]、美国现代哲学家马泰·卡林内斯库的《现代性的五副面孔》[③]、美国马克思主义批评家和理论家弗雷德里克·詹姆逊的《现代性、后现代性和全球化》[④] 和中国学者高瑞泉的《中国现代精神传统——中国的现代性观念谱系（增补本）》[⑤]、张曙光的《现代性论域及其中国话语》[⑥]、周宪的《审美现代性批判》[⑦]、吴靖的《文化现代性的视觉表达：观看、凝视与对视》[⑧] 等，以及其他域外相关著作，如英国当代学者阿兰·斯威伍德的《文化理论与现代性问题》[⑨]、吉尔·布兰斯顿的《电影与文化的现代性》[⑩] 等核心思想，文化现代性的前身可以追溯到文艺现代性。

按照赵一凡等人的词条，有关现代性的争论，是由现代主义引发的，而现代主义之争，又反过来聚焦于文艺现代性。文艺现代性呈现这样的特点。第一个特点是作为一场叙事危机或表征危机，它是“资本主义急遽发展而造成的叙事危机”的产物。资本主义上升期，成就了歌德、巴尔扎克等作家的叙事，他们自觉地反映社会发展的规律，代表健康文化；左拉的自然主义小说，表征了社会冲突的加剧和异化倾向的严重程度，因此属于

① 〔德〕于尔根·哈贝马斯：《现代性的哲学话语》，曹卫东译，译林出版社，2011。

② 〔英〕安东尼·吉登斯：《现代性与自我认同》，赵旭东、方文、王铭铭译，生活·读书·新知三联书店，1998。

③ 〔美〕马泰·卡林内斯库：《现代性的五副面孔》，顾爱彬、李瑞华译，商务印书馆，2002。

④ 〔美〕弗雷德里克·詹姆逊：《现代性、后现代性和全球化》，王逢振、王丽亚译，中国人民大学出版社，2004。

⑤ 高瑞泉：《中国现代精神传统——中国的现代性观念谱系（增补本）》，上海古籍出版社，2005。

⑥ 张曙光：《现代性论域及其中国话语》，武汉大学出版社，2010。

⑦ 周宪：《审美现代性批判》，商务印书馆，2005。

⑧ 吴靖：《文化现代性的视觉表达：观看、凝视与对视》，北京大学出版社，2012。

⑨ 〔英〕阿兰·斯威伍德：《文化理论与现代性问题》，黄世权、桂琳译，中国人民大学出版社，2013。

⑩ 〔英〕吉尔·布兰斯顿：《电影与文化的现代性》，闻钧、韩金鹏译，北京大学出版社，2012。

资本主义成熟期产物，作家日益丧失了整体认知的能力，只能呈现，即为自然主义。等到了资本主义晚期，也就是说到了现代主义阶段，作家们变得悲观消极、狭隘颓废，"现代人不再是知识中心，因为语言自身混沌不明，词语意义更是滑动的游戏"（德里达），"由此推论，生活虽是艺术源泉，但它不可再现，或难以表征。所以传统的模仿论、表现论、反映论一时都成了空话"。为了突出资本主义的精神压迫，关注作家的怀疑心态，语言形式成了文艺现代性的突出特征：(1) 颠覆传统叙事，现代派作家鼓吹杂语对话、含混多义，反对万能叙事者作统一明确的述说。(2) 题材上追求新奇、怪异、反常和私人化，以此来攻击资本主义生活秩序。(3) 结构上支离破碎，用以摆脱现实主义的有机整体观。

这些特征其实已经具有一般反抗哲学的气质，只不过这些反抗特点有点矫枉过正，反而连同它们呼唤的主体性也解构了，以至于基本的文化观念没能纳入他们的观照视野，因此还不能说这就是文化现代性价值。

第二个特点是对艺术机构的变革，这一变革是对语言困境的进一步深究，指出有此语言表征，其背面必然还隐藏一个深层的社会原因，这便是法兰克福学派阿多诺和本雅明的理论创见，特别是本雅明的《机械复制时代的艺术作品》提出的"光晕"① 概念，直接推进了对艺术及其机构的重新定义。首先，艺术品实现了大规模机器生产，"万千仿制品不再具备独一权威性"。其次，传统接受模式瓦解，原本由少数高贵者享用的艺术如今要服从大众需求。最后，艺术不再与祭祀相关，它受制于政治经济。

总之，赵一凡等总结说，所谓文艺现代性，"不妨说，它既是自由表达的欲望，也是理性自身的叛逆。它反对资本主义精神整合，却一再遭遇叙事或表征的困难；它珍爱自己的独立超越，却被迫一步步陷入资本主义生产的精密控制"②。这样的一个处境，当放弃文艺的再现功能之后，转

① 〔德〕本雅明：《机械复制时代的艺术作品》，王才勇译，江苏人民出版社，2006。

② 赵一凡：《现代性的趋势》，《美术观察》2002 年第 6 期；赵一凡：《现代性》，《外国文学》2003 年第 2 期；另见赵一凡等主编《西方文论关键词》，外语教学与研究出版社，2006，第 644 页。

而顺应资本主义文化再生产，就是必然的了。

正是在文艺现代性或审美现代性的终结之处，文化现代性的概念呼之欲出了。

首先，文化现代性是对新语境的突出。何为新语境？第一，文化产业或者创意写作，已经是冲击整个文化环境的头号撒手锏。一般来说，文化驱动力是集体主义的，而经济驱动力则是个人主义的①。但是当经济驱动力变成事实上的文化驱动力之时，各种形式的文化包括文学艺术，其实只是作为某一具体的普通商品而存在，它之所以被产业分解成了类型，主要原因就在于它的商品性。这意味着商品化的各种文化形式或文学艺术，附丽其上的审美价值、象征价值、精神价值、社会价值、历史价值和真实价值等，在这里统统变成了商品价值。换句话说，正是它的商品价值及由商品价值而起的其他附加价值，才造成了兑换与交流。如果没有兑换与交流资格，那么，按照经济规律，其他的价值，便缺乏再生产的原动力。这一点已经被大量兴起的创意写作、文化产业实例证明。这进一步表明，如果不先使产业化对象经受现代性洗礼——索性说，不先使产业化思维面向现代性调整，单从审美现代性来要求整个文化土壤的预期就会从根本上与其所显示的结果错位。这时候局部的或片面的“对抗”，实在应该改为整体的或全面的“改造”。第二，自媒体的普遍化迫使传统载体做出相应重组，否则，重型武器的传统载体很难应对轻灵狡猾的刷屏动作。这倒不是说传统文化及其相应的内容都非得投其所好并改变其中的思想容量，而是说看似合逻辑规律、起承转合的世界，无法捕捉当今的根本问题。对于这样一个猝不及防的新生事物的挑战，从现代性的特性来讲，也仍然需要全面现代性而不是有所保留的局部现代性。而全面的标志之一，首先是内容的而非形式的。只有这样，日常生活方式的现代性才会全面铺开。

有了新语境的突出，具体到中国当代西部影视（纪实片）叙事上，文

① 〔澳〕戴维·思罗斯比：《经济学与文化》，王志标、张峥嵘译，中国人民大学出版社，2011，第170页。

化现代性则表现为对具体现实的情境化处理和对主体性感知的现实化还原。

其次，文化现代性在把人变成对象的同时，首先把人作为主体来彰显。如此围绕人的自主、人的自立、人的解放展开的思潮，它的普遍崛起，首先诉诸环境，即在物质现代化和制度现代化的努力上所费的精力远大于他们自身，这就是现代性观念又同时会把人变成对象的基本前提。到目前为止，中国的社会现代化建设和新型城镇化建设，实际上仍处在这个前提阶段，并把这个前提视为目的来追求。具体到中国西部和中国西部近年来以西部历史纪录片为代表的大众文化，便解释了依然激情不减地在政治经济话语层面做文章的原因。根本局限就在于，一方面混淆了物质现代性并不必然带来人的现代性观念的自觉，另一方面误把作为主体的人的现代性观念的自觉视为经济工业化的一个必由之路，以物质现代化代替人的现代化，导致经济主义价值观决定一切，文化对于人的现代化的自主建构遭到了严重忽视。这一点，正是伯曼在辨析中所重点强调的。他的意思是，只有重视人在现代化过程中的体验，哪怕是反复无常的体验，人的普遍性诉求才能被纳入并被物质现代化和制度现代化作为中心来谋划，从而才能从根本上改变人在现代化过程中的从属地位①。

具体到这里提及的西部现实纪实片（不是以上所论的西部历史纪录片），它们格外注重社会变迁过程中个体观念的细微波动，以及依循这细微波动从外部施加相应的作用力，推其前进。这种尊重主体选择并在适当时间提供外力的努力，就其内涵而言，虽然外力可能包括政治力量和经济力量，但实质则无疑是文化起关键作用的建构。因为这种“纪实”呈现了顶层设计有意无意忽略的地方，弥补了主流知识分子叙述（或论述）的逻辑漏洞。另外，整体上看，无论对“忽略”之地的重现，还是对“漏洞”的叙述性弥合，都不是古典模式、传统模式和经典模式对文化的借用，而

① 〔美〕马歇尔·伯曼：《一切坚固的东西都烟消云散了：现代性体验》，徐大建、张辑译，商务印书馆，2004，第35～45页。

是人文知识分子的感知本身、体验本身在言说——直接说，这种感知和体验，因最大限度避免了无论古典的、传统的和权威文化的被消费，才构成了人文知识分子在现代化过程中最有力的参与、介入和设计。那么，他们所“纪”之“实”，就是文化现代性叙事。相反，前文提到的所谓西部历史纪录片，则正好不具有这样的品质。原因很简单，它们只是在消费古典的、传统的和文献学意义上权威的文化，并且仍把人作为对象的叙述。里面不存在主体性体验和感知，有的只是局外人的猎奇性快感和制作人假想式规划。换言之，它们调用的文化，不是当前现实中人的文化期许，而是主流政治经济学话语所需要的文化程式。能进入规划流程的，必然是既有的稳定的事物或预想中稳定的事物；而不能在规划中规整出现的事物或规整规划不了的事物，一定是动态的和充满主观能动性的事物。前者体现的正是传统性特征，后者却具有现代性品质。传统性特征适合于静止的和合规律的，因此也是把对象工具化的思维；现代性特征是切近的、变动的和自我建构的，所以是把对象目的化的方法论。文化现代性作为对对象世界的体验与感知而存在，故而它只是在共鸣中辅助对象世界成为自己的手段。

中国学者吴靖在《文化现代性的视觉表达：观看、凝视与对视》书中，英国学者吉尔·布兰斯顿在《电影与文化的现代性》书中，不约而同地把目光同时对准影像叙事、节庆仪式和大众文化、电视节目等，其核心目的只有一个，就是通过这些大众文化形式透视创作者与观众、受众——放大了说，实际是被授意的意识形态打造与意识形态塑造之间的关系。其间，主体是把客体当作主体来凝视或观看的，因而，客体的变化也就凝结了主体的智慧与体验。顺便举一例就可以说明问题，比如研究中日知识分子的态度，是一个大课题，但吴靖把它放到“作为现代性文化制度的世界博览会”这一小角度，大问题顿时变得微观而具象了，知识分子的主动性也就转化成了文化制度的一部分，普遍的文化现代性是怎么被塑造的问题一下子变得具体可感了。吴靖认为世博会从四个方面编织了现代性的复杂历程和形态：其一，世博会既是各国工业进步和博物学知识的展示，也是帝国主义全球体系的宣扬场所；其二，文化功能是通过商品和消费的展演灌输现代消费社会的伦理和常识；其三，对公民的教化和启蒙；其四，为吸引下层民众参与，以达到教化、宣传或者增加门票收入的目的，就不得不挖空心思拓展其娱乐性，通过迎合民众猎奇的心理，来增加参观的人数。从 1789 年巴黎举办的第一届工艺展览会到 2010 年中国上海世博会，聚焦于中日而言，日本知识分子，包括组织者，是参与、观摩、学习和模仿的心态，甚至把世博会上的心得带到国内，进行更微观的现代社会机制改造和建设的工作。最有说服力的例子就是 1862 年第二次伦敦万国博览会，日本以体现文化差异的工艺美术品和古董为主，形成了 19 世纪末期在欧洲流行的“日本主义”艺术思潮，其精细的美学格调和独异的现代性气质也被当作“东方文化”的奇观被观察和品评。中国知识分子，包括组织者，是疏远、旁观、猎奇的心态，不愿做微观的实际工作，只会“上至日月星辰，下到国计民生”的宏观讨论。2010 年上海世博会也能说明问题。这次世博会的具体语境，正是“全球秩序出现巨大转型的时代，在人们期待中国提出自己的世界理念的时刻，中国却以‘城市，让生活更美好’的主题再一次回避了对时代课题的应对与态度”。回避的结果“当然仍旧是一个将传统与现代随意堆砌在一起的模糊的中国形象”，中国回避了“何为现代性”“现代性与中国的关系”的讨论，彰显的是“城市文化”“去政治化”主题，在置身事外的“无为”之举中，面对场馆或奢华或朴实或以艺术见长或以科技取胜，有的强调实物，有的展示创意，提供给不同社会不同文化观众的仅仅是各取所需的物质狂欢，不同的社会与文化在主题与规划宽泛的环境下得以更自由地表达，收获的也仅仅是哗众取宠的效果①。

很显然，撇开两国政体不说，作为现代性文化制度反映的世博会，它

---

① 吴靖：《文化现代性的视觉表达：观看、凝视与对视》，北京大学出版社，2012，第 213～227 页；另见《现代性的诱惑》，豆丁网互联网文档资源，2015 年 10 月 13 日，http://www.docin.com。

所折射的必然是两国知识分子、官员、商人和民间组织在建构各自社会机制上的不同态度。这个不同态度最终决定了两国群众在日常秩序、政治制度、经济生活和价值诉求诸方面的认同程度。如果把世博会看作某种大型庆典仪式结构或大众文化叙事，其正好表达的是文化现代性观念对现实生活的能动作用。知识分子参与、观摩和模仿程度越深，现实中的价值错位就会越小；若是采取疏远、旁观和猎奇心态，实际生活秩序一定越发混乱，错位也就越来越大。世博会和世博会上参与者的态度之不同，也反映了不同民族的不同社会现实改造。同为亚洲国家，精细、理性与目标明确，是日本日常生活底色；中国却是粗糙、拼盘与强调的大场面、大融合。因此，前者看起来似乎单色调，人作为主体性的幸福指数却很高；后者看起来似乎什么都有，可是个体的自由度却是被国家掌控的，因而个体的权利伸展往往受到限制。这也就决定了一个国家删繁就简、轻装上阵，奔走在第二现代性或成熟的第一现代性行列，另一个国家却随意任性、个人经验至上，匍匐在第一现代性或前现代性的艰难路途中。

布兰斯顿的例子不用多举，但他的结论必须提出来。

在“电影感动观众”的视角下，他通过对“幸福大团圆的结局”辨析认为，意义通过符号被建构。他说与其要发现一部电影里表达了什么样普通的、具有教化作用的真理，倒不如说去分析某些具体的代码是如何被利用的？是谁的利益？又是根据什么样的前提[①]？如此追问，正是对影视叙事中文化现代性观念的突出。当我们沉浸在古典的、传统的和文献学意义权威文化所编织的幸福大团圆结局时，我们的思维实际上同时受两方面的牵制。一方面受制于被授意的主流意识形态，另一方面受制于自在状态下主体的集体无意识——诚如《原始文化》[②] 和《原始思维》[③] 两书指出的那样，主客体不分的“天人合一”“物我两忘”“诗意和谐”实际是主

---

① 〔英〕吉尔·布兰斯顿：《电影与文化的现代性》，闻钧、韩金鹏译，北京大学出版社，2012，第 181 ~ 187 页。

② 〔英〕泰勒：《原始文化》，蔡江浓译，浙江人民出版社，1988。

③ 〔法〕列维 - 布留尔：《原始思维》，丁由译，商务印书馆，2014。

客体沉陷于“互渗律”的规定性氛围而不能自拔的表现。参与的、介入的、体验的和模仿学习的主体性于是被取消了，驱动的只是疏远的、旁观的和猎奇的观众消费心理引擎。既然观众消费心理引擎是核心驱动机制，那么避免面对个体观念的艰难变化过程，只把镜头对准概念化的苍茫大地，对准只在文献结构里呼风唤雨的英雄形象，对准专家学者口若悬河的修辞装扮，以及对准克罗齐“一切历史都是当代史”的合法性美学赋形，就不足为奇了。

有了这样一个基本背景，与前文所论西部历史纪录片相比较，西部现实纪实片可能更符合文化现代性思想观念，也更富有文化现代性价值担当意识。下文仅以《西藏一年》（2009 年 7 月在中央电视台播出）和《喜马拉雅天梯》（2015 年 6 月作为电影在中央电视台播出）为例，来说明这一点。

顾名思义，《西藏一年》就是讲述一年内江孜县群众的主要生活流程，包括班禅大师摸顶赐福的庄严仪式、小喇嘛做法事、建藏开饭馆、仁青承包工程，还有小年轻结婚、妇女生孩子，以及救治心脏病儿童和乡村医生拉姆生病讲迷信等主要情节。这些情节分散在西藏的“五季”——夏、秋、冬、冬末、春中，故《夏末》《秋》《冬》《冬末》《春》成了《西藏一年》的基本结构。以一年为时间单位的常态现实中，传统与现代观念始终交织在宗教活动、经济生活和日常秩序中，8 个普通主人公和他们家庭的真实生活格局，因此由冲突而调整，由调整而再度碰壁乃至新的冲突产生，一直充满着自我变更、自我现代化的基本内涵。纪实镜头不做其他戏剧化、镜头化装饰打扮，只负责剪裁和记录如此生活。《喜马拉雅天梯》真实记录全世界唯一以培养登山向导为目的的学校——西藏登山学校，培养登山向导的故事。镜头主要对准一个或几个藏族少年怎样从日喀则普通牧民的孩子成长为可以攀登珠穆朗玛的登山向导，其中重点记述的是这些少年从牧区到拉萨的地理冲击、从传统到现代的文化冲击、从信仰到商业的心灵冲击，纪实片较完整地呈现了西藏青年面临的困惑与诱惑，也试图探寻当代西藏在社会飞速发展的这一时代背景下，面对宗教与世俗，面对传统与现实，面对商业与习俗，人们如何应对并探求自己存在的意义。

总之，这两部西部现实纪实片的共同点是，把镜头推进到了西部当下现实内部，并按内部生活节奏和逻辑，呈现了今天西部社会、西部文化和西部人的一般状态。

依据文化现代性价值理念标准，这两部西部现实纪实片至少有以下几点启示。

首先，西部社会、西部现实和西部文化、西部人群，不是生活在特殊性情境中，而是生活在中国的一般性情境中。制作者选择西藏这个在无数不同文本和影像叙事中都很特殊的地区作为题材，更雄辩地说明了这一点。观看《西藏一年》，最突出的感受便是纪实片对西藏特殊性的解构。在西藏的传统社会里，或者索性说在西藏的宗教语境下，“冰炮喇嘛”不可能失业，但当江孜县政府购置了防雹高射炮，宗教意义上的咒语就失灵了，喇嘛于是面临着“下岗”。他该怎样转型呢？像建藏那样开饭馆？像仁青那样承包工程？或者继续为婚嫁丧娶祈福做法事？可能都不是。他需要再在活生生的现实中苦练一门生存的技能，这技能还要是濒临破产、无业可就的传统手艺之外的，方可勉为其难维持他以后的生活来源，而不是他以前信以为真的什么咒语、符帖和祈祷仪式，这才是他面对的困难，说穿了就是现代性困境。已经有了不错开头的建藏，他饭馆的设施不也跟不上形势需要，还需再度现代化吗？仁青无力承包大工程，类似问题也同样存在。即便转型为专事法事，年轻夫妻其实根本不知道他们的日子背后还会存在什么祈祷，这说明宗教已经无力解决现代生活疑难。如此等等，都一再表明这类现实纪实片的意义才越发重大了，它无情地揭开了笼罩其上的特殊性，还原了作为日常生活本身的西藏。

其次，文化现代性价值理念，最核心的工作是对个体自在自为的意义生活的关注，并最终建立意义生活机制。当我们体验珠峰绒布寺的僧人父亲阿古桑吉（《喜马拉雅天梯》），通过高倍望远镜关注以登山谋生的儿子次培和汉族客户们的时候，宗教的神秘性已经被消解。纪实片中一个不经意的细节很耐人寻味。阿古桑吉的儿子曾通过摄影师雷建军捎给父亲劣质的纸质经书，由于长时间捂在怀里，再加上纸质差，经文早已变得斑驳，几近看不清。雷建军拿着这样一件东西，心里很复杂。首先勾起他记忆的是西藏作为信仰之地的神奇和神圣，可是，当承载所有神奇与神圣的经卷以及持经人就在眼前时，那种字里行间的神秘似乎瞬间消失了、隐藏了，呈现于眼前涌动于胸的反而是对这一对别无生计可图的父子的莫名同情与怜悯。经卷的神力显然太有限了，非但如此，连同它的虔诚者的命运，也都变得太现实了。谁都清楚，经书能起的作用，他和这对父子都心照不宣。这时候谈信仰，只能把它当作自我的一种修持来看待，万万不可变成一家人的生活保障。即是说，一家人的生活能否持续维持下去，全系于登山向导儿子一身。而儿子登山的安全系数，则完全仰仗平时的现代化训练，也必须信赖这训练，方可顺利登上珠峰。过程中虽然有时会有偶然因素，但主要还得相信现代登山技能、现代登山技术保障。除此之外，别无他法。同理，乡村医生拉姆对于暂时没有起到作用的现代医药也有着清醒认知，她之所以携家人前去朝圣，也仅仅为着寻求一点心灵慰藉，得到精神上的释解，并不指望朝圣能根治其胃病。

通过纪实片中的这些信息，我们感知到的一点是，作为制作者的知识分子对个体生命意义的承担，在宗教到达不了的地方和在现代技术触及不深的地方，正需要建立两者互通的机制平台，而不是片面地放大任何一方，以至于产生价值失衡和意义感缺失。反过来说，西藏这个个别地区的现代化进程，包括伴随而生的一系列社会治理，只能而且必须在尊重主体意愿的基础上，有所保留有所摒弃，有所破有所立。由此反观，那些一味沉浸于历史氛围的电视纪录片，那些一味讲述诗意现实的西部纪录片，均不是自觉意义上的文化担当，也就很难说是文化现代性价值观支持下的叙事。

最后，西部现实纪实片是"国"与"家"的双重视野，在具体的担当外，它们还为如何讲述"中国故事"树立了榜样。

优秀的纪录片（纪实片）不仅要观照"国计"，还要重视"民生"，要有“国”与“家”的双重视野，要宏观叙事与微观叙事相结合，要关注人的存在，彰显纪录片（纪实片）的人性、人生和人文关怀。在这一点上，这两部西部现实纪实片都是用国际视野来拍摄“中国故事”的。不论是哪个国家，不论他们信仰哪种宗教，不论他们秉持的是哪种政治观点，总归有一点是相通的，那便是对人性的终极人文关怀。而《西藏一年》《喜马拉雅天梯》秉持了这种视角，它们之所以能用一种底层的高度征服世界各地观众①，不是依靠各种力量进行叙事，而是用基本的人文关怀讲述了真实的中国故事。当然，这个“真实”不但是“去神秘化”后的真实和还原真相后的真实，还是通常所树立的“典型”样板之外的普遍性真实。之所以如此，全仰赖于精细的观察、理性的思考和知识分子主体性的全方位介入。精细的观察与理性的思考，确保了纪实片的客观公正性；知识分子主体性的全方位介入，提供了个体感知体验上升为普遍思想的现实依据。

至于文化现代性思想的价值指向和当今时代特别是中国西部社会现实需要文化现代性这一视角，其意识形态的和西部自身规定性诸问题，前文已多有论述，此处不再赘述。这里仍然需要强调的一点是，在大力推进新型城镇化建设的过程中，就西部来说，把西部历史进一步清晰化处理，对如何沿着历史的逻辑走下去，大有裨益；把西部当代文化中的诗意部分进一步提升，对鼓舞士气、增强自信心，也许十分必要。但是，不管历史化，还是诗意化，都没有揭示西部现实更有价值。因为只有重新发现西部

① 英文版《西藏一年》自2008年3月6日开始在BBC（英国广播公司）第四频道连续播出以来，在西方各国引起了反响。英国的多家媒体予以好评，该剧迅速在20多个国家相继播出，《卫报》评价其“以罕见的深度、惊心动魄的力量、公正记录当今最有争议最偏远地方人们的真实生活”。2009年6月，与纪录片同名的著作《西藏一年》在国内出版，央视一套于2009年7月底在每晚10点半播出了这部5集纪录片，每集48分钟。这部片子在对外宣传上的一个重要贡献还在于，当2008年拉萨“3·14”打砸抢烧严重暴力犯罪事件让世界目光都聚焦在中国西藏时，事件发生的前8天，BBC就播出了它，让世界有了正确认识西藏的机会，有了公正了解中国的机会。资料参见马伟海《我们拿什么来记录“中国故事”——从〈西藏一年〉看中国纪录片的发展方向》，兰州大学硕士学位论文，2012。

现实，才能正确安置历史化“化”不了的内容和诗意化“化”不进去的部分。从这一层面论，政治话语到不了的地方，经济话语先天不足的地方，才是文化话语大显身手的空间。

两部西部现实纪实片的价值基本在这里，它是影像叙事文化现代性担当的具体表现。

第七章　西部新生代农民：西部新生代农民工与现代性主体

在国家政策层面，从城市化到新型城镇化提法的变化不难看出，单纯的经济结构调整和社会结构调整，已经无法满足人民群众的基本需求，也无法适应人的现代化这样一个基本价值诉求，这便是提出新型城镇化，即文化城镇化的主要现实背景。然而，当文化城镇化的推力过猛，或者说当文化城镇化的理念在实际落实中产生了错位，以致走样异化成简单的城镇化率之时，经济学问题和社会学问题，便悄然转换成文化问题了。所谓身份认同危机、文化危机，乃至价值危机等便是。这个时候，一方面，我们提出新型城镇化与西部新型城镇化的适应性问题，以期在充分了解西部城镇空间结构、西部地理历史资源支持和西部经济基础、西部人文传统的前提下，同步建设西部城镇文化和西部现代文化，以免盲目借用中东部地区经验而走弯路；另一方面，经过实证分析，我们的基本判断是，西部文化城镇化过程的异常艰难，甚至已经造成的某些错位，急需文化现代性的干预和矫正。这是我们反思西部文学和西部影像叙事“重新西部化”乃至“重新封建化”的主要原因。无非是希望能视点下降、重心下移，在西部一般社会现实，即在民间社会秩序之中衡量乃至检测人的现代化程度，进而切实提升文化现代性水平，构建健全而成熟的西部现代社会机制。

正是基于这一层面的考虑，第六章重点讨论了西部现实纪实片。在西部现实纪实片的论述中，我们看到了某种自觉的文化现代性担当。当然，作为典型个案的《西藏一年》和《喜马拉雅天梯》，因为纪实范围仅限于西藏这个特殊的宗教文化地区，故而其中思想层面的现代性问题虽然部分地代表了西部一般意义的现状，毕竟，还有区别。所以，接下来希望能通过对一般情况下西部新生代农民在乡—城流动、社会资本拥有、现代化条件，及与城市新生代合流方面已经暴露出的价值观问题的研究，探讨建构现代性主体的可行性和可能性，从而把问题推向普遍化。

社会学学者、政治经济学学者在普遍城镇化趋势中所达成的一些共识，农民、农民工在城镇化政策响应中的行动，以及西部新生代农民在该过程中所占有的社会资本等，是农村社会、农业、农民现代化质量的关键，也就需要首先讨论。

第一节　代理性思维与西部新生代农民工社会资本问题

新生代农民工的基本特征，有研究者作了如下界定：一是年龄特征。出生于1980年以后，成长并生活在经济快速增长、社会转型发展时期，思想理念及行为方式较为开放和多元化。二是与农业生产的关系。新生代农民工受生活时代背景的影响，务农经验较少或没有正式从事农业生产活动。有相当一部分是从学校毕业或辍学后直接进入城市的新生代农民工，甚至没有基本的农业常识。三是教育背景。受惠于国家的义务教育制度，新生代农民工往往具有初中或高中学历，较高的文化素质为新生代农民工有效地融入城市提供了良好的条件。四是外出动机。新生代农民工进入城市就业，不仅为了增加收入和提高生活水平，更多地是为追求城市生活和现代文明。五是消费行为方面。新生代农民工，特别是多数“90后”农民工，向往城市生活，注重追求个人的物质生活和精神生活的享受，其生活方式和消费习惯与同龄城市居民已经没有太大区别了①。六是自我身份认同方面。没有长期从事农业生产并受到良好教育，新生代农民工往往对

① 李培林：《农民工：中国进城农民工的经济社会分析》，社会科学文献出版社，2003；转引自张波、李开宇、李呈琛《西部新生代农民工城市就业特征与城市化的政策响应研究》，《西安财经学院学报》2012年第5期。

农村生活和农村身份特征较为排斥，认为自己的文化素质、工作能力、生活方式和价值观念符合城市生活需求[①]。

很清楚，所谓新生代农民工，其实是社会上通常所说的“80 后”和“90 后”两拨人。众所周知，众多人文价值论述文本中，这两拨人的社会声誉并不好，但在大力推进新型城镇化的过程中，这两拨人似乎真正派上了用场，或者说，正是他们反过来迎合了新型城镇化的某些核心条件。以上新生代农民工的代表性特征，实际上大多数是针对“80 后”的总结，如果再往下延伸，到了“90 后”，情况则会更糟。社会学意义上的“双重边缘化”“进不去的城市和回不去的乡村”指的就是这一批人。一方面，受制于现行户籍制度和城市较高生活成本的压力，“90 后”农民工很难真正融入城市成为真正意义上的市民；另一方面，“90 后”农民工通过切身的感受已经深刻地体会到城市生活的优越和城市中蕴含的大量个人发展机遇，因此，他们“更加强调个体的自主选择与理性行动”，而不愿意再回到农村继续从事单纯的农业生产[②]。为什么“90 后”更加不堪呢？相对“80 后”，“90 后”基本上还没有成家，农村同龄女孩子也相继进城打工，不愿意找他们，城市女孩子又压根没打算找他们，这是第一难；第二难是，他们的父母刚过中年，家庭结构较为复杂，父母除了兼农业和打工之外，还要照顾爷爷奶奶，所以他们进城的意愿时时被“土根”很大的农村事务所拖累。如此看来，西部“90 后”既面临着情感危机，同时也不得不面临因赡养老人接踵而来的生存危机。迁入城镇，就显得遥遥无期、举步维艰。

然而这样一个实际情况，可能通常被社会学分析和经济学计算忽略。之所以看好西部新生代农民工，并且认为西部新生代农民工作为一个异常庞大的社会群体，支持了城镇化，是因为在他们看来这个社会群体隐含着某种价值判断。一是西部新生代农民工数量庞大（按 2013 年的说法是全

---

① 王春光：《新生代农村流动人口的社会认同与城乡融合的关系》，《社会学研究》2001 年第 3 期；转引自张波、李开宇、李呈琛《西部新生代农民工城市就业特征与城市化的政策响应研究》，《西安财经学院学报》2012 年第 5 期。

② 朱慧勇：《“90 后”农民工市民化路径探析》，《农村工作通讯》2015 年第 14 期。

国有1亿多人，还在逐年增加，西部也占半数左右），种种迹象表明，他们只能城镇化；二是他们无心从事农业生产，也无意生活在农村；三是哪怕“带土进城”也要城镇化，否则，将会埋下社会隐患；四是他们的价值期许与同龄城市居民一致，认同城镇，所以更加适应现今城镇生活及文化，没有文化和现实生活上的巨大反差。

当然，我们不是反对新型城镇化，而是想指出西部新型城镇化过程中，尤其一些相关学者的研究（包括各级各类课题），许多时候是一种由果导因式的代理性思维。这个代理性思维，有时候体现在对国家宏观政策的图解上，有时候体现在对地方政府意志的揣摩和论证上。但不管是哪种代理思维，他们都不同程度依赖于流行的全球化理论模式。如此一来，当前中国西部现实规定下的实践限度，并未得到应有考虑。

其一，理论上“合理”的城镇化逻辑推理，是完成城镇化论述的前提。既然如此，他们的论述就不会太多考虑城镇化之外的特殊情况。他们所套用的经济学、社会学理论模型也许很多，但核心的理论可能多为英国经济学家阿瑟·刘易斯“二元经济结构”理论和英国人口学家雷文斯坦（E-.Ravenstien）的“推—拉”理论。“二元经济结构”的确部分地适合中国西部情况，比如农村中劳动生产效率低、收入低，假如把农村剩余劳动力转移出去，既确保农村劳动生产效率提升和收入的增长，又很好地促进了城市工业化的发展，同时也提高了转移出去人群的收入。但是这样的一个理论推理，其实只关注了留守农村的农民和进城农民工的结构安排问题，至于留守农村的农民和进了城的农民工的生活生存保障和有尊严地生活的机制，却被忽略了。“推—拉”理论也同样如此，城镇化首先是人口流入城镇并集聚在城镇的过程，谁是推力谁是拉力，似乎也能按此理论圆满解释。问题是，“二元经济结构”所没有解决好的遗留问题，仍然会在“推—拉”理论框架中重现。也即是说，学者们共用的这两个突出理论模型，只是对目前西部社会和典型农村经济现象的解释，却不是对过程的解决。换句话说，他们都致力于分析城镇化的必要性，却没有令人信服地分析当今社会现实中的权力系统，也就意味着，这些理论并不适合现实的西部农村和西部城镇化。有关这一点，本书第五章有较详细论述，此处不赘言。不过，这里补充一些信息。从2014年初到2015年底，银川市辖区的永泰、颐和、银帝、绿地、中海、香树花城等多家大型房地产楼盘相继出现延期交工、质量不合格问题，从一个侧面暴露了城镇化在银川这样200万人口的西部城市已经出现某种过剩现象。据笔者调研所知，永泰、颐和等房地产均系政府招商引资的外地地产商，而各大地产楼盘业主也均系城镇化进来的本地或流入宁夏没有银川市户籍的新生代农民工及其父母，合起来有近万户好几万人口。作为商业楼盘，当然有一定的市场风险，也有其市场营销策略，买卖双方所建立的契约关系，受制于市场风险，这一点毋庸置疑。但是可以讨论的是，这些开发商集中暴露的问题楼盘，大多数是“空捣空”三角债的产物。按照国家政策规定，延期3个月交不了房，业主可提出无条件退房，但现在的情况是，业主只能任其无限期延期，无法在风险中获得法律的支持（甚至连信访都不予接待）。这些事实表明，城镇化绝不单纯是农村剩余劳动力转出的问题，也不是简单的数字市民化问题，更不是直接的“推—拉”起不起作用的问题，它的本质关系地方政府的土地财政制度和权力运行系统，是城镇化率这个所谓合理合法的指标所导致的一系列社会问题和经济问题的集中暴露。这样累积起来可谓积重难返的问题，可不是无数调研报告，众多著作、论文几乎不约而同列出的城乡统筹发展，建立社会福利待遇机制、住房保障机制、就业机制、教育机制、医疗保障机制、养老保障机制、法律救助机制，以及农民工自如选择城乡机制等可谓应有尽有的现代社会机制，能够轻易实现得了的。更何况，这么多完备的机制，建立的前景在哪里呢？如果机制前景看不到，如许貌似完善的“对策与建议”，实际上仅仅是一种理论假想。机制缺席的问题研究，毋宁说本身就是一种理论的不负责任。

从这一角度来看，无论是西部民族地区城市化进程中失地农民补偿研究[①]、西北民族地区农村城市化道路研究[②]，还是西部农村全面小康指标

① 苏东海：《西部民族地区城市化进程中失地农民问题研究》，人民出版社，2012。

② 李学春：《中国西北民族地区农村城市化道路问题研究》，民族出版社，2003。

研究[①]、提高西部农民收入与消费水平从而推进城镇化研究[②]等，从某一局部看，每一项都可能触及了具体问题，但从大的方面来说，只要是致力于一刀切式的城镇化论证的，基本有偏颇，甚至是对西部农村和城镇社会总体性的错位。一边大肆招商引资、为城镇化所需空间扩容，另一边却是置被城镇化的农民或农民工于纯粹的市场风险之中；一边是鼓励农民或农民工市民化，另一边却因为上层群体的问题造成未来市民强烈的不认同感。社会学家李强的提醒很有道理，他说，我们这个社会历来是上层群体对社会影响很大的社会，当我们简单套用西方社会理论进行量化研究、讲市民社会、培育市民阶层等时，这种思想是很重要的，但同时不要忘记，在这个社会发挥作用的，真正影响这个社会的，最主导的力量是从哪里来的[③]。全国是这样，西部城镇化率更低，土地财政空间也更大，这种现象势必更加突出。银川楼市问题，就很能说明这一点。不但未来市民的住房承诺被悬置起来，就是本不打算迁居城市的农民工，对城市也产生了极大的不信任感。

其二，强调土地流转，主张集约化生产，构成了学者们代理思维中一个看起来很实惠的经济学账簿，农民问题也就被农业问题代替，农民的现代化也就被搁置了。土地流转和集约化生产，都是针对农村的土地撂荒与青壮年外出打工这一普遍现象而来的。为什么要流转土地，为什么要集约化大生产，这一领域的研究已经非常多了，恕不重复回顾。这里有一个代表性现象可以分享一下。近年来，地方党委、政府有一个不成文规定，就是新招公务员（包括全额事业单位科研人员）必须到地方党委或政府挂职半年，将要新晋的党员干部，也必须先有到基层村委会甚至自然村下乡一年的经历。笔者所在单位系全额事业单位科研部门，有一个小同事正好被派往党委挂职半年；笔者一个在宣传部门即将新晋的朋友，则正好被派遣

① 胡小平主编《中国西部农村全面小康指标体系研究》，西南财经大学出版社，2006。

② 聂华林、李秀红编著《中国西部农民收入与消费实证研究》，中国社会科学出版社，2007。

③ 李强：《农民工与中国社会分层》，社会科学文献出版社，2012，第337页。

到笔者老家所在地——西北一个叫 X 村的村委会去下乡。他们回来后我们有过多次交谈，挂职的小同事强调说，我们读到的通常具有反思现阶段农村土地流转、集约化生产走样的社会学著作或论文，一般不会流向地方高层那里，流向地方高层的基本是如何流转、怎么集约化的经验报告。而下乡的朋友首先给我算的一笔经济账就是，最底层的农村土地撂荒和“386199”（妇女、儿童和老人）的问题。他说现在为什么要主张土地流转和集约化生产呢？因为我们的进口粮食价位很低，而且进口额度也异常之巨大，原因就在于我们的农村土地利用率太低了，导致我们的粮食出口远远不敌进口数量。如果土地能很好流转给公司有计划成规模经营的话，既解决了粮食储备问题（安全问题），同时也提高了粮食总产值，过剩劳动力也被解放可以出外进行非农增收。这样一来，农民和农民工两方面都得着了实惠。笔者追问，那么撂荒耕地的农户同意吗？农民不愿多种粮食的原因究竟是什么呢？朋友一时无语。

笔者将这两头的信息一经整合分析，得出结论土地流转和集约化大生产，实际上只是作为一种意识形态话语而存在，并不是来自基层农村和农民主体的心声。也即是说，在这个节点，学者们的立场肯定来自不同程度的实证分析，但其结论实际上并不是站在下层群众的立场上分析得出的，而是针对李强所说的上层群众做出的。所谓“上层群众”——真正影响这个社会和最主导的力量的话语来源，其实是十八届三中全会通过的《中共中央关于全面深化改革若干重大问题的决定》第 20 条“加快构建新型农业经营体系”。笔者那位下乡的朋友，几代是农民，但他谈论的农民问题和农业问题，却从来不是农民的想法和农业的实际现状。贺雪峰把当前中央农业政策中几个重要的前提预设总结为：“小农经济无效率，老人农业养不活中国，谁来种田是关键，现代农业是方向，要素投入是关键。总之是要实现以规模经营为基础的农业现代化”①。拒绝吸纳反思性社会学发现和以进出口价格差距

① 贺雪峰：《十八届三中全会〈决议〉涉农条款解读》，《人民论坛 · 学术前沿》2014 年 2 月 24 日；另见贺雪峰《城市化的中国道路》，东方出版社，2014，第 199 页。

为由的农业现代化认知思维，说到底是对具体问题缺乏了解所致。

实现以规模经营为基础的农业现代化，在一些农业人口稠密且位于城镇近郊、重要交通沿线、平原地带的西部农村，的确是适合的。但是，无论西北还是西南，诚如本书第五章第一节已经指出的那样，这些地方要实现现代化，不见得非得是抽象的农业现代化路子。如果农业现代化的终极目的是农民过上有尊严的生活，那么，怎么衡量这个现代化标准，不应该单以农业为尺度，势必要回到农民主体性的层面来讨论问题。

贺雪峰计算的9亿农民，包括留守农村、需要依托农村和可能往返农村的进城农民工。他说，虽然现在农民收入中，务工收入占比越来越大，但至今农民收入中仍有大约50%来自农业。在可预见的将来，9亿农民中的绝大多数仍然要依托农村，依靠农业收入，因为9亿农民进城一定是一个漫长而艰难的过程。所以，不足10%的农业GDP由9亿农民来分享，在进行农业现代化的过程中，就要先搞清楚谁是农民的问题。“农民是指在中国发展中缺少机会、缺少能力的大多数人，农民不是指从事农业经营的工商资本，不是专业大户，不是家庭农场主，也不是所谓职业农民，而是‘人均一亩三分、户均不过十亩’的最普遍的小农加自发土地流转形成的中农，他们是农民中的绝大多数。”① 如果不考虑这个实际现实，土地一旦向专业大户、家庭农场、农民合作社、农业企业流转，之前可以容纳大量农村劳动力就业的耕地就不再能容纳之前的老人农业和中农。农村中老年农民失去尊严地生活暂且不说，单就之前“老人农业 + 中农”的结构变成“老弱病残 + 经营大户”的结构而言，便充满了至少两方面的风险。一方面，后者脱节且对立的结构，经营大户赚了钱，农民眼红不满，经营大户只是希望拥有农民的地而不是农民的人，这样一种冲突结构将产生巨大治理成本；另一方面，规模经营者很可能亏本，甚至破产，一旦破产，经营大户一走了之，之前按年支付的土地租金无人再付，农民就群体去找支持大户下乡的政府。“地方政

① 贺雪峰：《十八届三中全会〈决议〉涉农条款解读》，《人民论坛·学术前沿》2014年2月24日；另见贺雪峰《城市化的中国道路》，东方出版社，2014，第199页。

府之前为了便利大户经营而安排农民进城进镇，使农民不再能回到过去‘老人农业 + 中农’的结构中去，政府就将面对极为棘手的局面”①。

至于笔者那位下乡朋友的担忧，即耕地季节性撂荒与粮食进口的矛盾，问题其实没那么严重。因为国内劳动力价格上涨，而国外农产品进口到岸价较低，进口一部分外国农产品，从而让中国农地通过季节性撂荒来蓄养地力，节约水资源，保护农业环境，提高未来农产品的产出能力；另外，作为“世界工厂”的中国，其中服装等出口占了世界极高的比例，进口棉花等农业产品是为了生产出口服装，这并非关系国计民生，更不可能成为发达国家“粮食武器”的农产品进口，“即使将来不再进口，也不是什么大不了的事，不影响国计民生，更不会影响如何养活中国的问题”②。即是说，对于人地关系十分紧张、土地贫瘠的西部大多数高寒地区，尤其对七块八块分散的坡坡峁峁、沟沟坎坎的地块来说，正视季节性抛荒并把它改为退耕还林和适当保持小农经济，特别是老人农业，都是理性的选择。既切合实际，又能确保新生代农民的后勤供给。

在这样的背景之下产生的西部新生代农民工或农民，以及老人农业和季节性抛荒，实际上是他们从物质现代化上升到文化现代性③的一条自为

① 覃爱玲：《人地分离，农民出路何在？——访华中科技大学中国乡村治理研究中心主任贺雪峰》，《南风窗》2014 年 1 月 13 日；另见贺雪峰《城市化的中国道路》，东方出版社，2014，第 197 ~ 200 页。

② 参见贺雪峰《城市化的中国道路》，东方出版社，2014，第 202 页。

③ 如果把文化现代性看作农民尊严地生活条件获得的话，那么，衡量新生代农民工是否尊严地生活，不仅要看他们进城后的处境，更要看他们庞大的大后方是否也处在尊严地生活的环境。贺雪峰把“失地”后的大后方的失去尊严概括了四方面。一是一旦离开了农业，中老年农民就成为吃（进城务工经商子女）白食的消费者，他们就不再有通过自己劳动来获得尊严的机会，他们人生意义因此丧失；二是中农将因为土地高租金而不再可能低价租入土地，他们因此无法再在农村待下去，而被迫到城市谋取机会；三是进城失败农民将不再随时返回家乡种田，出现经济金融危机，农村的蓄水池作用也无法发挥；四是以高租金租入土地进行农业规模经营的经营者，因为租金高、规模大，而相应地利润薄、风险高，政府为了让规模经营者不破产就不得不为规模经营者提供政策支持和资金支持，就要为规模经营提供政策性保险，总之是要在之前的农业财政支出以外再背上沉重负担。贺雪峰：《城市化的中国道路》，东方出版社，2014，第 197 ~ 198 页。

选择之路，千万不可断了他们的后路。

再回到前文提到的某一个时间段西部某首府城市诸多商业房产公司的延期、违约行为，这实际上暴露了地方政府在政治问题与经济问题之间频频转移民众视线，使得业主的维权变得虚化，有时甚至"不合法""不讲道理"，资金断链的说法就是这么来的。对于房产商，违约延期、质量差，是因为业主按揭或全付的钱，已被用于开拓别的楼盘了，拆东墙补西墙，是因为公司也要吃饭也要发展；对于地方政府，既然要大力推进城镇化，就得有住房数量保障，承诺一系列优惠政策才能确保招商引资的大项目如期进驻。这样一来，地方政府势必变成违约地产商的保护伞，地产商也就把三角债和拆东墙补西墙视为正当的市场运转了。反正都是 GDP 增长，损害业主利益并不会在经济增长数值中反映出来，业主的维权反而有碍于地方经济社会正常发展，并且越是维权，越会影响卖地售楼，也就显得"不合法""不讲道理"。如此，在政治问题经济化中，地方政府把本该它们负的行政责任转嫁给了企业与业主个人的经济契约关系，"黑心老板""无良奸商"之类道德谴责话语便成了维权者的最后武器，法律诉诸的主客体双双错位；在经济问题政治化中，地方政府成了城镇化的贡献者，既推动了土地流转，又利用地产商这个经济实体以楼盘占有率的方式提高了城镇化率，何乐而不为。诸如此类，都不同程度地反映了经济问题政治化和政治问题经济化的现象。而这两个普遍性现象的出现，正折射了新型城镇化以来，至少西部地方政府突出的"经营策略"。在该"策略"中农民的多样化诉求被一揽子处理了，农民的主体性也就完全被行政力量规定。

按照李强的研究，城市外来人口中的两大社会群体一般指外地农民工和城市白领群体两类。外地农民工的流动形式包括单身子女外出型、兄弟姊妹外出型、夫妻分居型、夫妻子女分居型和全家外出型（往往形成城中村）[①]，他们的真正需求是稳定的收入、稳定的就业、稳定的医疗以及养老保险，包括正常讲"公道"的渠道等，户籍改革不是他们的主要诉求。

---

① 李强：《农民工与中国社会分层》，社会科学文献出版社，2012，第 145 ~ 150 页。

而对于城市白领群体，或外来市民而言，流入其他城市之后存在的问题主要是一些人事关系、求学、录取、社会保障方面的转移难题，所以他们的核心需求是获得户籍身份。有了当地户籍，才能够有资格享受经济适用房、廉租房等；有了当地户籍，才有资格参加当地的专业技术任职资格评定、职业资格考试、职业资格注册登记等；还比如申请办理出国手续、购买车辆、办理机动车行驶证、办理个人驾驶证、参加社会保险及各项评奖活动等，都只有在获得户籍身份以后才有可能参与①。而正是后者，反过这来实际支持了政治问题经济化和经济问题政治化的“正当性”。

情况还不止于此，对于外地农民工群体来说，他们也就顺理成章地成了地产商资金断链的所谓正当性逻辑中的另一利益受损者。没有立法和行政干预保障，按月拿工资，消灭拒发、拖欠外来农民工工资的承诺就成为“空头支票”；不严格执行劳动合同法，失业的外来农民工就不能领到失业补助金；没有强有力的行政干预，工伤、大病等医疗保障，就得不到兑现。同理，对于外来市民来说，尤其严重者，比如购房遇到麻烦，维权就变得异常困难，甚至被所谓市场绑架，在看似合乎市场契约关系的扯皮推诿中蒙受巨大损失。

总而言之，地产问题是一个导火线，所有问题归根结底是由它而引起的连锁反应，倘若住房得不到城镇化支持，其他民生机制则更无从谈起。如果不分清这一点，盲目以消灭一个农村家来论证另一个城里家的合理性的思维看待西部新生代农民工的城镇化，是对社会资源配置的偏颇理解。比如仅停留在职业性质、性别特殊性、城市空间分布来统计，通常会提出提升城市服务业吸纳能力、采取多种途径加强农民工职业技能培训、加强对女性新生代农民工就业保障和城市化需求的关注、促进农民工与城市市民同等待遇的住房机制②等比较务实的对策建议。当然，整体来说，西部新生代

① 李强：《农民工与中国社会分层》，社会科学文献出版社，2012，第276页。

② 张波、李开宇、李呈琛：《西部新生代农民工城市就业特征与城市化的政策响应研究》，《西安财经学院学报》2012年第5期。

农民的特殊性在于贫困。第一代农民工主要是经济贫困，外出打工就是为了“挣钱养家”；第二代在漂泊之中体会最深的是社会歧视，可谓文化贫困；第三代，即新生代，所面对的是机会贫困，即社会公平带给他们的隐形政治机会贫困[①]。应急性务实当然是必须的，但不能只停留在务实层面。

基于这个特殊性，西部新生代农民工所急需的社会资本，首要的是构建现代社会政治体系，而不是单纯的户籍制度改革、就业保障、医疗和养老保障等。

首先，组织型社会资本的缺失，造成了新生代农民工对城镇的认同危机，不同程度地产生了政治疏离感。组织型社会资本包括工会组织、社区组织和其他非政府组织力量。越来越多的研究表明，在中东部地区，特别是北上广这样的巨型城市，新生代农民工在比较集中的民营企业中成立工会的占有31%，其中新生代农民工参加工会的有20.1%[②]；新生代农民工在社区交往中感到被排斥的占65.3%，认为得不到尊重的占41.4%；在利益诉求和情感支持方面，表示在日常生活中很难感受到社区工作人员关心的高达85.9%，而向邻居及社区工作者寻求帮助的只占很小比例；在社区人际交往方面，表示与居住地方的社区居民交往很少的占53.9%，即便是存在一定交往经历，也大多只是出于礼貌的问候，交往活动仅限于社区内同质化群体内部，难以延伸到同质化群体以外而走向“内卷”[③]；其他非政府组织，由于缺乏政府的政策支持，尚处于起步阶段，组织化程度较低、规模较小、能力建设明显不足，内部治理不规范、公信力不高的农民工非政府组织举步维艰，难以满足农民工实际的服务需要，对新生代农民工支持功能明显不足。[④] 将这几个方面放到西部地区来分析，情况更糟糕。

① 杨小丽：《试析西部农民工贫困问题》，《新西部》（理论版）2013年第23期。

② 张延珍：《社会资本视角下的新生代农民工社会融入分析》，《农业经济与科技》2014年第2期。

③ 肖云、邓睿：《新生代农民工城市社区融入困境分析》，《华南农业大学学报》（社会科学版）2015年第1期。

④ 钟兵：《新型城镇化进程中新生代农民工市民化社会资本问题探析》，《中国劳动》2015年第16期。

深度了解表明，西部地区新生代农民工基本不知道民营企业内部还有工会这个组织，以及工会还是为自己说话的，也就谈不上参加。西部地区农民工与打工所在城市社区的交往，比全国其他地方更疏远。他们进城多选择租房住、住集体宿舍，或拖家带口住在“城中村”和城郊廉价平房里，更不要说与城市社区工作人员和居民的交往了。至于非政府公益性组织，则更是稀缺。不过，类似“老乡会”、QQ 群和微信群等松散老乡群和朋友圈也是存在的。但因这些松散民间聚会式群体，缺乏法律力量支持，尤其像后者处于虚拟世界，互相更加缺乏信任感。这种群，一般只用来相互嘘寒问暖、排遣苦闷、偶尔聚会，很难形成稳定的利益共同体。

凡此种种，西部新生代农民工因组织型社会资本的缺失，实际上处在形形色色剥夺（制度型剥夺，比如办证收费；制度漏洞型剥夺，比如公共安全问题；受老板的剥夺和社会上形形色色势力的剥夺，比如“试用期”没工资、各种押金、不管吃不管住，等等）[①] 的多重夹击之中。由于利益诉求渠道关闭，他们便不认同主体社会，这就埋下了冲突或社会分裂的隐患。

其次，制度型社会资本缺失，导致西部进城新生代农民工实际上在物质生活和精神生活两方面都还不如在农村务农更好、更有尊严。除了全国共性特征，比如就业制度上法律法规歧视导致的城乡劳动者的不平等，社会保障制度的倾斜导致新生代农民工参加社会保险比例依然很低，住房制度因户籍关系对新生代农民的拒绝等外，西部新生代农民工还格外遭遇一些特殊“待遇”。据研究者对西部六省份农民工与农民生活体验现状的抽样分析，一是农民工比务农农民更感生活百无聊赖、空虚乏味；二是女农民比男农民更感到生活单调；三是所有男农民生活体验总体趋势相同，但男农民工生活压力更大；四是所有女农民生活体验趋势相同，女农民工空虚感更强，而女务农农民生活压力更大[②]。

---

① 李强：《农民工与中国社会分层》，社会科学文献出版社，2012，第 208 ~ 221 页。

② 王亚青：《中国西部农民生活体验现状调查》，《南华大学学报》（社会科学版）2007 年第 4 期。

之所以如此，究其原因，大部分为制度型社会资本缺失所致。第一，城乡二元结构是根本因素。在城乡二元结构下，农民创造的部分物质财富，被拿走用于支持工业化和城市发展了，所以，大部分农村经济发展缺乏资金支持，城乡差距日益拉大，这就大大打击了广大农民的生产和生活积极性，使得农民生活体验平平淡淡，生活质量不高，幸福感不强。第二，社会保障体制不健全是主要因素。男农民工比男务农农民生活压力更大，空虚感更强，就是这个原因。除了如履薄冰般的干活，还得忍受老板的精神歧视和承担维权不畅的折磨。第三，西部经济相对落后，伴生而来的是等级性宗法文化或传统男尊女卑的封建观念，导致“男主外，女主内”，从而使得家庭经济收入主要靠男性，这也难怪他们负担更重。第四，城乡生活差距巨大，意味着进城的农民工之所以比农民更感生活枯燥乏味、空虚无聊，是因为他们的参照系是城里人，是比较的结果，而农民则相对按四季规律忙活，基本听从自己的安排，大家在同一水平线，也就没那么大落差①。

由此可见，要切实解决西部新生代农民和农民工已经出现的新问题，既有二元结构社会框架和在这个框架下图谋制度创新，实际上早已不够用了。无论组织型社会资本的缺失，还是制度型社会资本的缺失，都预示着现有社会结构及其治理已进入困境。反映到文化上，便是中国传统宗法文化中的等级制道德伦理叙事方式，于惯性中规定、制约、影响着决策方案，总是下对上要感恩、弱对强要感恩、小对大要感恩，或者匮乏者要对优越者感恩，农民或农民工闯入了城市，因此农民或农民工要对城市市民及其管理者感恩。目前产生于城与乡二元格局中的大多数所谓“惠民”“民生”政策，实际上正是在充满馈赠、施舍、恩赐的道德伦理文化中诞生的，这不是全面机制化，而是挑选代表进行表彰以示领导关怀；精神文明建设中，也总是把传统伦理道德提到首位，比如企图以“好社区”“好

① 王亚青：《中国西部农民生活体验现状调查》，《南华大学学报》（社会科学版）2007 年第 4 期。

村庄”“好家庭”“好人”等具有浓厚的社会主义初期阶段色彩的“典型论”，激励、带动如此之庞大复杂的流动人群。肯定地说，这不是现代乃至当代社会治理理论思想。

第二节　“三元社会结构”与西部新生代农民现代化难题

按照社会学的界定，社会结构是指社会各要素或各部分之间一种比较稳定的关系模式或互动模式。比如，社会经济结构、社会阶级结构、社会职业结构和社会组织结构等，分别反映的便是社会经济要素、社会群体要素、社会职业要素和社会组织要素等比较稳定的关系模式。因此，社会结构是一种超越个人的关系，它作为一种宏观的模式制约着每一个人的行为。一直以来中国的城乡结构便是如此，在城镇的规定性或结构关系中，农村及农民就有了区别；在农村的规定性或结构关系中，城市及城里人的特征和界限也就清楚了。

所以，个人或群体在社会结构中的地位结构基本是这样两个方面：一是社会地位的垂直结构，二是社会地位的水平结构。比如阶级结构、贫富结构、权力结构等这类体现个人或群体在社会中高低位置的关系的，就是垂直结构；关注人们的地区分布、产业分布、性别分布、婚姻状况分布等横向关系的，是水平结构。

诸如此类社会学结构关系理论，仅仅是具体研究者的划分，并不表明现实社会就是如此条分缕析。恰恰相反，现实社会正好是以意识和物质混沌状态而存在，影响其结构发生变化的仍然是政体。故而，按照社会形态来划分，社会结构又会分为传统社会结构和当代社会结构两大种。李强致力于思考社会表层现象与社会深层结构如何结合、微观个人行为与宏观社会结构如何结合的命题，所以他把这一点视为传统社会结构理论与当代社会结构理论的分蘖点。之前，马克思对经济结构、上层建筑和阶级结构的思想，法国社会学家、人类学家迪尔凯姆提出的“机械团结的社会”与

"有机团结的社会"理论，体现的是传统社会结构理论的代表性话语。很清楚，特别是后者所提出的"有机团结的社会"，指的是现代的社会结构，"社会成员的生活方式个体化，出现很大差别，价值观念多元化，社会成员的异质性强，社会分工的程度很高，分工日益复杂"①。在社会分化的意义上，当代社会结构理论话语的代言人显然已经不是迪尔凯姆的"机械团结"了，而是努力探讨微观人际关系与宏观社会结构相结合的彼得·布劳，以及以"常规化"和"区域分化"来研究个体行动、社会互动与社会结构怎样结合的安东尼·吉登斯。他们的研究预示着，当代社会结构理论，仍会继续在究竟是"外在社会结构"，还是"内在社会结构"，以及社会结构究竟是一种客观存在，还是仅仅为一种主观概念两种不同的思路探讨而进一步深化②。正是沿着这一理论启示，李强提出的三元社会结构才富有理论意义。

李强提出这一社会学概念，是根据阶级结构分析得出的结论。他认为至少有七大特点支持了三元社会结构。一是中国历来是差异性很大的社会，从古到今，莫不如此；二是中国自古以来就是城乡差异巨大的社会；三是中国是金字塔形的社会结构；四是中国历来是十分重视身份的社会，身份、等级体制是很森严的，比较突出地体现在官民身份和官员的等级层次上；五是中国社会历来是上层群体对社会影响很大的社会；六是社会分化历来对社会不稳定产生巨大的影响；七是中国自古以来创造了比较好的流动机制。有了这七个特点，三元社会结构就有了具体的实现依据。其一，"人户分离"已成为普遍现象；其二，流动人口数量异常巨大（截至 2012 年已经达到 1.4 亿 ~1.5 亿人）；其三，劳动力在各地区之间的频繁流动使得户籍登记变得极为困难；其四，流动人口中临时登记户籍的大大低于实际人口；其五，住房的市场化，使得居民与户籍严重分离。有了这样的背景，专门针对流动农民工提出的新的第三

① 李强：《农民工与中国社会分层》，社会科学文献出版社，2012，第 330 页。

② 李强：《农民工与中国社会分层》，社会科学文献出版社，2012，第 331 ~335 页。

个社会群体就出现了，指的是在传统的城市居民和农村居民之间的流动人群，他们既不同于城市居民又不同于农村居民。与农村居民相比他们是一个占有一定城市资源的群体，与城市居民相比他们又是一个仅占有十分有限的城市资源的群体，“是被排斥在正式的城市居民之外的非正式城市群体”。按这个特点，三元社会结构又可称为“双重二元结构”。这个称谓是对其“候鸟型”生存方式的描述，指他们虽然离开了农村，但是还在农村拥有户籍甚至土地；他们在城市里工作，却又不是城市里的正式人员①。

之于当前中国西部社会来说，新生代农民工和农民是不是符合第三社会群体，还得在当前中国社会的进一步分层中看其是否处在新的一极。

众所周知，马克思致力于经济结构的分析，主要是以生产资料占有及在经济地位中的作用为依据，所以，不管其在《1848 年至 1850 年的法兰西阶级斗争》② 中列举的六个阶级（金融资产阶级、工业资产阶级、小资产阶级、农民阶级、无产阶级和游民无产阶级），还是恩格斯在《德国的革命和反革命》③ 中提出的七个阶级（封建贵族、资产阶级、小资产阶级、富农和中农、佃农、农业工人和工业工人），都是建立在资本主义社会的生产方式基础上的阶级模型或理论模型，不像马克斯·韦伯那样，从更直接地反映一个人的经济地位——财富多少的角度分析问题，更符合中国当前社会实际。马克斯·韦伯在对等级的差别与潜在的分裂的各种根源作进一步划分基础上，从经济（财富）、政治（权力）、社会（声望）三个维度对社会分层进行了划分，这三个划分视角恰好有助于我们看出当前中国社会结构的实质。一是社会分层标准的多元化，导致了社会结构进一步分化为新富阶层和新贫困阶层。其中新富阶层包括领导阶层、高级知识分子、企业家和自由职业者；新贫困阶层一般指失业下岗人员、残疾人和

---

① 李强：《农民工与中国社会分层》，社会科学文献出版社，2012，第 335 ~ 341 页。

② 〔德〕马克思：《1848 年至 1850 年的法兰西阶级斗争》，中共中央马恩列斯著作编译局编译，人民出版社，1949。

③ 〔德〕恩格斯：《德国的革命和反革命》，柯柏年等译，山东新华书店，1949。

部分退休职工等。二是占有的经济份额与社会资源再分配之间严重不平衡。自20世纪90年代以来，中国社会已经形成一个由经济精英、政治精英和知识分子精英构成的强势群体，和一个由贫困农民、城市农民工和城市下岗失业人员构成的弱势群体。在社会分层结构中占据上层或强势地位的阶层拥有较多的组织资源、经济资源与文化资源；位于中间的阶层只拥有少数的资源，而社会最底层的成员基本无法拥有这三种资源。情况还不只如此，“在市场体制改革中，干部作为旧体制的既得利益群体，不但能够保持他们在旧的再分配体制中的传统政治权力和特权，而且有能力利用这种政治权力与特权，在新兴的市场体制中寻求越来越多的经济利益”[①]。三是社会分层的政治标准是权力，如此，经济地位、社会声望等便决定了消费水平、生活方式。在形成象征资本的过程中，权力资本意识形态便由此产生并反过来构成各关系之间的正比循环趋势，最终导致“地位一致”压倒“地位相悖”现象的出现。“同一群体在不同的分层体系中所占据的位置可能不一致，也有可能是大体一致，前者被社会学者称作地位相悖，后者被称为地位一致。地位一致实质上反映了各种社会资源在不同社会群体中分配相对集中的情况，意味着社会资源优先被某群体占有，而其他群体则很少占有这些资源，这是一种严重的社会不平等，往往酝酿着某种社会冲突。地位相悖则反映了各种资源在不同群体中分配较为分散的状况，反映了社会结构的多元化倾向。”[②] 当前中国社会正处于“地位一致”阶段，而不是“地位相悖”阶段，即正是各种社会资源在不同群体中分配相对集中的阶段。

西部新生代农民特别是农民工，作为一种新生的特殊社会群体，之所以更加符合三元社会结构及与其相适应的治理，是因为：第一，在全国视野，尤其在与经济发达或较发达的中东部地区对比中，西部新生代农民工

① 蔡娟：《韦伯社会分层理论对中国当代社会分层的启示》，《淮阴工学院学报》2012年第4期。

② 蔡娟：《韦伯社会分层理论对中国当代社会分层的启示》，《淮阴工学院学报》2012年第4期。

仍然需要长时期地往返于城镇与农村之间，而不具有直接市民化的条件，西部历史规定性决定了只能把他们作为第三社会群体来看待。第二，作为进一步社会分化的产物，孙立平、黄宗智等人的研究[①]已经表明，社会断裂、非正规劳动和劳动者，突出出现在西部这些传统性与现代性混杂交织，甚至前者压倒后者的社会文化环境中，由权力板结而生的赢家通吃、由现代文化意识淡薄而生的一边倒村落化价值观念，掩盖了城镇化政策执行走样所出现的问题。把农民工返乡，以农村为归宿的真正需求，误认为是传统文化的魅力所致，忽略了家庭向农民工提供重要资源这一现实理由，这时候引入三元社会结构来审视西部新生代农民工和农民，是西部现实规定性使然。第三，无论当代社会结构理论已经发现的，还是借助韦伯的社会分层理论所观察到的，都不约而同地指向了当前中国社会不平等现象的严重存在，其中，西部新生代农民工和农民身上集中的所有问题，除了部分为自身意识和素质原因所致外，大多数是社会不公平所致，由此可见，三元社会结构概念的介入，是从价值上解释这类问题的必然选择。

另外，承接第一节的论述，西部新生代农民工和农民因为组织型和制度型社会资本的缺失，实际上被一刀切式的二元结构和集约化生产政策规划严重忽略了，也就处在了比中东部新生代农民工和农民更加不堪、更加无奈和无助的社会境遇。

当然，李强强调指出，三元社会结构首先是以二元社会结构为历史前提的，其次它还是一种行动中的结构，农民所建立的社会关系很多是非制度化的，农民工还处在向其他阶层过渡的过程之中。这也就意味着他们的最终被治理，是一个非制度化转向制度化，进而融入主体社会的过程。

如前文所述，问题的关键在于，在可预见的将来，制度化也好，融入也好，这项工作不仅是长期的，还意味着将不可避免地面临各种制约，也

---

① 参见本书第三章第二节和第四章第一节相关论述。

即是说他们的现代化将不可避免地面对许多难题。下文在新生代农民工和农民主体性的层面，提出尤为突出的现代化难题，或许能为社会治理提供一点参考。

难题之一：严重“内卷化”，造成了西部少数民族农民工主体性的变形。“内卷化”最早被用来描绘一种内部不断精细化的文化现象，它在黄宗智、杜赞奇等人的推动下成为研究中国城乡社会的重要理论，其核心意蕴是指系统外部扩张受限，致使内部精细复杂却无实际增长的过程[①]。这里指西部少数民族新生代农民工主体之间因宗教信仰而造成的几种交往上的低水平、低层次、低信息量的无效循环状态。

一是人际关系的内卷化使其社区交往半径较短，多表现为“血缘”“地缘”“业缘”和共同信众的交往。前两者一般建立在相互诉苦、开玩笑以及闲暇时间寻求乐子和提供简单打工机会的水平上，“业缘”建立在类似“契约式”的交往形式上，随着工作任务的结束其亲密度、信任感也表现得十分脆弱。然而，当“地缘”“业缘”碰到宗教信仰共同体后又立即遭到某种程度的瓦解，到最后实际的交往半径只有“血缘”和宗教信仰共同体了，城市社区的人际关系圈也就差不多相当于农村的“坊”那么大。客观上就限制了他们活动的范围，使其失去了与当地居民沟通和相互了解的机会，形成了他们自己的生活圈，过着与其在家乡极为相似的“村落化”生活。这种“村落化”生活，一方面体现了城市社会对他们的排挤，另一方面也帮助他们化解由于城市的排挤而带来的各种困难，因而形成了与城市社会很不相同的生活习惯、行为方式和文化氛围。二是诉求渠道的内卷化导致其社区信任缺失。新生代农民工受城市生活方式的“熏陶”更为纯粹，他们的情感世界更为丰富并渴望得到理解和认同，但其在城市社区中难以形成富有张力的情感网络，只能在群体内部分享喜乐哀愁，这种更多依赖于同质化群体的关系网络，

---

① 刘世定、邱泽奇：《“内卷化”概念辨析》，《社会学研究》2004 年第 5 期。

进一步加深了他们诉求渠道的内卷程度，可能导致其对社区共同体认可的降低乃至信任的消解。西部少数民族新生代农民工甚至因宗教信仰而格外“抱团”，偶发事件中更容易情绪激动，不但不信任社区，还可能对其他民族的打工群体产生排外意识，从而以狭隘的宗教信仰方式应对来自利益的和其他方面的诉求，宗教话语不但压倒了道德话语，还分解了法律话语，渠道变得相当狭窄。三是日常生活的内卷化使其社区参与意识淡薄。新生代农民工的业余生活主要包括睡觉、玩手机、去网吧上网、同乡工友间打牌玩耍等，正常休闲娱乐几乎空白，精神需求更得不到满足，这导致他们疏离了社区活动的中心而在自己的圈子里不断内卷，不仅阻碍了这一群体城市生活质量的提升，更导致其社区参与意识日渐淡薄。西部少数民族新生代农民工的宗教意识虽不像上一代那样浓厚，但终究因民族风俗、生活方式和饮食习惯的不同而公共意识越发淡薄，日常生活中往往容易形成小团体、小帮派，外面的人进不去，里面的人不轻易出来。四是身份认同的内卷化使其自我定位模糊。新生代农民工虽然拥有强烈的融入意愿，但城市群体没有表现出更多的认同与接纳，实际意义上的心理隔阂依然存在。同时乡土社会的陌生感又越来越强烈，使他们对自我身份的认知较为迷茫，通常采取模糊化方式处理，其中很多人选择从同质化群体内部寻找认同感，身份认同的不断内卷化使他们的自我定位越来越模糊、越来越不确定。相反，西部少数民族新生代农民工的身份定位则因过于清晰而可能导致两个极端化结果：要么特别敏感，变得非常警觉，要么为了获得工作机会，不得不通过江湖办法来应对一切，产生不良社会影响①。五

---

① 相关论述参考了以下文本，特此说明。它们是肖云、邓睿：《新生代农民工城市社区融入困境分析》，《华南农业大学学报》（社会科学版）2015 年第 1 期；李华红：《西部地区农民工就业中的政府责任再研究——基于贵州省的实证调查》，《云南财经大学学报》（社会科学版）2012 年第 4 期；张美涛、王昌锋：《农民工子女城市融入中的能力建设问题研究——以西部城市为例》，《贵州师范大学学报》（社会科学版）2010 年第 1 期；李放滔、王娅男、涂伟：《试析新生代少数民族农民工的社会融入——以乌鲁木齐市为例》，《青年探索》2015 年第 3 期。

是信息内卷化[①]使其获取的工作往往带有“复制性”。就业素质、语言交往和技能所限，致使西部少数民族新生代农民工从事金融、教育、信息行业等高端职业者所占比重较低，仅有19%左右，而从事住宿餐饮、批发零售、建筑制造业、交通运输业等低端职业者占56%左右[②]，这说明西部少数民族新生代农民工通过初级社会关系网络获取工作往往带有“复制性”。这种岗位一般因供大于求而竞争激烈，因此他们相互之间挖坑、明争暗斗，有时候也就变得道德败坏，既失去了农民的朴实憨厚，又多了市侩陋习。六是文化内卷化致使物质现代化成为人的陷阱[③]。代代相传的生成于特殊仪式并具有高度同一性的人生观、生死观、价值观，因具有极大排他性而使其相信某种内循环的宿命，结果是虽然卷入物质现代化旋涡但主体性仍然在沉睡，缺乏对人的现代化起码的反思意识。这是单就文化内卷化后果的分析，当然这种现象还有经济全球化、社会边缘与社会中心，甚至许多研究者所说的“现代性悲剧”等其他复杂原因。

前文指出过，在西部地区，新生代农民工中除在农村成家并育有子女

---

① 据调查法案可知，农民工对“您认为地方政府的哪些工作对促进农民工就业最重要（多选）”的回答中，提供各种就业信息的占48.0%，提供就业技能培训的占42.3%，建立最低工资制度的占40.8%，解决社会保障问题的占39.8%，信息闭塞是显而易见的。参见李华红《西部地区农民工就业中的政府责任再研究——基于贵州省的实证调查》，《云南财经大学学报》（社会科学版）2012年第4期。另据另外的研究成果，在西部其他地方，农民工就业渠道和信息来源主要靠政府劳务输出机构和中介组织提供。这种就业的好处是降低了就业风险，但弊端是造成了劳资双方的被动，同一低层次工种集中过多就业者，最终导致只有出卖廉价劳动力勉力为之，信息内卷化致使权益的缺位，而且这种单方面的联系，虽然从统计数据上看劳务输出率很高，然而实际上多半农民工变成了输入地的社会问题。相关信息参见李禄胜《中国“三农”问题研究——以宁夏为例》，经济科学出版社，2015，第116～121页。

② 李放滔、王娅男、涂伟：《试析新生代少数民族农民工的社会融入——以乌鲁木齐市为例》，《青年探索》2015年第3期。

③ 台湾人类学学者刘绍华所著《我的凉山兄弟：毒品、艾滋与流动青年》一书2015年9月一经大陆出版，便引起很大社会反响，西部少数民族和偏远地区又一次进入社会人类学的观照视野，相关议题，比如现代性问题、全球化问题、文化自觉问题乃至落后与先进、野蛮与文明、疾病与现代文明等重新又成了热点理论问题。刘绍华：《我的凉山兄弟：毒品、艾滋与流动青年》，中央编译出版社，2015，第1～34页。

的之外，未成家的农民工基本长期在外打工，他们的回乡的确属于季节性和年节性质，在外的时间也就比在农村的时间长得多；但是成了家并育有子女的，他们其实只是在距离农村较近的县市及乡镇打零工和散工，以便于照顾在县城或乡镇租房上学的孩子和在农村种地的双方父母及其祖父母，因此这一批农民工身兼农民和农民工双重身份。无论哪种形式的农民工，无论他们以怎样的理由外出，季节性返乡或出外的最终目的就是很好地扎根农村。归根结底，农村其实一直是他们的归宿。这样一来，从文化生成上看，回流农民工所携带着的城市商业文化对农村社会结构及其农耕文化便构成了某种颠覆性冲击。概括说，一是使农业商业化速度加快了；二是促进了农村政治由“传统权威型”向“魅力型权威”（韦伯）转变；三是生活习惯的传统道德伦理型甚至利他型快速转变为利益交换型和商业“契约式”。在这样的背景下，农民工和农民实际上共享着同一个看起来实惠但其实质则短视的价值观。也就是说，以文化自觉来衡量，以新生代农民为主体的当前农民文化完全处在了很不自觉的朦胧的和被动的状态之中，另一现代化难题出现了。

难题之二：经济主义价值导向，导致西部新生代农民自觉或不自觉地处在与成熟现代社会机制相悖的境地。突出表现在以下几个具体方面。

第一，农民对文化自觉认识严重不足。一方面，对城镇文化特别是对城镇商业文化衍生而来的唯我主义、消费主义、拜物主义缺乏辨别，当把这些东西带到农村之后，传统农村固有的积极道德伦理文化秩序，便遭到了贬斥和践踏。另一方面，缺乏对农村的文化自觉。在文化产业思维的推动下，封建迷信、愚昧的礼俗风俗似乎反而重现于农村社会了，不过，仪式化的意义兑换过程完全被金钱、物质取代了，结婚彩礼的昂贵、丧葬程式的烦琐等是其突出表现。本书第一章第四节“城市小市民文化与‘新西部’形象的凸显”和第二章第四节“‘多元化’与现代性视野的丧失”中提出的“新西部形象的凸显”、研究者现代性视野的丧失，指的就是这种普遍性现象。前者盗用了这种不自觉文化产物，后者在多元化蛊惑下把有价值的东西相对化了，相对化其实等于虚无化，这种状况导致了主导性价值的瓦解。对文化自觉认识的不足，反映到行动上，即是农民的文化自觉主动性不足的问题，主要表现为对周围环境的无条件顺从和接受，对周围文化的盲从，庶几无农民群体自身的创造性可言①。

第二，心理现代化呈逐渐弱化趋势。文化现代性的重要衡量尺度在于政治现代化的成熟程度，而政治现代化则是以心理现代化为基础的。只有心理现代化趋于成熟，政治现代化及其配套的现代社会机制的建构才会具备前提条件。正因如此，农民的心理现代化在西部偏僻农村社会才显得尤为重要。最简单的一个原因是，当行政性整合在当代社会中失去组织效力之后，成熟的心理现代性力量才能改善农民自身的依附性，他们也就才能正确地认识取代行政性组织的家族、宗教势力的消极一面。但现在西部农村社会普遍存在心理依附转型失败的现象。一种是依附于大家族势力，构成了对弱小家族、独姓家庭的威胁；另一种是宗教势力对非宗教信仰人群的歧视，或者反过来，非宗教信仰人群对宗教信仰人群构成挤兑。无论哪种情况，都表现为对政治参与的情绪化，把政治家族化或宗教化。究其根源，一是政治认知能力较弱及传统的认知体系残存的影响；二是把公共问题私利化，因而在利益驱动下极易冲动；三是农村社会贫富差距悬殊、基层干部腐败严重，激动、情绪化和过激行为，实则是“仇官”“仇富”心理转化为政治疏离感的表征。

根据研究者所划分的农民政治参与心理的三种类型，即制度化政治参与心理、非制度化政治参与心理和冷漠型政治参与心理②来审视，特别是西部少数民族地区农民的政治参与心理，基本表现为以下几种与现代社会机制相悖的特点。

在制度化政治参与心理中，一方面是现任村干部、党员和后备村干部。他们的确能够秉公办事，在落实惠民、民生政策中能够讲求公道。但同时，他们的秉公和讲公道，具有某种政治投机的考虑，隐藏着某些前提

① 原栋：《文化自觉视角下农民素质探究》，《沧桑》2014 年第 5 期。

② 刘爱军：《当前中国农民政治参与心理现状及优化对策》，《攀登》2005 年第 6 期。

条件。比如在划定“低保”家庭和落实扶贫项目的过程中，其选定的对象中总有相当对象是能够利用的。无论是物质的还是精神的，他们把兑换来的实惠再拿去贿赂乡镇干部，以建立互惠的循环“机制”。另一方面是积极支持村干部或党员的农民。他们的心理动机是最大限度地寻求个人的物质利益和社会利益，因此，他们的支持，并没有多少主动性和自觉性，是随大流的心理倾向，农村选举活动中出现的“上面定框框，下面画圈圈”“当天提名、当天投票、选举不过夜、快刀斩乱麻”等现象就充分说明了这一特点。

在非制度化政治参与心理中，一类是新生代中未成家且文化程度较高的农民工。他们在城镇打工的遭遇以及在维权中的体验经验，都使他们对农村的维权有零散而琐碎的觉醒意识，但这种意识往往被家族的和宗教的势力消解，于是行动上有时表现得过激，话语上表现得情绪化，政治的参与多数时候便转化成了个人英雄主义。另一类是合法权益受到损害的农民群体，除个别由农民精英人物介入的情况下显得有组织、收效明显外，一般情况下这类群体性维权因各诉各的苦、各哭各的娘，不是演变成群体性暴力事件，就是无功而返，甚至产生内讧。

在冷漠型政治参与心理中，一般是新生代中成了家并育有子女且文化程度相对较低的农民工为最多。这种心理类型，只顾挣钱改变自身经济状况，对制度化政治参与和非制度化政治参与都极为冷漠，对集体的事漠不关心，他们采取敬而远之的态度，对于村里的事务不管不问，对于各种选举活动反应冷漠。只热衷于有实利的经济活动，消极地避免与外界的接触；从不主动影响和控制社会制度，仅仅只是适应外界的政治制度要求。

由以上三种政治参与心理可看出，无论在什么地方，作为“文化”共享的新生代农民及农民工，他们心理现代化程度还是非常低的。非但不符合文化现代性的基本要求，还带有浓重的“村落化”宗法宗族色彩。

第三，日常生活世界精神困惑重重。首先，人的观念保守自在。在现代化和全球化的背景下，来自政治、经济、文化等各方面的思想与传统观念发生着激烈碰撞，消费、交往等浅层次现代文明的确已经改造甚至塑造了农民形象，然而，自由、民主、权利、理性取向、价值取向和独立人格等深层次现代文明概念及以上文明的实现途径还远没有扎根于农民的心里，随处可以感知的地缘关系、血缘关系、人情关系还牢牢地束缚着农民的思想。“这种自在自发的农本社会的活动主体的根基和日常生活世界的生存模式并没有因为现代化和全球化的冲击而根本性地发生变革，而是以一种牢固而深刻的传统农业文明而持续存在着。”① 其次，人与物、物与物的关系正在取代人与人之间本应有的和谐与尊重。当商业文化及其携带着的经济主义价值观被带到农村后，农民日常生活世界的空间被打破了，血缘和地缘缔造的人与人的情感纽带，变成了人与物、物与物的关系，在物的关系面前农民获得了平等的权利和地位，即经济上的平等的关系。当物的地位上升、物在人们心中占据的空间越来越大的时候，尊严、人格、独立及与其相匹配的对他人的尊重、理解和宽容等现代性内容及其空间，只能被削弱和挤压。正是因为这种物的关系而出现了不同的经济阶层，农民因地缘和血缘等关系的亲情感在冷漠化、疏远化，实际距离在拉近，心理距离却在走远。物质世界越来越丰富和人情世界越来越淡漠，正是当今农村人的世界与物的世界欠和谐的体现。最后，以上两点折射到农民自身，就是农民自身人性分裂的进一步加剧。体现在至少两个方面，一方面是现实的自我生产能力与消费世界的自我需求失衡乃至错位，无法找到意义感；另一方面，觉醒的精神期许即自主性与滞后的甚至腐败的体制机制之间的错位，导致农民没有归属感。这两个错位合起来，造成了农民的农村认同危机、自我认同危机和政治认同危机。

诚然，以上农民的现代化难题，在全国具有某种普遍性，这一点已经被一些研究证实。但是对于西部来说，它的历史传统、多民族现实、地理地貌、“城乡二元居住”，以及经济欠发达这个基本现实一再表明，要彻底治理并提升其文化现代性，在既有的二元社会结构逻辑框架中已经无法解决诸多棘手问题了，必须把以新生代农民工为主体的社会群体作为一个相

① 刘相菊：《现代化视野的农民日常生活：困惑与矫正》，《重庆社会科学》2009 年第 11 期。

对独立的结构形态来看待，方可避免本章第一节提到的那种充满馈赠式的、施舍式的和恩赐式的传统道德伦理文化方式和传统城对乡的扶贫措施。

按照李强三元社会结构理论构想，三元社会结构是针对新生代农民工问题，而对于新生代农民，则是第四种（现阶段我国城镇化模式通常是三种：小城镇模式、中等城市模式和大城市与超大城市模式）城镇化战略模式，即“乡村生活的城市化”。不言而喻，对于西部农村社会现实而言，许多农村既然城镇化异常之艰难，与其逼农民进城成为社会问题源，不如变换思路，加大农村社会机制建设，让农民的生活方式城镇化，也就是说，“乡村虽然保留，但生活方式已发生了根本的变革，机械化的劳动方式、城镇化的衣食住行、现代的文化生活和闲暇生活等，都与城市中的生活方式没有本质区别，而且，由于农村中的自然环境优于城市，所以城市化的生活方式更具吸引力”①。关于这一点，本书第五章也曾较系统论述，李强的“乡村生活的城市化”，其实也是新型城镇化的本义，即文化城镇化。这与贺雪峰主张的保留农村“老人农业 + 中农”的结构，是一个问题的两个方面，都十分吻合西部农村和西部新生代农民、农民工的现代化建设。

第三节　“精致的利己主义”与现代性主体建构

有了前两节背景性铺垫，到了这一节，论述又得逻辑地回到这一章的重心去。

按照本章第二节的问题，如何解决现代化难题，实际上就是如何建构现代性主体的问题。现代性主体，毫无含糊，只能是新生代农民工。这是由这一社会群体的自身特点和历史语境所决定的。对于他们自身的特点，除前文已经提到的以外，这里要强调指出的一点是，他们还是电子产品、新兴媒体（特别是自媒体）、互联网的核心消费群体，也是法治社会体系建设的重要参与者、监督者乃至建构者，这是他们最能与同代城市青年、

---

① 李强：《农民工与中国社会分层》，社会科学文献出版社，2012，第283页。

同代“未来市民”平起平坐的资质。所以，他们的心理发展、日常生活习惯养成、现代意识水平、文化自觉程度和价值取向，不能单纯地以个体维权与否为衡量尺度，需当作第三社会群体这个整体结构来看待。这时候，他们的整体精神状态和价值生活状态，一定程度决定现代性主体能否在农村社会和城镇社会落地生根。反之亦然，当前农村社会和城镇社会能否如愿推进价值秩序建构，即推进现代农村文化机制和现代城镇文化机制的建立，取决于新生代农民工。对于他们所置身的历史语境来说，回流也罢、往返也罢，他们都处在新型城镇化的大背景中，建设文化农村和建设文化城镇，相对独立存在的第三社会群体特点，都使他们具有内在于农村社会结构和城镇社会结构，但又不限于农村社会结构和城镇社会结构的文化优势，即是说，他们既极少有传统村落文化的沉重包袱，又较少有城市小市民文化积习。因此，不管是改造还是再造，因为他们几乎是轻装上阵，所以与上一代农民工相比，麻烦都要少得多。这个时候，他们如何规划自己、如何安排自己以及如何自处，都代表的是西部农村社会的未来和西部城镇社会的未来。换句话说，他们自身的文化自觉水平，一定程度决定着西部农村社会现代机制的建构程度，也决定着西部城镇文化在多大程度上不会滑向小市民文化惯性轨道，而是有资格与现有城镇小市民文化趣味进行抗衡，最终成为一种持续推进现代城市文化不断走向成熟的力量。

从这一层面来看，被研究者经常在“对策与建议”中不约而同提出的机制建设，比如就业保障机制、稳定收入机制、医疗机制、教育机制和住房保障机制、维权渠道机制等，作为外部硬件建设，的确是重中之重。但作为内部精神体系，即新生代农民工主体性的建构，也同样不可忽视，依然起着内因的关键作用。这是把新生代农民工主体性建构作为一个独立问题来审视的理由。

当然农民（农民工）的主体性，有别于知识分子或其他社会群体，这也是由他们的历史和现实生存特殊性所决定的。所以，他们的现代主体性的培养，首先必须获得集体主体性意识。按照马克思的经典论述，主体性指个体在真实的集体中进行自己的联合并通过这种联合获得更高阶段的自我意识。“只有在集体中，个人才能获得全面发展其才能的手段，也就是说，只有在集体中才可能有个人自由。——在真实的集体的条件下，各个个人在自己的联合中并通过这种联合获得自由。”[①] 由此可判断，在“人民公社”之前，中国农民的集体并不具有主体性特点，而只是“虚假集体”，因为主要是根据生物性因素和政权的介入程度组织起来的生存性的和政府引导下血缘性的以及政府强制性的集体。但是，整体来说，当前农民真实的集体也具有不真实性，因为使人获得真正意义上的解放，从而成为自己的真正主人还受制于生产资料的不均等、生产力的不发达和人们生活不富足，即受制于经济条件、政治条件和意识条件。之所以说新生代农民工经过自我意识的提高能够具备获得真实的集体的可能，正是源于他们一旦形成自己的组织，其形式是血缘组织向物缘组织过渡并向着自由人联合体方向前进，因而“新生代”的“新”不单是年龄和经验的划界，更重要的是意味着“新的组织”将具有血缘性、物缘性和向自由人联合体方向发展的可能性等多种属性。有了这个前提，新生代农民工作为第三社会群体这个整体，经过有效组织自下而上建构真正的经济主体、政治主体和社会主体就有了可能。可以通过建立自治集体，避免和减少各种权益遭受损失，自主就业谋生；利用市场运营法则使参与市场活动的集体成为市场的主体，并吸取市场原则中利益的互惠性、人际的平等性及活动的主体性，最终成为经济上的现代性主体。通过自治集体的代表制选举代言人，维权事宜按民主决策、民主管理和民主实践，培育民主精神，并按民主精神来思考和行事。经济主体意识和政治主体意识会濡化到社会领域，最后形成现代社会主体[②]。

那么，什么是现代性主体呢？顾名思义，“现代性”就是指人和社会的现代性质，或现代品质；而现代性主体，便是影响现代社会总体走向朝着价值目标迈进的有自觉公共意识的群体或能凝结成共同体的个体，其核

① 《马克思恩格斯选集》（第 3 卷），人民出版社，1965，第 84 页。

② 以上个别观点借鉴了黄琳、武正雄《论主体性视阈下的集体——兼论农民主体性的出路》，《经济研究导刊》2008 年第 2 期。

心品质是具有自觉的自我反思意识和批判的群体建构意识。在西方，对现代性工程设计做出历史性贡献的大师有笛卡尔、培根、卢梭、休谟、康德、伏尔泰、狄德罗、黑格尔、费尔巴哈、马克思、恩格斯等。在这些大师研究成果的基础上，把现代性及其主体推进到现如今生活世界内部的是德国哲学家于尔根·哈贝马斯和英国社会学家安东尼·吉登斯。正是对碎片化、零散化世界的深刻体悟，哈贝马斯才提出即使在现代社会，从充满复调的模糊总体性筹划中也要形成一种充满异议的公共意识。这个公共意识就是用来抵制无法形成新的总体性的亚系统。在抵制中，于生活世界内部建构自我反思和自我控制的自觉机制，这便是他“公共交往理论”的核心精神，交往理论的生活世界概念从此摆脱了先验哲学的束缚，进入微观生活方式内部了。“如果我们想搞清楚语言社会化这一基本事实，我们就很难放弃生活世界概念。如果不预先为所有人设定一种主体间共享的生活世界，互动参与者就无法完成具有协作功能的言语行为。而且，这个生活世界趋向于一种对话情境，并和每个人都有着切身的关联。”① 在风险社会的基本语境，在充分估计到媒体所传递的经验已经长久地影响自我认同和社会关系的基本组织形成的当下，在穷人被删除以及差异、例外、边缘化好像成了现代性规划的等外编序的经济社会，吉登斯对现代性主体的界定围绕“自我认同”和“生活方式”两个重要概念展开了。他主张自我认同必须是一种反思性的组织起来的活动，那么，由此而生的生活方式，便逻辑地构成了对一切强制性规约或意识形态导向具有清醒批判意识的价值形态，这即是他所谓现代社会生活中，生活方式的概念具有特殊意义的地方。“传统的控制愈丧失，依据于地方性与全球性的交互辩证影响的日常生活愈被重构，个体也就愈会被迫在多样性的选择中对生活方式的选择进行讨价还价。当然，最为显著的是，在商品化的形式中，存在着标准化的影响，因为资本主义的生产和分配构成了现代性制度的核心要素。由于

① 〔德〕于尔根·哈贝马斯：《现代性的哲学话语》，曹卫东译，译林出版社，2011，第401～410页。

今天社会生活的‘开放性’，由于活动场景的多元化和‘权威’的多样性，在建构自我认同和日常活动时，生活方式的选择就愈加显得重要。反思式组织起来的生活规划，其通常被假定是与专家知识相接触之后所具有的对风险的考虑，成了自我认同的结构化的核心特征。”① 如此外延经过约束之后，现代性主体的反思性气质，实际上指对盲目跟风而来的自在生活的不满足，自我认同也就是对不满足的完善，这样一来，生活方式本身就成了现代性主体性的检验标准，亦是现代性主体的首要条件。

结合本书第六章第三节对“文化现代性”的界定和论述，具体到中国西部新生代农民工主体性问题，现代性主体的建构，一言以蔽之，指的就是相对独立的第三社会群体，需建构自觉的文化意识。在各种支持性社会机制尚未建立之时，既要对以传统村落为代表的宗法文化保持警觉，又要对既有城市小市民文化趣味持批判态度。主动为普遍性诉求而努力，高度确认和辨识自我自主性世界的建立所面临的内外部困难，在积极的交往过程中，从日常生活方式本身寻找属于这个群体在当下社会语境的自我认同渠道，这样就可以辩证地看待流行的和时尚的消费观及生活观，理性审视流动社会所形成的情感及婚恋选择，能动地建立自我及群体的生活方式，总体上形成一种制衡力量，促进现代社会机制的完善。通俗地说，作为第三种社会结构或力量，对于农村，他们是提升者和亲历型改造者；对于城镇，他们是批判者和参与型审视者。然而，对于西部新生代农民工来说，这样的现代性主体好像还远远未觉悟。

在本书第一章第四节“城市小市民文化与‘新西部’形象的凸显”的论述中，已经提及“新西部电影”为了“安全消费”，为了票房，为了打造有别于“西部电影”的西部人文形象，以百姓熟悉的当今城市小市民文化趣味为标准，一洗过去的苦大仇深和艰难境遇，对当前西部新生代进行了形象化、审美化处理。结果有这样三个特征被定格了，一是在和睦的

① 〔英〕安东尼·吉登斯：《现代性自我认同》，赵旭东、方文译，生活·读书·新知三联书店，1998，第1～10页。

小家庭中强化了个体之间的情感密度，三口之家，小孩子就成了维系亲情的纽带，新生代作为父母自然处在“天伦之乐”的轴心，牵一发而动全身；二是小家庭之所以在“天伦之乐”中不断给在外奔波的新生代父母提供饱满的情感与强大的精神力量，是因为它很圆满地化解了他们因经济资本、政治资本、文化资本匮乏而生的失衡心理；三是有了以上两点结果，顺理成章地导出了原因，即之所以能使小家庭和睦、能维持“天伦之乐”、能于诸多资本匮乏中获得自救，还在于有一个好心情好心态，全仰仗西部这块农耕文化保存相对完整的土地了，是孕育于其中的传统文化这个秩序作用的结果。

很清楚，这里正是社会学发现与文学艺术，特别是以“新西部电影”为主的大众文化趣味分道扬镳的地方。

大众文化趣味借用电影叙事、小小的手机屏幕和其他新兴媒体（特别是自媒体）的重重过滤，以审美符号的强度感染力，轻轻跨过了经济运转的实际法则、社会结构角力的真实战场，在“内在性生活”、“个体性生活”和其他如“享受生活”、“享受人生”、“身体美学”一类语焉不详的概念蛊惑下，抹平了“西部”、“西部新生代”、“农民工”、“未来市民”与城市、城市新生代、市民之间的固有鸿沟。甩开前文所分析的西部新生代农民工在社会学和政治经济学意义的遭遇和处境后，大众文化意识形态层面的西部新生代农民工，也就进入目前的城镇小市民文化框架。这不单是因为他们与城市新生代青年分享着同样的电子产品、新兴媒体（特别是自媒体）平台，更重要的还在于，这反映了他们在城镇的生活经验及城镇一次性消费方式所造就的人生价值选择。也就是说，作为身份地位和精神的替代性补偿，在实际的情感及婚恋观、生活及消费观、价值及理想观的选择上，他们的心理预期其实要极尽所能地靠近乃至超过城市新生代青年。

首先是情感及婚恋观的选择上，突出表现为“玩性”占上风。由于流动性极强，他们的情感及婚恋观也就只能在风险中随性而为，“临时夫妻”、“非婚同居”以及多角关系的长期存在等，是其典型表现形式。新生代农民工夫妻不在同一行业、同一城市的现象非常普遍，这就导致“临时夫妻”这一姘居现象出现了。所谓“临时”，不同于婚外情和情人概念，是指为了节省成本合租或合住，除了性生活之外，男农民工实际担负照顾女农民工生活及生病困难并与女方临时组成准家庭生活的模式。这种准家庭准夫妻生活并不是固定的，随着节假日返乡，也就终结了，如果下一次出外打工换成别的地方，双方可能又会寻求新的临时姘居对象。当然这种生活是高度隐秘的，一般会远离男女双方都熟悉的同乡或朋友圈。没有熟人的帮助，生活上也就变得更为无助。至于“非婚同居”以及多角关系，则存在于未婚新生代农民工之间。一方面同村工友或曾经的女同学通常选择跟条件更好的外地男农民工建立恋爱关系，势必在情感上疏远同村男农民工，造成男农民工感情上的恐慌，逼其想尽办法在陌生女农民工身上寻求安慰；另一方面常年的流动生活使之倍感失落，恋爱不恋爱、结不结婚倒在其次，或者因在城市谈婚论嫁本来成本太高杳无定期压根儿就没有提上议事日程，但眼下怎样填补内心空虚是首要问题，于是种种原因便把男女双方都推向了混乱的非婚同居、多角关系的境地。

这种情感及婚恋观，也许不能简单地用合理不合理来评价，但从基本的道德伦理角度看，这种不严肃选择事实上已经构成了对他们既有和将有家庭的伤害，使原有或将有情感及婚恋对象在相同问题上也变得极其随意、低级和“玩性”至上。

其次是生活及消费观上，突出表现为“符号化”特点。根据在消费视野下新生代农民工阶层固化表现及危机的研究①，在向现代社会过渡中，新生代农民工社会阶层分化已经显示出某些新的显著特征。目前根据他们所从事职业、拥有财富、收入水平、受教育程度，享有的政治权利及社会名望等差别，已经被分化为新生代农民工工人、新生代农民工个体工商者、新生代农民工私营企业主等不同社会层次。低收入人群闲暇时间更

① 侯玲：《消费视野下新生代农民工阶层固化的表现及危机》，见马中红主编《青年亚文化研究年度报告（2013）》，清华大学出版社，2014，第147页。

多，便成了便宜消费场所的主要顾客，处于城市消费边缘；而个体工商者中一部分人除了简单的日常消费，开始表征自身的新生代特征了，对高新时尚消费品尤其感兴趣，以此来寻求“新生代”及“市民”的社会认同；对于一些发展得比较好的新生代私营企业主来说，其消费场所和内容逐渐与市民趋同，甚至表现出一些超前消费的特征。新生代农民工内部的这种阶层自我解构，使得自我认同和整合力降低，身份识别意识模糊，反而从另一个角度弱化了其自组织性，在新一轮的境况上进一步表征了其阶层社会脆弱性。要么对社会公共性问题关注度低，人生观、价值观偏差，使得其在消费过程中呈现一些社会丑恶现象，在生产资料和生活资料的消费过程中不惜破坏资料、破坏生态平衡，甚至不惜采用不正当手段谋取私利等；要么受一些不良社会风气驱使，流连于色情表演、黄色书刊、不健康音像制品，甚至有些还走上了赌博、抢劫、偷盗等犯罪道路。既然主体社会支持体系弱化，那么他们在社会流动、发展过程中所做的努力也就更难获得社会认同和声援。

消费本身产生自我排斥和阶层固化现象，于是进一步恶化，在主体社会赐予的“二等公民”“半无产阶级”“屌丝”等深含贬义的称谓的刺激下，为了适应新的认同模式，新生代农民工的生活和消费实际上被迫走上了被动的、被强迫的和被异化的代理性消费、非理性消费及越轨性消费轨道，自身更加难以获得持续性发展了。这时候，新生代农民工内部便普遍形成了“炫耀性消费”。

研究者把这种因社会流动而产生的新的群体性社会认同意识称为“示同”与“示差”。炫耀性消费本身就是一种象征消费或符号消费，除了一般消费所具有的满足基本需要的作用外，其功能更多地体现于隐藏在消费行为背后的社会意义上，具有很强的社会区隔功用。表现在，一方面是“示同”，即个体通过炫耀性消费展示特定的属性特征，从而趋同于某一群体的成员；另一方面是“示差”，即个体欲通过炫耀性消费，使自己在某些外在属性上差异于某一群体的成员，从而达到脱离该群体的目的。向一个群体“示同”的过程本身就是同时对另一个或几个群体的“示差”，是个体在社会中寻求归属和建构认同的重要途径。“特别是在消费社会中，消费已经日益成为人们实现社会区隔、建构认同的主要手段，而此时，同时可以实现消费者‘示同’和‘示差’两项功用的炫耀性消费，才更显其在建构社会认同上的重要意义。”① 这样就解释了在仿名牌衣服、频繁更换手机等时尚消费群体中，往往出现悖反性情况的原因。越是将自己分类为新生代农民工这一群体，其进行炫耀性消费的倾向就越高，这也从另一个侧面反映了其想要重新建构对新群体社会认同的意愿；同时，对于本群体的自尊越高，其炫耀性消费倾向就越低，对本群体的承诺越高，其炫耀性消费倾向也就越低，这表明在新生代农民工原有的价值衡量和情感依托上，炫耀性消费行为本身与这个群体的价值观念是相悖的②。消费的符号化和虚拟性，导致新生代农民工社会行为脱离现实，社会实体网络体系衰落，社会流动机制的现实性遭遇挑战。丧失对现实生活和现实交往的兴趣，进而诱导了非正式社会保护组织的兴起，生活及消费观转化成了社会问题。

最后是价值及理想观，突出表现为选择上的“即时性”。“即时性”即一次性、非连续性和自私自利、颓废、“垮掉的一代”等相结合的一种消极价值取向，伴随而来的是理想的消弭与沉沦，导致只注重当下而养成了得过且过人生观。这方面的研究已经非常之丰富，无须重复。但需指出的是，许多研究者把新生代农民工因此而表现出来的娱乐至死、无厘头、无聊、消费主义等文化倾向，解读成新媒介表达的自由使青年亚文化对主文化的反对、背离、调侃和颠覆③，恐怕仅仅是研究者的主体性自觉，而非新生代农民工的主体性自觉。通过对西部新生代农民工的无数次访谈和

① 金晓彤、崔宏静：《新生代农民工社会认同建构与炫耀性消费的悖反性思考》，见马中红主编《青年亚文化研究年度报告（2013）》，清华大学出版社，2014，第157页。

② 金晓彤、崔宏静：《新生代农民工社会认同建构与炫耀性消费的悖反性思考》，见马中红主编《青年亚文化研究年度报告（2013）》，清华大学出版社，2014，第157页。

③ 马中红、陈霖、曾一果：《新媒介与青年的文化表达和文化权力》，见马中红主编《青年亚文化研究年度报告（2013）》，清华大学出版社，2014，第47～52页。

观察得知，他们的确隶属于这一文化表达系统，但他们是被动的、浑然不觉的。也就是说，他们根本不知道他们的这种观念来自哪里以及将要干什么，他们唯一比较清晰的认识是，他们得以掌握的新媒介与身边高校学生及毕业流落在社会的新生代“未来市民”密切相关。这些未来市民的确是如此排遣情感郁结、如此消费生活和有如此持见的。

这一点给了笔者一个提示，就是说，新生代农民工身上表现得比较集中、比较普遍的这些特点，的确与新生代“未来市民”关系最为密切，甚至可以说后者是前者的“源”。主要原因盖在于，当这些特点最初以某种“知识”“价值”“观念”的叙事形态存在时，它们必然来自某种集体性经验乃至某种文化思潮。或者是各类大学校园，或者是新兴媒体掌控者及其话语的传播者，而农民工一般属于此类叙事的终端用户，是自觉不自觉的追随者、响应者。

追究“未来市民”的来龙去脉，最简单的办法是看现如今的高校教育。2012 年以来，有一个概念一直被社会各方热议，它就是“精致的利己主义者”。提出这一概念的人是北京大学文学教授、人文学者钱理群。“精致的利己主义者”原是钱理群在武汉大学的一次演讲中提出来的，后来因媒体的跟进，这一描述新生代大学生的术语，竟成了网上网下讨论高校教育的一个导火索。这里不拟深入讨论现如今中国高校教育，只就这一概念所涉及的相关“知识”“价值”“观念”的叙事形态，做一简单梳理。

钱理群的原话是“我们的一些大学，包括北京大学，正在培养一些‘精致的利己主义者’，他们高智商，世俗，老到，善于表演，懂得配合，更善于利用体制达到自己的目的。这种人一旦掌握权力，比一般的贪官污吏危害更大。”① 很明显，作为大半辈子浸泡在高校的教授，钱理群的经验之谈中有一条清晰的逆推逻辑线索。正因目前中国的腐败无处不在，从求人入托到小学择校再到初高中的“状元”效应，一直到名牌高校的特招、高楼林立和遍地项目，都需要人情打理才能如期落地，校园腐败自然

① 谢湘、堵力：《北大清华再争状元就没有希望》，《中国青年报》2012 年 5 月 3 日。

渗透到了各个方面、各个环节，毋宁说它是社会腐败的一个缩影。在这个腐败缩影中，不消说，追求利益最大化和追求效率最高化，是其命门。再具体到大学生，在高校课堂，不管哪个学科、哪个专业方向、什么老师讲授，从知识的叙事学角度看，“现代”似乎已经落后于“后现代”了，经后现代色彩一涂抹，“知识”“观念”“价值”于是一下子变得轻松而诙谐了、变得自嘲而讽刺了、变得油滑而不再那么板着面孔了，总之，“一切坚固的东西都烟消云散”之时，正是学成归来之日。在就业大军拥挤不堪的独木桥，什么正经的“知识”、了不起的“观念”、形而上的“价值”，当遭遇市场法则和人事关系这些硬通货，都得被金钱碰得遍体鳞伤，谁还会执着于某几条奄奄一息的定理、规律或者理想话语呢？在二元社会结构不巧遗漏的边缘地带谋求生存，不变得世俗、老到，不善于表演、不懂得配合、不利用体制，能达到乞食的目的吗？最后，从个体的角度看，一“屏”在手，刷来刷去，似乎世界尽收眼底，也似乎手指滑动的瞬间社会现实尽在把握之中。其实不然，他们只是地道的信息二道贩子、标准的“手机控”而已。正如英国新马克思主义思想家特里·伊格尔顿在分析后现代主义时，辛辣地指出的那样，“替代性”是后现代主义所特有的政治论题，他们用性、性别和族性代替了一切严肃问题的讨论，这些严肃问题包括阶级、国家、意识形态、物质的生产等①。他们扎堆感兴趣的是交媾的身体，而不是食不果腹的身体；是明星的绯闻和大腿，而不是蜗居在工棚等待发放拖欠工钱的农民工。因为精致的利己主义实实在在能派上用场，高校校园里才会充斥着无数精致的利己主义者。钱理群深谙此道，才在退休之后有了这般沉痛的反思。

由这一层面来审视，无论新生代未来市民，还是新生代农民工，上文所论三个方面突出的主体性选择，其实是他们对目前中国社会现实的适应，而不是反抗、调侃和颠覆。特别是在校大学生，充其量只不过是某种

① 〔英〕特里·伊格尔顿：《后现代主义的幻象》，华明译，商务印书馆，2005，第28～29页。

自我消费、自娱自乐的方式，折射出的是个体对“不确定性”的俯仰和对“个人主义”的拥抱。新生代农民工突出的主体性选择，正是在这里与高校这个知识、观念、价值的生产基地，有了深层的汇合，其叙事也终于得到了另一方的认可。但无论是间接的受惠还是直接的习得，所生成的这种主体性，恰好是无主体性的表征，至少不是现代性主体——如果把现代性主体的核心内容理解为对现有社会机制的反抗、对自我不觉醒的省思和对他者蒙昧状态的启蒙的话，这种主体性只是看上去打扮得比较巧妙而已。它既没有怀疑“不确定性”带来的道德灾难，也没有挑战“个人主义”给现代社会机制重建造成的麻烦。

非但如此，“不确定性”与“个人主义”还恰好成了“精致的利己主义者”的温床。在互生互推的层面，“不确定性”、“个人主义”与“精致的利己主义者”，也就建立了依赖依存关系。如果不加分析前者产生的政治文化背景，构建新生代农民及农民工的现代性主体，就缺乏必要的硬件支持。

英国社会学家齐格蒙特·鲍曼把当今社会“人类从未遇到过”的“不确定性”挑战，归纳成了五个方面。一是现代性正在从“固体”阶段向“流动”阶段过渡，那些限制个体选择的结构，护卫社会规范的机构以及那些可为社会所接受的行为模式，都不再长久保持不变，其变化速度之快，乃至于人们来不及发展出一个有条理的、一贯的策略，更勿论实现个体的“生活计划”。二是权力与政治分离所带来的两种紧密相连的后果是，促使国家机构将越来越多地归于其下的职能丢弃、转移，或者“下分”以及“外包”。这些职能被国家丢弃后，或者成为反复无常并且不可预知的市场力量的游戏场，又或者只能留给社会个体，依靠他们发挥主动性来关注本应由政府履行的职能。三是社群的以及由国家支撑的抵御个体失败和厄运的保障，现如今正在逐渐地、持续不断地收缩以及削减，从而削弱了这种保障从前所具有的种种吸引力，同时也破坏了社会连带的社会基础。“社会”已经越来越多地被视为一种“网络”而非“结构”，充满了种种随意性。四是长期性的思考、计划及行动日渐崩溃，同时，允许这些活动长期存在的社会结构也在消失或削弱，这一现状导致政治史的断裂，也使得个体生命历程断裂为一系列的短期计划和一段段的小插曲。五是环境总是变化多端，没有定式，但解决由此而生的各种困境之责却落到了个体头上，而且个体被期望为自己的选择负全责。因此，被宣扬的最为符合个体利益的品德不是服从于任何规则，而是灵活地时刻准备着在短时间内更换人生策略和生活方式[①]。“不确定性”的直接后果是“个人主义时代”的来临。英国社会学者保罗·霍普把“个人主义时代”也称为“后福特主义”（“福特主义”指规模生产与消费的时期，以细化的劳动分工和“流水线”工艺与产品为特征；“后福特主义”以“灵活性”和“弹性工作”为主要特征，手工劳动者比例随之减少，永久性职业在数量上也在不断减少）时代，他说，正是这种产业模式的转变，推动了个人主义的和以自我为中心的行为方式的发展。[②] 其一，非工业化生产已经大量出现；其二，现代消费模式催生了灵活的专业化生产；其三，信息和通信技术发展进一步推动了个人主义行为方式的形成；其四，社会群体的分化导致了不同类型劳动力的出现；其五，合同分包或外包形式使得集体性组织及发挥集体性作用变得越来越不容易了[③]。

为着应对这样的杂乱无章，霍普提出通过“地方共同体”和“公共精神文化”的重建，来塑造现代性主体，应该说不无深意。

霍普意义的“地方共同体”特指“地方或邻里共同体”，因为这些共同体往往是人们赖以生活与工作的场合，所以也是我们全部生活的重要组成部分。“地方或邻里共同体，可以是一个村庄，可以是乡镇或城市的某一个区域，也可以是一个居住的社区。事实上，对于每一个人来说，地方

① 〔英〕齐格蒙特·鲍曼：《流动的时代：生活于充满不确定性的年代》，谷蕾、武媛媛译，江苏人民出版社，2012，第1～5页。

② 〔英〕齐格蒙特·鲍曼：《流动的时代：生活于充满不确定性的年代》，谷蕾、武媛媛译，江苏人民出版社，2012，第1～5页。

③ 〔英〕保罗·霍普：《个人主义时代之共同体重建》，沈毅译，浙江大学出版社，2010，第7～12页。

或邻里共同体的构成，往往取决于我们自己的主观意识。”[①] 而“公共精神文化”不是指作为一个公民所应履行的社会义务与责任，是为着应对后工业社会的发展已经或即将改变人们工作与休闲的特点，也为着解构以自我为中心的生活方式和行为方式的封闭性，在思想和行为两方面强调的“公共精神”，突出了“一个人可以不计自己的得失，为了他人的利益能够随时准备参与更多的地方共同体活动”[②] 这一针对性意义。

建构新生代农民工的现代性主体，只能内在于“不确定性”和“个人主义”具体语境，才有切实的作用。针对具体问题，笔者提出以下策略建议。

第一，针对进城新生代农民工普遍的维权难问题，亟须建立健全法治维权体系，妥善解决进城农民工与开发商之间频频发生的住房纠纷问题，从法律保障上确保进城农民，特别是打算久居城镇的新生代农民工在子女上学、医疗等民生方面的权益不受外因干扰和侵犯，帮助他们获得城镇认同感和归属感。

第二，针对西部农村社会，特别是山区普遍存在的“城乡二元居住”格局，以及庞大的新生代农民流动人口“候鸟式”生存状态这一将长期存在的现象，借鉴李强“三元社会结构”理论构想，构建第四种，即“乡村生活的城市化”，消除新生代农民“离土不离乡”的后顾之忧。

根据这样一个理念，可以调整现在一个乡镇一个示范村，并且旨在推动文化产业化和观光旅游的大量资金用于更加普遍的村落建设，真正实现自然行政村生活城市化，稀释和安顿新生代农民或农民工。

第三，针对西部大量存在的“空间城镇化”和数字城镇化，基本社会保障普遍缺位的现象，以及馈赠式、施舍式和恩赐式传统道德伦理文化方式和传统城对乡的扶贫措施，着力营造富有公共精神文化的社区，建构社

① 〔英〕保罗·霍普：《个人主义时代之共同体重建》，沈毅译，浙江大学出版社，2010，第4页。

② 〔英〕保罗·霍普：《个人主义时代之共同体重建》，沈毅译，浙江大学出版社，2010，第7页。

区无偿帮助机制。邻里或地方共同体中的其他成员可以得到经常性的无偿帮助，这就弥补了政府机构提供的没有人情味的偶然性帮助。

第四，针对城市居民社区封闭式硬件设施建设饱和，而开放式文化软件建设滞后乃至匮乏的现状，强化社区对富有意义的休闲内容、教育活动和运动项目等的重视，可以化解一些年轻人的反社会行为。

第五，针对“流动性”导致的个体“不确定性”等现象，分解教育、医疗、维权等垄断性行业的资源配置，建立硬件有保障、富有话语权、富有内涵的公共精神文化体系，有助于解决那些与个人主义或逃避到个人空间等现象相联系的特殊难题。

第六，针对普遍的文化危机和身份危机，以及伴随后现代性进程而来的不完全性和个人主义冲击，提炼传统优秀文化精髓并使之与当代城市文化审美结合，弘扬公共精神的行动，塑造符合新型城镇化的市民文化准则，可以应对后传统社会业已形成的某种流行风气，为人们提供普遍行为准则的许多制度和习俗。

总之，在新型城镇化的大势下，培养新生代农民自觉的现代化意识，重心在社区，社区的重心在公共精神文化上。虽然公共精神文化不可替代国家提供的社会保障，但是，它可以通过激发相互合作和地方自救的方式来完善社会保障，这是目前西部完善新型城镇化文化机制过程中的软肋所在，理应是今后务必高度重视的核心工作。

笔者在此处不厌其烦引述霍普的观点，不是因为霍普的理论多么适应中国西部新生代农民工现代性主体建构，恰恰是由于它比较前沿走得也比较远，以其审视西部新生代农民工现代性主体性问题，具有很多启示性价值。另外，更重要的一点在于，由以上观察和论述可得，在当代中国社会以及其所辖的当代中国西部社会，事实进一步表明，真正符合现代性的个体化发展条件并不具备，即贝克所谓的“第二现代性”的个体化不成熟，“脱嵌”（解放）、“去传统”（丧失稳定性）之后，“再嵌入”（重新整合）便遭到了制度瓶颈（见本书第八章“结语”详细论述）。既然如此，在现有基础上，霍普的观点就具有了重构西部新生代农民及农民工现代性主体的方法论意义。如此，对照前述情况，“地方共同体”和“公共精神文化”的重建，与西部新生代农民及农民工的主体性塑造就有了直接的因果关系。

西部新生代农民工情感及婚恋选择上普遍存在“玩性”现象，从根本上说，与公共精神文化生活的匮乏有直接关系；生活及消费选择上追求炫耀性消费来弥合虚拟的身份认同危机，不能不说是地方共同体的缺失所致；而对于价值及理想生活选择上的“即时性”，究其实质，不外乎深陷个人主义泥淖而不自知，再加上没有适当外力干预，致使意识被“不确定性”深深羁绊这两种情况，其因果关系也显而易见。

当然，西部农村社会和城镇社会，的确均有建设不错的村委会、社区及相关配套的公共服务设施，尤其是城镇社会于国家“十三五”规划期间已经基本完善的“四馆一中心”（图书馆、博物馆、科技馆、档案馆和艺术中心）、“五级一体化”（首府城市，其他市、县、乡镇、行政村）硬件建设，堪称宏伟工程。但是这些硬件实体建设，又有多少是融入了公共精神文化内涵并被分解到地方共同体中去的呢？也就是说，有多少是自觉地以第三社会群体所需而生产的呢？答案是否定的。据笔者所知，这些实体建设，仍然执行的是坐班制工作流程，消费需要相关证件、进馆需要层层证件检查，与其说向市民“开放”，不如说是“开放”给个别有条件的非农民工群体——无论节假日还是工作日，消费的主要群体是学生（做作业）、其他人群（比如备考其他证件、硕博考试复习等）和工薪阶层（休闲娱乐）、外地游客（毕竟集中了一些成果）。不能不说，这些矗立在城镇显赫位置、占据着城镇黄金地段的“馆”和“中心”，不管其建设初衷如何，就其实际效果而论，其实又一次严重阻隔了农民工与市民的融入和交流，是最新形式的公共精神文化等级化表征。目前新生代农民工现代性主体的建构如此之难、问题如此之多，已经部分地证明了这一点。新的公共文化服务设施的相对完善，倒是引起我们思考另外一些新生问题，便是城镇社会富丽堂皇或“高、大、上”的实体建设，是不是格外加剧了本来处在边缘的主体的自我认同危机呢？或者压根儿就没有意识到地方共同体和公共精神文化在新型城镇化中的特殊功能呢？如此等等，都一再表明，西部地区决策层的文化自觉意识都还处在需要启蒙的阶段。从这一点深一层来反观，即便所有社会保障体系有一天终于如愿以偿地实现了，那又能怎么样？物的现代化就必然等于人的现代化吗？这正是我们认为霍普的方案深具启示意义的地方。

第八章　结语

从“西部形象”“西部话语”的产生、形成乃至再生产，到这种特色的符号表述与新型城镇化所需的基本人文要求错位，中国当代西部人文研究历经几十年近半个世纪，的确做了很多努力和探索。从人文诉求的终极关怀来看，可以认为差不多是围绕呈现西部现实的困难和提升西部人的现代性而展开。比如当代西部人文研究的文化传统主义，对漫长而自信的西部历史梳理，不外乎为了打通古代西部与现当代西部的血脉联系，为当代西部发展与建设提供历史借鉴。比如中国城市文化内部的西部人文研究，即当代西部观照，其内在于既有城市文化模式的追求，不也是企图通过影像叙事以及与中东部城镇化对比，找出东中西部差距，最后达到统筹协调发展的目的吗？又如致力于西部特有的少数民族宗教信仰文化研究，之所以把宗教信仰文化普遍化，前提也隐含着中国东西部乃至全球化现代性视野，建立健全稳定而秩序化的意义世界，是其题中应有之义。

然而，以文化自觉及与其相配套的现代性或文化现代性思想尺度来审视，诸种面向的西部人文研究，似乎不同程度误入大一统或脚痛医脚、头痛医头的理论窠臼，甚至许多时候还染上了“西部中心主义”色彩，也就难免为西部先赋角色乃至自致角色。在自我确认中，西部现实和西部人文现状，都不同程度地遭到遮蔽或误判，致使新型城镇化所急需的人的现代化研究庶几淹没于自我经验的碎片化和唯我独尊的自大自恋之中，不得超越。现代性研究因不自觉而显得破碎，因不深入而往往自我狡辩，因不系统而流于跟风。

无论成功的经验，还是失效的教训，西部既有研究成果与实践，都给今天的现代性研究，留下了空间。同时，正因新型城镇化的时代要求，人的现代化即文化现代性问题研究，也才有了政策支持，为研究走向系统、深入，提供了良好语境平台。总之，研究表明，只有认识到文化现代性价值在西部人文建设中的重要意义，西部才能摆脱“他者化”，也才能超越自我中心化，西部的文化自觉与文化自信也就才能在反思与审视视野中得以真正建构。

第一节　简单回顾

除绪论而外，宏观上，本书依然遵循提出问题、分析问题和解决问题的总分总结构。前三章属于提出问题，论述今天西部的一般人文现状仍然是“村落化”的原因，以及“村落化”由来的历史的和现实的基础。第一章从中国西部地域文化与民间宗教文化的历史规定性中梳理西部话语形成的历史原因，并从西部文学研究价值模式和西部电影叙事对西部形象的早期定格进行理论探讨，指出直到“新西部电影”出现，西部形象发生变化的意识形态动机。第二章论述西部符号的生成，及西部形象与西部人文话语再生产问题，指出西部古典游牧文化与元典宗教文化在其中起主导性作用，而苦难形象道德化与神秘主义文化普遍化是西部符号再生产的两大突出特征，这时候，现代性视野普遍缺失了。第三章阐述西部乡村是现实村落“终结”而人文村落兴起，由此而造成了农村文化共同体的瓦解，普遍的政治疏离感也就相随出现了。现代性视野的缺失与西部乡村普遍政治疏离感的形成，遂呈正相关关系。

由此可见，西部乡村文化与既有西部形象、西部话语之间，存在某种必然的逻辑关系。这一点大体符合中国是“乡土中国”，中国西部是乡土中国中根基至深之地的文化地缘概念。文论话语的“中国经验”论述者因此把目光投向西部，并认为西部经济的欠发达正好成全了中国免遭“过剩的现代性”伤害的理由，也就仿佛找到了现实依据。

第四章至第六章，是微观分析问题。人文知识分子的西部文学、西部电影和西部城镇化理论论述及产生的实际后果，构成了分析问题的主要凭据。而参照理论及背景知识则是现代哲学文化学与现代社会学。在现代中国社会、现代中国文化与现代中国文学、电影的大背景下，观照并审视现代中国西部社会、现代中国西部文化和现代中国西部文学，构成了分析问题的基本逻辑前提。第四章指出西部现代性程度较低的原因，在于传统文学史预期并未被纳入西部新型城镇化以来生成的小市民文化，这是西部人文现实与现代性思想之间深刻的错位。这表明西部文学启蒙任重而道远，它直接关系现代性与西部文化自觉能否内在于今天已经被新型城镇化改造、重组、重塑的西部日常生活内部，并发挥人文知识分子主观能动性的责任担当问题。第五章进一步探讨新型城镇小市民文化与新型城镇化要求之间的矛盾与冲突，并回到现代性价值诉求来反思所谓“正能量”“城市幸福论”等，对现实社会问题的遮蔽。这说明西部新型城镇化过程中，现代社会机制严重缺失，是一系列文化危机出现的客观原因。第六章论述西部电影“在乡”与“在城”空间差异对西部现实的重新“西部化”，导致空洞的“文化搭台”现象普遍存在，指出只有把重新西部化的西部电影转向纪实风格，才能发挥影像叙事的文化现代性担当功能，西部电影也才能像最初那样，产生广泛的启蒙作用。

以上三章虽重在分析问题，但边破边立的结构特点，自然也构成了解决问题的逻辑线索，最终把解决问题的关键推向了第七章，即着重探讨西部新生代农民及农民工如何现代化的问题。

在讨论西部新生代农民及农民工与现代性主体形成问题时，笔者借助了李强“三元社会结构”分析框架，指出现有的西部新型城镇化实际上造成了西部新生代农民工现代化难题。只有启动新措施，才能纳入这一部分庞大人群，与此同时，钱理群所谓“精致的利己主义”作为新生代青年普遍性文化征候，在西部新生代农民工中也存在。笔者研究了西部新生代农民工建构现代性主体的理论途径。强调指出的是，在这个理论途径梳理中，英国哲学社会学家齐格蒙特·鲍曼指出当代“流动性”的消费社会的两大特点，即个体人生的“不确定性”及价值观的“个人主义”概念，也是我们更深一层认知当代中国及西部社会结构的重要理论。当代英国社会学家保罗·霍普在“个人主义时代”内部，为建构现代性个体而提出的重建“地方共同体”和“公共精神文化”的措施，也就构成了笔者提出策略建议的参照，一并给予了深入探讨和选择性借鉴。

当然，要真正建构西部新生代农民及农民工的现代性主体，视野还不能仅限于理想化的理论构想，还要看中国社会是否提供了发达的个体化的问题，并将眼光投向整个中国社会来考察。

第二节　现代性主体与个体化问题

现代性主体，是相对于政治组织型集体主义个体和经济利益集结型经济主义个体而言的一个概念。就当代中国社会而言，政治组织型集体主义个体产生于计划经济时代并被塑造，经济利益集结型经济主义个体产生于市场经济时代并被塑造，而现代性主体理应产生于文化城镇化时代并被塑造。在这大致的三个阶段，分别贯穿着文化传统主义、新自由主义（经济自由主义）和现代主义文化，个体化也就被相应的文化影响和制约，因此，今天中国的现代性主体水平，一定程度取决于今天中国社会的个体化程度。

下文通过分析《中国文化的深层结构》[①] 与《中国社会的个体化》[②] 两书，来解释这个问题。前者属于向内看中国个体化形成的文化心理及其制约因素，也就多注重分析中国个体的文化心理结构；后者属于向外看中国个体形成的制约因素，也就多注重中国社会变迁及其相应的国家力量。

向内看的个体形成文化心理结构，或用《中国文化的深层结构》称呼的“深层结构”，研究者可能受“用结构观念”研究历史的法国年鉴学派

① 孙隆基：《中国文化的深层结构》，中信出版社，2015。

② 〔美〕阎云翔：《中国社会的个体化》，陆洋等译，译文出版社，2016。

代表人物布罗代尔“时段”说的影响。一个世纪可以是一个“时段”，中国上下五千年也可以当作一个“长时段”。所以他说“深层结构”显然并非历史时序，但也不属于普遍适用于任何时空的因果关系范畴，确切一点，该说是一种针对特定范围——中国——的共时性（synchronicty）设定。故这个概念并非指中国历史从无出现变化，而是辨认中国历史上由古至今比较稳定的某些规律，它们是使“中国”在历经变化后仍保持它自身特殊认同的因素①。也可以看出研究者仍受“已经失败”的列维-斯特劳斯人类心灵基本文法规则的启发，用语言的文法结构去比喻文化的深层结构，并试图罗列这个结构的“内在的关联性、其可能性的扩散以及扩散的形态”②。当然，更重要的恐怕是作者扎实的中西方生活经验和实例分析，这使他的结论建立在了坚实的实证基础上。

简而言之，关于中国社会的“个体化”问题，该书研究发现，中国社会是“社会”对“个人”的权威主义笼罩，自我压缩的人格，“个人”的不发展，乃至于不发展的“个人”对别人的伤害。“社会”对“个人”的权威主义笼罩，产生了“人”被当作生育的工具的后果，“天理”不是“个体化”的超越意向，是“二人”或男女之间的生殖原理。所以，这种“身体化”的“人伦”关系，作为主要的宗教经验，强调的是“不孝有三，无后为大”，而个体整个的心灵结构不一定要成熟，个人也无须全面成长。这就导致了普遍“非性化”，即中国私人状态的不发达，包括不发达的私人生活和不发达的私人意识。中国人个体的私人状态，“正因为莫可名状，反倒像集体主义经济下的‘自留地’，维持着一种非全面合法化也很少具尊严的存在，而且，因其缺乏自觉性，私与公的界限亦无从明朗化，前者也就对后者产生侵蚀作用”③。自我压缩的人格，主要通过“让”外必先“按”内的行为表现出来，概括说就是没有原则，怕惹事。“只同

① 孙隆基：《中国文化的深层结构》（新千序），中信出版社，2015。

② 孙隆基：《中国文化的深层结构》（修订版序），中信出版社，2015。

③ 孙隆基：《中国文化的深层结构》，中信出版社，2015，第211页。

情加害者而不同情受害者的心理，最终是使自己作为‘受害者’的地位永恒化”。[①] 这一点，可谓上接“存天理，灭人欲”，下迄“不敢为天下先”。如此，对世界只能采取“静”的态度，致使生存状态像“一潭死水”[②]。不过，貌似“弱者之道”，其内里却是先造成“无私”形象，再去拐弯抹角“谋利”，虚伪人格恐怕也是自我压缩的一个产物。放到当下更不难解释了，一边咬牙切齿骂美国，另一边挤破脑袋移民美国，就是明证。

至于“个人”的不发展，突出表现为没有“个性”。中国人喜欢冒充十几亿人的代表，也力求“保持团结”、“不脱离群众”、“不掉队”和“正常”，因此多有“小丑化”“儿童化”倾向，[③] 也多依赖感，推卸责任、人格的不完整性，甚至与马克思阶级论结合后化合生成的好与坏等简单类型化道德评价倾向，是其衡量社会及其他外部人事关系的主要话语方式和价值标准。如此不发展的“个人”，正像鲁迅曾经说过的，没有“个人的自大”而只有“合群的爱国的自大”[④]。其对别人的伤害，特别是对于思想异见者的伤害，就是搞“党同伐异”；对于利益，没有开诚布公的“逐利”行为，也没有开诚布公的“逐利”方式。即便是“现代化”的今天，对绝大部分的中国人来说，“良知”是既不对自己负责，也不导向一个超越世俗的符号，而是以“自己人”的小圈子为归属。因此，“人类”的思想、公德心，即使像日本式的大团体的凝聚，等等，都不会很发达。研究者把这种个体化行为与中国人之生男育女的“养儿防老”构想，都归结为中国人将人“工具化”的最原初的模型，它决定了其后的一切人际关系的模式[⑤]。

如此等等，这些“稳定”的文化认同和自我认同，一般不受政治、经济及其他外部因素的影响，它是中国文化的深层结构。

---

① 孙隆基：《中国文化的深层结构》，中信出版社，2015，第 211 页。

② 孙隆基：《中国文化的深层结构》，中信出版社，2015，第 226 页。

③ 孙隆基：《中国文化的深层结构》，中信出版社，2015，第 226 页。

④ 鲁迅：《热风》，人民文学出版社，1973，第 19 页。

⑤ 孙隆基：《中国文化的深层结构》，中信出版社，2015，第 251 ~ 256 页。

向外看的中国个体化形成之路，研究者显然已经不满足于涂尔干和韦伯的社会分层理论，更多受科兹莫·霍华德作为话语场域的个体化理论和鲍曼、贝克、吉登斯以及贝克－克恩斯海姆等人的个体化命题影响[①]。所以，该著一般从社会的个体化，即研究者所说的“新型社会性”开始分析问题。所谓新型社会性，是指作为个体的个人之间的社会互动，而不是作为家庭或其他社会群体的代表参与互动。即是说，个人即使结婚后还认为自己是个体并像个体那样行动。这种新型社会性的出现，打破了约束个体的集体界限，开始把个体当作社会生活的独立单元来看待[②]。值得说明的一点是，无论社会的个体化还是新型社会性，都是指贝克提出的“第二现代性”，即解放、丧失稳定性与重新整合。具体说，包括个体从历史限定的、在支配和支持的传统语境意义上的社会形式与义务中撤出，与实践知识、信仰和指导规则相关的传统安全感的丧失，以及再嵌入——其含义在此已转向与个体化的字面意义完全相反的一面——一种新形式的社会义务[③]。

基于以上理论和视角，研究者把中国当代社会个体化发展特征，分为毛泽东时代部分的个体化和20世纪70年代以来的个体化。

在毛泽东时代，中国社会的分层是通过国家主导的四种机制完成。第一，成分制度将人划分为从“革命干部”“工人”“贫农”“中农”到“富农”“地主”“资本家”乃至“反革命”的不同类型。第二，户籍制度将中国人口划分为城镇居民与农村居民，唯有享有城镇居民身份的人才能享受就业保障、免费医疗、退休金等国家提供的各项社会福利。第三，农村的公社制度和城乡的单位制度塑造的“组织性依附”，即个人在社会经济上依附于单位，在政治上依附于国家管理，在人身上依附于党员干部。第四，政治档案制度，单位保存着雇员的个人历史与行为的详细记录。所以毛

① 〔美〕阎云翔：《中国社会的个体化》，陆洋等译，上海译文出版社，2016，第298～299页。

② 〔美〕阎云翔：《中国社会的个体化》，陆洋等译，上海译文出版社，2016，第309～310页。

③ 〔美〕阎云翔：《中国社会的个体化》，陆洋等译，上海译文出版社，2016，第321页。

泽东时代的个体，因置身于高度集体主义社会，一般没有自由与自主性，有的只是“小我”与“大我”之分，并且“小我”是第二位的。

20世纪70年代以来的个体化，经过1983年的取消人民公社，1984年的企业改革，1998～2003年开始大中专毕业生与市场并轨、国企改革，2006年取消农业税，等等。私营经济的兴起与国企改革，使得工人面临大量下岗，农民也由就地务农到大量外出打工。流动促成了脱嵌，使个人得以摆脱各种形式的集体之荫，因而在社会转型中发挥了重要作用，这正是农村劳动力转移的直接社会影响。工人却不同，他们为转向市场经济做出了牺牲[①]。在这个社会大流动过程中，不难看出，真正受惠的个体其实是经济主义个体，即前文所说的新自由主义（经济自由主义）思想所塑造的个体。由于这类个体从政治型集体主义那里继承了丰厚经济资源、占有了足够的社会资本，顺理成章成了市场的宠儿并开始领导市场风潮，乃至到今天的“赢家通吃”，作为既得利益集团，他们所崇尚的个人主义个体化，以物质攫取为目标，以消费时尚为人生最大乐趣，以炫富与感官刺激为身体审美旨归，引领着GDP分析指数，从而构成了当今时代中国最耀眼最具吸引力的个体化。

然而，绝大多数底层个体，依旧是被规划被掌控的对象，以复数支撑着国家的基本走向，而不是能动于社会并推动社会变革。如果把发展主义看作国家现代化的需要，那么在由国家掌控的个体化中，无疑的，为了实现民族国家的富强，或者说为了实现国家的现代化，个人依然是实现现代化的手段。“这与关于个人的传统定义相吻合，即个人总是服从于更大的集体，不论那个集体是指家庭、祖先还是民族、国家。其结果是，中国个体化的核心是个体与国家之间关系的变迁，而不是西欧那样的个人与社会关系的范畴转型。”[②] 很清楚，中国的社会所展现的绝非西欧那样的第二

---

① 〔美〕阎云翔：《中国社会的个体化》，陆洋等译，上海译文出版社，2016，第326～332页。

② 〔美〕阎云翔：《中国社会的个体化》，陆洋等译，上海译文出版社，2016，第342～343页。

现代性，而是混杂了前现代、现代和晚期现代的情形，中国的个人也就必须同时应对所有这些情形。这是由中国的个体化是由国家掌控的这个现实所决定的，其内里缺乏文化民主、福利制度、古典个人主义和政治自由主义这些西欧个体化的前提条件。也就是说，中国的个体化进程依然停留在第一现代性的解放政治的阶段。当然，这不影响中国的个人同样生活在由市场经济的全球化和消费主义的意识形态所打造的高度流动的劳动力市场、灵活的职业选择、上升的风险、亲密和自我表达的文化，以及强调个人责任和自我依赖的世界中。这可以通过与西欧第二现代性的对比看得更明白。

首先，在西欧，脱嵌主要是指由于社会群体不再界定个人身份而发生的转变，个体从以前的社会范畴中脱离出来，通过各种制度机制，例如教育、职业或生活方式，重塑自我。中国模式中的脱嵌主要表现在解放政治领域，即生活机会和社会地位的日常政治，个体努力实现自我的首要目标是提高生活水平和社会地位。在中国模式里，作为认同政治的核心，个体身份认同更多地与要求个人权利和重新界定个人—群体—制度之关系相关，而不是与寻求自我相关。其次，文化民主和福利制度的存在或缺失构成差异。在西欧，个体化进程依赖"文化民主"，"文化民主"作为一种日常生活和社会关系的准则而得到长期的实践，以至于它已经成为西欧文化的一部分，而不仅仅是政治体制。"个体化也离不开教育系统、社会安全、医疗保健、就业和失业津贴的支持，但这些都是福利国家提供的公共产品。"在中国，这些社会条件并不完全存在。国家所推动的主要体制变革是给个体、国有企业和地方政府松绑，这样可以从底层激发工作热情、创造力和提高效率。更为攸关的还在于，国家还从以前的社会主义福利体系中抽身而出，用许多方式摆脱提供公共产品的责任，以达到减轻财政负担的目的。换句话说，中国的个体化进程确实给个体公民带来了更多的流动、选择和自由，但国家没有给予相应的普遍性制度保障与支持。"中国的个体为了寻求一个新的安全网，或者为了再嵌入，被迫回到家庭和私人关系网络中寻求保障，等于又回到他们脱嵌伊始的地方。”① 这一点显然不包括在编公务员、企事业单位职工干部和履行“三险一金”承诺的大中型私企员工，而是特指仍占有差不多2/3人口的非正规劳动的非农就业者和广大农业人口；也不包括领取“低保”的少数农村贫困户、领取发行补贴的60岁及以上老年人和少数自己购买最低生活保障的城镇贫困人口。再次，西欧目前的个体化浪潮具有第二现代性或自反现代性的特点，它是与工业化、城市化和自由主义化（第一现代性）相联系的早期个体化趋势的发展。中国的个体化引进的西欧个人主义，仅是西欧第一现代性中的功利个人主义或简单的自私自利。最后，同样是国家推动个体化，但中国有至少三个层面的“软性管理”，而西欧没有②。

经过以上梳理便可知，中国要产生依凭发达的个体化而建构现代性主体，的确任重而道远。最致命的瓶颈，首先在培养发达的个体上。为了弥补目前这个政治短板，只能进行社区“公共精神文化”活动建设，并把这个精神文化活动引向新生代流动群体精神生活深处，以期从基本的文化认同和身份认同上达成共识。另外，也只能尽可能完善各种社会保障体系，从物质现代化的层面，缩小个体差距，实现第三社会群体的城镇生活认同，达到融入“地方或邻里共同体”的目的。

总之，中国西部现代性研究，只有内在于中国现代性，才能成立。也因此，中国现代性所遭遇的硬性障碍，同样也是西部现代性正在担负并显得更为艰难的根本原因。

第三节　“第一现代性”与文化自觉

工业化、城市化和自由主义化，是第一现代性的一般物质表征，也是

① 〔美〕阎云翔：《中国社会的个体化》，陆洋等译，上海译文出版社，2016，第312～314页。

② 〔美〕阎云翔：《中国社会的个体化》，陆洋等译，上海译文出版社，2016，第315页。

现代化最显著的属性。按照这个世界通行标准来衡量，毫无含糊，平均来说，中国基本处于第一现代性前期甚至前现代阶段，而中国西部则一般还停留在第一现代性前期甚至传统与现代化而不是现代性交织重叠的阶段。

本书在研究过程中，虽已多次在社会学、文学乃至大众文化、现实经验、时代精神、感觉体验、行为方式等层面阐释和界定现代性、文化现代性，但作为一个哲学概念，这里还是有必要重申其概念内涵及其特征，特别需要区别“现代性”与“现代化”的不同。

首先，从因果关系上说，“现代化”属原因，而“现代性”则是其结果，正是科学技术、经济生活、社会转型等这些现代化过程的推动，才产生了作为现代社会的“属性”的现代性。其次，现代化与现代性本质上分属“实证的”与“规范的”两种不同范畴。现代化问题归入“是”的范畴，属于事实性的、可用量化指标来衡量的实证问题；而现代性则属于价值的问题，即它的目的取向、内在原则、行为方式等的合理性如何的问题①。

至于现代化标准，1960 年欧美和日本学者在日本箱根举行的“现代日本”国际研讨会上首次确定的八项标准，成为国际上第一次认真而又系统讨论现代化问题的成果。（1）人口相对高度集中于城市中，城市日益成为社会生活的中心；（2）较高程度地使用非生物能源，商品流通和服务设施增长；（3）社会成员大幅度地互相交流，以及这些成员对经济和政治事务的广泛参与；（4）公社性和世袭性集团的普遍瓦解，通过这种瓦解在社会中造成更大的个人社会流动和更加多样化的个人活动领域；（5）通过个人对其环境的世俗性和日益科学化的选择，广泛普及文化知识；（6）形成一个不断扩展并充满渗透性的大众传播系统；（7）大规模的制度，如政府、商业和工业等的存在，在这些制度中科层管理组织不断成长；（8）在一个单元（如国家）控制之下的大量人口不断趋向统一，在一些单元（如国际关系）控制之下的日益增长的互相影响②。

---

① 陈嘉明：《现代性与后现代性十五讲》，北京大学出版社，2006，第 36 页。

② 陈嘉明：《现代性与后现代性十五讲》，北京大学出版社，2006，第 38 页。

当然，中国学者罗荣渠曾根据中国国情，归纳并整理欧美和日本现代化理论，出示了有关社会主义现代化的具体界说，其开放性，给中国现代性研究留足了空间。其一，现代化指在近代资本主义兴起后的特定国际关系格局下，经济上落后的国家通过大搞技术革命，在经济和技术上赶上世界先进水平的历史过程。其二，把现代化视为工业化，是经济落后国家实现工业化的进程。其三，现代化是自科学革命以来人类急剧变动的过程的统称。意思是人类社会在现阶段发生的史无前例的变化，不仅限于工业领域或经济领域，同时也发生在知识增长、政治发展、社会动员、心理适应等各个方面。其四，现代化主要是一种心理态度、价值观和生活方式的改变过程，换句话说，现代化可以看作代表我们这个历史时代的一种“文明的形式”，这主要是从社会学、文化人类学、心理学的角度考察现代化的①。

如此一来，通常所界定的现代性主要内涵与特征是世俗化过程，理性与理性化，自由作为根本价值等，就不难理解了。它其实是在对另一僵化、陈旧、落后、非人化理论及观念的革命背景下而兴起的。

现代性是世俗化过程。它的反对面是中世纪神学抬高神、贬抑人的观点，肯定人的价值和尊严。针对神学上主张的禁欲主义和来世观念，现代性重新肯定对人世间的爱情、幸福等的追求，重新肯定世俗的生活，要求人生的享乐和个性的解放，肯定现实生活的意义。另外，现代性的世俗化也表现为强调宗教退出世俗的领域，成为精神生活方面的事情；同时突出社会的政治与经济活动才能获得其独立性。之于中国西部，现在正好是以文献学、宗教学知识叙事或以对自在的民间民俗仪式、程式的再度秩序化，来代替现代化不充分因而现代性被曲解的现实及人伦、人事关系，这样过度依赖的“文化自信”，实际是更彻底的顺从心态，因此不能称之为文化自觉。本书绪论提到的费孝通先生所谓文化自觉，是对自己文化的自知之明的意思，不是为了自大自恋自我炫耀，而是为了加强文化转型的自主能力和取得决定适应新环境、新时代文化选择的自主地位。按照这个要

① 陈嘉明：《现代性与后现代性十五讲》，北京大学出版社，2006，第 39～40 页。

求，中国西部现有的现实和人文状态，只能说是现代社会里的文化传统主义，甚至与第一现代性相去甚远。

理性与理性化，无论是康德、黑格尔、笛卡尔，还是斯宾诺莎、韦伯等哲学家的研究都表明，理性高于感觉之处是它能够使我们认识普遍必然的真理，反之，虽然感觉勉强让我们知道是什么，但它们无法让我们知道必定是什么或不能够是其他的什么。所以，“理性化”就成了现代性的标志性符号。经济上，精确化；政治上，科学化、制度化；法律上，程序化；文化上，世俗化并对世界“祛魅”。通过系统研究可知，中国西部无论新型城镇化，还是乡村建设、文学叙事、电影影像制作，并不完全是在理性的思维下运行，恰恰相反，多数时候正是凭感觉，甚至把“非理性”及其“非理性”现实，当作反抗“过剩的现代性”的某种不二法门来看待，在相当“自觉”中把西部“重新封建化”“他者化”，即是明证。这说明，中国西部首要的文化自觉工作，是对理性的合理使用和提高现代化的理性化程度，深入日常生活结构并反作用于既有感觉化、非理性化日常生活方式和价值观的问题。西部文学叙事及其研究中之所以经常出现乡村的静谧、安详、安逸与城镇的躁动、媚俗、势利，其实是一种假想的二元对立思维在作祟。对立中拒绝了以理性看待现今城与乡在人口流动中的相互影响与制约因素。在西部电影转型成新西部电影的价值转折处，之所以重新受用的是城市小市民文化趣味这个糟粕，是因为绝对发展主义所反复打造的经济主义价值导向，一般把物质现代化当成了社会现代化的全部。面对人文道德滑坡，要么向虚幻的乡村要秩序，要么向自我经验的个人主义要精神，公共领域这个连接个体与社会的空间反倒成了令人生畏的地方，无人打理，处在物质与精神双重荒芜的境地。西部新型城镇化建设之所以偏重于硬件，疏忽人的现代化，并且仍奉行社会主义初级阶段的“典型论”和“道德楷模论”，都表明是生活机会的政治占据首位，而不是以生活方式的政治为转型重点，是把人作为现代化工具而不是目的的表征，说明西部新型城镇化决策与规划一定程度上并不适应于西部现实。

“自由”是构成现代性的根本价值。黑格尔的“市民社会”是独立于国家的公民自治的领域，哈贝马斯的“公共领域”是一个介于社会与国家之间并对两者进行调节的领域，如此等等，都强调个体的自我组织和自我治理能力。当然，自由有积极自由和消极自由之分，现代性所内含的自由价值，则是消极自由。中国西部现代性研究中，也不乏有引进后现代性的，究其对自由的理解，其实是把古代社会文人雅士的个性表达和极端化个性行为，或宗教文化中的灵异学说、排他性苦修等特殊个体行为普遍化的结果，这显然并非第一现代性的范畴，更遑论第二现代性。正因如此，对于西部人文研究，需要建构的是以自由作为价值尺度和话语方式的研究。这样，现代性与传统性、古典性的界限才能区别开来，也就才能进入现代性的观照视野。正因为如此，西部现代性研究，首先，把解构所谓西部形象、西部话语生产和再生产，乃至符号化构造的工作放在了前面，为着以正常思维看待西部现实及其相伴而生的人文西部基本情况。其次，通过对西部乡村现实及其文化、西部新型城镇化及其新生文化、西部电影及其携带而来的意识形态动机、西部文学及其理论批评“先赋角色”的阐释方式进行批判审视，意在“祛魅”“去蔽”，还原西部现代化进程真相，正视西部人文现状。只有这样，西部现代性程度才能有所提升。最后，之所以把西部新生代农民及农民工的现代性主体建构放到最后，一方面是因为它是前面各方面现代性论述推到人本身的一个逻辑结果，另一方面它直接指向人是现代化的目的而不是手段，西部新生代农民及农民工的现代性水平，也是一个从结论逆导西部新型城镇化、西部乡村建设、西部文学启蒙、西部电影担当具体过程的衡量尺度和检验标准。

虽然中国及中国西部基本处在第一现代性阶段，但如果在反思与审视的角度理解文化自觉，现代性的普遍共识并非没有可能性。

参考文献

国外学术著作

〔美〕艾恺：《世界范围内的反现代化思潮——论文化守成主义》，贵州人民出版社，1991。

〔英〕安东尼·吉登斯：《现代性的后果》，田禾译，译林出版社，2011。

〔法〕列维－布留尔：《原始思维》，丁由译，商务印书馆，2014。

〔英〕泰勒：《原始文化》，蔡江浓译，浙江人民出版社，1988。

〔德〕于尔根·哈贝马斯：《现代性的哲学话语》，曹卫东译，译林出版社，2011。

〔英〕吉尔·布兰斯顿：《电影与文化的现代性》，闻钧、韩金鹏译，北京大学出版社，2012。

〔澳〕戴维·思罗斯比：《经济学与文化》，王志标、张峥嵘译，中国人民大学出版社，2011。

〔英〕阿兰·斯威伍德：《文化理论与现代性问题》，黄世权、桂琳译，中国人民大学出版社，2013。

〔英〕大卫·赫斯蒙德夫：《文化产业》，张菲娜译，中国人民大学出版社，2011。

〔美〕马文·哈里斯：《文化唯物主义》，张海洋、王曼萍译，华夏出版社，1989。

〔美〕吉尔伯特·罗兹曼主编《中国的现代化》，“比较现代化”课题组译，江苏人民出版社，2010。

〔英〕弗兰克·富里迪：《知识分子都到哪里去了：对抗21世纪的庸人主义》，戴从容译，江苏人民出版社，2012。

〔英〕齐格蒙特·鲍曼：《工作、消费、新穷人》，仇子明、李兰译，吉林出版集团有限责任公司，2010。

〔法〕让·鲍德里亚：《消费社会》，刘成富、全志钢译，南京大学出版社，2008。

〔法〕安德烈·巴赞：《电影是什么》，崔君衍译，中国电影出版社，1987。

〔法〕罗兰·巴尔特：《符号学原理》，李幼蒸译，中国人民大学出版社，2008。

〔德〕黑格尔：《美学》（第一卷），朱光潜译，商务印书馆，1981。

〔匈〕阿格妮丝·赫勒：《日常生活》，衣俊卿译，黑龙江大学出版社出版，2010。

〔德〕黑格尔：《哲学史讲演录》（第四卷），贺麟、王太庆译，商务印书馆，1960。

〔英〕王斯福：《帝国的隐喻：中国民间宗教》，赵旭东译，江苏人民出版社出版，2011。

〔英〕斯蒂芬·亨特：《宗教与日常生活》，王修晓、林宏译，中央编译出版社，2010。

〔法〕H. 孟德拉斯：《农民的终结》，李培林译，社会科学文献出版社，2010。

〔英〕齐格蒙特·鲍曼：《流动的时代：生活于充满不确定性的年代》，谷蕾、武媛媛译，江苏人民出版社，2012。

〔法〕让·波德里亚：《象征交换与死亡》，车槿山译，译林出版社，2006。

〔英〕齐格蒙·鲍曼：《现代性与大屠杀》，杨渝东、史建华译，译林出版社，2011。

〔美〕塞缪尔·亨廷顿：《文明的冲突与世界秩序的重建》，周琪、刘绯、张立平、王圆译，新华出版社，2010。

〔美〕马泰·卡林内斯库：《现代性的五副面孔》，顾爱彬、李瑞华译，商务印书馆，2002。

〔美〕爱德华·W. 萨义德：《东方学》，王宇根译，生活·读书·新知三联书店，2009。

〔英〕安东尼·吉登斯：《现代性与自我认同》，赵旭东、方文译，生活·读书·新知三联书店，1998。

〔加〕马歇尔·麦克卢汉：《理解媒介：论人的延伸》，何道宽译，译林出版社，2011。

〔美〕尼尔·波兹曼：《娱乐至死：童年的消逝》，章艳、吴燕莛译，广西师范大学出版社，2009。

〔美〕刘易斯·芒福德：《城市发展史——起源、演变和前景》，宋俊岭、倪文彦译，中国建筑工业出版社，2003。

〔法〕卢梭：《社会契约论》，何兆武译，商务印书馆，1980。

〔美〕克利福德·格尔茨：《地方知识：阐释人类学论文集》，杨德睿译，商务印书馆，2014。

〔美〕弗雷德里克·詹姆逊：《现代性、后现代性和全球化》，王逢振、王丽亚译，中国人民大学出版社，2004。

〔美〕马歇尔·伯曼：《一切坚固的东西都烟消云散了：现代性体验》，徐大建、张辑译，商务印书馆，2004。

〔德〕马克思：《1848 年至 1850 年的法兰西阶级斗争》，中共中央马恩列斯著作编译局译，人民出版社，1949。

〔德〕恩格斯：《德国的革命和反革命》，柯柏年等译，山东新华书店，1949。

〔德〕《马克思恩格斯选集》（第 3 卷），人民出版社，1965。

〔英〕特里·伊格尔顿：《后现代主义的幻象》，华明译，商务印书馆，2005。

〔英〕保罗·霍普：《个人主义时代之共同体重建》，沈毅译，浙江大学出版社，2010。

〔美〕阎云翔：《中国社会的个体化》，陆洋等译，译文出版社，2016。

国内学术著作

孙隆基：《中国文化的深层结构》，中信出版社，2015。

叶舒宪：《现代性危机与文化寻根》，山东教育出版社，2009。

费孝通：《全球化与文化自觉——费孝通晚年文选》，方李莉编，外语教学与研究出版社，2013。

汪民安主编《文化研究关键词》，江苏人民出版社，2011。

吴靖：《文化现代性的视觉表达：观看、凝视与对视》，北京大学出版社，2012。

裴景福：《河海昆仑录》，杨晓霭点校，甘肃人民出版社，2002。

宣侠父：《西北远征记》，达浚、宗华点校，甘肃人民出版社，2002。

徐炳昶：《西游日记》，范三畏点校，甘肃人民出版社，2002。

方希孟：《西征续录》，李正宇、王志鹏点校，甘肃人民出版社，2002。

陶保廉：《辛卯侍行记》，刘满点校，甘肃人民出版社，2002。

陈赓雅：《西北视察记》，甄暾点校，甘肃人民出版社，2002。

顾颉刚：《西北考察日记》，达浚、张科点校，甘肃人民出版社，2002。

林鹏侠：《西北行》，王福成点校，甘肃人民出版社，2002。

周希武：《宁海纪行》，王晶波点校，甘肃人民出版社，2002。

陈万里：《西行日记》，杨晓斌点校，甘肃人民出版社，2002。

林竞：《蒙新甘宁考察记》，刘满点校，甘肃人民出版社，2003。

杨钟健：《西北的剖面》，朱秀珍、甄暾点校，甘肃人民出版社，2003。

李烛尘：《西北历程》，杨晓斌点校，甘肃人民出版社，2003。

谢晓钟：《新疆游记》，薛长年、宋廷华点校，甘肃人民出版社，2003。

顾执中：《西行记》，范三畏点校，甘肃人民出版社，2003。

刘文海:《西行见闻记》,李正宇点校,甘肃人民出版社,2003。

马鹤天:《甘青藏边区考察记》,胡大浚点校,甘肃人民出版社,2003。

高良佐:《西北随轺记》,雷恩海、姜明晖点校,甘肃人民出版社,2003。

张恨水、李孤帆:《西游小记·西行杂记》,邓明点校,甘肃人民出版社,2003。

曾培炎:《西部大开发决策回顾》,中共党史出版社、新华出版社,2010。

赵昌文、鲍曙明、Penelope B. Prime 等:《中国西部大开发十年评估》,中国发展出版社,2013。

赵常庆等:《中亚五国与中国西部大开发》,昆仑出版社,2004。

汪受宽:《西部大开发的历史反思》(上下册),兰州大学出版社,2009。

谢和平主编《新一轮西部大开发经济社会发展若干重大问题研究》,四川大学出版社,2012。

顾六宝等:《西部大开发中“贫困陷阱”问题的经济计量模型及实证研究》,人民出版社,2009。

杨国涛:《中国西部农村贫困演进与分布研究》,中国财政经济出版社,2009。

刘晓鹰等:《中国西部欠发达地区城镇化道路及小城镇发展研究》,民族出版社,2008。

苏东海:《西部民族地区城市化进程中失地农民问题研究》,人民出版社,2012。

胡小平主编《中国西部农村全面小康指标体系研究》,西南财经大学出版社,2006。

曾鹏、章昌平、程皓:《中国—东盟自由贸易区带动下的西部民族地区城镇化布局研究——基于广西和云南的比较》,经济科学出版社,2014。

毛生武:《西北民族省区城镇化模式与制度创新》,中国经济出版社,2011。

马伟华:《生态移民与文化调适:西北回族地区吊庄移民的社会文化适应研究》,民族出版社,2011。

杨公卫（尼玛扎西）：《村落终结与乡土重建——西藏拉萨城市化进程中柳梧村失地农民文化观念变迁研究》，民族出版社，2012。

李学春：《中国西北民族地区农村城市化道路问题研究》，民族出版社，2003。

黄平执行主编《本土全球化：当代中国西部的社会文化变迁》，经济管理出版社，2011。

聂华林、李莹华编著《中国西部农村文化建设概论》，中国社会科学出版社，2007。

何向东主编《中国西部人文：文化资源与素质教育——点燃西部的阳光》，中国人民大学出版社，2008。

彭岚嘉、陈占彪：《中国西部文化发展战略研究》，中国社会科学出版社，2002。

肖云儒：《对视文化西部——肖云儒文化研究集》，陕西人民出版社，2000。

李天道：《西部地域文化心态与民族审美精神》，中国社会科学出版社，2010。

武文、武圣华：《民族记忆与地域情韵：中国西部原生态文化论稿》，中国人民大学出版社、山西教育出版社，2009。

马盛德、曹娅丽：《人神共舞：青海宗教祭祀舞蹈考察与研究》，文化艺术出版社，2005。

程金城、韩伟：《穿越时空的生命韵律：人类学视阈中的中国西部艺术》，中国人民大学出版社、山西教育出版社，2010。

余斌：《中国西部文学纵论》，青海人民出版社，1992。

周政保：《高地上的寓言》，青海人民出版社，1992。

管卫中：《西部的象征》，青海人民出版社，1992。

燎原：《西部大荒中的盛典》，青海人民出版社，1992。

李继凯：《秦地小说与“三秦文化”》，湖南教育出版社，1997。

马丽华：《雪域文化与西藏文学》，湖南教育出版社，1998。

徐其超、罗布江村主编《族群记忆与多元创造：新时期四川少数民族文学》，四川民族出版社，2001。

韩文慧：《丝绸之路与西域叙事文学》，西北大学出版社，2015。

丁帆主编《中国西部现代文学史》，人民文学出版社，2004。

韦建国、吴孝成等：《多元文学语境中的西北多民族文学》，中国社会科学出版社，2007。

常文昌、唐欣等：《纸上的敦煌："新时期"以来中国西部诗歌研究》，中国人民大学出版社、山西教育出版社，2009。

赵学勇、孟绍勇：《革命·乡土·地域：中国当代西部小说史论》，中国人民大学出版社、山西教育出版社，2009。

李兴阳：《中国西部当代小说史论（1976～2005)》，安徽大学出版社，2006。

张阿利、皇甫馥华主编《大话西部电影：与中国西部电影精英面对面》，陕西人民出版社，2004。

沈国芳：《观念与范式——类型电影研究》，中国电影出版社，2005。

王军君：《中国西部电影反思：理论建构与创作实践》，中国社会科学出版社，2012。

于建嵘：《岳村政治：转型期中国乡村政治结构的变迁》，商务印书馆，2001。

何包钢、郎友兴：《寻找民主与权威的平衡：浙江省村民选举经验研究》，华中师范大学出版社，2002。

贺雪峰、袁松、宋丽娜等：《农民工返乡研究——以2008年金融危机对农民工返乡的影响为例》，山东人民出版社，2010。

周宪主编《文化现代性（精粹读本)》，中国人民大学出版社，2006。

高瑞泉：《现代性视野中的思潮与观念》，上海古籍出版社，2010。

高瑞泉：《中国现代精神传统——中国的现代性观念谱系（增补本)》，上海古籍出版社，2005。

张曙光：《现代性论域及其中国话语》，武汉大学出版社，2010。

王晓明：《半张脸的神话》，广西师范大学出版社，2003。

陶东风：《文化研究与政治批评的重建》，中国社会科学出版社，2014。

邓晓芒：《世纪之风：中国当代文化批判与人文建构》，湖北人民出版社，2014。

张旭东：《全球化与文化政治：90年代中国与20世纪的终结》，北京大学出版社，2014。

殷海光：《中国文化的展望》，中华书局，2016。

吴祚来：《我们要往何处去——价值主义与人文关怀》，新星出版社，2013。

牛学智：《当代批评的本土话语审视》，北岳文艺出版社，2014。

马强：《唐宋时期中国西部地理认识研究》，人民出版社，2009。

贺雪峰主编《回乡记：我们所看到的乡土中国》，东方出版社，2014。

葛兆光：《中国思想史·第二卷：七世纪至十九世纪中国的知识、思想与信仰》，复旦大学出版社，2013。

朱立元主编《当代西方文艺理论》，华东师范大学出版社，1997。

韩子勇：《文学的风土：韩子勇作品精选》，新疆人民出版社，2004。

张旭东：《全球化时代的文化认同：西方普遍主义话语的历史批判》，北京大学出版社，2006。

李雄飞：《河州“花儿”与陕北“信天游”文化内涵的比较研究》，民族出版社，2003。

贺雪峰：《新乡土中国》（修订版），北京大学出版社，2013。

周宁：《天朝遥远：西方的中国形象研究》（上下册），北京大学出版社，2006。

周宁：《跨文化研究：以中国形象为方法》，商务印书馆，2011。

王明珂：《华夏边缘：历史记忆与族群认同》，浙江人民出版社，2014。

何克俭、王根明主编《中国回族文学通史·民间文学卷》，黄河出版传媒集团阳光出版社，2014。

费孝通：《乡土中国》，上海世纪出版集团，2007。

周燮藩、王俊荣、沙秋真、李维建、晏琼英：《苏非之道——伊斯兰教神秘主义研究》，中国社会科学出版社，2012。

盛宁：《现代主义·现代派·现代话语——对“现代主义”的再审视》，北京大学出版社，2011。

王玉德：《神秘的风水》，广西人民出版社，2004。

薛毅编《乡土中国与文化研究》，上海书店出版社，2008。

孙立平：《断裂：20 世纪 90 年代以来的中国社会》，社会科学文献出版社，2003。

孙立平：《失衡：断裂社会的运作逻辑》，社会科学文献出版社，2004。

孙立平：《博弈：断裂社会的利益冲突与和谐》，社会科学文献出版社，2006。

李培林：《村落的终结——羊城村的故事》，商务印书馆，2010。

李桂平：《被颠覆的村庄》，江西人民出版社，2012。

黄宗智：《超越左右：从实践历史探寻中国农村发展出路》，法律出版社，2014。

南帆主编《二十世纪中国文学批评 99 个词》，浙江文艺出版社，2003。

刘士林主编《中国都市化进程报告 2014》，北京大学出版社，2014。

中国（海南）改革发展研究院主编《人的城镇化：40 余位经济学家把脉新型城镇化》，中国经济出版社，2013。

张进海、陈冬红、段庆林主编《西北蓝皮书：中国西北发展报告(2014)》，社会科学文献出版社，2013。

靳玉言主编《国外城镇化比较研究与经验启示》，国家行政学院出版社，2013。

张沛主编《中国城镇化的理论与实践：西部地区发展研究与探索》，东南大学出版社，2009。

郑震主编《内陆开放型经济发展的理论与实践》，国家行政学院出版社，2014。

贺雪峰：《城市化的中国道路》，东方出版社，2014。

李强：《农民工与中国社会分层》（第二版），社会科学文献出版社，2012。

易中天：《读城记》，上海文艺出版社，2006。

黄发有主编《中国城市名片》，山东画报出版社，2008。

周宪：《审美现代性批判》，商务印书馆，2005。

李培林：《农民工：中国进城农民工的经济社会分析》，社会科学文献出版社，2003。

中华人民共和国国家统计局：《2008 中国统计年鉴》，中国统计出版社，2008。

李禄胜：《中国“三农”问题研究——以宁夏为例》，经济科学出版社，2015。

刘绍华：《我的凉山兄弟：毒品、艾滋与流动青年》，中央编译出版社，2015。

马中红主编《青年亚文化研究年度报告（2013）》，清华大学出版社，2014。

鲁迅：《热风》，人民文学出版社，1973。

陈嘉明：《现代性与后现代性十五讲》，北京大学出版社，2006。

学术论文

张波、李开宇、李呈琛：《西部新生代农民工城市就业特征与城市化的政策响应研究》，《西安财经学院学报》2012 年第 5 期。

张美涛、王昌锋：《农民工子女城市融入中的能力建设问题研究——以西部城市为例》，《贵州师范大学学报》（社会科学版）2010 年第 1 期。

李放滔、王娅男、涂伟：《试析新生代少数民族农民工的社会融入——以乌鲁木齐市为例》，《青年探索》2015 年第 3 期。

张凯博：《西部农民工回流的成因及影响分析——基于劳动经济学人口流动理论》，《经济研究导刊》2013 年第 19 期。

杨爱君：《西部新型城镇化影响因素及发展路径研究》，《呼伦贝尔学院学报》2015 年第 4 期。

李晓曼：《中国西部新型城镇化动力若干问题研究》，《改革与战略》2014 年第 3 期。

李长亮：《中国西部新型城镇化发展思路探索》，《西北民族大学学报》（哲学社会科学版）2015 年第 3 期。

葛剑雄：《从历史地理看西北城市化之路》，《毛泽东邓小平理论研究》2005 年第 4 期。

肖云儒：《多维交汇的西部文化与两极震荡的西部精神》，《陕西师范大学学报》（哲学社会科学版）1997 年第 2 期。

杨经建：《神秘主义文化与神秘主义文学——伊斯兰文化与中国当代西部文学论之一》，《天津社会科学》2002 年第 3 期。

杨经建：《伊斯兰文化与中国西部文学》，《人文杂志》2003 年第 2 期。

苏文宝：《文化与原型——回族文学原型概说》，《西北民族大学学报》（哲学社会科学版）2013 年第 2 期。

苏文宝：《受难与救赎原型视野下的回族美学思想解读》，《民族文学研究》2013 年第 6 期。

苏文宝：《死亡：最后的生命仪式——石舒清作品的“死亡”原型研究》，《宁夏师范学院学报》2010 年第 5 期。

肖怀德：《关于西部文化发展观的思考》，《西北师范大学学报》（社会科学版）2015 年第 2 期。

戴生岐：《西部文化的后现代主义情怀》，《长安大学学报》（社会科学版）2004 年第 2 期。

雷鸣：《西部生态小说兴起溯因》，《内蒙古社会科学》（汉文版）2008 年第 3 期。

赵学勇、田文兵：《生态文明意识中的西部小说》，《兰州大学学报》（社会科学版）2009 年第 1 期。

金春平：《文化游弋中的自我救赎——新时期回族小说的现代性困境

与突围》，《民族文学研究》2012 年第 3 期。

李兴阳：《二十世纪九十年代西部乡土小说的现代性反思》，《宁夏社会科学》2005 年第 1 期。

肖云儒：《西部电影对中国电影的意义》，《西安交通大学学报》（社会科学版）2009 年第 3 期。

黄冲：《中国西部电影的西部形象》，《电影文学》2005 年第 10 期。

吉平、任庭义：《中国西部影像》，《电影》2006 年第 8 期。

张阿利：《中国西部电影的美学特征》，《电影艺术》2005 年第 6 期。

曹小晶：《论中国早期“西部电影”的独特审美意蕴》，《唐都学刊》2003 年第 4 期。

何春耕：《西部升起的“太阳”——论中国西部电影的形成和发展》，《唐都学刊》2003 年第 1 期。

张阿利：《论西部电影与中国传统文化》，《电影艺术》2005 年第 4 期。

薛凌：《西部电影的叙事特色》，《电影艺术》2005 年第 4 期。

薛晋文：《西部片叙事特征新探——以〈正午〉、〈关山飞渡〉、〈与狼共舞〉为例》，《艺术广角》2006 年第 5 期。

郭越：《文化转型中的中国西部电影》，《电影艺术》2004 年第 2 期。

张阿利：《中国西部少数民族题材电影探析》，《西北大学学报》（哲学社会科学版）2012 年第 4 期。

李小丽：《浅论中国“西部电影”的类型化特征》，《当代电影》2005 年第 3 期。

杨晓林：《论新生代导演的西部题材电影》，《电影艺术》2005 年第 4 期。

孙蕾：《自然与人的神话——浅析中国西部片》，《唐都学刊》2003 年第 2 期。

王富仁：《中国西部电影简论》，《东岳论丛》2009 年第 2 期。

孟丽花：《西部电影创作与当代文化价值观建设研究》，《大众文艺》2015 年第 19 期。

郭培筠：《中国西部电影与美国西部片的比较研究》，《内蒙古师范大学学报》（哲学社会科学版）2004 年第 4 期。

耿明海：《文化差异中的民族寓言——中国与美国西部片比较》，《电影文学》2005 年第 5 期。

刘相菊：《现代化视野的农民日常生活：困惑与矫正》，《重庆社会科学》2009 年第 11 期。

黄琳、武正雄：《论主体性视阈下的集体——兼论农民主体性的出路》，《经济研究导刊》2008 年第 2 期。

原栋：《文化自觉视野下农民素质探究》，《沧桑》2014 年第 5 期。

黄进：《中国农民主体性的现状与重塑》，《高校理论战线》2012 年第 2 期。

李卫朝：《当前中国农民启蒙何以必要?》，《井冈山大学学报》（社会科学版）2014 年第 6 期。

黄尚峰：《当前中国农民社会心理素质分析》，《河北北方学院学报》（社会科学版）2009 年第 1 期。

叶笑云：《浅论当前中国农民政治心理现代化》，《理论与现代化》2001 年第 2 期。

刘爱军：《当前中国农民政治参与心理现代化现状及优化对策》，《攀登》2005 年第 6 期。

唐杰：《当前中国农民政治人权意识分析》，《长春工业大学学报》（社会科学版）2006 年第 3 期。

王富仁：《“现代性”辨正》，《北京师范大学学报》（社会科学版）2013 年第 5 期。

邓晓芒：《武侠小说的流行与民族常识的缺失》，《湖湘论坛》2014 年第 8 期。

杨景龙：《新边塞诗与盛唐边塞诗——古今诗歌比较研究之七》，《殷都学刊》1999 年第 4 期。

星汉：《“新边塞诗”的提法评议》，《中华诗词》2012 年第 1 期。

钟惦棐：《面向大西北，开拓新型的“西部片”》，《电影新时代》1984年第5期。

高字民：《西部电影发展和中国现代性变奏》，《西北大学学报》（哲学社会科学版）2012年第4期。

郭越：《文化转型中的中国西部电影》，《电影艺术》2004年第2期。

曹小晶：《论中国西部电影女性人物形象的文化意蕴》，《电影艺术》2004年第2期。

陈晓明：《乡土叙事的终结和开启——贾平凹的〈秦腔〉预示的新世纪的美学意义》，《文艺争鸣》2005年第6期。

狄马：《荒谬的苦难美学》，《随笔》2005年第6期。

徐岱：《论神秘——审美反应的体验性阐述》，《文学评论》1997年第3期。

李培林、王晓毅：《移民、扶贫与生态文明建设——宁夏生态移民调研报告》，《宁夏社会科学》2013年第3期。

周红：《新生代农民工城市疏离感现象研究》，《人民论坛》2013年第14期。

王富仁：《“西方话语”与中国现当代文化》，《文学评论》2004年第1期。

王晓明：《六分天下：今天的中国文学》，《文学评论》2011年第5期。

姚景源：《中国的城市化率实际是35%左右》，人民网，2013年5月27日。

徐晓风：《中国真实城市化率不到35%》，《扬子晚报》2013年6月28日。

刘士林等：《城市科学理论建构与中国都市化进程——上海交通大学2012城市科学秋季论坛会议综述》，《南通大学学报》（社会科学版）2013年第2期。

牛艳红、王春国：《西部地区城市化现状及趋势》，《开放导报》2012年第5期。

王永和发言稿：《西部民族地区新型城镇化与社会治理创新》，未刊论文。

杨建科：《新常态下西部地区新型城镇化：选择动力与躲避陷阱》，未刊论文。

李晓曼：《我国西部城市化发展历史进程研究》，《改革与战略》2011年第3期。

荀丽丽：《“项目化”发展：西部地区的生态治理与城乡统筹——以宁夏生态移民工程为例》，未刊论文。

郭于华：《公私界限如何划分？公共讨论何以可能？——毕福剑事件的社会学思考》，《学海》2015年第4期。

宁夏社会科学院主编《决策咨询》，宁夏社会科学院（内刊），2014年第15~20期。

王春光：《新生代农村流动人口的社会认同与城乡融合的关系》，《社会学研究》2001年第3期。

朱慧勇：《“90后”农民工市民化路径探析》，《农村工作通讯》2015年第14期。

杨小丽：《试析西部农民工贫困问题》，《新西部》（理论版）2013年第23期。

张延珍：《社会资本视角下的新生代农民工社会融入分析》，《农业经济与科技》2014年第2期。

肖云、邓睿：《新生代农民工城市社区融入困境分析》，《华南农业大学学报》（社会科学版）2015年第1期。

钟兵：《新型城镇化进程中新生代农民工市民化社会资本问题探析》，《中国劳动》2015年第16期。

王亚青：《中国西部农民生活体验现状调查》，《南华大学学报》（社会科学版）2007年第4期。

蔡娟：《韦伯社会分层理论对中国当代社会分层的启示》，《淮阴工学院学报》2012年第4期。

刘世定、邱泽奇：《“内卷化”概念辨析》，《社会学研究》2004年第5期。

李华红：《西部地区农民工就业中的政府责任再研究——基于贵州省的实证调查》，《云南财经大学学报》（社会科学版）2012年第4期。

原栋：《文化自觉视角下农民素质探究》，《沧桑》2014年第5期。

谢湘、堵力：《北大清华再争状元就没有希望》，《中国青年报》2012年5月3日，第3版。

刘伯霞：《城乡一体化的评估研究——以西部地区为例》，《中国名城》2018年第10期。

敖成博、金城：《西部欠发达地区经济现代化路径研究——以旅游发展为例》，《中国集体经济》2019年第4期。

金洪钢：《中国西部电影中的文化现象研究》，《电影文学》2018年第11期。

曹家宁：《“一带一路”与新型城镇化双重背景下西部地区新生代农民工就近城镇化探讨》，《西部学刊》2019年第4期。

王涛：《当下中国西部电影创作路径的拓展与美学探赜》，《当代电影》2018年第7期。

陈秋燕、王晓刚、程科、张海滨、吉木哈学：《新型城镇化背景下西部民族地区农村青少年城市融入过程研究》，《西南民族大学学报》（人文社会科学版）2019年第2期。

杨佩卿：《新发展理念下新型城镇化发展水平评价——以西部地区为例》，《当代经济科学》2019年第3期。

硕博学位论文

文源：《中国西部电影中的民族精神研究》，西北大学博士学位论文，2014。

张雪：《中国乡土电影论》，曲阜师范大学硕士学位论文，2010。

朱玉：《西部电影中的儒释道文化研究》，西北大学硕士学位论文，2009。

张晓：《中国西部电影类型研究》，湖南大学硕士学位论文，2009。

贾音：《中国西部电影造型风格研究》，西北大学硕士学位论文，2011。

袁恩旭：《中国西部电影发展论》，苏州大学硕士学位论文，2008。

崔倩倩：《中国西部电影中农民形象塑造》，西北大学硕士学位论文，2011。

张倩：《西部现代性的影像话语——中国西部电影现代性内涵的新历史主义解读》，兰州大学硕士学位论文，2010。

赵涛：《中国西部电影审美文化嬗变研究（1984~2014）》，西北大学博士学位论文，2015。

任斌：《美国西部片与中国西部电影的比较研究》，兰州大学硕士学位论文，2010。

毛振华：《中国西部电影的现实困境与突围》，山东大学硕士学位论文，2010。

马宏革：《中国西部电影的遗产》，陕西师范大学硕士学位论文，2009。

海宁：《论中国西部电影与西部当代小说在文化转型中的发展关系》，东北师范大学硕士学位论文，2008。

尹幸颖：《中国纪录片的社会价值变迁研究》，华中科技大学硕士学位论文，2013。

坚斌：《人类学视野中的西部纪录片》，西北师范大学硕士学位论文，2011。

马伟海：《我们拿什么来记录“中国故事”——从〈西藏一年〉看中国纪录片的发展方向》，兰州大学硕士学位论文，2012。

张雪：《中国乡土电影论》，曲阜师范大学硕士学位论文，2010。

后　记

本书是全国哲学社会科学基金哲学类一般项目的结项成果，立项时题目叫《文化自觉视野下西部村落化人文现状与现代性研究》（项目编号：13BZX016）。有关它的来龙去脉，“前言”已经有所交代。按照惯例，“后记”应该着重表达一些谢忱的意思。不过，在我个人的学术工作经历中，在这本书之前已出版 8 本其他相关学术著作，照常理，这本书的研究、写作过程不应该有什么特别的感慨，可事实并非如此。真实情况是，撰写这本书的过程异常艰难，也异常辛苦。故而，在“感谢”之前，内心的一些纠结和困惑就有必要在这里一吐为快。

我本来一直倾心的研究对象主要是中国当代文学及其理论评论，还包括与此密切相关的“文化研究”。此前出版过的一些学术著作，也就基本集中在这一领域。或许是长期厮守某一领域必然产生厌倦感之故，五六年前的那段时间，我突然对中国文学与理论评论失去了阅读的耐心，严重的时候，阅读完文本居然找不到言说的感觉。这种状态一经出现，的确惊出我一身冷汗。痛定思痛，恐怕不全因为研究对象吊不起我的胃口，实乃价值取向已经转移了。这么说，我描述的只是一种结果，既然“价值取向”已经转移，内心斗争的复杂程度，不是在这里能三言两语撇清楚的。简而言之，我开始质疑知识共同体一直以来信以为真的和觉得本该如此的一系列“行规”了。为什么如此，这个深潜在思维深处的冲动我一直不太愿意也不太希望摆上桌面来说。一则它并非一帧清晰的路线图，二则一浪一浪的“热点”拍打脑神经似乎不容人静心地去清理。现在想来，能说清楚的一点也许与我的阅读选择有关。文学及其理论阅读激情的逐渐褪去，它后面其实早已有另一股知识力量在暗中推动、怂恿、颠覆，它们是现代哲学、现代思想史论和现代社会学。现在说这些，有打肿脸充胖子的嫌疑，或者，有自我炫耀甚至自恋的可恶。但怎么想是别人的事，对于我，这个心路确是真实的。在写完《当代批评的本土话语审视》（北岳文艺出版社，2014）和《当代社会分层与流行文学价值批判》（这本书中的大多数文章完成于2014年以前，作家出版社，2017）两书后，我对我们所赖以生活、思考、审美、享受的人文知识和精神世界，有了深深的不信任感，觉得那些看起来起承转合、无懈可击的话语体系，其实是一种惯性生产和再生产，这当中最突出最典型的便是“现代性”问题。

“现代性”是“现代化”的一个结果，指向人的观念形态的最终改变。现代性个体，自觉意识到使用自己的理性，也自觉意识到什么是支持人的理性运行的社会机制。然而，不管这种价值理念或者话语思想在我们这里运行了多少年，我体验到的却是内涵完全不清晰的图景，是几套随势俯仰的理论话语，甚至可能仅仅是某种拼贴的、修辞意味的装饰品。这是我一路阅读现代哲学、现代社会学之后参照脚下现实和文本烟云的直观印象。有了这种体验，自然是非常折磨内心的，套用写过《现代性的哲学话语》的德国现代哲学家于尔根·哈贝马斯的一个说法，读书人干预世界的方式只能是“以言行事”，勉为其难，我的这本书大概就是以“西部”为切口，表达我的现代性思考以及理解现代性的一个尝试了。

书名最终变为《文化自觉与西部现代性》，除了前言中交代的为了简洁明了之外，往深里解释，其实还会牵扯到这样一些问题，即哪些东西最容易体现现代性体验，哪些东西所体现的现代性才是最值得去观照和审视的。显而易见，只有话语生产与再生产，以及与之相伴而生的形象符号的历时性繁殖，最容易寄存、蓄养人们无意识状态的观念形态与价值选择。中国西部的“西部话语”“西部形象”作为一个学术问题，使其成为学术的自然是一系列话语方式、形象符号乃至生活状态、审美与价值习惯等。是谁最先使它们是这样而不是那样，追究这样的问题很容易误入类似鸡生蛋还是蛋生鸡鬼打墙式的思维陷阱，与其徒劳“考证”，还不如单刀直入，从西部文学及其理论评论话语、西部电影及其阐释模式、西部新型城镇化特点、西部新生代农民观念等具体方面，来探讨、分析、判断其与现代性之间的距离，并力争说清楚“西部现代性”所在位置。在整个论述过程中，参照尺度必然是现代性思想或文化现代性诉求，也就必然需要先给“西部话语”“西部形象”去蔽。从这一层面看，本书实际是一部关于什么是真实西部和真实西部究竟是什么模样的书，揭开了许多笼罩在西部上的神话学的、民俗文化学的、民间宗教神秘主义的和自我西部化而带来的“西部中心”的面纱。

至于书中另一关键词“文化自觉”，的确是一个很复杂的概念。我看到最多的界定是以言人人殊的自我感受为旨归或把完全不加审视地拥抱现存的一切的做法，视为“文化自觉”。理由是“我感觉舒服”“我感觉好”，或者认为是“老祖宗留下来的”，必然是不刊之论、不可能不好，等等。“文化自觉”本来是很高的一种意识，它的成立和建构首先需要对文化传统主义和守成主义进行彻底批判，否则，就与“自觉”无关了。当然，一部书中要始终贯彻“文化自觉”，并且落到实处，得有一个合适的参照物来比对。在本书中，现代性或文化现代性视野、视点、思想、方法，便是统揽全局并负责解释“为什么”的阿基米德支点。

以上种种，应该算是我撰写这本书时思想上的缘起与实际研究中想要抵达的目标。完成书稿大约用了三年时间，反反复复修改直到结项，花去了两年时间，现在恰被我所在单位——宁夏社会科学院纳入“宁夏社会科学院文库”丛书出版，根据专家匿名评审的意见，我又调整、修改了两次，前后又过了一年多。

一部学术著作最终的质量，绝不是以写作时间的长短来论，也不可能因为作者多了些困惑、纠结就是好的，它的终极衡量标准自然是时间。不过，同行专家的意见以及相关读者的感受，的确一定程度上能够决定一部学术书的命运。在我写这则后记的前几天，刚接到匿名专家给出的意见与建议，我基本采纳了他们的建议并进行了进一步修改。有一点似乎有必要做一点解释，就是专家认为我在西部文学及其研究、西部电影及其研究中探讨“现代性”好像不合适。言外之意，应该在哲学中来探讨这一问题。这一意见对于我，实在勉为其难。我只是想在最世俗最一般的文本和普遍的人文意识形态中，辨析“西部现代性”的自觉程度，势必会较大面积触及当前现实西部的方方面面，而不是封闭在文献系统中推演想当然的“西部现代性”，或纯粹以我大西部为不证自明的中心，再次论证既有“西部形象”“西部话语”的牢不可破、坚不可摧。那样的话，我大概就没必要写这本书了，作为选题，国家社科基金规划办大概也就不会予以立项了。

这么说，我想交代的实际是我使用的解构主义方法。大家都知道，这方法源于法国现代解构主义大师福柯，20 世纪 80 年代中后期经中国大陆学者借用到美术、音乐和文学研究领域，90 年代解构“宏大叙事”一度风靡，解构主义一夜之间也不胫而走。但是到了今天，“建构”“结构”仿佛独立潮头了，解构主义几乎一下子就过气了。这样的“思潮”是严肃的、认真的吗？我的答案是否定的。一是从 20 世纪 80 年代中后期开始，我们对解构主义的习得、借用，就充满了政治意识形态的色彩，从本质上误读了福柯等人解构“权力话语”理论的本意；二是我前面提到的对于有些成了惯性乃至僵化、陈腐的话语系统、象征体系，我们不是审视、反思得太多了，而是太过麻木、习焉不察，导致它们已经成为我们推进现代性的无形阻力。此一时彼一时也，在特殊历史语境，“西部形象”“西部话语”确也帮过我们的忙，但今天我们更需要的是成熟现代社会机制、成熟现代文化，人的现代化要求已经被严肃提上议事日程。不管什么地方，确保什么文化特色，现代性都是绕不过去的坎、是迟早要答好的一道时代命题。古代再好，宗法宗族社会再好，子曰再好，毕竟，要到达我们憧憬中的诗与远方，必须经由我们自己的脚板穿过当下。认识当下、辨析当下，显然比不遗余力缅怀过去，比天真烂漫幻想未来，都要迫切得多，真实得多，也负责得多。如果我们仍沉陷于主客不分，甚至沉迷于物大于人的主体性的自造的神秘人文氛围，就不可能被自己所揭开。这是我自始至终带着困惑和纠结撰写这本书，乃至直到第 N 次修改这本书稿都未能完全释解最初疑虑的根本原因。

还是那句话，书的质量怎样，与作者内心的惶惑无关，那么，我愿意聆听来自同行及其他读者的一切学术质疑与批评。

最后，感谢给这本书提出过宝贵意见和建议的所有专家评委，感谢宁夏社会科学院，感谢责编，感谢前期发表过本书部分章节的学术刊物，你们付出的一切劳动和智慧，都将是我继续向前的鞭策与动力。

2020 年 9 月 8 日于银川寓所

图书在版编目（CIP）数据

文化自觉与西部现代性 / 牛学智著. -- 北京：社会科学文献出版社，2021.1
（宁夏社会科学院文库）
ISBN 978-7-5201-7770-2

Ⅰ.①文… Ⅱ.①牛… Ⅲ.①中国文学-当代文学-文学研究 Ⅳ.①I206.7

中国版本图书馆 CIP 数据核字（2021）第 004667 号

宁夏社会科学院文库
文化自觉与西部现代性

著　　者 / 牛学智

出 版 人 / 王利民
责任编辑 / 陈　颖

出　　版 / 社会科学文献出版社 · 皮书出版分社（010）59367127
地址：北京市北三环中路甲 29 号院华龙大厦　邮编：100029
网址：www.ssap.com.cn
发　　行 / 市场营销中心（010）59367081　59367083
印　　装 / 三河市尚艺印装有限公司

规　　格 / 开 本：787mm × 1092mm　1/16
印 张：24　字 数：351 千字
版　　次 / 2021 年 1 月第 1 版　2021 年 1 月第 1 次印刷
书　　号 / ISBN 978-7-5201-7770-2
定　　价 / 128.00 元

本书如有印装质量问题，请与读者服务中心（010-59367028）联系